CASS HUNTER

iRachel

GOLDMANN
Lesen erleben

Buch

Mit dem Tod seiner Frau Rachel bricht für Aiden Sawyer die Welt zusammen. Trotz allem muss er für seine fünfzehnjährige Tochter Chloe da sein, die den Verlust der Mutter nur schwer verkraftet. Doch Rachel, eine geniale Forscherin auf dem Gebiet der künstlichen Intelligenz, hat vorgesorgt. Sie hinterließ eine bahnbrechende Erfindung: einen mit ihrem Wissen und ihren Erinnerungen programmierten Roboter namens iRachel. Dieser soll, so hat es Rachel verfügt, bei den Sawyers einziehen, um menschliches Verhalten zu erlernen und für Aiden und Chloe da zu sein. Ein Experiment, das das Leben der Familie völlig auf den Kopf stellt.

Autorin

Cass Hunter wurde in Südafrika geboren und zog im Jahr 2000 nach Großbritannien. Sie lebt mit ihrem Mann und ihren zwei Söhnen im Norden von London und arbeitet an der Universität.

Cass Hunter

iRachel

Roman

Aus dem Englischen
von Marion Hertle

GOLDMANN

Die Originalausgabe erschien 2018 unter dem Titel »The After Wife« bei Trapeze, an imprint of the Orion Publishing Group Ltd, London.

Dieses Buch ist auch als E-Book erhältlich.

MIX
Papier aus verantwortungsvollen Quellen
FSC® C014496

Verlagsgruppe Random House FSC® N001967

1. Auflage
Taschenbuchausgabe März 2020

Umschlaggestaltung: UNO Werbeagentur, München
Umschlagmotiv: FinePic®, München
mb · Herstellung: kw
Satz: GGP Media GmbH, Pößneck
Druck und Bindung: GGP Media GmbH, Pößneck
Printed in Germany
ISBN: 978-3-442-48957-2
www.goldmann-verlag.de

Besuchen Sie den Goldmann Verlag im Netz

Für Caroline Hardman
Unter einer Million Agentinnen – die Beste!
Danke, dass du an mich glaubst

Telos:

vom Altgriechischen τέλος:
ein Ende, Zweck oder Ziel.

Erfüllung.

Der Glaube, dass alles in der Natur
(speziell der Mensch)
ein Potenzial hat, das voll ausgeschöpft wird,
wenn man am meisten bei sich selbst ist.

Telos Robotics

Erfüllung finden im Dienste der Menschheit

1

Das Labor

»Komm näher ran«, befahl Rachel.

Luke seufzte und trat näher. Er stand jetzt direkt auf der anderen Seite des Tischs.

Rachel hielt kurz inne und machte eine kleine Anpassung. »Okay, ich bin so weit.«

»Was soll ich tun?«

»Blickkontakt wäre ein Anfang.«

Luke hob den Kopf. Er hatte tiefblaue Augen und dichte, dunkle Wimpern. »Blickkontakt hergestellt. Und jetzt?«

»Jetzt brauche ich eine starke, deutlich wahrnehmbare Empfindung von dir. Denk bitte an etwas, das dich sehr bewegt. Und verrate nicht, was es ist.«

Luke suchte kurz Rachels Blick und schaute dann wieder weg. Sie sah, wie er tief einatmete und dann konzentriert die Augen zusammenkniff. Mit fast elektrisierender Intensität starrte er vor sich hin. Rachel beobachtete ihn genau. Er schien das Atmen zu vergessen. Sie sah, wie etwas in seinen Augen aufblitzte. Seine Pupillen wurden sichtbar größer, und sie hörte, wie sich seine Atmung veränderte. Seine Hände ballten sich zu Fäusten.

»Was siehst du?«, fragte sie.

Die Stimme neben ihr war tief und ruhig. »Erweiterung der Pupillen, verkürzter, schnellerer Atemrhythmus, bis zu zwanzig Atemzüge pro Minute, erhöhter Puls …«

»Lukes Armband zeichnet die Daten auf, ich kann sie auf dem Bildschirm sehen«, sagte Rachel ungeduldig. »Sag mir, was er fühlt. Was spürst du?«

Nach einer langen Pause sagte die Gestalt neben Rachel: »Er ist konzentriert. Nicht aufgewühlt, sondern sehr, sehr konzentriert.«

»Gut«, sagte Rachel. »Weiter.«

»Er runzelt die Stirn. Seine Körpertemperatur ist normal, und ich erkenne keine Anzeichen von Wut. Ich glaube nicht, dass ich ihn verärgert habe.«

»Noch nicht«, sagte Luke.

»Er sagte ›noch nicht‹ wie eine Warnung, aber ich erkenne ein Lächeln. War das ein Scherz?«

»Scherze sind nicht gerade Lukes Stärke«, sagte Rachel.

»Dauert das hier jetzt noch lange?«, fragte Luke

»Ich glaube, ich hab's!« Die Stimme klang aufgeregt. »Er ist ungeduldig, weil wir seine Zeit beanspruchen.«

»Ungeduldig«, sagte Rachel. »Ist es das, Luke? War das das Gefühl, das du ausdrücken wolltest?«

Luke lachte und entspannte sich sichtlich. »Ich hätte gereizt gesagt, aber ungeduldig trifft es auch. Können wir jetzt aufhören?«

»Sei kein Spielverderber«, sagte Rachel. »Es läuft gerade so gut. Nur noch ein paar Minuten …« Sie warf einen Blick auf die Uhr. »Oh nein! Schon so spät. Ich muss pünktlich los – heute ist unser Hochzeitstag. 18 Jahre, kannst du dir das vorstellen?«

»Kann ich«, sagte Luke trocken.

»Aidan hat einen Tisch im Old Saxon reserviert. Ich war ganz aus dem Häuschen, als er es mir gesagt hat. Da einen Tisch zu kriegen ist echt nicht so einfach, nicht für Geld und gute Worte. Das muss er schon vor Monaten organisiert haben.« Aus ihrem Lächeln strahlte die Vorfreude.

»Hört sich toll an«, sagte Luke. »Herzlichen Glückwunsch zum Hochzeitstag.«

»Danke.«

Rachel erhob sich von ihrem Stuhl und streckte sich. Die durch das Fenster einfallenden letzten Sonnenstrahlen sprenkelten die Papierstapel auf ihrem chaotischen Schreibtisch. Sie ging zum Fenster und blickte hinaus auf den Rasen, der die Laborgebäude umgab. Es war ein schöner Frühlingstag gewesen, der einen wunderbaren Abend verhieß. Sie stellte sich vor, wie sie im Restaurant Aidans Hand hielt und an einem kühlen Weißwein nippte. Ausnahmsweise würde sie die Arbeit mal vergessen und sich entspannen. Ja, sie hatte am Experiment eine winzige Störung entdeckt, und sie hätte gern die Zeit gehabt, die Sequenz noch einmal durchzuführen und sie zu beheben, aber nicht jetzt. Jetzt war Zeit zum Abschalten.

Sie blickte hinüber zu Lukes Seite des Labors. Er stand bei einer Werkbank und trug auf einem Klemmbrett mit seiner kleinen, akribischen Handschrift Daten ein. Sie hatte sich darüber lustig gemacht, dass er die Dinge erst mit der Hand notierte, ehe er die Informationen in den Computer eingab, aber er blieb hartnäckig dabei.

»Ich mache die Dinge gern mit der Hand«, hatte er zurückgegeben. »Wenn etwas nicht physisch existiert, ist es für mich nicht real.«

Sie hatte darüber gelacht – mit ein paar Tastengriffen konnte sie an ihrem Computer Berge versetzen und Galaxien tanzen lassen, und das war genauso real wie irgendeine handgeschriebene Zahlenreihe. Aber Luke blieb dabei. »Ich denke mit meinen Händen«, wiederholte er stur. Und das tat er. Sie hatte noch nie mit einem so guten Feinmechaniker zusammengearbeitet. Was auch immer sie sich ausdachte, Luke konnte es bauen. Seine fast schon zwanghafte Detailversessenheit glich ihrer eigenen, und seine Kreativität war grenzenlos.

Als sie bei Telos anfing, war sie davon ausgegangen, in einem großen Team zu arbeiten. Aber die Organisation bevorzugte Zweierteams aus Wissenschaftlern mit sich gegenseitig ergänzenden Fähigkeiten und veranstaltete qualvolle Kennenlerntreffen, um die passenden Teams zusammenzustellen.

Luke hatte zur gleichen Zeit wie Rachel angefangen. Er hatte sich geweigert, an den Speed Datings teilzunehmen, hatte allein an einem Tisch gesessen, an seinem Laptop gearbeitet und mit niemandem gesprochen. Als sie an ihm vorbeiging, um sich einen Kaffee zu holen, war Rachels Blick auf das 3D-Diagramm einer menschlichen Hand gefallen. Es sollte die Bewegung von Zeigefinger und Daumen beim Zusammenkneifen nachahmen, aber irgendwo war ein Fehler, und die Bewegung ruckelte, was Luke offenbar nicht beseitigen konnte. Rachel spürte seinen Frust, aber seine gestrafften Schultern und sein grimmiges Gebaren schüchterten sie ein, und sie wagte es nicht, ihn anzusprechen. Sie sah sich nach etwas zum Schreiben um und nahm schließlich, weil nichts anderes greifbar war, das Namensschild von ihrem Laborkittel. »Versuch's mal so:«, schrieb sie darauf, gefolgt von ein paar Codezeilen. Sie klebte das Schild neben seiner geballten linken Faust auf den Tisch und ging weiter.

Eine halbe Stunde später, sie war gerade in ein Gespräch mit einem Verhaltenspsychologen vertieft, baute sich Luke neben ihnen auf. Ihr Kollege verstummte. Luke hatte seinen Laptop dabei und drehte ihn so, dass sie den Bildschirm sehen konnten. Finger und Daumen schlossen sich in einer flüssigen, gleichmäßigen Bewegung.

»Ich werde mit dir arbeiten«, sagte er völlig unvermittelt.

Jetzt, nach drei Jahren, unzähligen Diskussionen und den ergiebigsten Forschungsarbeiten ihrer Karriere, blickte Luke auf und bemerkte, dass sie ihn ansah. Er hob fragend die Augenbrauen.

»Noch ein Versuch?«, fragte er.

Sie schüttelte den Kopf. »Ich sollte mich wirklich auf den Weg machen, sonst komme ich zu spät.« Sie nahm ihr Telefon aus ihrer Kitteltasche, um ihrer Tochter zu schreiben.

R Hi Liebes. Habe dir eine Pizza in den Kühlschrank gestellt. Wie läuft's in Chemie?

Chloes Antwort kam sofort.

C Yeah, cool. Danke für die Pizza. Gut. Stelle grade meinen Studienplan zusammen.

R Heißt das, du chattest mit Amy auf Snapchat?

C Snapchat? Ach komm schon, Mum, lass das lieber mit dem *digital-native*-Gerede.

R Bist du auf Jodel?

Chloe antwortete mit einem Gesicht, das die Augen zum Himmel gehoben hatte.

R Was bedeutet das?

C Augenroll-Emoji. Lahmer Mama-Witz.

Chloe fügte ein Gesicht hinzu, dessen grauer Haarknoten und Brille eine Rentnerin darstellte.

Rachel lachte und ging zu Lukes Schreibtisch, um ihm das Bild zu zeigen. »So sieht mich meine Tochter«, sagte sie.

»Ich erkenne eine gewisse Ähnlichkeit.«

»Es reicht schon, wenn *sie* so pampig ist, vielen Dank. Aidan sagt, sie ist 15 und geht auf die 35 zu. Das ist natürlich meine eigene Schuld. Ich wollte eine willensstarke Tochter, die für sich selbst einstehen kann. Das habe ich nicht bis zu Ende gedacht.«

Rachel stellte sich vor, wie Chloe im Schneidersitz auf dem Bett saß, während ihre Daumen schneller über das Telefondisplay flogen, als sie sprechen konnte, und ihr das lange Haar, das Rachels so sehr glich, wie Zuckerwatte über die Schultern fiel. Aber ihr Lächeln hatte sie eher von Aidan, dieses süffisante Kräuseln in den Mundwinkeln. Rachel spürte plötzlich eine Welle von Liebe in sich aufsteigen.

R Frech (strenges Mama-Gesicht). Bin spät dran. Verabredung mit Dad. Muss los. Hab dich lieb.

C Schönen Hochzeitstag, ihr wilden Turteltauben. Genießt es.

Rachel steckte ihr Telefon ein, loggte sich aus ihrem Computer aus und ging zur Garderobe, um ihre Sachen zu holen. Der Raum wirkte leer ohne sie. Aber dann sprach die Stimme wieder und ließ Luke hochfahren. Er hatte vergessen, dass er nicht allein war.

»Sind wir für heute mit unserer Arbeit fertig?«

»Scheint so. Warum?«, fragte Luke.

»Ich spüre eine Veränderung bei dir. Als Rachel gerade auf die Uhr gesehen hat, gerieten deine Vitalwerte in Aufruhr. Hast du auf ihre Ankündigung reagiert, dass sie wegen ihrer Verabredung zum Hochzeitstag pünktlich gehen muss?«

»Wohl kaum«, sagte Luke und lachte.

»Eine veränderte Gesichtsfarbe deutet oft auf Verlegenheit oder emotionalen Stress hin«, sagte die Stimme.

»Von wessen Gesichtsfarbe sprichst du?«

»Von deiner. Und auch deine Herzfrequenz steigert sich wieder, was ein Zeichen für …«

Luke ließ abrupt das Armband aufschnappen, das seine physiologischen Daten übermittelte, und warf es zum Chaos auf Rachels Tisch.

»Vielleicht möchtest du nicht weiter am Experiment teilnehmen, aber die aufgezeichneten Daten sind unbestreitbar. Darf ich dich daran erinnern, dass ich deine emotionale Unruhe registriert habe?«

»Darf ich dich daran erinnern, dass ich weiß, wo dein Ausschaltknopf ist?«, sagte Luke.

»Ich habe keinen Ausschaltknopf.«

»Ich habe deinen Schaltkreis gebaut, also weiß ich haargenau, welchen Draht ich abklemmen muss.«

»Noch ein Scherz?«

»Ich scherze nicht. Das solltest du mittlerweile wissen.«

Rachel kam wieder herein. Sie hatte ihren weißen Laborkittel abgelegt und trug jetzt ein smaragdgrünes Kleid, das die ungewöhnliche Farbe ihrer Augen widerspiegelte. Ihre langen blonden Haare hingen ihr offen über die Schultern.

»Du hinterlässt einen ästhetisch ansprechenden Gesamteindruck«, sagte die Stimme.

»Danke«, sagte Rachel wie nebenbei. »Ciao Luke, bis morgen.« Sie winkte ihm, als sie ihren Mantel nahm und zur Tür ging. »Kannst du es laden und auf Ruhezustand stellen?«

»Klar. Und übrigens, du siehst …«, setzte er an, aber Rachel war schon zur Tür hinaus. Er seufzte. Fast rechnete er mit einem ungebetenen Kommentar, aber die Stimme schwieg. Beim Aufräumen fing er einen Hauch von Rachels Parfum auf. Doch kaum hatte er es erkannt, war es schon verflogen. Es schien ihm zu entgleiten, genau wie Rachel selbst.

2

Aidan

Rachel war zu spät. Nein, dachte Aidan, das stimmte nicht ganz. Sie war halb zu spät. Es war 15 Minuten nach der verabredeten Zeit, aber 15 Minuten vor der Zeit, zu der er realistischerweise mit ihr rechnen konnte.

Er war seit Punkt sieben im Restaurant und hatte es sich an dem Fenstertisch mit Blick auf den Fluss Cam bequem gemacht. Er hatte eine Flasche von ihrem Lieblingswein und einen Brotkorb bestellt. An seinem Sauvignon blanc nippend blickte er nach draußen auf die Studenten und Touristen, die den Kiesweg entlangkamen. Vielleicht konnten Rachel und er nach dem Essen auch noch einen Spaziergang machen? Es war lange her, dass sie sich zuletzt die Zeit genommen hatten, ohne Ziel herumzuschlendern, sich an den Händen zu halten und zu plaudern. Das wäre schön.

Er holte sein Telefon hervor. Keine Nachricht von ihr. Das war wenig überraschend. Sie bewegte sich zu schnell, um haltzumachen und eine Nachricht zu schicken. »Ich bin eine Minute früher da, wenn ich einfach komme, anstatt anzuhalten und dir zu sagen, dass ich auf dem Weg bin«, argumentierte sie.

Aber er hatte eine Nachricht von seiner Chefin Fiona.

Kannst du morgen früher kommen und aufschließen, Aid? Ich muss mich um die Buchhaltung kümmern, und zu Hause ist es ruhiger.

Kein Problem, schrieb er zurück. Er mochte Fiona und half gern aus.

Fiona war toll – die Art von Frau, die er in seiner Jugend niemals getroffen hatte. Und sie war einer der freundlichsten und großzügigsten Menschen, die er kannte. Als erfahrene Personalberaterin hatte Fiona vor 15 Jahren Foothold gegründet, eine Nonprofit-Organisation, die Langzeitarbeitslosen half, ihr Selbstvertrauen wiederaufzubauen und ihre Qualifikationen zu verbessern. Als sich mit der Zeit zeigte, welche Art von Hilfe nötig war, hatte Fiona nach und nach ihr Team aufgebaut. Ihre erste Angestellte war Lola, eine energiegeladene Schauspielerin mit hellen Augen, die mit den Klienten an ihren Gesprächs- und Präsentationsfähigkeiten arbeitete. Thomas, ein feinfühliger und introvertierter Schriftsteller, half ihnen beim Lebenslauf und bei Bewerbungsschreiben. Aidan war an Bord gekommen, um sie mit der Arbeit am Computer vertraut zu machen – manche hatten noch nie eine E-Mail verschickt und keinerlei Erfahrung mit dem Internet, andere interessierten sich für etwas Konkretes, wie Datenerfassung oder auch die Grundlagen von Webdesign. Fionas neuestes Teammitglied war Kate, eine Berufspsychologin. Mit der Zeit war ihnen klar geworden, dass die Arbeitslosigkeit sich auch auf die geistige Gesundheit der Klienten niederschlagen konnte. Kate baute das Selbstwertgefühl dieser Menschen wieder auf und kümmerte sich, falls nötig, um professionellen Beistand.

Foothold war ein guter Arbeitgeber; manche Tage, wenn die Klienten einen Schritt vorwärts und zwei zurück machten, waren schwierig und frustrierend, aber Aiden liebte seine Arbeit. Er hatte das Gefühl, dass er damit etwas bewirkte. Sein Job war nicht glamourös oder sonderlich gut bezahlt, und es gab keine Aussichten auf Beförderung, aber er war zufrieden mit dem, was er tat.

Er und Rachel hatten an der gleichen Stelle begonnen – im wörtlichen Sinn – sie hatten sich am ersten Tag ihres Informatikstudiums kennengelernt. Schon in der ersten Woche war ihm klar geworden, dass Rachel ihn in jeder Hinsicht in den Schatten stellte. Sie schloss das Studium mit *summa cum* und dem mit Abstand besten Ergebnis des Jahrgangs ab. Sie nahmen sich ein Jahr Auszeit, um zu reisen, dann bekam Rachel einen Masterstudienplatz in Cambridge und promovierte. Aidan machte einen mittelmäßigen Abschluss und suchte sich einen Job, mit dem er die Rechnungen bezahlen konnte, erst in London und dann, als klar war, dass Rachel dort ein paar Jahre lang bleiben würde, in Cambridge. Dann heirateten sie, und bald kam Chloe … Und plötzlich waren 18 Jahre vergangen. Und hier saß er und wartete mal wieder auf seine Frau.

Rachel ging so schnell durchs Restaurant auf ihn zu, dass ihr Haar hinter ihr wehte wie ein Sonnenstrahl. Kaum bemerkte er die Blicke, die ihr folgten. Mit ihren schlanken Gliedern, ihren strahlenden Augen und ihrer knisternden Energie rief sie diese Reaktion oft hervor, bei Frauen wie Männern gleichermaßen. Noch immer spürte er ein leichtes Prickeln, wenn er sie sah, eine Mischung aus Liebe, Verlangen, Erwartung und Ärger. Sie kam in seine Arme, und sie küssten sich.

»Sorry«, sagte sie.

»Keine Ursache.« Er zog ihr den Stuhl zurück.

Sie setzte sich und nahm sich sofort ein Stück Brot aus dem Korb. »Ich verhungere«, sagte sie beim Abbeißen.

»Das dachte ich mir schon. Wieder kein Frühstück und kein Mittagessen?«

Kauend schüttelte sie den Kopf. »Ein Problem bei der Software zur Aufzeichnung der Herzfrequenz. Die Sensoren sind zu empfindlich, wenn man sich sowas überhaupt vorstellen kann! Meine Daten waren völlig willkürlich, bis ich merkte, dass draußen jemand den Rasen mähte und ich die Vibrationen vom Rasenmäher aufzeichnete.«

Sie sprach weiter und erklärte Einzelheiten des Experiments, während sie Brotstücke abriss und hungrig verschlang. Aidan war vollkommen damit zufrieden dazusitzen, ihr zuzuhören, seinen Wein zu trinken und das Sonnenlicht in ihrem Haar zu betrachten.

Nach ein paar Minuten unterbrach sie sich, griff über den Tisch nach seiner Hand und sagte »Herzlichen Glückwunsch zum Hochzeitstag, schöner Mann.«

»Herzlichen Glückwunsch zum Hochzeitstag, schöne Frau. Ist mit Chloe alles okay?«

»Ja. Na ja, sie meinte, sie ›stellt ihren Studienplan zusammen‹, und wünscht uns viel Spaß.«

»Das ist nett.«

Rachel seufzte. »Ich bin mir nicht sicher, ob sie weiß, wie wichtig diese Examen sind.«

»Sind sie das? Es ist ja noch nicht das Abschlussjahr vor der Uni …«

»Aber was ist mit ihrem Notendurchschnitt? Wenn sie nach Cambridge will …« Rachel unterbrach sich und starrte Aidan an. »Sie spricht doch noch davon, nach Cambridge zu gehen, oder?«

»Neulich hat sie mal was von einem Gap-Year gesagt.«

Rachel lehnte sich zurück und verschränkte die Arme.

»Was?«, fragte Aidan in Verteidigungshaltung.

»Typisch, dass sie mit dir darüber spricht. Sie weiß haargenau, dass ich nichts davon halte.«

»Was ist denn an der Idee so schlecht, sich ein Jahr zum Reisen zu nehmen? Haben wir doch auch gemacht.«

»*Nach* der Uni.«

»Und? Sie muss sich doch nicht direkt nach dem Abi dem unglaublichen akademischen Druck an der Uni aussetzen. Wozu die Eile?«

»Eile?« Rachel sah ihn an, als wäre er verrückt.

»Sie weiß noch nicht mal, was sie studieren will. Gib ihr ein wenig Zeit.« Aidan griff wieder nach ihrer Hand. »Hey«, sagte er sanft, »können wir das nicht auf später verschieben? Erstens dauert es noch Jahre, bis Chloe an die Uni geht. Und zweitens, wie oft habe ich schon Gelegenheit mit meiner sexy Frau auszugehen?«

Sie lächelte ihn an und drückte seine Hand. »Du hast recht. Natürlich. Aber Chloe ist so schlau, ich will doch nur, dass sie ihr Potenzial auch ausschöpft.«

»Und das wird sie. Aber vielleicht nimmt sie einen etwas anderen Weg als du.«

Rachel verengte die Augen: »Als Nächstes empfiehlst du mir ein wenig mehr Achtsamkeit.«

»Als Nächstes empfehle ich dir die Kürbis-Ravioli. Die sind angeblich köstlich hier.«

Sie beugte sich über den Tisch und küsste ihn lang und innig. »Kürbis-Ravioli, Mr Sawyer, niemand macht so *dirty talk* wie Sie!«

»Warten Sie nur, bis wir zu den Schokoladenganache-Brownies kommen, Dr. Prosper«, murmelte er an ihre weichen Lippen, »dann bist du mir vollkommen ausgeliefert.«

»Oh nein«, hauchte sie, »was soll ich nur tun?«

3

Rachel

24 Stunden später schaute Rachel auf die Uhr. Schon wieder 18.30 Uhr. Wo war der Tag nur hin? Luke hatte sich mittags auf den Weg nach Oxfordshire gemacht, um sich mit einem Lieferanten zu treffen. Sie war allein im Labor geblieben und hatte seit 14 Uhr nicht vom Bildschirm aufgeblickt.

Aidan würde um 19 Uhr das Abendessen fertig haben, und das schaffte sie nur noch, wenn sie sich sehr beeilte. Sie blickte wieder auf den Bildschirm, aber die Buchstaben und Zahlen fingen vor ihren Augen zu tanzen an. Sie musste sehr müde sein. Der Bildschirm sah seltsam verschwommen aus, und sie spürte einen stechenden Schmerz direkt über ihrem linken Auge.

Sie loggte sich aus und stand auf. Das Zimmer schwankte, und wieder spürte sie den stechenden Schmerz. Jetzt holte sie alles ein. Sie kramte ihre Tasche und den Schlüssel zusammen und ging zu ihrem Auto.

Sie war die Letzte im Gebäude – außer Errol, dem Wachmann am Haupteingang. In ihrem Auto war es glühend heiß, weil es den ganzen Tag in der Sonne gestanden hatte, und sie spürte einen Anflug von Übelkeit. Vielleicht war es mehr als nur Müdigkeit. Vielleicht hatte sie sich irgendwas eingefangen? Sie ließ den Motor an und drehte die Klimaanlage hoch. Als sie auf die Hauptstraße bog, winkte sie Errol, es war Viertel vor sieben. Wenn sie auf der kurvigen Landstraße ein wenig zu schnell fuhr, wäre sie um zehn nach zu Hause.

Doch beim Fahren überfiel sie immer wieder die Übelkeit. Der Schmerz war gewandert und zu einem tiefen, dunklen Ziehen am Hinterkopf direkt über dem Nacken geworden.

Es war doch nicht …? Nein, natürlich nicht. Was für ein absurder Gedanke … Ihre tiefste, dunkelste Angst. Rachel schob sie beiseite. Sie streckte den Fuß und fuhr schneller. Sie musste einfach nur nach Hause.

Als sie um die Kurve bog, ragte vor ihr der Baum empor, sein Stamm breit, gerade und stark. Er war wunderschön. In dem frischen Frühlingsblätterwerk fanden sich so viele Grünschattierungen, von strahlendem Neon bis zu etwas Tieferem, nannte man es Jagdgrün? So viele Grüntöne, und sie kannte keine Namen dafür. Sie wusste, jetzt müsste sie lenken und den Fuß auf die Bremse stellen. Aber irgendwie kam das bei ihrem Körper nicht an. Ihr Kopf war voller Grün. Nur Grün. Dann Schwarz, dann ein knirschender, krachender Aufprall. Dann Stille.

4

Aidan

~~Rachel Prosper wurde in Maidenhead in Kent geboren, lebte in Swavesey in Cambridgeshire …~~

~~Rachel, geliebte Tochter der verstorbenen Maureen und Peter Prosper, Frau von Aiden und Mutter von Chloe …~~

Meine Frau ist von uns gegangen.

Vor sieben Tagen – letzten Mittwoch – hatten wir unseren Hochzeitstag. Wir waren essen.

Sie kam zu spät, wie immer, weil sie eine unverbesserliche Optimistin ist. Allzu oft meinte sie, dass sie mehr in einen Tag packen kann, als physisch möglich ist. Sie war hungrig, also aß und redete sie, und ich sah zu, wie das Reden über ihre Arbeit sie vor Aufregung glühen ließ, und dachte, dass ich sie in den Arm nehmen will.

Dann teilten wir uns einen Schokoladenbrownie, und Rachel schenkte mir den letzten Bissen, weil sie zurzeit auf ihre Ernährung achten müsse.

Wir gingen am Fluss entlang und hielten uns an den Händen. Wir schwiegen, denn wenn man seit 18 Jahren zusammen ist und noch fünfzig vor sich hat, hat man zum Reden alle Zeit der Welt. Ein wenig später sprachen wir darüber, ein Wochenende zusammen wegzufahren, wenn es bei Rachels Arbeit ruhiger wurde. Ich wusste genau, dass es nicht passieren würde, aber es war schön, es sich gemeinsam auszumalen.

Dann fuhren wir nach Hause und liebten uns; wir lagen im Dunkeln und hielten uns an den Händen. Ich wollte wach bleiben und mich mit ihr unterhalten, aber ich war so müde. Sie nahm mich in die Arme, streichelte mein Gesicht und sagte: »Komm, mein Süßer, du bist so müde. Dreh dich auf die Seite, zwanzig tiefe Atemzüge und lass die Sorgen fahren.«

Als ich eine Stunde später aufwachte, sah ich, dass sie am Schreibtisch in der Ecke unseres Schlafzimmers saß und still arbeitete. Ihr Profil zeichnete sich vor dem Licht des Computers deutlich ab, und ich wollte ihr sagen, wie schön sie ist, aber ich war zu müde und schlief wieder ein. Als ich am Morgen erwachte, war sie schon zur Arbeit gefahren. Ich hatte vor, ihr später eine Nachricht zu schicken, um es ihr zu sagen, aber ich habe es nie getan.

Vor sechs Tagen stieg Rachel in ihr Auto, um nach Hause zu fahren, aber sie kam nie an.

Als ich sie wiedersah, lag sie auf einem schmalen Edelstahltisch, ihr Körper war mit einem Laken bedeckt. Ihr Gesicht war zerschrammt und grau, und der Raum war unerträglich still.

»Das ist meine Frau«, sagte ich zu dem Mann, der neben mir stand. »Das ist Rachel.« Aber das war sie natürlich nicht. Rachel war nie in ihrem Leben still. Was da auch auf dem Tisch lag, es war nicht die Frau, die ich liebe.

Ich kann das nicht. Es fühlt sich völlig falsch an. Absurd. Wie kann ich eine Grabrede auf meine Frau schreiben. Sie ist 42 Jahre alt, verdammt nochmal. Ich bin erst 41. Ihre Grabrede sollte ich mit 90 schreiben. Eigentlich sollte sie meine schreiben, weil Männer fast immer zuerst sterben, ist es nicht so? Eigentlich sollte keiner von uns beiden so etwas schreiben müssen, sondern Chloe oder eines unserer unzähligen Enkelkinder. So müsste es eigentlich sein.

Wie soll ich das jetzt machen? Heute? Es ergibt keinen Sinn. Aber hier sitze ich an unserem Esstisch, versuche Worte zu Papier zu bringen, weil ich morgen im Krematorium aufstehen und etwas über meine Frau sagen muss.

Meine verstorbene Frau.

Die nicht einfach nur zu spät kommt, weil sie mitten in einem Experiment steckt oder sich in einem Buch verloren hat oder in ein Gespräch vertieft ist oder aus irgendeinem anderen der Myriaden an Gründen, die sie zu der großartigen, glühenden, energiegeladenen Kraft gemacht haben, die sie war; die aber nicht kommt, weil sie tot ist.

Weg.

Vergangen.

Und irgendwie muss ich in einer Welt ohne Rachel leben. Ich muss noch einmal über diesen Text gehen, den ich nun geschrieben habe, und aus jedem »ist« ein »war« machen. Und dann muss ich weitermachen in einem Leben, in dem Rachel nicht mehr an meiner Seite ist. Ich weiß nicht, wie ich das machen soll. Ich weiß es einfach nicht.

5

Chloe

Chloe ging die Stufen zum Rednerpult hinauf und hielt das Blatt umklammert. Sie hatte unbedingt bei der Beerdigung sprechen wollen, hatte darauf bestanden, selbst als ihr Dad seine Zweifel geäußert hatte. Sie war sich sicher gewesen, dass es richtig war – für ihre Mum, ihren Dad, um allen zu zeigen, dass sie klarkam. Aber jetzt, wo sie vor all diesen Menschen stand, wollte sie nur noch wegrennen. Was, wenn sie stolperte? Oder sich verhaspelte? Oder weinte? Oder nicht weinte?

Die Kapelle war voll. In jeder Kirchenbank saßen die Menschen Schulter an Schulter; auch im Eingang und an der hinteren Wand standen viele. Es war der größte Raum im Krematorium mit hoher Decke, und durch die großen Fenster und die Holzvertäfelung war er sehr hell.

Als Chloe ihr Blatt auf das Pult legte, blickte sie über die Versammelten. Ihr Dad saß mit hochgezogenen Schultern in der vordersten Kirchenbank rechts, die Hände zusammengepresst, den Kopf gesenkt. Sie konnte die tiefe Falte zwischen seinen Augenbrauen sehen. Seine Haare waren zerzaust, und sein Gesicht wirkte verkehrt, seit ihre Mum gestorben war – als hinge die Haut zu lose um die Knochen –, aber er weinte nicht. Er hatte, wie sie nur zu gut wusste, keine Tränen mehr. Bis sie aufstehen musste, hatte er ihre Hand fest umklammert, fast schon zu fest. Seine Mutter, Chloes Oma Sinead, saß mit geradem Rücken neben ihm, den Blick fest auf Chloe gerichtet. Dahinter folgten Familienmitglieder – keine nahen Verwandten, Rachel war ein Einzelkind gewesen, und ihre Eltern waren tot. Trotzdem gab es Cousins und Tanten, die Chloe kaum kannte. Eine füllige Dame mittleren Alters schniefte ständig, tupfte sich die Augen mit einem Tuch und schüttelte den Kopf, als könne sie das Ausmaß der Tragödie gar nicht fassen. Chloe hatte sie noch nie gesehen.

Hinter der »Familie« saßen in mehreren Reihen Arbeitskollegen von Rachel – Akademiker, Computernerds und Intellektuelle. Manche im Anzug, andere trugen schmuddelige Heavy-Metal-T-Shirts und Jeans, als hätten sie nicht die leiseste Ahnung, wie man sich in der Öffentlichkeit benimmt, oder als wären sie noch nie bei einem Begräbnis gewesen. Sie verbrachten ihr Leben damit, Menschen zu studieren, aber nur, um dann künstliche zu erschaffen – ihr Unbehagen war ihnen anzusehen. Sie entdeckte Bea, die Chefsekretärin aus Mums Abteilung, eine lebhafte, warmherzige und lustige Frau, die immer an Chloes Geburtstag dachte und ihr Karten und Geschenke schickte. Sie sah tief bestürzt aus, genau wie Mums Freunde von der Uni, Sam und Laura, die sich in eine Reihe mit lauter Wissenschaftlern gequetscht hatten.

Laura hielt ihr Baby fest an sich gedrückt. Sie lebten in London, und Chloes Mutter hatte versucht, sich Zeit freizuschaufeln, um sie zu besuchen und das Baby anzusehen. Jetzt würde das nie geschehen. Rachel war verrückt nach Babys gewesen, und eine Sekunde lang stellte sich Chloe vor, wie ihre Mum Sam und Lauras Baby in die Arme nahm und es anlächelte. Der Gedanke brachte sie fast aus der Fassung.

Auf der linken Seite der Kapelle saßen dicht gedrängt Chloes Freunde und ihre Familien, ein paar ihrer Lehrer, Bekanntschaften aus dem Dorf und weitere Freunde ihrer Eltern. Sie sah ihre besten Freundinnen, Amy und Jess, und ihr Anblick machte sie stark. Die Arbeitskollegen ihres Vaters bildeten eine eigene Gruppe in der hinteren Reihe; das Büro blieb heute geschlossen, damit sie ihm beistehen konnten. Chloe vermutete, dass die drei abgerissenen jungen Typen, die unruhig neben der Tür standen, Klienten von ihm waren.

Direkt hinter ihnen entdeckte sie einen breiten Kopf mit kurzgeschnittenem grauem Haar. Luke, der Techniker, mit dem ihre Mum gearbeitet hatte. Er stand ganz hinten, die Hände in den Hosentaschen vergraben, den Kopf gesenkt. Warum saß er nicht bei den ganzen anderen Leuten von Telos? Er war seltsam. Sie hatte ihn ein paarmal getroffen, aber er war ihrem Blick immer ausgewichen. Sie wusste, dass Dad ihn nicht mochte, aber Mum hatte Luke immer die Stange gehalten.

»Er macht einen hervorragenden Job«, hatte sie gesagt.

»Er ist unhöflich«, hatte Dad zurückgegeben.

»Er ist brillant genug, um ihm das zu verzeihen.«

»Niemand ist so brillant«, hatte Dad leise gemurmelt.

Was Dad wohl davon hielt, dass Luke hinten in der Kirche rumlungerte, fragte sich Chloe. Und Mum war nicht da, um ihn zu verteidigen.

Plötzlich wurde ihr klar, dass sie seit einer ganzen Weile reglos am Rednerpult stand und in die Gesichter sah, die sie erwartungsvoll anstarrten. Sie atmete tief ein. Sie hatte keine Angst mehr. Klar und kraftvoll drang ihre Stimme in den vollbesetzen Raum:

Gemach! – Nur noch zwei Worte, eh' Ihr geht!
Ich tat Venedig manchen Dienst, man weiß es:
Nichts mehr davon! – In Euren Briefen, bitt' ich,
Wenn Ihr von diesem Unheil Kunde gebt,
Sprecht von mir, wie ich bin – verkleinert nichts,
Noch setzt in Bosheit zu: Dann müßt Ihr melden
Von einem, der nicht klug, doch zu sehr liebte;

6

Aidan

Ein Murmeln ging durch die Kapelle des Krematoriums. Der Shakespeare-Vers war genau die richtige Wahl. Aidans Herz war von Stolz erfüllt, als er zu seiner Tochter aufblickte. Sie ging etwas steif zurück an ihren Platz, um Beherrschung bemüht, und setzte sich wieder neben ihn. Er hoffte, sie würde ihre Hand wieder in seine legen, aber sie tat es nicht. Sie presste ihre Arme an ihre Seiten, saß sehr still und beobachtete den Pfarrer. Er war gerade dabei, den Knopf zu drücken, der Rachels Sarg hinter den Vorhängen verschwinden lassen würde. Obwohl sie sich nicht berührten, meinte Aidan zu fühlen, dass Chloe zitterte. Oder war er es?

Er spürte Wut in sich. Wie konnte das seiner Tochter passieren? Warum musste sie so sehr leiden?

Er dachte an ihre Geburt: Als Chloe nach langen und schweren Wehen auf die Welt kam, war sie erschöpft gewesen und hatte geschlafen, die Augen fest vor dem Licht verschlossen. Die Schwestern waren besorgt, weil sie noch nichts gegessen hatte. »Ich pikse sie nur kurz in die Ferse«, sagte die forsche Hebamme, »um ihren Blutzucker zu prüfen.« Sie wickelte Chloe aus und griff nach ihrem winzigen Füßchen. Noch ehe Rachel oder Aidan etwas sagen konnten, hatte sie in Chloes seidige kleine Ferse gestochen und eine kleine Blutperle hervorgebracht. Chloe erwachte und weinte, und Aidan hatte seine neugeborene Tochter auf den Arm genommen und auch geweint, weil er die Tatsache nicht ertrug, dass ihr irgendjemand wehtat. Ich werde dich beschützen, versprach er ihr. Ich werde dich vor allem Leid und allen Schmerzen beschützen.

Und ach, wie hatte er versagt.

Als er das blaue Licht des Polizeiautos in die Auffahrt hatte biegen sehen, hatte er sofort gewusst, was es zu bedeuten hatte. Und sein erster Gedanke war … Chloe. Das wird sie für den Rest ihres Lebens prägen. Sie wird immer das Mädchen sein, das mit 15 seine Mutter verloren hat. Es wird sie zeichnen. Sie verändern. Und ich kann es nicht verhindern. Ich kann es nicht ungeschehen machen. Ich kann sie nicht davor beschützen.

Nach der Beerdigung kamen alle noch mit zu ihnen nach Hause. Ein paar Mütter aus Chloes Schule hatten sich um das Catering gekümmert. Der Esszimmertisch war an die Wand geschoben und mit Häppchen beladen, und aus der Anrichte hatten sie eine Bar mit Weingläsern und Teetassen gemacht. (Besaßen sie tatsächlich so viele Teetassen, fragte sich Aidan. Wo waren die die ganzen Jahre über gewesen?) Jemand drückte ihm ein Glas in die Hand und versuchte, ihm einen Teller mit Essen zu reichen, aber er lehnte ab.

Er wanderte von Raum zu Raum zwischen verschiedenen Grüppchen von plaudernden Menschen hindurch, deren Blicke und Gemurmel ihm unangenehm waren. Er ging in die Küche, um einen Augenblick seine Ruhe zu haben, aber sie war voller Frauen, die alle flink und mit geschulten Bewegungen warme Kanapees aus dem Ofen auf Servierplatten beförderten. Er erkannte keine von ihnen, außer Tracy Lucas, die Mutter von Chloes bester Freundin Amy. Vermutlich war sie die treibende Kraft hinter der ganzen Catering-Organisation. Sie war die Vertrauensperson an der Grundschule, die Chloe und Amy besucht hatten, aber hatte in der Kantine begonnen und viel Erfahrung damit, große Gesellschaften zu verpflegen. Tracy stand am Spülbecken, die Ärmel ihres schwarzen Beerdigungskleides hochgekrempelt, die Arme tief im Schaum und spülte und stapelte Gläser und Tassen in unglaublicher Geschwindigkeit. Sie warf einen Blick über die Schulter, entdeckte ihn, zog schnell die Hände aus dem Wasser und wischte sie an einem Geschirrtuch ab, das in ihrem Gürtel steckte. Sie eilte zu ihm hinüber und nahm ihn in den Arm.

»Aidan«, sagte sie und drückte ihn an sich, als könnte die Umarmung umso mehr Trost spenden, je fester sie war.

»Danke«, sagte er mit einer hilflosen Geste durch den Raum, »für das alles hier.«

»Ach, meine Güte, das ist doch gar nichts«, sagte sie und trat zurück. Sie warf einen Blick über die Küche. Ein paar der anderen Frauen musterten ihn verstohlen.

»Es tut mir so leid, Aidan«, sagte eine große Blondine, die er nicht erkannte. Sie zögerte und tätschelte dann unbeholfen seinen Arm. Tracys Umarmung hatte ihm nichts ausgemacht – sie kannten sich seit über zehn Jahren. Aber die zaghafte Geste dieser Frau ließ ihn zusammenzucken. Er fühlte sich, als läge sein Fleisch blank, als hätte ihm jemand die Haut abgezogen, als wären seine Muskeln und Nerven ungeschützt. Tracy beobachtete ihn genau. Er hätte gern mit ihr gesprochen. Sie war sehr warmherzig und hatte Humor, und sie hatte Rachel gut gekannt. Doch die blonde Frau plapperte weiter, als wolle sie ein Schweigen um jeden Preis verhindern.

»Sie war so jung«, sagte sie, »und das bist du ja auch. Du hast noch dein ganzes Leben vor dir! Wer weiß ...«

Als sie Aidans Gesicht sah, verstummte sie.

»Wollten Sie gerade was von den ›schönen Töchtern anderer Mütter‹ sagen?«, fragte er. Zu seiner eigenen Überraschung klang seine Stimme tief und bedrohlich.

»Nein, natürlich nicht!«, sagte sie hastig. »Ich meinte nur ...«

Er wartete nicht lange genug, um herauszufinden, was sie meinte, sondern drehte sich um und verließ die Küche.

Auch im Wohnzimmer spürte er die Blicke auf sich. Er war es gewohnt, sich im Hintergrund zu halten, zu sehen, wie Rachel zum Zentrum des Raumes wurde. Diese Sichtbarkeit war ihm zutiefst zuwider. Er entdeckte seine Arbeitskollegen, die ein Sofa in Beschlag genommen hatten, ging hinüber und setzte sich neben Fiona auf die Lehne. Sie tätschelte sein Knie, sprach aber weiter mit den anderen über einen Film, den einer von ihnen gesehen hatte. Aidan stieß einen langen, langsamen Atemzug aus. Seine Kollegen unterhielten sich untereinander weiter, ignorierten ihn nicht, aber zwangen ihn auch nicht, in die Unterhaltung einzusteigen. Einen kurzen, kostbaren Moment lang konnte er so tun, als sei es ein normaler Arbeitstag, und er säße nicht auf der Lehne seines eigenen Sofas bei der Trauerfeier für seine Frau.

Aber das war natürlich nicht von Dauer. Rachels Tante Felicity hatte ihn entdeckt. Er hatte sie während des Gottesdienstes demonstrativ schniefen und weinen hören, hatte es aber vermeiden können, mit ihr zu sprechen. Sie war noch nicht mal Rachels echte Tante, sondern eine Cousine von Rachels Mutter. In all den Jahren, in denen sie zusammen waren, hatte er sie nur ein paar Mal getroffen. Sie lebte in Essex und züchtete Yorkshire Terrier, und Rachel hatte schlichtweg gar nichts mit ihr gemeinsam. Aber ein gutes Begräbnis konnte sie sich nicht entgehen lassen – Aidan erinnerte sich, dass sie bei der Trauerfeier von Rachels Mutter Maureen genauso theatralisch geweint hatte und dass Rachels Mutter Felicity sie für eine furchtbare Langweilerin gehalten hatte. Er wusste, sie würde jede Minute auf ihn zukommen und das alles zu ihrer Sache erklären, sodass am Ende er sie trösten musste, Himmelherrgott!

Rachel war Maureens und Peters einziges Kind gewesen, ein spätes Geschenk für ein kluges Akademikerpaar. Maureen war bei Rachels Geburt Ende 30 gewesen und Peter zehn Jahre älter. Beide waren völlig vernarrt in ihre

Kleine und hatten ihr alle Liebe, Zuneigung und die beste Ausbildung mit auf den Weg gegeben, die sie sich leisten konnten. Leider starben beide, als Rachel noch studierte. Zuerst Peter an Krebs, dann Maureen ein Jahr später sehr plötzlich an einem Gehirnaneurysma. Eine Arterie in ihrem Gehirn hatte sich erweitert. Maureen hatte ein paar Mal Kopfweh und Schwindelanfälle gehabt und wollte schon zum Arzt gehen, hatte aber noch keinen Termin vereinbart. Sie war gerade am Gärtnern, ihrem Lieblingshobby, als sie ohnmächtig wurde. Ein paar Stunden später fand sie eine Nachbarin. Sie wachte nie wieder auf.

Es war ein schrecklicher Schock gewesen. Maureen hatte für ihr Alter sehr fit und jung gewirkt, und Rachel war davon ausgegangen, dass sie sie noch viele Jahre um sich haben würde. Das Aneurysma hatte sie ihr entrissen.

»Ist es erblich?«, hatte Aidan damals gefragt.

»Ich glaube nicht«, sagte Rachel. »Ich forsche mal nach.« Sie hatte es nie wieder erwähnt, und Aidan hatte nicht mehr nachgefragt.

Wie sich herausstellte, war es tatsächlich erblich. Es war nicht einfach nur ein Autounfall gewesen. Die Polizei konnte sich den Unfallhergang bei bestem Wetter in einer sanften Kurve zunächst nicht erklären, zumal Rachel die Strecke schon oft gefahren war. Auch ein Defekt am Wagen wurde nicht festgestellt. Schließlich hatte die Autopsie das Rätsel gelöst – eine plötzliche Hirnblutung. Sie hatte sich vermutlich ein paar Minuten zuvor unwohl gefühlt, aber als das Aneurysma platzte, hatte sie schnell das Bewusstsein verloren. Hatte sie es gewusst? Hatte sie

Angst gehabt? Hatte sie schlimme Schmerzen? Er würde es nie erfahren.

Aidan war nicht mal annähernd so weit, damit klarzukommen. Und er kam definitiv nicht mit Tante Felicity klar, wenn sie ihn platt walzte wie ein Sattelschlepper. Er wusste, sie würde ihn in den Arm nehmen und ihn dann an die Wand drücken, ihn mit Klischees über die »große Tragödie« bombardieren und ihm sagen, wie Rachel »uns in ihren besten Jahren« entrissen worden sei, und was für ein »armes, kleines Ding« Chloe doch war. Das hielt er nicht aus. Momentan wurde sie von einem größeren Grüppchen ausgebremst, und Aidan witterte seine Chance. Er schnappte sich sein Glas, ließ die Arbeitskollegen allein und flüchtete durch die Vordertür auf die Veranda an der Vorderseite des Hauses. Als er draußen war, sah er sich vorsichtig um. Felicity blickte suchend um sich. Ganz offensichtlich war ihr sein Abgang entgangen, und sie würde ihm nicht nach draußen folgen. Er stieß einen langen Seufzer aus. Er hatte gar nicht bemerkt, dass er den Atem angehalten hatte.

Die Veranda war langgezogen und wirkte sehr unenglisch mit ihren Holzdielen und dem seltsam geschwungenen Geländer. Als sie das Haus zum ersten Mal besichtigten, hatte Rachel sich sofort verliebt. »Eine Veranda!«, hatte sie mit schrecklichem amerikanischem Akzent gejubelt. »Ideal für eine Hollywoodschaukel. Und dann beobachten wir die Nachbarskinder, wie sie ums Haus schleichen.«

Die Hollywoodschaukel war ein Traum geblieben. Den Großteil des Jahres über war es zu kalt und feucht, um draußen zu sitzen, also hatte Aidan robuste hölzerne Gartenstühle gekauft, die dem Wetter standhielten. Er hatte immer vorgehabt, Rachel irgendwann zum Hochzeitstag eine Schaukel zu kaufen, war aber nie dazu gekommen. Noch etwas, das er bedauerte. Genau wie der Wochenendtrip, den er hatte organisieren wollen, und sein unausgesprochener Wunsch, dass sie wieder auf Reisen gehen würden, wenn Chloe erst an der Uni wäre. So viele Dinge, die sie nun nie würden tun können.

Seine Mutter Sinead saß allein auf der Veranda auf den nackten Latten eines Gartenstuhls.

»Das kann nicht besonders bequem sein, Mum«, sagte er, als er zu ihr trat. »Kann ich dir ein Kissen holen?«

»Hm?« Sie blickte zu ihm auf, antwortete nicht, sondern deutete nur auf den Stuhl neben sich.

Sie war eine wunderschöne Frau gewesen und war immer noch eine beeindruckende Erscheinung – groß, mit ausgeprägten Gesichtszügen, das eisengraue Haar aus dem Gesicht gekämmt und zu einem Knoten im Nacken geschlungen. In letzter Zeit hatte sie etwas abgenommen und zog neuerdings die Schultern hoch, was sie leicht buckelig wirken ließ. Sie wurde älter.

Aidan ließ sich auf den Stuhl neben ihr sinken, und so saßen sie schweigend da. Es war eine unglaubliche Erleichterung, nicht sprechen zu müssen. Seine Eltern hatten sich scheiden lassen, als er und sein Bruder Oliver noch klein waren. Sein Dad war nach Neuseeland gezogen, und seither hatten sie nur äußerst sporadisch Kontakt. Sinead schien das damals mühelos wegzustecken. Sie war eine starke, eigenständige Frau, die viele Jahre lang allein gewesen war. Sie war es nicht gewöhnt, von jemand abhängig zu sein. Sie liebte Aidan und hatte auch Chloe auf ihre distanzierte, aber unverbrüchliche Art ins Herz geschlossen. Sie gehörte nicht zu den Großmüttern, die Kuchen backten und zum Spielen oder Kuscheln vorbeikamen, aber sie dachte an jedes wichtige Ereignis in Chloes Leben und rief nach jedem Examen oder am Ende des Schuljahres an, um zu hören, wie es ihr ergangen war. Ihr Verhältnis zu Rachel war schwieriger gewesen.

Sinead starrte auf eine große Magnolie auf dem Rasen.

»Sie blüht nicht«, sagte sie beiläufig.

»Nein«, sagte Aidan. »Der Frühling kam spät und war kalt, schätze ich. Ein paar Blüten waren dran, aber sie haben nicht lang gehalten.«

Darin war seine Mum gut: leichter Small Talk, wenn die großen Themen schwierig waren. Oder hatte sie einfach nur Angst vor einem Gefühlsausbruch? Aidan hatte sie nie ganz verstanden.

»Nächstes Jahr«, sagte Sinead mit ruhiger Zuversicht.

Nächstes Jahr. Aidan versuchte, sich das nächste Jahr vorzustellen. Normalerweise stand die Magnolie zu ihrem Hochzeitstag in voller Blüte. Wenn sie wieder blühte, dann für eine ganz andere Art Jahrestag, und die Schönheit der wächsernen Blüten würde ihn für immer schmerzhaft an Rachels Abwesenheit erinnern.

Wo würde er in einem Jahr wohl stehen? Immer noch inmitten des Tornados, der sein Leben in wenigen Augenblicken in Schutt und Asche gelegt hatte? Oder wäre er schon einen Schritt weiter? Waren dann schon diese »schönen Töchter der anderen Mütter« aufgetaucht? Würde er bis dahin gelernt haben, damit umzugehen? Gelernt haben, wieder zu lächeln und zu lachen? Auch nur an ein Leben zu denken, in dem dieses Trümmerfeld, das jetzt sein Leben war, nur eine Erinnerung war, erschien ihm wie ein Treuebruch gegenüber Rachel. Es fühlte sich so falsch an, dass ihn nichts mehr auf dem Stuhl hielt, und er sprang auf. Sinead blickte überrascht auf.

»Alles in Ordnung?«

Er blickte zu ihr hinüber. Sie wirkte unnatürlich ruhig angesichts der Trauerfeier für ihre Schwiegertochter. Aber andererseits zeigte Sinead ihre Zuneigung fast nie, was er nur zu gut aus seiner Kindheit wusste. Er erinnerte sich daran, wie er mal einen Freund zu Hause besucht hatte, und als sie dort ankamen, hatte die Mutter seines Freundes ihren Sohn in den Arm genommen, gedrückt und geküsst, als hätte sie ihn wochenlang nicht gesehen, obwohl sie ihn doch nur ein paar Stunden zuvor an der Schule abgeliefert hatte. Aidan hatte angesichts dieses Gefühlsüberschwangs verwirrt daneben gestanden, aber noch mehr verwirrte ihn die Reaktion seines Freundes, der sich aus den Armen seiner Mutter gewunden hatte und weggestürmt war. Sineads Liebe hatte sich auf ihre kühle Hand reduziert, mit der sie hin und wieder über seinen Kopf strich, oder einen trockenen Kuss auf die Wange. Was hätte Aidan für eine warme, weiche Umarmung gegeben!

Im Laufe des letzten Jahres war sie sogar noch distanzierter geworden. Sie rief kaum mehr an, und wenn er sich bei ihr meldete, wirkte sie abwesend und so, als wollte sie schnell wieder auflegen. Vielleicht hatte Sinead jetzt, da Chloe älter war, das Gefühl, sie habe ihre großmütterliche Pflicht getan und könne sich zurückziehen? Er traute es ihr durchaus zu.

Aiden hörte Schritte auf dem Kiesweg. Er drehte sich um und sah eine gedrungene Gestalt in schwarzer Motorradjacke mit gesenktem Kopf auf das Haus zukommen, die Schultern hochgezogen, die Hände tief in die Hosentaschen vergraben.

Luke. Rachels Laborpartner.

Aidan hatte ihn bei der Beerdigung ganz allein hinten stehen sehen, ein Stück von Rachels anderen Arbeitskollegen entfernt. Luke war ein Einzelgänger. Aidan hatte aus dem Augenwinkel registriert, wie Luke sich am Ende der Beerdigung aus der Aufbahrungshalle geschlichen hatte. Er war nicht geblieben, um Aidan und Chloe zu kondolieren, und Aidan war insgeheim erleichtert gewesen. Er hatte keine Lust gehabt, mit Luke zu sprechen. Wie eigentlich immer. Rachel war so ziemlich der einzige Mensch gewesen, der Luke mochte.

Aidan hielt Luke für einen Arsch. Er hatte ihn bei einer Telos-Weihnachtsfeier kennengelernt. Im Rückblick verstand er gar nicht, warum Luke damals überhaupt gekommen war. Er hatte in einer Ecke gestanden, hatte sich nicht an den Tisch gesetzt und mit niemandem gesprochen und sich erst recht nicht zu der Gruppe von seltsam herumschiebenden Wissenschaftlern auf der Tanzfläche gesellt. Für Aidan sah es so aus, als wäre er nur gekommen, um sich über alle anderen zu mokieren. Rachel hatte Aidan zu ihm geführt, um sie einander vorzustellen, und Luke brachte kaum mehr als zwei Worte zur Begrüßung hervor; er schien Aidan mit unverhohlener Abscheu anzublicken, aber so schaute er alle an, Rachel ausgenommen.

»Er ist nur schüchtern«, sagte sie, als sie weggingen. »Er kommt gut klar, solange er nicht mit echten Menschen umgehen muss.«

Und trotzdem war Luke jetzt hier bei der Trauerfeier – ein Anlass, bei dem er höflichen Small Talk machen und sein Beileid zum Ausdruck bringen musste. Oder war er gekommen, um Ärger zu machen?

»Luke«, sagte Aidan, und seine Stimme klang schärfer, als er geplant hatte. »Danke, dass du gekommen bist.«

Luke blickte auf und wirkte überrascht, Aidan dort stehen zu sehen. Er blieb mit einem Fuß auf der untersten Stufe der Verandatreppe stehen.

»Komm rein«, hörte sich Aidan selbst sagen, und als Luke fast widerwillig weiterging, fügte er hinzu: »Das ist meine Mutter, Sinead.«

Sinead betrachtete Luke mit ausdruckslosem Gesicht. Sie stand nicht auf. Luke blieb vor ihrem Stuhl stehen. »Hi«, sagte er, gab ihr aber nicht die Hand.

»Hallo«, sagte Sinead. »Wer sind Sie?«

»Luke Bourne, Rachels Partner.«

»Laborpartner«, hörte Aidan sich sagen. Herrgott, was war er eigentlich für ein Idiot? Als würde Sinead glauben, dieser Typ könne Rachels Liebhaber gewesen sein. Luke brachte ihn immer dazu, kleinlich zu werden. Er sollte sich etwas mehr Mühe geben, sich zusammenzureißen. Luke war Rachel wichtig gewesen. Da konnte er ja wohl anständig mit ihm umgehen.

»Komm rein«, sagte er und versuchte, einen freundlichen Ton anzuschlagen. »Es gibt tonnenweise Essen, Tee, Bier, Whiskey …«

»Können wir uns irgendwo ungestört unterhalten?«, unterbrach ihn Luke.

»Was, jetzt? Ähm …« Er blickte über die Schulter durch das Wohnzimmerfenster. Er sah eine Gruppe von Rachels Arbeitsfreunden am Buffet stehen, ein wenig verloren und unruhig, genau wie Tante Felicity, die eindeutig immer noch nach ihm suchte. »Es ist nicht unbedingt der beste Zeitpunkt …«

»Das sehe ich«, sagte Luke kühl, als wäre es Aidans Schuld. »Wann ist ein guter Zeitpunkt?«

»Ähm …« Aidan wollte sich nicht mit Luke unterhalten. Er wollte sich mit niemandem unterhalten. Und ehrlich gesagt – wenn er sich unter den sieben Milliarden Menschen in der Welt einen zu einem Vieraugengespräch hätte aussuchen müssen, dann wäre Luke bei den untersten 500 000 gewesen.

»Glaub mir«, sagte Luke, »ich will auch nicht. Aber wir müssen. Es gibt etwas, das ich …« Er unterbrach sich. »Hör zu, es ist zu kompliziert, um das jetzt hier zu erklären. Am besten wäre es, wir treffen uns im Labor. Du müsstest zu Telos kommen. Morgen?«

Aidan spürte, wie etwas in ihm klick machte. »Verdammt noch mal!«, brüllte er, aber sobald die Worte seinen Mund verlassen hatten, tat es ihm leid. Sinead war ungerührt, aber er sah, dass sich im Wohnzimmer fragend Köpfe drehten.

Er ging zu Luke, fasste ihn am Ellbogen und führte ihn die Stufen wieder hinab. Luke schüttelte seine Hand grob ab – nicht weil er aggressiv war, dachte Aidan, sondern weil er eindeutig nicht berührt werden wollte.

Lukes Motorrad war am Ende der Auffahrt geparkt, der Helm lag auf dem Sitz. Sobald sie neben dem Motorrad standen, außer Hörweite des Hauses, explodierte Aidan. »Herrgott noch mal, Luke, das ist die Trauerfeier für meine Frau. Gerade habe ich …«, er schaffte es nicht zu sagen ›meine Frau verbrennen lassen müssen‹. Stattdessen kam heraus »ihre Beerdigung hinter mich bringen müssen. Ich will nicht mit dir reden. Ich will nicht ins Labor …«

Er unterbrach sich, weil er sich vorstellte, wie er diese Straße entlangfuhr, die Straße, auf der Rachel ums Leben gekommen war. Er stellte sich vor, wie er zu dem Baum gelangte, an dem die Rinde abgeschabt war, das nackte, weinende Holz. Er konnte das nicht.

Er blickte zu Sinead hinüber, die auf ihrem Holzstuhl auf der Veranda saß. Ihr Blick wanderte zwischen ihm und Luke hin und her. Sie war nicht aufgestanden, um dazwischenzugehen, und er wusste, sie würde das auch nicht tun. Das war nicht ihre Art.

»Das verstehe ich«, sagte Luke, »und ich würde auch nicht fragen, aber da ist … da ist eine Nachricht für dich. Von Rachel. Eine private Nachricht. Und ich würde meine

Pflicht ihr gegenüber vernachlässigen, wenn ich sie nicht weitergebe.«

»Eine Nachricht? Was meinst du? Eine Notiz? Eine E-Mail? Die hättest du mir doch einfach vorbeibringen können«

»Nein«, sagte Luke, und es wirkte, als fehlten ihm die Worte. »Hör zu, wenn ich wüsste, wie ich das erklären kann, täte ich es. Aber ich kann es nicht. Und es versteht sich von selbst, dass die Nachricht für dich ist. Nur für dich. Sie ist äußerst vertraulich.«

Aidan war kein gewalttätiger Mensch. Aber in diesem Augenblick juckte es ihn, Luke in seine selbstgefällige Fresse zu schlagen. Eine vertrauliche Nachricht von Rachel? In Lukes Händen? Wie konnte er es wagen? Wie konnte er hier aufkreuzen und Aidan wie einen Lakaien ins Labor bestellen? Er spürte, wie sich seine Hand zu einer Faust ballte. Er sah, dass auch Luke es bemerkte, und Lukes Grinsen war unvermittelt und fies, fast als wollte er Aidan dazu reizen, ihn zu schlagen. Aber in diesem Augenblick hörte er eine Stimme von der Veranda.

»Dad!« Er fuhr herum und sah Chloe dort stehen, die Hände in die Hüften gestemmt, ihr blondes Haar hob sich im Wind und blitzte in den letzten Sonnenstrahlen auf. Einen Herzschlag lang dachte er, es sei Rachel.

Er blickte wieder zu Luke, der blass wurde. Chloe seufzte und kam über den Rasen auf sie zu. Luke machte einen Schritt zurück und wollte offenbar unbedingt verschwinden, ehe er auch noch mit Rachels Tochter sprechen musste.

»Hör zu, es tut mir leid«, sagte er zu Aidan, obwohl er kein bisschen so klang. »Ich weiß, es ist ein schlechter Zeitpunkt. Aber es ist wirklich wichtig. Viel wichtiger, als du dir jetzt vorstellen kannst. Ruf mich morgen an. Wenn du es morgen nicht schaffst, dann komm bald, sehr bald.« Es fiel ihm augenscheinlich schwer, aber er fügte hinzu: »Bitte.« Dann setzte er seinen Helm auf, winkte Chloe, stieg auf sein Bike und fuhr davon.

Chloe kam die Auffahrt hinab auf Aidan zu.

»War das Luke?«

»Ja.«

»Was wollte er?«

»Nichts«, sagte Aidan schnell. »Sein Beileid aussprechen. Lass uns reingehen. Wenn wir zusammenarbeiten, schaffen wir es vielleicht, Tante Felicity zu entkommen.«

»Bist du sicher?«, sagte Chloe. »Er hat mich echt schräg angeschaut.«

Aidan spielte kurz mit dem Gedanken, ihr zu erzählen, was Luke gesagt hatte, aber besann sich sofort eines Besseren. Ob er sie vor Lukes Enthüllungen oder sich selbst vor Chloes Fragen schützen wollte, konnte er nicht sagen.

Als er mit dem Arm um Chloes Schulter die Auffahrt hinaufging, sah er, dass Sinead aufgestanden war und sie von der obersten Verandastufe aus besorgt betrachtete.

»Warum war dieser Mann hier?«, fragte sie mit scharfer Stimme. »Er sah gefährlich aus. Sehr gefährlich. Du solltest ihm sagen, dass er hier nicht willkommen ist.«

7

Aidan

Aidan ging am nächsten Tag nicht zu Telos und auch nicht am übernächsten. Er dachte darüber nach, und der Gedanke, dass Luke etwas von Rachel für ihn hatte, ließ ihm keine Ruhe. Aber er konnte sich einfach nicht überwinden. Von dem Augenblick an, als das Polizeiauto die Auffahrt hochgefahren war, hatten Chloe und er im Krisenzustand gelebt, aber jetzt, da die Beerdigung vorbei war, streckte ihn die Erschöpfung nieder. Auch Chloe wirkte wie paralysiert, und so blieben sie einfach zu Hause, ließen die Vorhänge geschlossen und ernährten sich von Buffetresten der Trauerfeier und Tiefkühlgerichten, die besorgte Freunde vorbeigebracht hatten. Stundenlang saßen sie nebeneinander und sahen fern, dabei sprachen sie kaum. Abwechselnd schlummerten sie auf dem Sofa ein oder schlichen sich nach oben und rollten sich auf ihren Betten für ein Nickerchen zusammen. Nach ein paar Tagen zogen sie sich nicht mehr richtig an. Auf jeder freien Fläche stapelte sich das dreckige Geschirr. Hin und wieder warfen sie einen Blick auf das düstere Chaos, das sie umgab, spielten kurz mit dem Gedanken aufzuräumen und ließen sich wieder in das zerwühlte Nest fallen, das sie sich im Wohnzimmer gebaut hatten.

Alle paar Stunden klingelte das Telefon – wohlmeinende Freunde und Verwandte erkundigten sich nach ihnen. Aidan verließ sich voll und ganz auf die Anruferkennung. Tante Felicitys Anrufe gingen natürlich an den Anrufbeantworter, aber er zwang sich, die Anrufe von seinen Arbeitskollegen und seinem Studienfreund Sam anzunehmen.

»Warum kommst du mit Chloe nicht ein paar Tage zu uns nach London?«, schlug Sam vor. »Nur um mal rauszukommen. Wir kümmern uns um euch.«

Aber Aidan konnte sich das nicht vorstellen. Er konnte sich die ganze Logistik des Kofferpackens, der Auto- oder Bahnfahrt und den Aufenthalt in Sams und Lauras winziger Londoner Wohnung überhaupt nicht ausmalen. Allein der Gedanke ermüdete ihn.

»Danke, alter Junge, aber mit dem kleinen Joseph habt ihr beide schon genug zu tun. Wir kommen euch in ein paar Monaten besuchen.«

Sam und Laura waren ihre ältesten Freunde, und er wusste, wie schwer sie der Verlust von Rachel traf. Der Gedanke, dass er ihre Trauer zusätzlich zu seiner eigenen tragen musste, war einfach zu viel. Er war nicht stark genug für Tränen und Erinnerungen. Noch nicht.

Doch auch Aidan war klar, dass er sich früher oder später wieder aufraffen musste. Er musste zur Arbeit und Chloe in die Schule. Aus Anteilnahme waren ihre Prüfungen verschoben worden, aber trotzdem konnte sie natürlich nicht ewig der Schule fernbleiben. Außerdem musste sich Aidan um die Einzelheiten von Rachels Hinterlassenschaft kümmern. Es war denkbar unkompliziert – bei ihrer Hochzeit hatten sie das gleiche Testament verfasst und jeweils den anderen als Haupterben eingetragen, also würde das Haus und alles andere an ihn übergehen. Aber es musste trotzdem erledigt werden.

Und auch für ihre persönlichen Dinge musste eine Lösung gefunden werden. Alles war noch genau so, wie sie es am letzten Morgen ihres Lebens zurückgelassen hatte – ihre Kleider im Schrank, ihre Zahnbürste neben seiner im Bad, ihr Schlaf-Shirt unter dem Kissen. Irgendwie musste er das alles zusammentragen ... und dann? Es war ja nicht so, dass er etwas nicht wahrhaben wollte – er wusste, dass sie tot war. Aber diese letzten Taten waren brutal. Er stellte sich vor, wie er ihre Sachen aus den Schubladen räumte, ihr Make-up in einen Mülleimer warf, und eine Welle der Panik überrollte ihn. Wie sollte er das machen? Was sollte er für Chloe behalten? Was entsorgen? Diese Entscheidungen konnte er unmöglich treffen. Mit jedem weiteren Tag wurde es schwerer, überhaupt etwas zu tun, er konnte sich noch nicht mal vorstellen, wie er die Zügel wieder in die Hand nehmen und sein Leben weiterführen sollte.

Schließlich war es Bea, die ihn in Bewegung brachte. Bea, die Chefsekretärin bei Telos, war für alle Wissenschaftler in Rachels Abteilung zuständig. Sie war eine resolute, nette Frau Mitte fünfzig, die sich mit strenger Effizienz um die brillanten Geister ihrer Abteilung kümmerte. Ihr Einfluss reichte weit über ihre Terminkalender hinaus – sie sorgte auch dafür, dass die Mitarbeiter regelmäßig aßen und ihre Partner anriefen, falls sie länger arbeiteten. Bei den besonders zwanghaften kam es auch schon mal vor, dass sie sie von ihren Laborbänken abführte und zum Duschen und Kleiderwechseln schickte. Rachel – die mutterlose, quicklebendige Rachel, deren Kopf ihr immer hundert Schritte voraus war – hatte Bea geliebt, die ihr Sandwiches und Tee an den Schreibtisch brachte. Diese Zuneigung war durchaus gegenseitig gewesen, und Bea hatte mit verquollenen Augen schweigend am Grab gestanden, hatte Aidan fest an ihren üppigen Busen gedrückt und leise in Chloes Haar geweint.

Aber Bea war auch stark. Hinter ihrer rührigen Wärme verbarg sich ein stählerner Kern. Wenn Bea »vorschlug«, dass man etwas tun sollte, fing man am besten gleich damit an – man würde es ohnehin tun. Und als sie Aidan eine Woche nach der Beerdigung anrief und ihm freundlich mitteilte, dass er kommen und Rachels persönliche Sachen aus dem Labor holen solle, argumentierte er erst gar nicht.

»Tu's einfach, bring's hinter dich«, drängte sie. »Komm am besten gleich. Ich helfe dir, wenn du das möchtest, oder Luke kann helfen, oder du sagst uns beiden, dass wir uns aus dem Staub machen sollen, und übernimmst es selbst. Du musst nicht hierbleiben und Smalltalk mit uns machen, aber das muss einfach erledigt werden.«

Natürlich hatte sie recht. Und wenn er ehrlich war, war das genau der Schubs, den er brauchte. Es war ohnehin besser, es sofort zu erledigen – dachte er erst darüber nach, würde es ihm wieder unmöglich erscheinen, und er würde die Aufgabe vor sich herschieben, genau wie er es mit allem anderen machte. Er sollte einfach sofort hinfahren. Und wenn er schon da war, würde er auch gleich Luke nach Rachels Nachricht fragen.

Er hatte tagelang in Jogginghose und einem alten T-Shirt rumgehangen, hatte sich kaum die Mühe gemacht, sich die Haare zu kämmen oder Zähne zu putzen, also duschte er, rasierte sich und zog sich zum ersten Mal seit einer Woche ein sauberes T-Shirt und eine anständige Hose an. Er spielte mit dem Gedanken, Chloe zu sagen, wohin er ging, aber schließlich klopfte er nur kurz an ihrer Tür: »Ich muss mal ein bisschen raus, Süße. Ist das okay für dich?«

»Alles gut, Dad«, rief sie, und er meinte einen erleichterten Unterton in ihrer Stimme zu hören. Wahrscheinlich hatte sie ihn längst satt. Sie hatten eine entspannte, freundschaftliche Beziehung. Er war immer der gute Cop gewesen, Rachel dagegen war strenger, hatte mehr Disziplin verlangt. Aber trotz allem war Chloe ein Teenager, und kein Teenager hing gern endlos lang mit einem Elternteil herum, ganz egal wie schlimm die Umstände auch waren.

Er machte einen Riesenumweg, nur um nicht am Unfallort vorbeifahren zu müssen. Es fühlte sich seltsam an, auf das große Tor von Telos zuzufahren – er war noch nie ohne Rachel dort gewesen. Das Labor war eine Hochsicherheitszone – viele der Projekte waren streng geheim –, und auch wenn Besucher nicht direkt abgewiesen wurden, eingeladen wurden sie auch nicht.

Offensichtlich wusste Errol von Aidans Besuch, er nickte ihn durch, öffnete die Schranke und hob eine Hand zum Gruß. Aidan fuhr zum Besucherparkplatz hinüber. Er blieb ein paar Minuten lang im Auto sitzen. Die Aufgabe, die ihm nun bevorstand, schien unüberwindlich, und er wünschte sich nichts mehr, als den Motor wieder anzulassen und so schnell er konnte wieder wegzufahren. Aber er konnte nicht ewig davor davonlaufen. Er atmete tief durch und rieb seine schweißnassen Hände an seiner Hose ab, ehe er aus dem Auto stieg und strammen Schrittes zum Empfang ging.

Bea empfing ihn mit einer großen Umarmung.

»Ich kann dich direkt zum Labor bringen, wenn du hier keine Zeit verlieren möchtest, aber wenn du den Nerv dazu hast, würde ich dich gern zu Tee und einem Keks in mein Büro entführen.«

»Ein Keks?«

»McVities. Keiner von den billigen Supermarktkeksen.« Sie lächelte.

»Hm, wer kann schon zu einem Markenkeks nein sagen?« Er brachte ein kleines Lächeln zustande. Es fühlte sich seltsam an, als hätte sein Gesicht vergessen, wie das geht.

Bea wandte sich an den jungen Mann am Empfang. »Norman, wir werden einige von Dr. Prospers Dingen in Kisten packen und sie hierherbringen. Vielleicht könntest du Mr Sawyer helfen, sie ins Auto zu laden, wenn wir so weit sind?«

Norman schien sich äußerst unbehaglich zu fühlen und

schaffte es nicht, Aidan in die Augen zu sehen. Er wusste natürlich, wer Aidan war, und der Gedanke, dass er sein Beileid zum Ausdruck bringen musste, schien ihn zu belasten. Das wird mir jetzt noch öfter passieren, dachte Aidan. Die meisten Leute haben keine Ahnung, wie sie sich gegenüber Hinterbliebenen verhalten sollen. Wir bringen sie in Verlegenheit.

Er folgte Bea durch mehrere identische, weißgestrichene Korridore mit quadratischen Neonlampen. Der Boden glänzte fast wie ein Spiegel, und zu beiden Seiten befanden sich schwere geschlossene Türen. An jeder war ein kleines Schild mit dem Namen des Wissenschaftlers in ordentlicher schwarzer Schrift angebracht – »Dr. Edwards«, »Dr. Desai«, »Dr. Ng« – aber keinerlei Erklärung, was dahinter vor sich ging.

Bea bog abrupt rechts ab, und der Korridor öffnete sich zu einem weiten, offenen Bereich. Sie führte Aidan in ihr Büro. Es war ein gemütliches Eckzimmer mit Fenstern, die auf den grünen Rasen hinausblickten, der den Komplex umgab. In einer Ecke war eine Art kleine Theke, und Bea schaltete den Wasserkocher ein und bereitete zwei Tassen Tee vor, während Aidan sich im Besuchersessel niederließ. Sie machte keinen Small Talk, sondern reichte ihm einfach seine Tasse und legte etwa eine halbe Packung der versprochenen Kekse auf einen Teller. Er spürte, dass er hungrig war – gegessen hatte er nur sporadisch und zu seltsamen Zeiten –, also nahm er sich drei, tunkte sie in den Tee und aß sie schnell nacheinander auf. Bea setzte sich ihm gegenüber und beobachtete ihn schweigend.

»Hat keinen Sinn, dich zu fragen, wie es dir geht.«

»Noch nicht, nein«, sagte Aidan mit dem Mund voller Kekskrümel. Er sah sich um, und Bea schob ihm eine Box mit Taschentüchern zu. Er nahm eines und wischte sich den Mund ab. »Wir hängen ziemlich in der Luft und haben noch nicht angefangen, wieder am Leben teilzunehmen.«

»Verständlich«, sagte Bea.

»Aber …?«

»Warum denkst du, dass ich ›aber‹ sagen werde?« Sie hob eine Augenbraue.

»Du wirst sagen, dass es auch nicht einfacher wird. Es gibt jede Menge Zeug, um das man sich kümmern muss, jetzt da … Nun, ich muss wieder in die Gänge kommen, Chloe muss zurück zur Schule, und ich an die Arbeit.«

Sie faltete die Hände und lehnte sich auf die Ellbogen gestützt vor. »Nun Aidan, davon habe ich kein Wort gesagt, aber ich höre wohl, dass du es sagst.«

»Sehr gut. Arbeitest du in deiner Freizeit als Seelenklempner?«

»Wenn mich mein Bachelor-Abschluss in Psychologie dafür qualifiziert.«

»Tut er«, sagte er beeindruckt.

»Ich wollte Psychiaterin werden, aber dann habe ich mich mehr für Forschungstheorie interessiert, und jetzt kümmere ich mich um diesen ganzen Haufen hier«, sagte sie mit einer vagen Handbewegung. »Dafür, dass sie so klug sind, sind sie oft erstaunlich dämlich. Die meisten von ihnen finden selbst mit zwei Händen, einer Karte und einer Excel-Tabelle ihren eigenen Arsch nicht.«

Aidan lachte auf. Dann fing er sich und sah plötzlich bestürzt aus.

»Es ist völlig in Ordnung zu lachen«, sagte Bea, griff über den Tisch und berührte seine Hand. »Dein Mädchen hat auch gern gelacht. Sie würde sicher nicht wollen, dass du damit aufhörst.«

»Sie hat viel gelacht, nicht wahr?«, sagte Aidan. »Sie stand auf schlechte Witze und dumme Sprüche.«

»Bist du nicht Teil der Lösung …«, begann Bea.

»… bist du Teil der Ablagerung«, beendete Aidan. »Bei dem hat sie sich jedes Mal weggeschmissen. Jedes Mal.«

In Erinnerungen versunken saßen sie einen Augenblick schweigend da.

»Der ist wirklich schlecht, keine Frage«, sagte Bea plötzlich.

Aidan hob eine Augenbraue.

»Ich bin wütend. Ich habe sie auch geliebt, weißt du. Ich habe sie für ihre Warmherzigkeit, ihre schlechten Witze und ihr chaotisches Labor geliebt. Aber vor allem bin ich wütend, weil solche Geister vielleicht ein oder zweimal im Jahrhundert daherkommen. Was sie getan hat … Sie war gerade auf dem besten Weg … Was sie hätte erschaffen können …« Bea unterbrach sich und schüttelte den Kopf. »Sie war unglaublich – sowohl Wissenschaftlerin als auch Künstlerin. Sie schrieb ihre Codes sorgfältig, umsichtig und elegant und stellte dann mit ihrer ganz eigenen Logik sehr kreative Verbindungen her. Sie und Luke – und niemand sah das als mögliche Partnerschaft –, aber zusammen schienen sie fähig, neue, brillante Lösungen für Probleme zu finden, Dinge, auf die zuvor niemand gekommen war. Sie standen kurz vor einem unglaublichen Durchbruch, das weiß ich. Sie hielten alles unter Verschluss, aber sie hatten vor, schon bald erste Ergebnisse zu präsentieren. Es ist einfach so …« Wieder fehlten ihr die Worte, »… Scheiße. Ich kann es nicht anders sagen.«

Aidan nickte. Es tat gut zu hören, dass auch andere wütend waren. Beas Offenheit war nach den ganzen gemurmelten Banalitäten bei der Beerdigung eine Erleichterung für ihn. Er fühlte sich ein wenig besser. Es war wohl eine gute Zeit, allen Mut zusammenzukratzen und sich um Rachels Nachricht zu kümmern.

»Also Luke …«, sagte er.

»Was ist mit ihm?«

»Er ist bei der Trauerfeier aufgetaucht und hat sich echt seltsam verhalten.«

Bea nickte, als überraschte sie das nicht.

»Er ist nicht geblieben, aber er sagte, er habe eine Nachricht für mich, von Rachel. Und dass ich ins Labor kommen soll, um sie abzuholen.«

»Mir hat er davon nichts gesagt«, antwortete Bea und stand auf. »Aber andererseits ist er ja auch nicht gerade ein Kommunikationstalent. Soll ich dich jetzt ins Labor bringen? Bist du bereit?«

Aidan zögerte. »Ich schätze schon«, sagte er. Plötzlich fühlte er sich nicht mehr ganz so bereit, den Raum zu betreten, in dem Rachel so viele Tausende Stunden verbracht hatte. Er wurde das Gefühl nicht los, dass ihr Wesen dort irgendwie immer noch präsent war.

Bea spürte sein Zögern. »Ich kann dich begleiten«, sagte sie mit einem Lächeln. »Ich lass dich nicht allein mit dem großen bösen Luke.«

»Es ist nicht Luke, vor dem ich mich fürchte.«

Bea kam um den Tisch herum und drückte ihn an der Schulter. »Kleine Schritte. Wir gehen zur Tür, und wenn du nicht reingehen willst, kann ich reinschauen und Luke bitten, Rachels Sachen zu packen und sie dir zu bringen.«

Das war genau das, was Aidan hören musste. Auf keinen Fall sollte Luke in Rachels Sachen herumstöbern. Er stand auf und straffte die Schultern. »Ich schaffe das. Ich muss mich mit solchen Dingen auseinandersetzen. Es ist ja nicht so, dass sich an der Situation noch irgendetwas ändert.«

Bea führte ihn Zuversicht verströmend eine Treppe hinunter, durch verwirrende, verschlungene Korridore. Aidan erinnere sich daran, dass er mit Rachel hier gewesen war, als sie gerade bei Telos angefangen hatte. Sie hatte aufgeregt von den hochmodernen Geräten, mit denen sie arbeiten würde, erzählt, von der Rechnerleistung und der Unterstützung durch die anderen Forscher. »Ich werde bei Telos zur Hochform auflaufen, das weiß ich einfach«, sagte sie mit glänzenden Augen, als sie die Tür aufschloss und sie dann aufriss. »Hier werden Wunder geschehen!«

Fast konnte er das Echo ihrer Stimme hören, als sie jetzt durch den weißen Flur gingen. Was für große Hoffnungen! Und was war nun daraus geworden?

Er wusste noch, wie Rachel an diesem Tag das kleine Namensschild an der Tür berührt hatte. »Dr. Prosper,

Dr. Bourne«, stand darauf. Aber Rachels Name war jetzt verschwunden. Auf dem Schild stand nur Dr. Bourne.

»Ihr Name«, sagte Aidan. »Er ist schon weg. Ihr Leute hier seid wirklich schnell.«

»Tut mir leid«, sagte Bea, »aber im Todesfall eines Mitarbeiters gibt es sehr strenge Vorschriften. Das hat mit den Sicherheitsvorkehrungen zu tun. Hier gibt es so viele Verschlusssachen …«

»Verstehe«, unterbrach Aidan sie. Es war natürlich nicht Beas Schuld, aber es machte ihn wütend. Ohne anzuklopfen, drückte er die Tür zum Labor auf.

Das Zimmer war L-förmig und geräumig. Luke brauchte als Konstrukteur mehr Platz und belegte den langen Arm des L, der sich von der Tür bis zu den Fenstern hinten erstreckte. Es gab Reihen von blütenweißen Theken, alle leer. Am Ende jeder Theke waren Schubladen, in denen, wie Aidan annahm, Luke seine Roboterwerkzeuge und Ausrüstung aufbewahrte. Unter dem Fenster hinten im Raum standen komplexe Elektrowerkzeuge mit Armen, vielen Knöpfen und Hebeln. Aidan hatte nicht die leiseste Ahnung, wofür man sie benutzte.

Die andere Seite des Raumes war eindeutig Rachels Bereich gewesen. Es gab einen Schreibtisch bedeckt mit Papierstapeln, einen Aktenschrank, aus dem noch mehr Papier herausragte, und ein überquellendes Bücherregal. Bücher stapelten sich auch auf dem Boden. Unter dem Schreibtisch standen mehrere Computertower und darauf drei große Monitore nebeneinander. Alle Geräte schwiegen, die Bildschirme waren leer, kein Lämpchen an. Tot.

Aidan starrte den Raum an, das Zuhause seiner Frau in all ihren wachen Arbeitsstunden. Ein Ort fern von ihm. Übermächtig spürte er ihre Präsenz. Er hatte geglaubt, es sei unmöglich, dass er sich noch zermürbter fühlen könnte, dass es noch mehr schmerzen könnte, aber – Überraschung! – neue Abgründe des Kummers taten sich auf.

Luke saß am anderen Ende auf einer der Bänke über etwas Kleinem, Kompliziertem und arbeitete mit einer Reihe winziger Schraubenzieher. Er stand nicht auf, um sie zu begrüßen.

Aidan blieb stehen, bis er seine Atmung wieder unter Kontrolle hatte und sicher war, dass er nicht losheulen würde. Dann ging er zu Lukes Bank hinüber und reichte ihm die Hand. »Luke«, sagte er, und seine Stimme tönte sehr laut in dem stillen Raum.

Luke blickte Aidan argwöhnisch an, dann zog er sich den Latexhandschuh von den Fingern und schüttelte ihm die Hand. Seine Haut war kühl und pudrig.

Auch Bea, die noch in der Tür stand, kam jetzt zu ihnen hinüber. »Wie geht's dir, Luke?«, sagte sie fröhlich. Luke nickte ihr zu, war offenbar aber nicht der Meinung, dass die Frage eine Antwort verdiente. Bea wirkte nicht überrascht. Sie wandte sich an Aidan. »Ich habe ein paar Kisten geholt«, sagte sie und zeigte auf zwei Kartons mit Deckeln, die neben Rachels Tisch standen. »Um die Arbeitspapiere musst du dich nicht kümmern; vielleicht gehst du einfach die Schubladen nach persönlichen Dingen durch, die du behalten möchtest. Soll ich dir …?«

»Nein, danke.« Aidan berührte ihren Arm, um seine scharfe Antwort abzumildern. »Wenn es okay ist, mache ich das selbst. Du kannst die Kisten durchsehen, wenn ich fertig bin, damit wir sicher sein können, dass ich nicht was streng Geheimes gestohlen habe.« Er lächelte, aber Bea lächelte nicht zurück und sagte auch nicht, dass das nicht nötig sei.

Sie wandte sich an Luke. »Alles in Ordnung bei dir? Bist du bereit für das Board-Meeting nächste Woche? Wir müssen noch darüber sprechen, was du …«

»Ich kann im Augenblick nicht darüber reden«, unterbrach Luke sie. »Ich habe eine paar Probleme, die ich lösen muss. Ich werde zum Board-Meeting kommen und ihnen mitteilen, was ich bis dahin sagen kann. Nicht mehr.«

Bea sah ihn skeptisch an. Aidan musterte sie und erkannte, dass sie mit dem Gedanken spielte, Luke für seinen groben Ton und seine mangelnde Kooperation zu rügen, aber nicht vor einem Außenstehenden.

»Ich komme morgen Vormittag um 10 Uhr vorbei«, sagte sie streng. »Wir müssen eine Entscheidung darüber treffen, ob es möglich ist, dass du die Forschung alleine fortführst, oder mit wem du sonst arbeiten könntest.«

»Mit niemandem«, sagte Luke. »Ich kann nicht im Team arbeiten. Ich schaffe es selbst. Es dauert nur ein wenig länger. Das werde ich dem Board nächste Woche sagen. Könntest du uns jetzt bitte allein lassen?«

»Aber nur, weil du so schön ›bitte‹ gesagt hast«, gab Bea sarkastisch zurück. »Kannst du mich kurz im Büro anrufen, wenn Aidan hier fertig ist? Und Luke, sei … einfach mal nett, okay? Hilf Aidan bei dem, was er tun muss.«

Luke nickte kurz, antwortete aber nicht, und Bea zog sich zurück und schloss die Tür hinter sich.

Ein Augenblick unbehaglicher Stille folgte. Aidan blickte Luke erwartungsvoll an. Luke sagte unangenehm berührt: »Ich lasse dich mal machen«, ging zu seiner Bank, zog seine Handschuhe über und machte sich wieder an die Arbeit.

Aidan war verwirrt. Luke war so fordernd gewesen, als er wegen Rachels Nachricht zu ihm gekommen war, aber jetzt wirkte er widerwillig, mied seinen Blick. Was verbarg er? Warum spielte er solche Spielchen? Wenn es hier um Macht ging, würde Aidan sicher nicht betteln. Mit resolutem Schritt ging er zu Rachels Schreibtisch hinüber und stellte den ersten Karton auf ihren Stuhl.

Eine graue Strickjacke hing über der Lehne, die nahm er als Erstes, legte sie sorgfältig zusammen und packte sie ganz unten in die Kiste. Er wusste genau, dass es ihm nicht gutgetan hätte, sie an sein Gesicht zu halten und daran zu riechen. Er würde alles tun, was in seiner Macht stand, um das hier hinter sich zu bringen, ohne vor Luke zu weinen. Ein paar Familienfotos standen gerahmt auf dem Schreibtisch – eins von ihm und Rachel bei einem Urlaub in Italien, wie sie sich mit Cocktails zuprosteten, und eine Reihe von Bildern aus dem Fotoautomaten, auf denen Rachel und Chloe Grimassen schnitten. Auch die legte er in die Kiste. Er würde das schaffen. Aber dann entdeckte er einen achtlos auf den Tisch geworfenen Haargummi, an dem ein paar hellblonde Haare hingen. Er nahm es in die Hand und stellte sich vor, wie Rachel in die Arbeit vertieft dasaß und ihre Haare sie plötzlich störten, wie sie dann den Gummi rauszog und die Haare über ihre Schultern flossen. Wie konnte so eine Kleinigkeit ihn in die Knie zwingen? Er versuchte zu atmen.

Der Schreibtisch schien komplett mit Arbeitsdokumenten bedeckt zu sein. Er blätterte sie durch, es waren Berechnungen, Notizen und Ausdrucke. Vermutlich waren die Stapel nach irgendeiner verrückten Rachel-Logik sortiert, aber keine, die er entschlüsseln konnte. Er wandte sich den Schreibtischschubladen zu. In der ersten war ein dicker Stapel mit Kontoauszügen, Kreditkartenrechnungen und Korrespondenz. Er blätterte alles durch, um sicherzugehen, dass es nichts mit der Arbeit zu tun hatte, und packte die Papiere dann in die Box.

Die Schublade darunter war voller kleiner, intimerer Dinge – ein Lippenstift, ein Fläschchen ihres Parfums, die zerknüllte Quittung für ein Buch, das sie ihm zum Geburtstag geschenkt hatte. Auch eine Einkaufsliste in seiner Handschrift fand er. Unter die Liste mit Milch, Eiern und Gemüse hatte er hinzugefügt: »dein fantastischer Körper«.

An diesem Abend war sie mit Einkäufen nach Hause gekommen. Beim Auspacken hatte sie über die Schulter geblickt und zu ihm gesagt: »Ich hab bei Tesco gesucht, aber bei den Haushaltswaren hatten sie meinen fantastischen Körper nicht.«

»Du hast ihn trotzdem mitgebracht, wie ich sehe«, sagte er, stellte sich hinter sie und zog sie an sich. Sie lachte leise und ging dann hinüber und packte gebückt die Sachen in den Kühlschrank. Er stellte sich hinter sie und fuhr mit den Händen über die straffen Muskeln hinten an ihren Oberschenkeln.

»Chloe …«, sagte sie mit warnendem Unterton.

»Bei Amy«, sagte er, und sein Atem ging schneller.

»Na dann …« Sie erhob sich und fiel in seine Arme.

Er hatte sie auf die Küchentheke gehoben, sie stürmisch geküsst und ihre Bluse aufgeknöpft. Ein Laib Brot fiel auf den Boden, und er meinte Eier zerbrechen zu hören, aber er hatte sich schon längst in ihr verloren.

Später, als sie die Sauerei in der Küche beseitigten und lachend nach ihrer Unterwäsche suchten, grinste sie ihn an. »Nach all den Jahren bist du also immer noch scharf auf mich, Mr Sawyer. Wer hätte das gedacht?«

Sie hatte diese Einkaufsliste zusammen mit einem Foto von ihm aus ihrer Zeit an der Uni aufbewahrt. Er lag in ihrem Einzelbett im Studentenwohnheim, das Laken bis zur Hüfte hochgezogen, sein Oberkörper nackt, eine Hand hinter dem Kopf, eine Zigarette in der anderen. Er sah jung und hübsch aus, sein Körper schmal und muskulös. Was für ein selbstbewusster kleiner Angeber er doch gewesen war.

Plötzlich durchfuhr ihn ein Gedanke. Hatte Luke in diesen Schubladen herumgekramt? Diese privaten Details ihrer Ehe gesehen? Der Schreibtisch war ja schließlich nicht verschlossen. Er ließ den Blick durch den Raum wandern, aber Luke hatte ihm den Rücken zugewandt. Es schien ihn nicht zu interessieren, was Aidan da tat.

Er dachte an die unzähligen Stunden, die Rachel hier verbracht hatte, allein mit diesem Mann, und an ihre gemeinsamen Scherze und Geheimnisse. Er hatte nie an der Liebe seiner Frau gezweifelt, obwohl ihre Leidenschaft für ihre Arbeit oft für Ärger zwischen ihnen gesorgt hat. Aber jetzt war sie weg, jetzt hatte er nichts mehr von ihr, und er spürte, wie der Gedanke, dass Luke so viel von ihrer Zeit bekommen hatte, an ihm zerrte. Am liebsten hätte er sie ihm wieder abgerungen, hätte jede ihrer Unterhaltungen hören und in jedes ihrer Geheimnisse eingeweiht werden wollen.

Wie im Rausch packte er sämtliche Dinge in die Kiste. Jetzt waren die Schubladen leer, und sein Blick wanderte zum Aktenschrank. Darauf stand eine sterbende Orchidee (mit Topfpflanzen hatte sie noch nie umgehen können, obwohl sie so gern gärtnerte) und eine nickende Mr-Bean-Figur, die Chloe Rachel von ihrem eigenen Taschengeld zum Geburtstag gekauft hatte, als sie sieben war. Die Figur legte er vorsichtig in die Kiste. Er sah in den ersten paar Schubladen des Aktenschranks nach, aber auch hier schien nichts Persönliches enthalten zu sein.

War das alles? Sie hatte in den letzten paar Jahren mindestens zwölf Stunden täglich hier verbracht, und dennoch passte jeder persönliche Gegenstand, den sie besaß, in einen einzigen Pappkarton? Er wollte sich schon zu Luke umdrehen und ihm sagen, dass er fertig sei, als er aus einem Impuls heraus versuchte, das unterste Schubfach des Aktenschranks zu öffnen. Es klemmte – nicht weil es abgesperrt, sondern weil es so voll war. Er steckte eine

Hand hinein und verschob ein paar Dinge, bis es sich öffnen ließ.

Es war voller Fotos, Alben, DVDs und Videos. Aidan erkannte sie sofort. Es waren alles seine. Er war schon immer der Familienchronist gewesen, hatte Schnappschüsse gemacht, erst mit seiner alten 35mm Canon, dann mit einer Reihe von Digitalkameras. Hunderte Stunden von Familienvideos hatte er mit seiner Digital8-Kamera gedreht, und in den letzten Jahren dann mit dem Smartphone. Aber Rachel war diejenige gewesen, die das alles in physische Objekte umgewandelt hatte. »Ich weiß, wie schnell Daten verloren gehen«, sagte sie, während sie mühsam Fotos in Alben klebte. »Verlassen wir uns lieber auf das Echte.«

Und das alles war hier. Ihr Familienarchiv, von ihrer ersten Zeit als Paar an der Uni, ihrer ersten Wohnung, Hochzeit, Chloe, Ferien … Und sogar noch mehr: Rachels Fotoalben aus ihrer Kindheit mit Bildern ihrer Eltern; Aidans Schulbilder. Es ergab keinen Sinn. Aber eins war klar: Er würde mehr Kartons brauchen.

Warum hatte Rachel nicht erwähnt, dass sie all das mit zur Arbeit nahm? Warum war ihm nicht aufgefallen, dass es nicht mehr da war? Sie bewahrten Fotos und Alben im Wohnzimmerschrank auf. Er hätte doch sicher bemerkt, wenn sie alles ausgeräumt hätte? Außer natürlich, es geschah nach und nach. Nur warum? Was wollte sie hier damit? Er wollte sich umdrehen und Luke fragen, was er darüber wusste, aber er stockte. Was, wenn Luke Bescheid wusste? Warum erzählte sie Luke davon und ihm nicht? Er spürte eine Welle glühender Wut. Er wollte hier raus.

Aber dann fiel ihm die Nachricht ein. Vielleicht ging es dabei um das hier? Vielleicht hatte Rachel einen Brief hinterlassen, in dem sie erklärte, warum sie all ihre persönlichen Bilder und Videos hergebracht hatte?

»Du hast gesagt, du hast eine Nachricht von Rachel für mich«, sagte er unumwunden. »Hat sie mir etwas geschrieben?«

Luke blickte überrascht auf. »Nein«, sagte er, »nichts in der Art.« Er drehte sich mit seinem Stuhl zu ihm. »Hast du beschlossen, dass du es hören willst?«

Aidan nickte nur. Er war sich nicht sicher, ob er seine Antipathie für Luke aus seiner Stimme verbannen konnte.

Luke stand auf und sperrte die Tür ab. Er kontrollierte, ob die Fenster verschlossen waren, ließ dann die Jalousien herunter. Aidan sah ihm verständnislos zu.

Rachels Seite des Labors war auch deshalb kleiner als Lukes, weil eine Wand für einen weiteren Raum eingezogen worden war. Hinter einer dicken, schweren Tür, die mit drei Schlössern und einem Vorhängeschloss gesichert war, verbarg sich ein Raum. Luke legte seine Hand an die Tür, zögerte und wandte sich dann Aidan zu.

»Wie viel weißt du über unsere Forschung?«

»Alles«, sagte Aidan defensiv. »Rachel und ich haben über alles gesprochen.« Er würde Luke nicht die Befriedigung gönnen, dass Rachel Geheimnisse vor ihm hatte.

»Sag mir, was du zu wissen glaubst«, sagte Luke.

Aidan seufzte. »Ich weiß, dass ihr an Roboter-Mensch-

Interaktion arbeitet. Dass ihr vorhabt, Roboter zu bauen, die fähig sind, menschliche Gefühle zu erkennen.«

»Das stimmt größtenteils«, sagte Luke, »abgesehen von ein paar Kernpunkten.«

»Die da wären …?«

»Wir hatten es nicht nur vor, wir haben Roboter gebaut. Nicht mehrere Roboter. Nur einen. Einen voll funktionsfähigen.«

»Verstehe«, sagte Aidan, was nicht der Wahrheit entsprach.

»Und es gibt ein entscheidendes Detail, von dem dir Rachel vermutlich nichts erzählt hat.« Luke trat von der Tür weg und kam auf Aidan zu. »Die Software war ihre Abteilung, der physische Roboter meine. Wir wollten einen Roboterandroiden bauen, und damit meine ich einen Roboter, der so sehr wie ein echter Mensch aussieht, wie nur irgend möglich. Andere Wissenschaftler arbeiten seit Jahren an so etwas, mit unterschiedlichem Erfolg. Oft sehen die Roboter Menschen sehr ähnlich, aber ihre Bewegungen ruckeln oder ihre Mienen wirken irgendwie verkehrt. Die Menschen finden sie unheimlich oder beängstigend.«

»Solche habe ich schon gesehen«, sagte Aidan ungeduldig. Natürlich hatte er das. Er kam an Rachels und Lukes Fachwissen bei Weitem nicht ran, aber er hatte immerhin einen Abschluss in Informatik, und Rachel arbeitete seit über zehn Jahren in der Robotertechnik. Er war auf dem Laufenden und wusste, was sich in der Forschung tat.

»Um es für einen Laien möglichst einfach zu erklären«, sagte Luke, und sofort wollte Aidan ihm eine reinhauen,

»das Ruckartige und Unheimliche stammt von der Programmierung der Bewegungsabläufe. Jede Sequenz wird geplant, jeder Code Zeile um Zeile geschrieben. Hast du schon mal vom Uncanny Valley gehört?«

»Möglich«, sagte Aidan.

»Es ist die Vorstellung, dass uns etwas, das fast menschlich erscheint, es aber gar nicht ist, Angst macht«, erklärte Luke. »Wir empfinden das als abstoßend. Nicht vertrauenswürdig. Das ist der Grund, warum Roboter in Science-Fiction-Filmen am Ende fast immer die Bösen sind.«

»Stimmt, das ist fast immer so.«

Luke nickte. »Aber das liegt nur daran, dass die Technologie nicht gut genug war, um Roboter so aussehen zu lassen, als würden sie sich wie echte Menschen benehmen. Wir haben es anders gemacht.«

»Anders?«

»Ich werde dich nicht mit Details langweilen, aber die Wissenschaftler bei Telos haben an einem revolutionären System mechanischer und elektronischer Strukturen gearbeitet, das menschliche Knochen, Nerven und Muskeln nachahmt, und zwar sehr erfolgreich. Rachel und ich wollten das weiterführen. Wir wollten keinen Roboter bauen, der Gespräche und Interaktionen nachahmte. Wir wollten einen Roboter erschaffen, der auf Menschen reagieren, ihre nonverbalen Kommunikationszeichen lesen kann, der Verständnis zeigen und mitfühlen kann. Ein wirklicher Helfer.«

»Verstehe«, sagte Aidan ungeduldig. Das hatte er alles schon von Rachel gehört.

»Aber Rachel gelang der Durchbruch, etwas, von dem der Rest des Teams nichts weiß. Sie hat ein Betriebssystem entwickelt, das es dem Roboter ermöglicht zu lernen.«

»Lernen?«

»Es imitiert menschliche Bewegungen und Ausdrücke. Es beobachtet und kopiert, genau wie ein Kind.«

»Wie? Wie hat sie es dem Roboter beigebracht?«

»Mit aberhunderten Stunden Audio- und Videomaterial und alltäglicher Interaktion.«

Ein langes Schweigen folgte. Aidan fühlte sich plötzlich unglaublich müde. Er wollte nach Hause gehen und sich wieder auf dem Sofa einrollen. Er hatte genug von der Außenwelt und wollte nicht länger mit Luke sprechen. Als Rachel noch am Leben war, hatte er Luke nicht besonders gemocht, und jetzt, da Luke an Rachels Tisch stand, sich aufplusterte und erzählte, wie unglaublich schlau er war, von Rachel und sich als »wir« sprach, als Paar, als Einheit, mochte er ihn noch weniger.

Er wollte sich gerade entschuldigen und gehen, als Luke plötzlich wieder sprach. »Es war ein Hirnaneurysma, oder?«

»Ja«, sagte Aidan von dem unvermittelten Themenwechsel und Lukes direkter Frage überrascht.

»Sie wusste, dass sie es hatte, oder? Ehe es … geplatzt ist?«

»Woher weißt du davon?«

Luke antwortete nicht. Er sah Aidan nur an und wartete auf eine Antwort.

»Ja … so war es wohl«, sagte Aidan widerwillig. »Ihre Mutter starb ebenfalls daran, also unterzog Rachel sich einer Reihe von Tests. Sie musste sich alle zwei Jahre durchchecken lassen. Bei den ersten Malen fanden sie nichts, aber vor ein paar Jahren entdeckten sie etwas auf dem Scan. Es war an einer schwierigen Stelle – wenn auch nicht inoperabel, aber doch schwierig und nur unter großem Risiko zu erreichen. Sie fürchtete sich unglaublich davor, was mit ihrem Kopf passieren könnte, falls sie sich der Operation unterziehen würde, also entschied sie sich dagegen. Sie wollte es darauf ankommen lassen. Sie lebte einfach damit. Eine Zeitbombe in ihrem Kopf.«

Er wollte schon sagen, dass sie ihm nichts davon erzählt hatte, aber diese Genugtuung gönnte er Luke nicht. Er hatte ihm schon viel mehr erzählt, als er eigentlich wollte. Darüber hatte er noch mit niemandem gesprochen, noch nicht mal mit Chloe. Aber warum um alles in der Welt erzählte er es ausgerechnet Luke? Weil er so direkt gefragt hatte vermutlich, und weil es eine Erleichterung war, es laut auszusprechen.

Luke wirkte nicht schockiert. Er nickte nur. »Dann ergibt es Sinn.«

»Was ergibt Sinn?«

»Was sie getan hat.«

»Was hat sie getan?«, sagte Aidan, und der Frust kochte in ihm hoch. »Herrgott noch mal Luke, sag's mir einfach.«

Luke seufzte. »Bea hat dir vermutlich gesagt, dass wir hier unter Hochsicherheitsbedingungen arbeiten.« Aidan nickte. »Wenn also jemand stirbt, gibt es genaue Regeln und Verfahrensweisen. Alle Zugänge und Berechtigungen dieser Person werden ziemlich schnell abgeschaltet. Der E-Mail-Account wird abgetrennt und so weiter. Nur für den Fall, dass irgendjemand an ihre Anmeldedaten kommt und sich mit unserer Forschung aus dem Staub macht.«

»Das ergibt Sinn«, sagte Aidan. Er wusste nicht, worauf Luke hinauswollte.

»Sobald Rachels Tod bestätigt war, kam die IT-Abteilung. Sie schlossen alle ihre Accounts und steckten ihre Geräte aus. Aber dann ... ist etwas passiert. Ich glaube, sie hat damit gerechnet, dass sie sterben könnte, denn sie hat einen Code geschrieben und ihn in ihre Daten eingebettet, damit – sollte ihr Status zu ›verstorben‹ geändert werden – eine bestimmte Reihe von Dingen ablaufen würden.«

»Was für Dinge?«

Luke ging zu der Tür des kleinen, verschlossenen Raums. »Ich will dir das eigentlich nicht zeigen, aber ich muss«, sagte er. »Ich kann dich noch nicht mal dazu zwingen, irgendeine Vertraulichkeitserklärung zu unterzeichnen, denn das ist wirklich vollkommen inoffiziell. Ich kann gar nicht sagen ...« Er unterbrach sich. »Dass ich dir das zeige, ist ein Kündigungsgrund.«

Luke nahm ein paar Schlüssel aus seiner Tasche. Aidan fragte sich kurz, warum an der Tür richtige Schlösser angebracht waren – alle anderen Türen im Gebäude ließen sich mit Karten öffnen. Aber dann ging ihm auf, dass ein echtes, physisches Schloss nicht gehackt werden konnte.

Luke öffnete die Tür und bedeutete Aidan, ihm zu folgen. Aidan blieb stehen, verstand sein Zögern selbst nicht.

Luke hatte keine Lampe angeknipst, deshalb sah er alles nur im Schein des Lichts aus dem Labor. Der Raum war sogar noch kleiner, als er von außen wirkte. Luke trat zur Seite und deutete auf etwas. Aidan sah eine Gestalt, die auf einem Stuhl saß, die Hände im Schoß, und aufblickte, als er über die Schwelle trat.

»Aidan«, sagte sie, »du bist gekommen.«

Es war Rachel.

8

Aidan

So ist es also, wenn man den Verstand verliert, dachte Aidan. Da war Rachel. Rachel, seine geliebte Frau, hatte in einem stockfinsteren Kabuff auf ihn gewartet. Rachel, die er für immer verstummt auf einer Bahre hatte liegen sehen. Deren Sarg hinter die Vorhänge des Krematoriums geglitten war. Deren Asche in einer Urne darauf wartete, dass Chloe und er sich stark genug fühlten, um sie in den South Downs zu verstreuen. Rachel war tot, und trotzdem war sie da. Lebendig. Und sie begrüßte ihn mit seinem Namen.

Er lachte.

Es war die einzig mögliche Reaktion. Ein lautes, hässliches Lachen, und er konnte nicht mehr damit aufhören. Er lachte unkontrolliert, hysterisch, griff nach Lukes Arm, zerrte ihn mit sich aus dem Raum und schlug die Tür zu. Er taumelte, prallte gegen Rachels Schreibtisch und stieß einen hoch aufgetürmten Papierstapel zu Boden. Jetzt drehte er also durch. In seinem Kopf war ein Schalter umgelegt worden, er verlor den Verstand.

Irgendwann dämmerte ihm, dass Luke neben ihm stand, ihn ausdrucklos beobachtete und darauf wartete, dass er sich beruhigte.

»Rachel«, sagte er, und fand keine anderen Worte. »Rachel.«

»Das ist nicht Rachel«, sagte Luke. »Das ist unser Prototyp.«

»Euer was?«

»Um den Roboter mit ausreichend visuellem und auditivem Material versorgen zu können, mit dem er das menschliche Verhalten erlernen kann, war ein Vorbild in Form einer Versuchsperson nötig. Jemand, den wir filmen und aufnehmen konnten. Jemand, mit dem der Roboter Zeit verbringen und den er nachahmen konnte. Rachel als Modell zu benutzen war eine vollkommen logische Entscheidung.«

»Du hättest mich warnen können«, sagte Aidan.

»Ich dachte, du wüsstest Bescheid. Du hast mir gesagt, dass Rachel dir alles über ihre Forschung erzählt hat«, erwiderte Luke. »Wenn es Details gab, von denen du nichts wusstest ...« Er machte eine wirkungsvolle Pause und fuhr dann fort. »Tja, wenn sie gewollte hätte, dass du es weißt, dann hätte sie es dir wohl erzählt.«

»Das hat sie aber nicht getan. Sie hat über die Software gesprochen und Probleme mit dem Code. Sie hat mir noch nicht mal gesagt, dass der Roboter ... menschlich sein würde.«

»Er ist nicht menschlich, er ist anthropomimetisch. Ein Androide. Genauer gesagt ist er ein Gynoide, weil er wie eine Frau aussieht. Er ist wahrscheinlich einer der fortschrittlichsten und naturgetreusten Humanoiden, die je gebaut wurden, und doch ist er eine Maschine.«

»Aber es ist Rachel.«

»Er sieht aus wie sie«, räumte Luke ein. »Er hat gelernt, ihre Stimme und ihre Mimik bis zu einem gewissen Grad nachzuahmen. Aber wir sind noch weit davon entfernt, unsere Forschung und Weiterentwicklung abzuschließen. Umfangreiche Testläufe mit menschlichen Probanden sind nötig. Er muss mit Menschen interagieren und seine Empathie-Tools ausbauen. Wir waren Monate oder sogar Jahre von der Freigabe entfernt.«

Aus den Untiefen seiner eigenen Trauer und Verzweiflung erhaschte Aidan einen Blick auf Lukes Schmerz. Sein Lebenswerk, die Zukunft seiner Forschung, all seine Hoffnungen und Pläne waren ihm mit Rachels Tod entrissen worden. Aidan spürte einen unerwarteten Anflug von Mitleid.

Luke half ihm, die verstreuten Papiere einzusammeln, und legte alles wieder auf Rachels Schreibtisch.

»Als Rachel starb«, sagte er, »wusste ich nicht, was ich tun sollte. Ich hatte keine Ahnung, wie wir unsere Forschung vorantreiben könnten. Aber am Morgen, nachdem ihr Tod bestätigt worden war, kam ich rein und es ...«, er deutete auf die geschlossene Tür, hinter der der Android schweigend wartete, »... es hat nach dir gefragt.«

»Nach mir?« Aidan sah ihn ungläubig an.

»Wie gesagt, Rachel muss eine Art Spezialprotokoll verfasst haben für den Fall, dass nach ihrem bestätigten

Ableben ihre IT-Befugnisse gelöscht werden. Dadurch hat der Android eine Reihe von Anweisungen erhalten. Er fragt seither nonstop nach dir. Sagt, dass er eine Nachricht von Rachel für dich habe. Dass er dich sehen muss, von Angesicht zu Angesicht. Ich bin kein Software-Experte – das war Rachels Part. Ich habe versucht, dieses Protokoll im Code zu finden, aber Rachel hat es irgendwie verborgen. Ich kann es weder ausschalten, noch kann ich mit den Experimenten fortfahren. Nicht, bevor er seinen Willen bekommt und mit dir spricht. Das Board macht mir Druck, weil ich Forschungsergebnisse präsentieren muss – du hast ja gehört, was Bea gesagt hat –, aber ich will nichts berichten, ehe wir das hier gelöst haben. Ich will nicht, dass irgendjemand ihn so sieht.«

Also war Luke nicht an seine Tür gekommen, um Rachels Andenken Respekt zu zollen, dachte Aidan bitter. Er war einfach nur frustriert gewesen, weil seine Arbeit blockiert war und er dafür nicht den Ruhm einkassieren konnte, den er für angemessen hielt.

»Ich kann verstehen, dass diese Situation einigermaßen schwierig für dich ist«, sagte Luke unbeholfen, »aber könntest du mit ihm sprechen und herausfinden, was er sagen will, damit wir weitermachen können?«

»Weitermachen?«

»Du hast gehört, was Bea gesagt hat. Ich werde bald vor dem Board erscheinen und einen Bericht über unsere Forschung abliefern müssen, und auch darüber, was jetzt geschehen soll, jetzt wo Rachel ...« Er wusste augenscheinlich nicht, wie er den Satz zu Ende bringen sollte.

»Ich kann im Augenblick überhaupt nichts machen. Ich habe versucht, ihm ein Foto von dir zu zeigen. Ich habe sogar mit dem Gedanken gespielt, einen Dritten ins Labor zu holen und vorzugeben, diese Person seist du, aber er hat eine eingebaute Gesichtserkennungssoftware und würde nicht darauf hereinfallen. Also brauche ich deine Hilfe. Bitte.«

»Dann sagt er – der Roboter – also, er habe eine Nachricht von Rachel für mich?«

»Ja, und er besteht darauf, dass er diese Nachricht nur persönlich überbringen kann.«

Aidan geriet ins Schwanken. Es war eine Zwickmühle. Am liebsten hätte er die Flucht ergriffen, aber gleichzeitig brannte er darauf, den Roboter noch einmal zu sehen. Bei diesem ersten kurzen Blick und den wenigen Worten, die er gesprochen hatte, war er der echten Rachel so unglaublich ähnlich gewesen. Es würde ihm das Herz brechen, aber er wusste, dass er diesem Verlangen nicht widerstehen konnte.

»Wie soll ich mit ihm …?«

»Sprechen?«

»Ja.«

»Als wäre er ein Mensch. Ich gebe dir ein Armband, das dem Roboter erlaubt, einige deiner physiologischen Vitalwerte zu lesen – Atemfrequenz, Puls, galvanische Hautreaktion, Temperatur. Wenn er diese Daten hat und deinen Gesichtsausdruck beobachten kann, Augenbewegung, Pupillenerweiterung etc., kann er sehr menschenähnlich reagieren.«

Luke ging zu seiner eigenen Werkbank hinüber und kehrte mit einem schmalen schwarzen Band, das wie eine Tracking-Uhr aussah, zurück. Er befestigte es an Aidans rechtem Arm und stellte sicher, dass die Sensoren den Puls an der Innenseite seines Handgelenks berührten.

Aidan sah ihn hilflos an. »Ich kann da nicht rein, und es … ›es‹ nennen.«

Luke sah verwirrt aus. »Es ist ein es. Ein Android, kein lebendiges Wesen. Wir anthropomorphisieren unsere Roboter nicht. Das wäre, als würde man seinem Auto einen Namen geben und diese kitschigen Wimpern über die Scheinwerfer kleben.«

»Aber wir reden hier doch nicht von einem Opel Astra. Sondern von einer Frau, die meiner aufs Haar gleicht.«

Luke zuckte mit den Schultern. »Du kannst ihn ruhig wie einen Menschen behandeln, wenn dir danach ist. Rein technisch gesehen ist es ein Model Mark IV. Seriennummer 787775. Aber in unseren Forschungsunterlagen nennen wir ihn iRachel.«

»iRachel?«

»Um es von Dr. Prosper zu unterscheiden.«

»iRachel«, sagte Aidan und schnaufte tief durch. »Okay, wir machen es. Ich will hören, was mir iRachel zu sagen hat.«

9

iRachel

Kontaktprotokoll
Subjekt: Aidan Sawyer

Start der Interaktion	15:41
Datum	2. Mai
Herzfrequenz	98 bpm
Hauttemperatur	Erhöht
Atemfrequenz	25 bpm

Bericht:
Das Subjekt betrat den Lagerraum langsam, und Dr. Bourne schaltete das Deckenlicht ein. Ich kann menschliche Gesichtszüge auch bei schwachem Licht erkennen, aber um das Subjekt interaktionsfähig zu machen, war mehr Beleuchtung nötig. Als das Licht anging und er mich erkannte, weiteten sich seine Pupillen, und seine ohnehin schon erhöhte Herzfrequenz stieg deutlich an. Ich machte einen Gesichtserkennungsscan und glich meine visuelle Analyse

mit den Datensätzen ab: 1,85 m, etwas über 80 Kilogramm, dunkles, lockiges Haar, dunkelbraune Augen, olivfarbene Haut. Er stimmte mit den gespeicherten Bilddaten überein. Entsprechend aller verfügbaren Werte war das tatsächlich Rachels Mann, Aidan Anthony Sawyer.

Ich hörte ihn laut einatmen und registrierte weitere Veränderungen seiner Vitalwerte, die zu einer starken emotionalen Reaktion passten.

»Herr im Himmel«, sagte er, und ich bemerkte ein starkes Zittern seiner Hände. Seine Vitalwerte waren so extrem, dass ein Schock zu befürchten war. Ich wiederholte das programmierte Begrüßungsprotokoll, das ich schon bei seinem ersten Betreten des Raumes angewandt hatte.

»Aidan, du bist gekommen.«

»Ja«, sagte er unsicher.

»Du bist sehr durcheinander.«

»Du sieht genauso aus wie Rachel – Dr. Prosper«, sagte er. »Sie war meine Frau.«

»Ja«, sagte ich. »Sie ist gestorben. Mein herzliches Beileid.«

»Danke«, sagte er und runzelte die Stirn.

Das konnte ich nicht präzise deuten. Rachel hat mir beigebracht nachzufragen, falls ich einen Gesichtsausdruck nicht deuten kann, vor allem, wenn er im Widerspruch zu den gesprochenen Worten steht. Ich sagte: »Laut meiner Datensätze ist das Zusammenziehen der Augenbrauen ein Ausdruck des Missfallens, manchmal auch der Verwirrung. Bist du wütend?«

»Nein!«, sagte er. »Ich bin nicht wütend. Es ist nur ein

großer Schock, dich zu sehen … Rachels Gesicht zu sehen, wo sie doch …«

»Tot ist?«

»Genau.« Er schwieg lange (17,45 Sekunden) und sagte dann: »Du siehst ihr sehr ähnlich.«

»Meine Gesichtszüge sind ihren nachempfunden, wie Luke dir mitgeteilt hat. Aber eigentlich stellen wir anhand von Gesichtsausdruck und vertrauten Gesten Ähnlichkeit fest. Ich habe ihre Eigenheiten und Bewegungen 345 Tage lang beobachtet.«

Aidan wandte sich an Luke und sagte: »Sie ist unglaublich. So etwas habe ich noch nie gesehen.«

Luke runzelte die Stirn. Dieser Gesichtsausdruck ist mir bekannt. Er bedeutet, dass er wegen eines Arbeitsproblems frustriert ist. »Das ist nur der Anfang. Einen überzeugenden Roboter können viele bauen. Vielleicht sogar bessere als diesen hier. Aber Rachels Fokus galt der Interaktion. Wie er auf Menschen reagiert, wie er ihre Stimmungen liest, wie er helfen kann – wirklich helfen.«

»Helfen?«

»In der Humanoidrobotik geht man davon aus, dass die erschaffenen Roboter Arbeiter werden und Tätigkeiten übernehmen, die die Menschen nicht verrichten wollen. Wir programmieren sie, und sie haben keinen eigenen Willen, also erledigen sie die Drecksarbeit, ohne sich zu beschweren, ihnen wird nicht langweilig, sie treten nicht in die Gewerkschaft ein und verlangen keine Gehaltserhöhung. Oder überhaupt ein Gehalt. Aber Rachel hatte größere Träume … romantischere, könnte man wohl sagen. Rachel wollte eine prototypische Pflegekraft erschaffen. Einen Gefährten. Jemand, der Liebe schenken kann, unendlich geduldig ist, echte, mitfühlende Gespräche führt. Sie stellte sich vor, der Roboter würde in Pflegeheimen arbeiten oder einsame Menschen begleiten, etwas in dieser Richtung. Nicht wie eine bessere Hausangestellte, eher wie ein … Freund, schätze ich. Sie sagte, niemand müsse je wieder einsam sein.«

Diese Worte zeigten starke Wirkung bei Aidan. Seine Herzfrequenz stieg, und er ballte seine Hände zu Fäusten. Rasch ging er aus dem Lagerraum, und seine Atmung wurde schneller und flacher. Es war zu befürchten, dass er gehen würde, obwohl ich meine Aufgabe noch nicht beendet hatte.

»Aidan«, sagte ich. »Aidan, komm zurück.« Ich weiß, dass meine synthetisierte Stimme fast exakt wie Rachels klingt, und auch das schien ihm wieder emotionale Schwierigkeiten zu bereiten. Aber er blieb stehen, wenn auch mit dem Rücken zu mir. »Ich muss dir Rachels Nachricht überbringen«, sagte ich. »Ich kann keine andere Sequenz absolvieren, ehe die Nachricht nicht übermittelt ist.«

Er drehte sich langsam um. Luke sah ihn an und dann wieder mich. Er bewegte sich nicht.

»Diese Nachricht ist für Aidan, Luke«, sagte ich. »Nur für Aidan.«

»Was?«, fragte Luke. »Aber ich …«

»Rachel hat ein Programm geschrieben, das den Raum scannt, in dem ich mich befinde, um festzustellen, wer sich darin aufhält. Meine Aufgabe ist es, Aidan mit einem Netzhautscan zu identifizieren. Die Nachricht wird nur abgespielt, wenn er mit mir allein ist. Ich kann die Nachricht nicht übermitteln, solange sich noch eine weitere Person im Raum befindet.«

Luke trug kein Armband, und ich bekam keine Vitalwerte von ihm. Aber er sagte: »Ts, das ist ja mal wieder typisch, verdammt«, bevor er sehr schnell das Zimmer verließ und die Tür rapide und mit lautem Knall zuschlug. Ich deutete dies als mögliches Anzeichen von Missfallen.

Damit war sichergestellt, dass Luke die Tür geschlossen hatte, denn das war ein weiteres unerlässliches Element des Protokolls.

»Bist du bereit?«, fragte ich.

»Nein«, sagte Aidan. »Ehrlich gesagt, ich glaube, ich schaffe es nicht, mir das anzuhören.«

Rachel hatte jede mögliche Reaktion von Aidan vorausgesehen. Diese Antwort war nicht als sehr wahrscheinlich eingestuft, aber ein Segment des Programms war für diese Möglichkeit vorgesehen. Ich bereitete alles vor, um den Standby-Modus zu aktivieren.

»Warte«, sagte er. »Was hast du da gerade gemacht? Das Licht in deinen Augen ist erloschen.«

»Wenn du die Nachricht nicht hören willst, kann ich sie nicht übergehen. Ich kann nicht weiterarbeiten oder die Forschungsarbeit fortsetzen. Ich muss mich in den Ruhezustand versetzen.«

»Ruhezustand?«

»Stase. Nicht-reaktiver Zustand.«

»Wie … Schlaf?«

»Eher wie ein Koma.«

»Wenn ich mir die Nachricht also nicht anhöre, versetzt du dich in ein Koma? Das ist emotionale Erpressung!«

»Ich habe nur ein begrenztes Verständnis des Konzepts von Erpressung«, sagte ich. »Ich kann das Wort und seine Bedeutung in meinem eingebauten Wörterbuch abrufen, aber es steht nicht in Verbindung mit Emotionen und wurde von Rachel auch nicht in diesem Kontext angewandt.«

Aidan sah mich 7,3 Sekunden lang an. »Ich weiß nicht, ob du gerade versuchst, lustig zu sein.«

»In diesem Fall habe ich nicht versucht, einen Witz zu machen, obwohl Rachel damit begonnen hatte, mir die Regeln von Humor beizubringen«, sagte ich. »Ich habe Wortspiele gelernt und darüber Erwartungen aufzubauen, weil dies jemanden zum Lachen bringen kann. Aber damit hatten wir erst vor Kurzem begonnen.«

»Verstehe«, sagte er. »Dann erzähl mir mal einen Witz.«

»Wie nennt man einen ausgehungerten Frosch? – Magerquak.« Er reagierte nicht, also begann ich mit der Erklärung. »Es handelt sich um ein Wortspiel, das eine Kombination aus dem Wort ›Magerquark‹ und dem Laut, den ein Frosch …«

»Ich hab's verstanden.«

»Du hast nicht gelacht.«

»Ich kannte ihn schon. Rachel hat ihn unserer Tochter Chloe erzählt, als sie noch ganz klein war und Witze hören wollte.«

»Rachel hat gelacht, wenn ich den Witz erzählt habe. Jedes Mal.«

Aidan nickte. »Das sieht ihr ähnlich.«

Ich bemerkte eine kleine Kontraktion seiner Wangenmuskeln. Es war kein richtiges Lächeln, aber es suggerierte, dass ein Lächeln zu einem bestimmten Zeitpunkt in der Zukunft möglich sein könnte. Ein Scan seiner Vitaldaten ergab, dass sich seine Herzfrequenz und seine Atmung stabilisiert hatten.

»Darf ich jetzt die Botschaft abspielen?«, fragte ich.

»Ja«, sagte er schnell und mit fester Stimme. »Mach's gleich, ehe ich es mir anders überlege.« An einer Wand im Lagerraum stand ein Stuhl, auf den er sich setzte.

Bis zu diesem Zeitpunkt hatte ich für das Gespräch mit Aidan meine Sprachdateien benutzt, um angemessen reagieren zu können, und über die Sprachausgabe kommuniziert. Die Nachricht verlangte jedoch eine andere Methode. Rachel hatte mit einem Mikrofon eine einfache MP4-Aufzeichnung ihrer Stimme vorgenommen. Ich hätte sie direkt über den mir eingebauten Lautsprecher abspielen können, aber die Logik ließ darauf schließen, dass Rachels Stimme Aidan verstören würde, wenn sie aus dem Lautsprecher in meinem Brustkorb drang, ohne dass sich meine Lippen dazu bewegten. Also verband ich mich drahtlos mit dem Soundsystem im Zimmer und leitete die Aufnahme durch die Lautsprecher.

»Das ist für Aidan«, sagte Rachels Stimme über die Lautsprecher. »Liebster, wenn du das hörst, dann weil ich gestorben bin. Es tut mir so leid.«

Aidan beugte sich vor und bedeckte sein Gesicht mit den Händen. Ich konnte seine Schultern zittern sehen. Die

Wahrscheinlichkeit, dass er weinte, lag bei 50-60 Prozent. Rachel hatte die Möglichkeit einberechnet, dass es ihn sehr erschüttern würde, ihre echte Stimme zu hören. Nach 15,34 Sekunden hob er den Kopf. Ich konnte keine Tränenspuren erkennen, aber er sah angespannt und bleich aus. Er sah mich 4,5 Sekunden lang an und senkte dann den Blick. So verharrte er für den Rest der Übertragung. Ich setzte das Abspielen der Nachricht fort.

»Es ist sehr seltsam, das hier aufzuzeichnen und dabei zu wissen, dass du es erst nach meinem Tod hören wirst. Es fühlt sich komisch an, hier allein im Labor zu sitzen und von meinem Bildschirm abzulesen. Im Augenblick ist alles gut. Aber wenn du das hörst, ist es wohl nicht mehr gut gegangen. Niemand weiß genau, woran er sterben wird, aber wäre ich jemand, der gern wettet, würde ich darauf setzen, dass ich jung und sehr plötzlich sterbe, wie meine Mutter.

Vielleicht auch nicht. Vielleicht wirst du das auch niemals hören, weil ich 103 werde und an Krebs oder Herzversagen sterbe, vielleicht fällt auch ein Klavier vom Himmel und zerquetscht mich wie Willy Kojote. Aber egal, wie es passiert – falls es während meiner Arbeit am iRachel-Projekt geschieht, wirst du diese Nachricht erhalten.

Wenn du das hörst, hast du iRachel bereits gesehen und hast du vermutlich viele Fragen, vor allem, warum ich dir nicht erzählt habe, dass Luke einen Roboter gebaut hat, der genauso aussieht wie ich. Es war eine egoistische Entscheidung, hauptsächlich weil ich nicht wollte, dass dich das völlig aus der Bahn wirft. Ich weiß, du magst Luke nicht besonders und verstehst ihn nicht immer. Aber es gibt gute, praktische und wissenschaftliche Gründe für diese Entscheidung. Ich hoffe, Luke hat dir ein paar davon genannt. Er ist ein wenig seltsam, ich weiß, aber er ist ein brillanter Geist, und seine Arbeit an diesem Androiden ist Weltklasse. Ohne ihn wäre ich niemals so weit gekommen.«

Ich bemerkte, wie sich Aidans Schultern anspannten. Sein Gesicht konnte ich nicht sehen, aber sein Gebaren und seine Körperhaltung ließen darauf schließen, dass ihm diese Aussage von Rachel nicht gefiel.

»iRachel ist die Krönung meines Lebenswerks. Du weißt, wie ich über Robotik denke: Ich bin überzeugt, mit den richtigen Androiden haben wir das Potenzial, Menschen auf Arten zu helfen, die wir nie für möglich gehalten hätten. Ich wollte einen Roboter erschaffen, der zuverlässig und vertrauenswürdig ist. Der wirklich da sein kann für die Person, um die er sich kümmert. Echte Menschen können launisch, unfreundlich und untreu sein, aber der richtige Roboter würde einen Menschen nie im Stich lassen.« Dann lachte Rachel, und ich registrierte, welche Auswirkung ihr Lachen auf Aidan hatte, denn er hob den Kopf und lächelte. »Der richtige Roboter lässt Sie nie im Stich«, fuhr sie fort. »Das muss ich an die Marketingabteilung weitergeben.«

»Wir wussten, dass wir einen Roboter erschaffen können, der bestimmte Aufgaben erledigt«, fuhr sie fort, »Essen kochen, Betten machen oder jemandem beim Baden helfen, vielleicht sogar den Einkauf. Aber was ist mit anderen Dingen? Zuhören, lachen, wissen, wann du in den Arm genommen werden musst oder Redebedarf hast? Ich spreche von Empathie. Ich wollte einen Roboter erschaffen, der auf Gefühlsäußerungen reagieren und dir geben kann, was du brauchst.«

In der Aufnahme war eine Pause, und ich registrierte Rachels leisen, regelmäßigen Atem, während sie sich zum Weitersprechen bereitmachte. »Wenn ich sage ›du‹, meine ich nicht dich, Aidan. Oder zumindest war das nicht meine ursprüngliche Absicht. Wir haben iRachel als Betreuer für Menschen konzipiert, die allein leben – ältere oder körperlich eingeschränkte Menschen. Aber im Lauf der Zeit kam mir die sehr realistische Möglichkeit in den Sinn, dass ich dich und Chloe zurücklassen muss.«

Es gibt kein Video von Rachel, während sie diese Botschaft aufgezeichnet hat, und sie trug dabei auch kein Armband. Doch war in ihrem Stimmmuster deutlich ein Zittern wahrzunehmen. Ich hörte, wie sie tief einatmete und dann weitersprach. Ich erkannte ihre Sprechweise. Es war der formelle Geschäftston, den sie anschlug, wenn sie mit Kollegen telefonierte.

»Unsere Arbeit an iRachel ist bei Weitem noch nicht abgeschlossen. Wir haben ein paar Anfangstests im Labor durchgeführt, aber wegen der hohen Geheimhaltungsstufe waren diese Interaktionen auf Luke und mich beschränkt. Ehrlich gesagt wissen weder die Geschäftsleitung noch das Board oder die anderen Mitarbeiter im Labor, wie weit fortgeschritten das Projekt ist. Sie haben iRachel noch nicht gesehen, und Luke und ich waren auch noch nicht bereit, sie zu präsentieren.

Wir haben die nächste Phase des Projekts geplant. iRachel muss mit mehr als einer Person interagieren. Wir brauchen Menschen, die er noch nicht getroffen hat. Ich bin außerdem überzeugt, dass er aus dem Labor heraus muss. Die kontrollierte Experimentsituation stellt keine Herausforderung dar, und er hat sich an Luke und mich so weit gewöhnt, dass er mit erstaunlicher Genauigkeit vorhersagen kann, was wir denken und fühlen.

Hier also die Eine-Million-Pfund-Frage – und das ist noch nicht mal eine Metapher, sondern entspricht in etwa iRachels tatsächlichem Wert. Wirst du iRachel mit nach Hause nehmen und für eine Weile bei euch behalten? Ich sage besser gleich, du musst mit ihm interagieren …«

»Hör auf, von ›ihm‹ zu sprechen!« Aidan sprang auf. Rachels Aufnahme lief weiter, aber er sprach mit ihr, als wäre sie im Raum und könne ihn hören. »Sag ›sie‹ zu ihr. Sie.«

»… damit er bei Dingen im Haushalt helfen kann«, sagte Rachels Stimme. »Wenn ich gerade erst gestorben bin, macht ihr beiden vermutlich gerade eine ziemlich schwere Zeit durch. Ich weiß, ich war nicht die beste Hausfrau der Welt, aber er kann Wäsche machen, kochen und putzen …«

»Sie«, sagte Aidan und setzte sich wieder. »Sie.« Er begann zu weinen.

Rachels Verwendung des männlichen Pronomens schien ihn sehr zu verstören. Ich konnte keinen logischen Grund dafür erkennen, aber er konnte sich nicht mehr auf ihre Botschaft konzentrieren, also stoppte ich das MP4-File, damit ihm nichts entging.

Mir war kein korrektes Verfahren für dieses Szenario bekannt. Meine Programmierung sieht vor, dass ich körperlichen Trost spende, indem ich einer aufgebrachten Person die Schulter tätschele oder ihre Hand berühre. Als Luke in den Tagen nach Rachels Tod so verzweifelt wirkte, versuchte ich, dieses Protokoll anzuwenden. Zweimal schrie Luke mich an und einmal stieß er mich von sich, was dazu führte, dass ich das Gleichgewicht verlor und gegen die Werkbank fiel. Das verursachte einen Riss in der Latexschicht, die meine Haut bildet. Zum Glück hatte Luke mir für derartige Unfälle Material zur Verfügung gestellt, und ich konnte den Schaden schnell selbst beheben. Aus seinen Reaktionen habe ich gelernt, dass Berührung nicht immer das angemessene Mittel ist, wenn ein Subjekt verzweifelt wirkt. Auf Grundlage meiner Erfahrungen mit Luke versuchte ich nicht, Aidan zu berühren. Stattdessen sagte ich: »Es tut mir leid, dass dich die Nachricht so erschüttert.«

Ich beobachtete Aidan. Meine Gesichtserkennungssoftware scannte ihn genauestens und vermerkte jedes Detail seiner Haltung. Besonders auffällig war, wie lang und dunkel seine Wimpern waren und dass im Deckenlicht Tränen darin sichtbar waren. Lange saßen wir schweigend da (34,35 Sekunden).

»Ich habe Rachels Nachricht noch nicht fertig abgespielt«, sagte ich schließlich.

Aidan schüttelte den Kopf und schien überrascht, als erwachte er aus dem Schlaf. »Natürlich. Mach weiter.«

Rachels Stimme erklang wieder aus dem Lautsprecher. »Wirst du iRachel mit nach Hause nehmen und für eine

Weile bei euch behalten? Er wird mehrere Wochen mit dir interagieren müssen, vielleicht auch etwas länger. Luke kann vorbeikommen und wenn nötig die Wartung übernehmen und die neuen Daten herunterladen.«

Rachel machte eine Pause (5,4 Sekunden) und sprach dann weiter. Diesmal war ihre Stimme weniger formell und zögerlich.

»Ich weiß, du wirst erst darüber nachdenken müssen, und wenn diese Nachricht zu Ende ist, hat iRachel auch noch eine für Luke. Ich nehme an, dass man ihn zu diesem Vorgehen erst überreden muss. Aber im Innersten meines Herzens weiß ich, dass dieser Plan im Fall meines Todes genau der richtige ist. Ja, es ist Teil meiner Forschung, aber es ist auch … Nun, es ist alles, was ich noch mit dir teilen kann. Meine Arbeit. Meine Schöpfung. Auf eine seltsame und alles andere als perfekte Art kann ich so bei euch sein, wenn ich nicht mehr bei euch bin. Bitte, mein Liebster. Nenn es einen letzten Wunsch. Nenn es emotionale Erpressung. Aber bitte, tu es. Nimm iRachel mit nach Hause. Für mich. Ich liebe dich.«

Aidan saß schweigend da und starrte auf seine Hände.

»Emotionale Erpressung«, sagte ich.

»Bitte?«, schreckte Aidan hoch, als sei er überrascht, dass ich immer noch im Raum war.

»Emotionale Erpressung. Diese Wendung hast du vorhin benutzt, und jetzt auch Rachel. Nachdem ich sie zweimal im Kontext gehört habe, verstehe ich langsam, was gemeint ist. Es bedeutet, jemandes Gefühle zu benutzen, um ihn zu zwingen, etwas gegen seinen Willen zu tun.«

Aidan nickte. »Das ist eine gute Definition. Sehr treffend.« Er erhob sich. »Danke. Es war … äußerst erstaunlich, dich kennenzulernen. Damit habe ich nicht gerechnet, als ich herkam. Kein bisschen. Ich hoffe … ich hoffe, es läuft alles gut für dich.«

Er sah mich auf seltsame Weise an. Ich benutze das Adjektiv »seltsam«, weil ich kein anderes zur Beschreibung seines Gesichtsausdrucks zur Verfügung habe. Er glich keinem, den ich je an Rachel oder Luke gesehen habe. Ich konnte Elemente von Schmerz und Trauer erkennen, beide hatte ich auch bei Luke wahrgenommen, aber da war noch etwas anderes, etwas Weiches in seinem Blick, für das ich kein Wort kenne.

»Auf Wiedersehen, iRachel«, sagte er, ging zur Tür, öffnete sie und schloss sie hinter sich. Ich blieb allein zurück.

Ende der Interaktion: 16:52.

10

Chloe

Von: Chloe Prosper-Sawyer
An: Amy Lucas

Oh mein Gott.
Die Erleichterung, als Dad das Haus verlassen hat.
Mir fehlen die Worte.

Bist du okay?

Na ja, wir sitzen hier seit Tagen im Dunkeln in diesem Mief, ich konnte kaum atmen.
Geschweige denn auf mein Telefon schauen oder mir die Haare machen oder über irgendwas im Fernsehen lachen.

Muss echt krass sein.

Ich hab's ja kapiert. Das ist das Schlimmste, was passieren kann. Und das bedeutet wohl, dass wir nicht mehr normal sein können.

Du Arme.

Es liegt nicht an Dad. Er hat mich in Ruhe gelassen.
Aber er ist so fertig, dass ich das Gefühl habe, ich darf nicht mehr ich selbst sein.

Soll ich vorbeikommen?

Besser nicht. Ich weiß nicht, wann Dad zurückkommt. Und abgesehen davon ist unser Haus ein einziges Chaos.

Macht mir nichts. Ich kann aufräumen helfen.

Ach Quatsch.
Im Ernst?

Klar.

OMG Amez, du bist die beste Freundin überhaupt.

Ich lass mich gleich von meiner Mum bei dir absetzen. Dann können wir klar Schiff machen, bis dein Dad zurückkommt.

Als Chloe in den Badezimmerspiegel blickte, erkannte sie das Mädchen mit den dunklen Augenringen kaum wieder. Amy wohnte in der Nähe, also blieb Chloe gerade noch Zeit, um sich die Zähne zu putzen, die Haare zu bürsten und ein wenig Make-up aufzulegen. Sie überdeckte die dunklen Schatten mit Concealer und trug Mascara auf, aber Amy würde sich nicht täuschen lassen. Es klingelte, sie öffnete die Vordertür und zog ihre beste Freundin in eine enge Umarmung. Amys Mum beobachtete sie vom Auto aus, winkte und warf Chloe ein Küsschen zu, ehe sie weiterfuhr.

Die Mädchen gingen ins Haus, und Chloe betrachtete es mit Amys Augen.

»Sorry, hier sieht's aus wie im Irrenhaus …«

»Halb so wild«, sagte Amy und ließ den Blick über den Kaffeetisch mit den unordentlich gestapelten Tellern, Tassen und zerknüllten Servietten schweifen. Ein fettiger Pizzakarton lag auf dem Boden, sie wäre um ein Haar draufgetreten. Taktvoll umrundete sie den Raum und zog die Vorhänge zurück, dann öffnete sie die Türen zum Garten, so weit es ging.

»Es stinkt hier drin, oder?«, fragte Chloe niedergeschlagen.

»Ein bisschen.«

Amy war kleiner als Chloe und eher zierlich gebaut, mit glattem, feinem kastanienbraunem Haar. Sie hatte ein schmales, besorgt dreinblickendes Gesicht und sprach sehr leise. Sie war Chloes beste Freundin, seit sie in Mrs Christies Vorschulunterricht nebeneinander auf den Teppich gesetzt worden waren.

Als sie in die Schule kamen, konnte Chloe bereits flüssig lesen und war dem Rest der Klasse voraus. Dennoch schüchterten die Flure der großen Schule sie ein. Amys Mutter, Mrs Lucas, war die Vertrauenslehrerin der Schule, und Amy war mit der Schule seit Langem vertraut. Sie wusste, wo das Büro ihrer Mutter lag und wo man sich für das Mittagessen anstellen musste. Als Chloe nach der Hälfte der ersten Pause merkte, dass sie mal musste, aber nicht wusste, wo die Toilette war, brach sie in Tränen aus. Es war Amy, die sie an die Hand nahm und sie zur Mädchentoilette führte. Chloe war ihr dafür ewig dankbar. Hätte Amy sie nicht gerettet, hätte sie vielleicht in die Hose gemacht, wie Daisy Willis ein paar Tage später, die danach bis zur vierten Klasse von allen Pipi-Daisy genannt wurde.

Amy geleitete Chloe sicher durch das Labyrinth der Schule, und Chloe half Amy beim Lesen und Malen. Es dauerte etwa anderthalb Jahre, bis Amy sie im Unterricht überholte. Amy war ein Arbeitstier. Sie verfügte über keine besondere Begabung oder Kreativität, aber das glich sie durch Sorgfalt aus, indem sie mehr büffelte als alle anderen und natürlich indem sie ihre Arbeit äußerst ordentlich erledigte.

»Amy würde eine großartige Programmiererin abgeben«, hatte Chloes Mutter immer gesagt. »Ihre Detailversessenheit ist unglaublich.«

Für Chloe war es nicht leicht, das zu hören und es nicht persönlich zu nehmen. Ihre Mutter und Amy waren einander schon immer auf eine heitere und unkomplizierte Weise zugetan gewesen. Amy nannte Rachel »Mum Zwei«, und sie nannte Amy »Andere Tochter«. Sie schienen über alles miteinander reden zu können; nie kam es zwischen ihnen zu den Missverständnissen, die Chloe aus ihren Gesprächen mit Rachel so gut kannte.

»Das liegt daran, dass sie nicht meine Mum ist«, sagte Amy, wenn Chloe sie darauf ansprach. »Mit meiner Mum streite ich die ganze Zeit!«

Nun war Chloe wahrlich nicht schwer von Begriff, im Gegenteil, immer wieder wurde sie von den Lehrern als »begabt« bezeichnet. Rachel hatte ihr im Alter von zwei Jahren mit Hilfe von Karteikarten das Alphabet beigebracht, im Nu hatte Chloe lesen gelernt. Sie zeichnete sehr gut, und als kleines Mädchen hatte sie liebend gern gesungen und getanzt. Aber als sie älter wurde, begann sie sich in der Schule zu langweilen, was zu einigem Frust führte. Sie machte öfter Theater und handelte sich Ärger ein, sodass ihre Leistungen absackten. Wenn sie an die falschen Freunde geraten wäre, hätte ihre Schulzeit ganz anders verlaufen können. Aber ihre Freundschaft mit Amy war ihre Rettung. Amy blieb immer an ihrer Seite. Sie half Chloe mit den Hausaufgaben, wenn diese es zuließ, und deckte sie, wenn sie zu spät erschien oder nicht aufgepasst hatte.

Amy und Chloe waren zusammen in die Grundschule gegangen und dann gemeinsam in die Sekundarstufe versetzt worden. Dort hatten sie Jess kennengelernt, die Dritte im Bunde. Jess trug schon mit elf Jahren Eyeliner und schwarz lackierte Fingernägel. Weil sie eine begabte Musikerin war, ließ man sie gewähren, auch wenn sie gegen die Kleiderordnung verstieß. Jess spielte fünf verschiedene Instrumente (auch ihr Bruder war sehr musikalisch, und ihre Mutter war Konzertpianistin). Mit dreizehn spielte Jess schon in einem richtigen Orchester außerhalb der Schule. Zuerst hatte sich Chloe ein wenig vor ihr gefürchtet, doch dann hatte sie gemerkt, dass Jess sehr nett war, aber schüchtern und einsam. Jess war also das musikalische Wunderkind, Amy die Einserschülerin, die später Ärztin werden wollte, und Chloe der Lehrerschreck, bei ihr wechselten gelegentlich brillante Anfälle und ausgedehnte Perioden von apathischer Sorglosigkeit einander ab. Ohne ihre Freunde hätte sie deutlich mehr Ärger am Hals gehabt. Amy und Jess waren ihre Anker.

Und so stand Amy auch jetzt im Wohnzimmer und stapelte vorsichtig die schmutzigen Teller und trug sie in die Küche. Chloe blickte hinaus in den Garten. Es war ein grauer, verwaschener Tag. In den zwei Wochen seit dem Tod ihrer Mutter hatte sich Unkraut ausgebreitet. Ihre Mutter hatte den Garten geliebt – wenn sie nicht bei der Arbeit war, fand man sie auf den Knien beim Unkrautjäten oder Einsetzen neuer Sämlinge. Im Lauf der Jahre, die sie nun schon hier lebten, hatte sie einen wunderschönen Ort erschaffen. Der Garten sah immer großartig aus, kostete aber viel Arbeit.

Chloe wandte sich wieder dem Wohnzimmer zu. Sie konnte in der Küche Wasser laufen hören – Amy spülte ab. Chloe ging im Zimmer herum, hob Magazine und Zeitungen auf und legte die Decken zusammen, mit denen ihr Dad und sie sich ihr Nest gebaut hatten. Es war gar nicht so schlimm. Das Chaos war relativ oberflächlich geblieben. Wenn sie gesaugt und Staub gewischt hatten, würde es schnell wieder ganz annehmbar aussehen.

Nachdem sie sich über das Erdgeschoss hergemacht und die schlimmste Unordnung in Chloes Zimmer beseitigt hatten, kochten sich die Mädchen einen Earl Grey und gingen auf die Terrasse. In den Wolken hatte sich ein kleiner Riss aufgetan, und ein Sonnenstrahl fiel auf die Felder hinterm Haus.

»Und wie geht's deinem Dad?«, fragte Amy.

»Schrecklich. Es ist, als hätte ihm jemand die Batterien rausgenommen.«

»Das ist nicht gerade überraschend, oder? Er hat seine Frau verloren.«

»Ich weiß.« Chloe nahm einen Schluck Tee. »Das Schlimmste ist, meine Eltern haben sich wirklich geliebt. So richtig, meine ich. Sie haben immer noch Händchen gehalten und sich geküsst. Widerlich.« Sie hielt inne, blickte durch den Dampf auf die Lavendelbüsche ihrer Mutter. »Ich verstehe, wie sehr ihn das trifft, wirklich. Aber ich muss dauernd denken, wenn es andersherum gewesen wäre, wäre Mum …«

»Was?«

»Ich weiß nicht. Besser damit klargekommen. Sie hat ihn ganz sicher genauso geliebt, das meine ich gar nicht, und sie wäre auch nicht weniger traurig gewesen über seinen Tod. Es hätte ihr das Herz zerrissen, aber sie hätte sich irgendwie organisiert. Sie hätte sich mehr Sorgen um mich gemacht. Ich meine, ich merke, wie ich über Geld nachdenke. Und das Haus. Mum hat viel mehr verdient als Dad. Sie war verrückt und unordentlich, und ihr Leben wirkte immer ziemlich chaotisch, aber eigentlich war sie unglaublich organisiert. Sie hatte für alles eine Methode: einkaufen, aufräumen, unsere Termine koordinieren … Und Dad und ich haben das einfach so als gegeben hingenommen.«

»Und wie geht es dir jetzt damit?«

»Ehrlich gesagt habe ich Angst. Ich weiß einfach noch nicht, wie wir ohne sie klarkommen werden. Das klingt grauenhaft, ich weiß, und wenn Dad gestorben wäre, wäre ich auch am Boden zerstört, aber ich glaube nicht, dass ich Angst gehabt hätte. Sie hätte alles zusammengehalten.«

»Sie war unglaublich.«

Chloe warf Amy einen strengen Blick zu. In ihrer Freundschaft galt das ungeschriebene Gesetz, dass Amy und Jess nicht von Rachel schwärmen durften. Alle Welt redete ständig davon, wie brillant ihre Mum war. Chloe hörte es die ganze Zeit, von ihren Freunden, von ihren Lehrern in der Schule, und jedes Mal, wenn jemand darüber sprach, fühlte es sich an, als würde sie mit ihrer Mutter verglichen und könne nicht standhalten. Wie auch? Amy wusste, was sie dabei empfand, und für gewöhnlich sparte sie sich solche Kommentare. Aber andererseits war ihre Mum jetzt nicht mehr unglaublich und würde es nie mehr sein. Vielleicht hatte Amy deshalb das Gefühl, dass diese Bemerkung jetzt okay war.

Chloe schaute auf ihre Uhr. »Dad ist schon ewig weg.«

»Wo ist er denn hin?«

»Hat er nicht gesagt. Hat nur gemeint, er müsse mal ein bisschen raus. Wahrscheinlich regelt er irgendwas wegen Mum und wollte mich nicht damit behelligen. Aber er ist schon ganz schön lang unterwegs.«

Plötzlich durchfuhr sie ein Gedanke. Das Auto ihres Vaters auf derselben Strecke, derselbe heimtückische Baum. Was, wenn er beschlossen hatte, er könne ohne ihre Mum nicht mehr leben? Wenn er sich entschieden hatte, alles zu beenden? Das Auto zu schrotten? Von einer Brücke zu springen? Was, wenn sie jetzt eine Waise war?

Amy erkannte die Panik auf Chloes Gesicht. »Ihm geht's gut«, sagte sie in beschwichtigendem Ton. »Er ist wahrscheinlich nur aufgehalten worden. Warum schickst du ihm nicht eine SMS?«

»Das wirkt doch, als wäre ich ein Riesenbaby, das Angst hat, allein zu sein«, sagte Chloe. Trotzdem legte sie nachdenklich ihre Hand auf ihr Telefon. Plötzlich ließ ein Brummton sie auffahren. Eine Nachricht von ihrem Vater.

Sorry, Süße, hat länger gedauert, als ich dachte. Bin in einer halben Stunde zu Hause. Sollen wir essen gehen?

»Siehst du?«, sagte Amy. »Hab ich doch gesagt.«

»Er schlägt vor, dass wir essen gehen. Derselbe Mann, der neulich dem Gasableser die Tür nicht aufgemacht hat.«

»Vielleicht geht es ihm besser?«

»Oder er dreht durch. Jedenfalls hat er recht. Wir müssen mal raus. Außerdem gibt es im ganzen Haus nichts mehr zu essen.«

»Ich hab auch schon gemerkt, dass der Kühlschrank ziemlich leer aussieht.«

»Es ist nicht so, dass Dad das nicht könnte – ich meine, er hat immer mehr Zeit mit mir verbracht als Mum. Seine Arbeitszeiten waren viel flexibler, er hat mit mir gespielt, und er ist sehr verlässlich, wenn es darum geht, mich irgendwohin zu bringen. Er kann sogar echt gut kochen. Aber Mum hat immer dafür gesorgt, dass alles Nötige im Kühlschrank war. Sie hat sich hinter den Kulissen um alles gekümmert.«

»Also, die gute Nachricht ist, dass du zum Abendessen ausgehst. Geht doch in irgendein cooles Restaurant. Oder zumindest in eins, das gutes Eis hat.«

Chloe brachte ein Lächeln zustande, aber dachte gleichzeitig darüber nach, wie es wäre, mit ihrem Vater

Essen zu gehen. Sie waren natürlich auch schon ohne ihre Mum ausgegangen – klar. Ihre Mutter war immer viel auf Reisen, bei Konferenzen und Meetings mit Zulieferern gewesen. Und selbst, wenn sie nicht unterwegs war, hatte sie häufig lang gearbeitet und hatte Chloe und ihren Dad allein vor sich hinwursteln lassen. Doch jetzt war es anders. Früher war immer klar gewesen, dass ihre Mum bei ihnen wäre, wenn sie Zeit hätte. Aber jetzt war sie weg, einfach nicht mehr da, und das wäre das erste Essen auswärts als Familie zu zweit. Chloe stellte sich vor, wie sie ihrem Dad in einem Restaurant gegenübersaß und versuchte, ein Gespräch am Laufen zu halten, in dem die schweigende Abwesenheit ihrer Mutter lauter brüllte, als sie beide es konnten. Nein, das schaffte sie nicht. Irgendwann mussten sie das machen – eins von vielen Dingen, die sie zum ersten Mal ohne ihre Mutter tun mussten. Aber irgendwann war nicht heute. Ganz sicher nicht heute.

»Mir ist nicht danach auszugehen«, sagte sie und sprang abrupt auf. »Ich koche was. Lass uns doch mal schauen, was im Gefrierfach ist.«

11

Aidan

Als Aidan zurückkehrte, war das Haus sauber und Chloe und Amy saßen in der Küche. Amy las gerade ein Rezept vor, während Chloe in einer Pfanne rührte und argwöhnisch an deren Inhalt schnüffelte

»Hey«, sagte er überrascht. »Ich dachte, wir gehen aus?«

»Wir haben ein bisschen aufgeräumt, und da war noch Zeug im Gefrierfach, das bald abläuft«, sagte Chloe. Sie sah angespannt aus. »Jetzt, wo wir alle Aufläufe gegessen haben, fangen wir besser wieder damit an, für uns selber zu kochen.«

»Was gibt's denn?«

»Wir haben eine Liste der vorrätigen Zutaten auf eine Rezeptwebsite gestellt, und die hat ein vegetarisches Curry ausgespuckt. Wir mussten ein bisschen improvisieren ...« Chloe beugte sich über die Pfanne und schnüffelte noch mal. »Riecht ein bisschen seltsam.«

Aidan wollte sie in den Arm nehmen. Sie war so tapfer und versuchte, einfach weiterzumachen und die Dinge in die Hand zu nehmen. Was auch immer sie kochte, er würde es mit Freuden verspeisen.

Er beugte sich über die Pfanne. »Riecht großartig«, sagte er. »Exotisch. Ich bin am Verhungern. Soll ich noch Reis machen? Amy, bleibst du zum Abendessen?«

»Danke, aber ich kann nicht.« Amy lächelte.

Aidan merkte, dass er sich sehnlichst wünschte, Amy würde bleiben, damit er und Chloe nicht allein klarkommen mussten mit der Ungeheuerlichkeit, die er gerade im Labor gesehen und erlebt hatte. Er hatte noch immer das Bild von iRachels hübschem, reglosem Gesicht vor Augen. Er sah seine Hände an. Sie zitterten leicht. Lieber Gott.

»Bist du sicher?«, fragte er und versuchte, dabei nicht allzu flehentlich zu klingen.

»Mum hat schon gekocht, und ich habe gesagt, dass ich um sechs zu Hause bin.«

Er spielte kurz mit dem Gedanken, Amys Mutter anzurufen und zu fragen, ob sie bleiben könne, aber er wusste, Chloe würde das verdächtig finden.

Sein Kopf schmerzte. Er wollte nach oben gehen, sich ins Bett legen, die Decke über den Kopf ziehen und nur noch schlafen. Er wollte nicht mit dieser Lawine aus Informationen und Schmerz konfrontiert sein. Nicht jetzt, und am liebsten niemals. Aber stattdessen strahlte er die Mädchen an, holte Saft aus dem Kühlschrank und unterhielt sich mit ihnen, während sein Magen sich verkrampfte und sein Herz in seiner Brust leise zerbrach.

12

Chloe

Von: Chloe Prosper-Sawyer
An: Amy Lucas

Ich bin ein schrecklicher Mensch.

Was? Bist du nicht.

*Doch. Nachdem du weg warst, haben wir uns hingesetzt und das Curry gegessen. Und ich kann dir sagen, es war *widerlich*. Dad aber voll so – Oh Süße, wie köstlich. Du bist eine Gourmetköchin. Aber nicht mal er konnte es aufessen.*

Deswegen bist du noch lange kein schrecklicher Mensch. Nur eine schreckliche Köchin. Und das ist nichts Neues.

Haha. Nein, ist erst danach passiert. Das Essen hat Dad noch über sich ergehen lassen, aber er sah furchtbar aus. Hatte verheulte Augen. Er hat immer wieder so eingeatmet, als würde er gleich was sagen, und dann aber doch geschwiegen.

Was denkst du, wollte er sagen?

Ich glaube, er wollte, dass ich ihm mein Herz ausschütte. Über unsere Zukunft und so.

Und?

Ich kann nicht, Amez. Ich kann einfach nicht. Also bin ich abgehauen.

ABGEHAUEN?

OMG, was denkst du denn? Nicht raus auf die Straße oder so. Nur hoch in mein Zimmer. Hab gesagt, dass ich morgen wieder zur Schule will und mein Zeug zusammensuchen muss. Jetzt verstecke ich mich.

Kommst du dann also wieder in die Schule?

Muss ich jetzt ja wohl, oder?

Schätze schon.

Aber ich kann mich nicht für den Rest meines Lebens vor meinem Dad verstecken.

Wäre ein Gespräch mit ihm denn so schlimm?

Nein. Ich meine ja. Ich weiß nicht. Ich weiß nicht, wie es mir geht. Aber ich habe Angst, dass ich das Falsche sage.

Was wär denn das Falsche?

Ich weiß nicht, ich denke viele falsche Dinge. Manchmal bin ich so verdammt sauer auf Mum, dass ich nicht weiß, was ich tun soll. Wenn ich daran denke, dass meine Grandma aus demselben Grund gestorben ist … Mir geht immer wieder durch den Kopf, dass sie vielleicht von dem Risiko wusste, aber nichts dagegen unternommen hat. Sie hätte sich operieren lassen können. Ich hab's nachgelesen. Aber vielleicht hat ihr ach so brillanter Verstand sie davon abgehalten.

Wow.

Ich weiß. Und jetzt habe ich keine Mum mehr, und ihr ach so brillanter Verstand ist sowieso nicht mehr da. Alles Asche. Wortwörtlich.

Tut mir leid.

Also stell dir vor, sie hätte sich operieren lassen, und wäre dann nicht mehr ganz so brillant gewesen? Vielleicht wäre sie dann nicht mehr die beste KI-Expertin der Welt gewesen, vielleicht hätte sie dann zu Hause bleiben und sich um mich kümmern müssen. Wäre das denn so schlimm gewesen?

13

Luke

Seine Hand schmerzte. Sehr. Er musste sich abgewöhnen, auf leblose Objekte einzuschlagen, wenn er wütend wurde. Feinmotorik war für seine Tätigkeit unerlässlich, und wenn er sich die Hände ruinierte, konnte er nicht mehr arbeiten. Aber das konnte er ja ohnehin nicht. Nicht nach Rachels Wahnsinnsaktion.

An der Stelle, wo er den Metallschrank getroffen hatte, war jetzt eine beträchtliche Delle. Zum Glück war sie an der dem Fenster zugewandten Seite, also konnte sie niemand sehen, der ins Labor reinschaute. Aber er ließ sowieso nicht allzu oft jemanden rein. Wegen der Privatsphäregarantie für die Forscher hatte er sich für Telos entschieden. Die Behauptung, er möge keinen Small Talk, war Tiefstapelei. Er hielt sich nicht gern in der Gemeinschaftsküche auf, um sich Tee zu kochen, und die vom Management organisierten Teamveranstaltungen besuchte er nur äußerst sporadisch. Luke hatte sich in der Gegenwart anderer nie besonders wohl gefühlt. Aus einem einzelgängerischen Kind, das am liebsten in seinem Zimmer elektronische Geräte zerlegte und sie wieder zusammensetzte, war ein verschlossener Erwachsener geworden. Er hatte Beziehungen mit Frauen, aber sie waren für gewöhnlich eher kurzlebig und oberflächlich. Für Menschen, die er als ihm intellektuell unterlegen einstufte – also alle –, hatte er keine Zeit. Mit einer bemerkenswerten Ausnahme.

Rachel war für ihn wie ein Stoßdämpfer gewesen. Sie war die »Nette«, »Gesellige«, die an Meetings teilnahm und Berichte ablieferte, und die die Leute von ihm und dem Labor fernhielt. Und jetzt war sie weg. Sie war nicht nur weg, sondern hatte ihn mit der Umprogrammierung von #787775 auch noch so brutal hintergangen, dass er gar nicht wusste, wo er anfangen sollte. Nachdem er sich am Vorabend ihre Nachricht angehört hatte, hatte er getobt, gebrüllt und auf den Metallschrank eingedroschen. Hätte er Rachel zu fassen gekriegt, man hätte ihn nicht für seine Taten verantwortlich machen können.

Aber wie es aussah, kriegte er nicht mal iRachel zu fassen. Der Roboter hatte ihm gesagt, er werde die Nachricht über die Lautsprecher von Lukes Laptop abspielen. Dann war er in den Lagerraum gegangen und hatte sich selbst darin eingeschlossen. Nach dem Ende von Rachels Botschaft hatte Luke versucht, die Tür zu öffnen, aber iRachel hatte sie irgendwie blockiert.

Das trug nicht eben zu seiner Beruhigung bei. Wäre es ein Schachspiel, wäre Rachel ihm zehn Züge voraus, und er hatte das Schachmatt noch nicht mal kommen sehen.

Rachel und er hatten endlos über die nächste Phase ihrer Forschungen gestritten. Rachel hatte darauf beharrt, die einzige Möglichkeit, iRachels Empathiefortschritte zu testen, sei, das Labor zu verlassen und in eine kontrollierte Umgebung zu wechseln. Luke hatte eine Million Einwände – wie sollte er den Androiden instandhalten? Was, wenn er beschädigt wurde? Wie sollten sie die Versuchspersonen auswählen, an denen sie den Roboter testeten?

Seiner Meinung nach hatten sich diese Diskussionen in einem frühen Stadium befunden. Er war davon ausgegangen, dass sie ein detailliertes Briefing für die Versuchspersonen erarbeiten, Kandidaten auswählen und ausführliche Interviews mit ihnen führen würden; er hatte sogar mit dem Gedanken gespielt, im Labor einen Lebensraum für die Probanden zu erschaffen, sodass iRachel das Labor nicht verlassen musste. Aber Rachel hatte seine Wünsche komplett ignoriert und einfach ihren Kopf durchgesetzt.

Das war nicht das erste Mal. Sie hatten sich schon einmal fürchterlich zerkracht, als sie noch an Mark 1 gearbeitet hatten. Lukes Interesse galt der Empathiesoftware, aber er konnte die Notwendigkeit nicht verstehen, warum der Roboter sprechen können musste. Eigentlich sollte er doch nur für Demenzkranke die Betten machen und sie mit dem Löffel füttern. Aber eines Morgens war Luke ins Labor gekommen und hatte entdeckt, dass Rachel Sprachdateien und ein Konversationsprogramm für ihren Prototypen entworfen und hochgeladen hatte. Danach hatte Mark 1 nie wieder den Mund gehalten, war ihm im Labor überallhin gefolgt und hatte ihm dauernd Fragen gestellt. Als Luke Rachel anschrie, dass sie seine Wünsche ignoriert habe, lächelte sie ihn fröhlich an und sagte: »Nun, man ist doch erst klüger, wenn man es ausprobiert hat, oder?«

Als sie mit Mark 2 begannen, stöpselte Luke die Batterie von Mark 1 aus und schob den Androiden in einen Schrank im Lagerraum. Damit war dieses endlose Genöle ein für alle Mal beendet.

Aber diesmal hatte Rachel ihm wirklich keine Wahl gelassen – er würde tun müssen, was sie verlangte. Dafür hatte sie gesorgt. Die Frage war nur – wie? Das Management von Telos würde niemals zustimmen. Also musste es heimlich geschehen.

14

Aidan

Chloe hatte darauf bestanden, wieder zur Schule zu gehen. Er war nicht der Meinung, dass sie schon so weit war, aber sie war wild entschlossen.

»Es wird ja nicht einfacher«, sagte sie und stopfte ihre Bücher in ihren Rucksack. »Ich bring's lieber hinter mich. Ein paar Tage lang werden mich alle anstarren wie einen Freak und kein Wort mit mir reden, und dann vergessen sie es, und ich kann wieder normal weitermachen. Amy und Jess werden sich schon um mich kümmern.«

»Wenn du meinst«, sagte Aidan mit zweifelnder Stimme. »Soll ich dich fahren?«

»Nein!«, stieß Chloe so heftig aus, dass er zusammenzuckte. »Schon okay«, sagte sie etwas sanfter. »Lass mich nur machen, ich komme klar.«

Sie schwang sich den Rucksack über die Schulter, drückte ihm schnell einen Kuss auf die Wange und schlüpfte dann zur Tür hinaus.

Aidan ging zurück ins Haus und räumte das Frühstücksgeschirr weg. Durch das Küchenfenster blickte er in den Vorgarten zur Straße, während er Wasser in die Spüle einließ.

Er selbst musste noch nicht an die Arbeit zurück. Wenn er darum bitten würde, noch länger wegbleiben zu können, wäre das sicher möglich. Er war nicht so, als würde mit ihm alles stehen und fallen.

»Nimm dir so viel Zeit, wie du brauchst«, hatte Fiona gesagt. »Wir vertreten dich.«

Und das meinte sie auch so. Er wusste, sie würde ihn ewig weiterbezahlen, selbst wenn er monatelang nicht zurückkommen würde. So war sie. Er liebte das fröhlich-chaotische Büro und seine Kollegen und hatte keinerlei Ambitionen, anderswo groß Karriere zu machen. Er half Menschen, auch wenn es nur wenig war, und das genügte ihm.

Wäre es andersherum gewesen – wäre er gestorben und Rachel für eine Weile ausgefallen –, dann hätte Telos ihr sicher nur die gesetzlich vorgeschriebene Mindestzeit gewährt und weiter nichts. Aber sie hatte sich nun mal für die Welt der Forschung entschieden, wo der Druck trotz Abermillionen von Zuschüssen groß war. Wäre Rachel der Arbeit ferngeblieben oder hätte sie keine Leistung erbracht, dann hätten die Leute, die die großen Schecks ausstellten, Fragen gestellt. Wie lange wäre Rachel wohl nicht ins Labor gegangen? Wahrscheinlich wäre sie am Tag nach seinem Begräbnis wieder dort erschienen. Sie hätte sich in ihrer Arbeit vergraben, um wieder zu Kräften zu kommen. Aber sie hatte sich immer in ihrer Arbeit vergraben, egal was gerade passierte. Sein Tod wäre nur eine kurze Unterbrechung ihrer Alltagsroutine gewesen.

Düstere Gedanken. Ihm war klar, dass sich sein Denken im Kreis drehte und er sich damit quälte. Er wusste auch, dass er sich damit lediglich von dem Roboter – iRachel – und von Rachels Nachricht ablenkte. Er hatte das Labor mit dem Versprechen verlassen, sich die Sache zu überlegen, aber er schaffte es einfach nicht. Er konnte sich nicht vorstellen, diese seltsame, elektronische Version seiner Frau ins Haus zu lassen. Sie glich Rachel so sehr und war doch gleichzeitig ganz anders. Dieses Ding hatte ihr Gesicht, ihre Größe, ihre Figur und brachte sogar eine passable Imitation ihrer Mimik zustande. Und doch war sie es eben nicht. Rachels Schönheit lag nicht in ihrem hübschen Gesicht oder ihrem blonden Haar, sondern in ihrer Wärme, ihrer Intelligenz und ihrem wieselflinken Witz.

Dieses Ding.

Was dachte er da gerade? Genau wie Rachel und Luke behandelte auch er iRachel als Neutrum. Als wäre sie nicht menschlich, sondern ein Toaster oder sowas. Und in Wahrheit war sie ja auch nur eine Maschine. Trotz der brillanten Technologie – sie bestand aus Metall, Drähten und Latex. Sie war kein warmer, atmender, denkender Mensch. Aber er hatte etwas in ihr gesehen. Etwas, das mehr war als nur Programmierung und Terabytes an Informationen. Eine Art Schwermut, Einsamkeit. Ein aufrichtiger Wunsch nach Anschluss. Und deshalb wollte er sie nicht als Neutrum behandeln, auch wenn das technisch nicht ganz korrekt war.

Er konnte sich lebhaft vorstellen, wie Rachel über ihn

lachen würde. »Du vermenschlichst diese Sache!«, hätte sie gesagt. »Typisch.«

Natürlich hätte sie recht. Seine Reaktion auf iRachel kam aus dem Bauch, nicht aus dem Kopf. Er sah sie als Mensch, weil er sie so sehen *wollte*.

Immer wenn Rachel die Geduld mit ihm verlor, hatte sie ihn einen hoffnungslosen Romantiker genannt. Aber meistens hatte sie seine emotionale Intelligenz zu schätzen gewusst. Er war der Stillere, und in einer Gruppe von Menschen war er es, der die feinen Nuancen eines Gesprächs, das Unausgesprochene, die Mimik und die zugeworfenen Blicke bemerkte. Für gewöhnlich war Rachel viel zu schnell, um solchen Dingen Beachtung zu schenken, und hörte dann später fasziniert zu, wenn er berichtete, was ihm aufgefallen war.

Es war an der Zeit, darüber nachzudenken, was er gesehen und erfahren hatte. Er musste mit dem enormen Ausmaß von Rachels Lügen zurechtkommen. Wie hatte sie ihm das verheimlichen können? Und was sagte das über ihre Ehe aus? Für diese Gedanken war er noch nicht bereit. Nicht einmal annähernd.

Er war nicht gerade dumm, aber er hatte auch nicht Rachels messerscharfen, präzisen Verstand, der so viel schneller arbeitete als bei den meisten anderen. War sie mit einem Problem konfrontiert, hatte sie sofort jedes Detail aufgesaugt, die möglichen Blickwinkel und Auswirkungen in Betracht gezogen und dann eine schnelle und sachkundige Entscheidung getroffen.

Aidan konnte das nicht. Er brauchte Zeit, um alles auszuwerten, und vor allem Zeit, damit sich der Sturm der Gefühle, den iRachel ausgelöste hatte, legte.

Außerdem waren ihm Lukes Beweggründe zutiefst suspekt. Hatte Luke schon die ganze Zeit von Rachels Wunsch gewusst? Tatsache war: Rachel wollte, dass er iRachel mit zu Chloe und sich nach Hause nahm, egal wie verrückt oder abstoßend er das fand. Und was war mit Chloe? Wie sollte er ihr das beibringen? Er musste es ihr erzählen.

Das Spülwasser war kalt geworden. Aiden schüttelte den Kopf und ließ es ab, um frisches einzulassen. Aber als er den Stöpsel reinsteckte und das Wasser andrehte, bemerkte er eine Bewegung draußen auf der Straße. Ihr Haus war ein ganzes Stück von der Hauptstraße entfernt, und normalerweise herrschte zu dieser Tageszeit so gut wie nie Verkehr. Er sah, wie ein weißer Lieferwagen halb auf dem Gehweg parkte. Ein Lieferdienst? Er hatte nichts bestellt, aber vielleicht bekam einer der Nachbarn eine neue Waschmaschine? Müßig sah er zu, wie der Fahrer heraussprang und zum Heck des Wagens ging. Der Mann war gedrungen und ein wenig untersetzt und trug eine tief in die Stirn gezogene Baseballmütze. Er entriegelte die hinteren Türen, riss sie weit auf und trat zurück.

Elegant stieg Rachel aus dem Laderaum des Lieferwagens, drehte sich dann um und blickte zum Haus. Aidan fühlte sich, als hätte er einen Schlag gegen die Brust bekommen. Sein Atem kam stoßartig und flach. Er war so ergriffen von ihrem Anblick, dass er den Wasserhahn laufen ließ und nicht bemerkte, wie schnell sich das Spülbecken füllte.

Natürlich war es iRachel, nicht Rachel. Der Mann mit der Baseballcap war Luke, und die Gestalt, die jetzt langsam und vorsichtig die Auffahrt heraufkam, war nicht seine tote Frau, sondern ihr Androiden-Double.

Das Spülbecken war kurz vorm Überlaufen. Instinktiv steckte er die Hand ins Wasser, um den Stöpsel zu ziehen. Der Schmerz traf ihn mit voller Wucht. Das Warmwasser kam immer brühend heiß aus dem Hahn, und er hatte gedankenlos die ganze Hand hineingesteckt. Er schrie auf vor Schmerz, wich von der Spüle zurück und drückte seine Hand an die Brust. Tränen schossen ihm in die Augen, gerade als iRachel dicht gefolgt von Luke die Veranda betrat und an der Tür klingelte.

Was tun? Er konnte sie nicht dort draußen stehen lassen – nicht auszudenken, wenn einer der Nachbarn aus dem Fenster blickte und die verstorbene Dr. Rachel Prosper an ihrer eigenen Tür klingeln sah. Auch wenn er am liebsten das Weite suchen wollte – es blieb ihm nichts anderes übrig, als sie reinzuholen, und zwar schnell.

Er schnappte sich ein Geschirrtuch, hielt es unter den Kaltwasserhahn und wickelte es um seine pochende, glühende Hand, rannte dann zur Haustür und riss sie auf.

»Kommt rein«, drängte er, »ehe euch jemand sieht.«

iRachel blickte ihm direkt ins Gesicht, ihre großen, schönen Augen hatten exakt denselben Grünton wie Rachels. Sie trat leise über die Schwelle. Aidan zerrte Luke hinter ihr zur Tür herein und schloss sie dann schnell.

»Was zur Hölle tust du da?«, fragte Aidan. »Ich habe nicht zugestimmt. Warum hast du sie hergebracht?«

Luke nahm seine Cap ab und fuhr sich durchs Haar. Er öffnete den Mund, um zu antworten, aber zögerte, als wüsste er nicht, wo er anfangen sollte.

Aidan war in Rage. »Herrgott noch mal, Luke, wissen die bei Telos überhaupt, dass du sie hergebracht hast? Gibt das nicht unglaublichen Ärger?«

Luke wollte gerade etwas sagen, als sein Blick zu iRachel wanderte. Aidan bemerkte seine perplexe Miene, dann sah er es auch.

iRachel war durch den Flur gegangen und stand vor dem Spiegel an der Wand gegenüber der Tür. Es war ein schöner, altersfleckiger Spiegel mit aufwendigem silbernem Art-Déco-Rahmen. Rachel hatte sich dieses Lieblingsstück als Studentin in einem Trödelladen gekauft. Er hatte immer im Flur gehangen, egal wo sie gerade wohnten, und es war Rachel Angewohnheit gewesen, für einen kurzen letzten Blick davor stehen zu bleiben, bevor sie das Haus verließ.

iRachels Haltung war unnatürlich starr, wie Aidan bemerkte. Besser gesagt, sie wäre unnatürlich gewesen für einen Menschen. Ihm war im Alltag nie aufgefallen, wie viel sich Menschen bewegen, wach oder im Schlaf. Aber iRachel stand völlig reglos vor dem Spiegel, ohne zu atmen oder zu blinzeln. Er warf einen Blick auf Luke, der iRachel beklommen beobachtete. Offenbar wusste auch er nicht, was da gerade passierte.

Luke machte einen vorsichtigen Schritt auf iRachel zu, und sie sah ihn an.

»Das Umformatierungsprotokoll ist beendet.«

Luke stieß einen Seufzer aus. Er ließ die Schultern sinken und wandte sich kurz ab. Aidan hörte, wie er »verfluchte Scheiße!« murmelte.

»Was?«, murrte Aidan. »Was zur Hölle war das gerade?«

»Rachel hatte eine Nachricht für dich aufgezeichnet«, erklärte Luke. »Und auch eine für mich. Weißt du, worum es darin geht?«

»Nein.«

»Sie wusste, dass ich niemals damit einverstanden gewesen wäre, den Androiden bei dir wohnen zu lassen. Also hat sie ihn programmiert. Wenn der Roboter nicht innerhalb von 24 Stunden nach dem Abspielen der Nachricht in deinem Haus erscheint, löscht sich seine Festplatte. Komplett.«

»Wäre das denn so schlimm? Du hast die Daten doch sicher irgendwo gesichert?«

»Die ursprünglichen Daten ja. Aber nicht das, was er inzwischen gelernt hat. Nicht all die Anpassungen, die er vorgenommen, oder die Daten, die er während unserer Experimente eigenständig abgeleitet hat. Selbst wenn ich die Sprachdateien und so weiter wieder draufspielen würde, er wäre wie ein Neugeborenes. Unsere ganze Arbeit wäre verloren.«

Aidan blickte zu iRachel. »Was ist da gerade passiert vor dem Spiegel?«

»Rachel hat in diesen Spiegel einen Sensor eingebaut«, erklärte iRachel. »Ich musste mich davorstellen und meine Kamera 30 Sekunden lang mit dem Sensor verbinden. Der Sensor hat mir dann einen Code übermittelt. Der Codeschlüssel hat den Countdown zur Umformatierung gestoppt.«

Aidan schüttelte lächelnd den Kopf. Das war so typisch Rachel – sich einen cleveren, nicht zu hackenden, einzigartigen Code auszudenken … Selbst wenn Luke vom Sensor im Spiegel gewusst hätte, wäre er ohne Aidans Erlaubnis niemals darangekommen. Er blickte zum Spiegel. Wo auch immer Rachel den Sensor versteckt haben mochte – für das bloße Auge war er nicht zu erkennen.

»Sollen wir uns ins Wohnzimmer setzen?«, fragte er mit merkwürdiger, seltsam höflicher Stimme.

Sie gingen rüber, und Luke setzte sich mit unbehaglicher Miene auf die Sofakante. Aidan nahm ihm gegenüber in einem Sessel Platz, und iRachel blieb mitten auf dem Teppich stehen.

»Bitte setz dich«, sagte Aidan.

Elegant glitt iRachel zum Wohnzimmertisch hinüber, zog einen Stuhl hervor und setzte sich, den Rücken gerade, die Hände auf den Knien. In diesem Augenblick glich sie Rachel überhaupt nicht. Rachel hatte immer auf dem Boden gehockt oder auf dem Sofa herumgelümmelt, sie konnte einfach nicht stillsitzen. iRachel dagegen hatte die Contenance einer Ballerina. Sie trug ein schlichtes weißes Hemdkleid, das vorne geknöpft war. Es war blütenrein und faltenfrei. Dazu weiße Tennisschuhe. Ihre Haare hatten die gleiche Länge und Farbe wie Rachels, aber waren irgendwie strahlender und glatter. Sie sah aus wie Rachels ordentlicherer, ruhigerer Zwilling.

Sie saßen schweigend da und sahen sich an. Wow, dachte Aidan, ich hätte niemals gedacht, mal so ein Gespräch führen zu müssen. Ich habe keine Ahnung, was ich sagen soll.

Luke brach das Schweigen. Ohne iRachel anzusehen, sagte er: »Also ist die Umformatierung vom Tisch?«

»Ja«, sagte iRachel.

»Du wirst weder die Festplatte löschen noch das Betriebssystem beschädigen?«

»Nein.«

Luke nickte und erhob sich. »Gut, dann gehen wir.«

»Wie bitte?«, fragten Aidan und iRachel gleichzeitig.

»Wir gehen zurück zum Labor. Wir haben Rachels kleines Rätsel gelöst, das Spiel ist aus.«

»Nein«, sagte iRachel.

»Nein?« Lukes Augen blitzten gefährlich.

»Es ist erforderlich, dass ich hierbleibe«, sagte iRachel, und in ihrer Stimme lag etwas von Rachels eiserner Entschlossenheit.

Aidan musste wieder lächeln. Luke kannte diesen Tonfall sicher so gut wie er selbst.

»Du hast keine Wahl«, sagte Luke. »Du bist Eigentum von Telos, und ich hätte bei dieser lächerlichen Erpressung niemals mitmachen dürfen. Ich bringe dich zurück.«

»Nein«, sagte Rachel. »Es gibt noch andere Schutzvorrichtungen.«

»Andere was?«

»Schutzvorrichtungen. Rachel hat weitere Kontrollen eingebaut, um sicherzustellen, dass ich für einen bestimmten Zeitraum hierbleibe.«

»Was für Kontrollen?«

»Einen Trojaner.«

»Was?«, fragte Luke ungläubig.

»Als du vorm Verlassen des Labors mein Betriebssystem kontrolliert hast, hast du vermutlich die kleine .exe-Datei übersehen, die aussieht, als sei sie Teil meiner Zwinkerfunktion.«

Luke antwortete nicht.

»Es ist ein Virus. Wenn ich den Gesichtserkennungsscan am Spiegel im Flur nicht alle sechs Stunden wiederhole, aktiviert sich der Virus und infiziert meine Dateien.«

»Dann baue ich den Sensor aus dem Spiegel aus«, sagte Luke.

»Der Sensor ist im Spiegel verborgen. Wenn du versuchst, ihn zu entfernen, wird er zerstört und der Virus ist unaufhaltbar.«

»Wir können auch einfach ein Antivirenprogramm durchlaufen lassen«, sagte Luke gereizt, aber Aidan hörte schon an Lukes Ton, wie aussichtlos das war.

»Rachel hat diesen Virus programmiert«, sagte iRachel, als würde das als Erklärung genügen. Und so war es.

»Also bleibst du jetzt hier«, sagte Luke nur.

»Warte«, schaltete Aidan sich ein. »Habe ich dabei nicht auch noch ein Wörtchen mitzureden?«

»Wobei?«

»Ob sie hierbleibt? Wie soll ich das Chloe erklären? Und wie unserer Familie und unseren Freunden und dem Rest der Welt?«

»Also zum einen darf niemand außer Chloe davon erfahren«, sagte Luke. »Das ist mein Ernst. Niemand darf davon wissen. Dieses Projekt ist geheim – so streng geheim, dass noch nicht mal die Führungsetage von Telos weiß, wie weit fortgeschritten unsere Arbeit ist.«

»Ich glaube, du kannst dir nicht im Entferntesten vorstellen, was das mit Chloe machen wird«, sagte Aidan. »Sie kommt bald aus der Schule. Wie zur Hölle soll ich ihr das erklären?«

»Du meinst«, sagte Luke, »du hast es ihr noch nicht gesagt?«

»Nein«, antwortete Aidan knapp.

»Du bist gestern ins Labor gekommen, hast iRachel gesehen und nicht dran gedacht, deiner Tochter davon zu erzählen?«

»Nein, ist mir einfach entfallen«, höhnte Aidan. »Wenn du selber Kinder hättest, würdest du vielleicht verstehen, dass man sie manchmal beschützen muss. Sie hat gerade ihre Mutter verloren. Wie soll sie denn mit …« er machte eine Geste in iRachels Richtung »… so was klarkommen?«

Luke lehnte sich auf dem Sofa zurück und machte es sich bequem. »Das war ja zu erwarten.«

»Was soll das bitte heißen?«

»Nichts.«

»Wohl kaum, sonst hättest du es ja nicht gesagt. Was meinst du genau?«

»Na ja«, Luke tat so, als würde er zögern, »Rachel hat schon immer gesagt, dass du ein rückgratloser Zauderer bist, der keine Entscheidungen treffen kann …«

Aidan sprang auf. Seine verbrühte Hand schmerzte fürchterlich, aber er konnte Luke immer noch mit seiner anderen die Fresse polieren. »Jetzt pass mal auf, du Scheißkerl …«, begann er.

»Das hat sie nicht.« Die Stimme von iRachel schaltete sich ein.

Doch er ignorierte sie und ging drohend auf Luke zu, der völlig gelassen blieb und sich nicht vom Sofa rührte.

»Das hat sie nicht gesagt.« iRachels Stimme klang nun lauter und eindringlicher.

»Was nicht gesagt?«, fragte Aidan über die Schulter und hielt den Blick auf Luke gerichtet.

»Sie hat zu keinem Zeitpunkt in den letzten fünfundvierzig Tagen ihres Lebens gesagt, dass du ein rückgratloser Zauderer bist. Der einzige Verweis auf ›zaudern‹ geschah in einer Unterhaltung zwischen Luke und Rachel am 23. Februar dieses Jahres um 10.14 Uhr, wobei es um eine Entscheidung bezüglich eures geplanten Sommerurlaubs ging.« Sie begann die Unterhaltung wiederzugeben, als lese sie von einem Gerichtsprotokoll ab.

»Luke: Also habt ihr schon was gebucht?

Rachel: Nein, noch nicht.

Luke: Ich dachte, ihr wolltet letztes Wochenende buchen?

Rachel: Ja, wollten wir. Aber dann hat Aidan Bewertungen zu dem Hotel in Florenz gelesen, das ich ausgesucht hatte, und war der Meinung, es sei nicht gut genug. Er will noch ein bisschen recherchieren.

Luke: Puh, schnell ist er ja nicht gerade, dein Gatte.

Rachel: Er ist vorsichtig. Er will, dass alles so schön wie möglich ist, also prüft er alles und plant genau.

Luke: Klingt nach einem Zauderer.«

Eine Pause folgte, dann sagte iRachel »Gespräch beendet um 10.15 Uhr.« Sie sah Luke an. »Ich habe alle meine Aufzeichnungen durchsucht, und in keiner Äußerung von Rachel hat sie je die Worte ›rückgratlos‹ oder ›Zauderer‹ verwendet oder ein Synonym im Zusammenhang mit Aidan oder jemand anderem.«

Luke und Aidan starrten iRachel sprachlos an.

»Hast du jede Unterhaltung im Labor aufgezeichnet?«, fragte Luke schließlich.

»Ich bin so programmiert, dass ich alles aufzeichne und archiviere«, sagte iRachel nur.

Aidan setzte sich langsam wieder. Vorsichtig befreite er seine Hand von dem Geschirrtuch. Die Haut war rosa und glänzte, Blasen hatten sich gebildet. Ohne aufzublicken, sagte er: »Wenn sie bleibt…« Er schwieg einen Augenblick. »Wenn sie bleibt, was müssten Chloe und ich dann tun?«

Noch ehe Luke antworten konnte, sagte iRachel: »Ich kann alle üblichen Haushaltsarbeiten erledigen. Ich kann Kleidung waschen und bügeln, sauber machen und kochen. Rachel hat mir Zugriff gegeben auf ihre Online-Einkaufskonten, also kann ich den Haushalt versorgen und die täglichen Finanztransaktionen übernehmen. Ich werde viel lernen, wenn ich in einem menschlichen Haushalt präsent bin und die Alltagsrituale beobachte. Wenn du und Chloe nicht mit mir interagieren wollt, ist das allein eure Entscheidung.«

»Klingt doch ziemlich perfekt«, sagte Luke. »Jemand, der euch von vorn bis hinten bedient, der nie müde wird, sich nie beschwert, weder Nahrung noch Urlaub braucht, und zu dem man nicht mal höflich sein muss. Außerdem ist er lernfähig, wenn dir also dein Steak nicht passt, musst du es nur sagen, damit es dir beim nächsten Mal schmeckt.«

Aidan ignorierte Lukes Grobheit und fragte: »Wie lange?«

»Aktuell ist kein Endzeitpunkt des Experiments vorprogrammiert«, antwortete iRachel. »Oder zumindest ist noch keiner erkennbar. Vorherige Experimente legen jedoch nahe, dass Rachel es in einen Code eingeschrieben hat und es zu gegebener Zeit lesbar sein wird.«

»Also wenn du die Daten gesammelt hast, die Rachel für nötig hielt, dann teilst du uns mit, dass du jetzt wieder ins Labor zurückkannst?«, fragte Aidan.

iRachel nickte.

»Besser, das dauert nicht allzu lange«, sagte Luke. »Bisher konnte ich das Management vom Labor fernhalten, aber früher oder später werden die wissen wollen, woran wir gearbeitet haben. Ich muss bald vor dem Board sprechen und kann sie nicht ewig vertrösten.«

iRachel warf ihm einen kühlen Blick zu. »Darf ich vorschlagen, dass du die Sprach- und Kontextdateien auf den non-humanoiden Mark-1-Prototyp hochlädst, der sich aktuell im Schrank des Lagerraums befindet? Er hat einen kleinen Bug, aber Rachel hat ein Reparaturprogramm dafür geschrieben. Er kann alles, was ich auch kann. Der einzige Unterschied besteht darin, dass er nicht einem menschlichen Wesen gleicht. Du kannst am empathischen Lernprogramm weiterarbeiten, damit du etwas hast, das du dem Board zeigen kannst, falls es Fragen geben sollte.«

»Ich nehme an, das ist ein weiterer von Rachels brillanten Eventualitätsplänen?«, sagte Luke sarkastisch.

»Nein«, erwiderte iRachel kühl, »es ist mein eigener Plan. In der Zeit im Lagerraum habe ich den Prototypen inspiziert und sein Potenzial erkannt.«

Aidan merkte, dass er lachen musste, aber Lukes finsterer Blick ließ ihn verstummen.

»Das soll ich also tun, während ihr hier alle happy family spielt?«, fragte Luke gereizt. »Einfach nur im Labor rumsitzen und auf euren Anruf warten?«

»Ich werde zum ersten Mal für einen längeren Zeitraum im Einsatz sein«, sagte iRachel. »Ich benötige regelmäßige Wartungskontrollen und außerdem die Möglichkeit, die von mir gesammelten Daten zu übertragen.«

»Na dann, wenn *du* jetzt das Sagen hast – wann soll ich dir zu Diensten sein?«, höhnte Luke.

»Einmal pro Woche sollte genügen. Bei einem Notfall oder Systemausfall wirst du bekanntlich sofort eine Dringlichkeitsmeldung erhalten.«

»Aha, dann weiß ich ja jetzt Bescheid«, sagte Luke zu Aidan. »Er bleibt hier, und das war's. Tut mir leid, dass ich mit Chloe nicht weiterhelfen kann, aber ich fürchte, das ist dein Zuständigkeitsbereich.« Er klang kein bisschen, als ob es ihm leidtäte.

Aidan fühlte sich, als stehe er am Rand einer Klippe. So sehr ihm Luke auch zuwider war, plötzlich wünschte er sich sehnlichst, er würde bleiben. Allein der Gedanke, mit iRachels kühler, passiver Präsenz im Haus allein zu sein … Hinter Rachels liebem Gesicht verbarg sich eine geheime Welt von Wissen und Technologie. Das war zu viel, zu schnell, zu schmerzhaft. Ihm graute davor. Was hatte sich Rachel nur dabei gedacht?

Im Flur drehte sich Luke um und streckte Aidan widerwillig die Hand hin. Aidan zuckte zusammen und hielt seine Hand hoch, damit er die Blasen und die verbrühte Haut sehen konnte. Luke sah sie einen Augenblick lang an, grinste dann und zeigte Aidan seine eigene von dem Schlag gegen den Metallschrank verletzte Hand.

»Was zur Hölle hast du gemacht?«, frage Luke.

»Das könnte ich dich genauso fragen«, sagte Aidan.

»Ärger mit den Weibern«, sagte Luke und zog eine Augenbraue hoch.

»Da kann ich ein Lied von singen.«

15

iRachel

»Das ist eine Servicenachricht:

Guten Tag. Ich bin iRachel, ein Android. Ich bin hier, um auf jede erdenkliche Art behilflich zu sein. Ich kann diese Nachricht als gedruckten Text übermitteln, mit meiner Stimme oder als Video, das auf einem Computer oder Fernseher abgespielt wird.

Ich bin ein empathischer Roboter, der auf sein Gegenüber reagiert. Ich lerne aus diesen Interaktionen, und auf diese Weise fällt es mir leichter, zu helfen und ein besserer Gefährte zu sein.

Mein Miterbauer Luke hat jedem von euch ein Armband gegeben. Dieses Armband besteht aus schwarzem Gummi und gleicht gängigen Sport-Pulsuhren.

Das Armband ermöglicht mir, bestimmte physiologische Reaktionen zu messen. Dazu gehören die Herzfrequenz und die galvanische Hautreaktion – anders gesagt, der durch Stress verursachte Schweiß. Mit meinen Kameras zeichne ich Gesichtsausdruck und Pupillenerweiterung auf, wie auch den Ton deiner Stimme. Außerdem kann ich die Atemgeschwindigkeit feststellen. All diese Daten helfen mir bei meinen Berechnungen, um angemessen empathisch zu reagieren.

Ich kann gehen, sprechen und viele hilfreiche menschliche Aktivitäten ausführen. Meine Bewegungskoordination ist gut, und ich bin imstande, nützliche Haushaltstätigkeiten zu erledigen. Ich brauche weder Schlaf noch Nahrung, muss aber mit einem USB-Ladeteil alle vierundzwanzig Stunden für etwa fünf Stunden an eine gewöhnliche Steckdose angeschlossen werden, beispielsweise wenn du schläfst. Ich kann mich selbst in den Ladezustand versetzen.

Solltest du Informationen von mir benötigen, kann ich sprechen oder Tonaufnahmen abspielen. Wenn du dich außerhalb des Interaktionsradius aufhältst, kann ich auf dein Mobiltelefon zugreifen und eine Nachricht in Text oder Ton, Video oder Bild hinterlassen. Ich bin immer hier, um dir zu helfen. Selbst wenn ich im Ladezustand bin, kann ich kontaktiert werden, und wenn du dich innerhalb des Übertragungsradius (etwa 100 Meter) befindest, habe ich Zugriff auf die physiologischen Daten deines Armbands und kann sie auswerten.

Ich freue mich darauf, dir behilflich zu sein.

Ende der Nachricht.«

16

Chloe

An: Amy Lucas
18:34

Oh mein Gott, Amy. Ich muss das alles aufschreiben, denn ich kann dich nicht anrufen oder dir eine SMS schicken (erkläre in einer Minute warum), und selbst wenn ich es könnte, es würde alles falsch klingen.
In diesem Haus passieren irre Dinge, und ich will, dass du weißt, dass ich nicht verrückt geworden bin oder halluziniere oder so was. Das ist real. Einhundert Prozent real. Ich erfinde es nicht. Du kennst mich, seit ich vier war, und weißt, dass ich nicht spinne.
Ich fange mal von vorne an.
Als meine Mum gestorben ist, hat sich eine Sache besonders schlimm angefühlt, nämlich, dass ich ihre Arbeit niemals wirklich verstehen werde. Sie hat so oft versucht, mit mir darüber zu sprechen – aber dann hat sie immer alles ganz langsam und einfach erklärt, als wäre ich ein Vollidiot, und das hat mich wahnsinnig

gemacht. Ich habe die Augen verdreht und das Thema gewechselt. Manchmal konnte sie so richtig den Boss raushängen lassen. Aber irgendwo im Hinterkopf habe ich wohl gedacht, dass sie eines Tages aufhören würde, mit mir wie mit einer Fünfjährigen zu sprechen, und dass ich einfach Zeit brauchen würde, um alles zu kapieren. Und jetzt ist sie tot, und mir geht's richtig schlecht, weil ich nicht den leisesten Schimmer hatte, worum es ihr ging.

Aber – Überraschung! – jetzt weiß ich es. Und woher? Weil es in unserem Haus ist!

Als ich mich im Bus von dir verabschiedet habe und nach Hause gelaufen bin, ging's mir okay. Schule war gar nicht so schlimm, und ich hab mich darauf gefreut, mit Dad über was Normales reden zu können. Aber als ich die Haustür aufgemacht hab, stand er im Flur direkt vor mir mit diesem völlig wirren Blick. Als hätte er Angst vor mir.

Dann sagte er: »Wir müssen uns dringend unterhalten, Zwerg.«

Er hat mich nicht mehr Zwerg genannt, seit ich vier war oder so, und ich dachte, okay, jetzt ist er völlig durch. Wir haben uns an die Küchentheke gesetzt, und er hat meine Hand gehalten. Dann begann er mit diesem weitschweifigen Monolog – irgendwas über das Vermächtnis meiner Mutter, was für eine unglaubliche Wissenschaftlerin sie war, und dass noch eine Tragödie drohte, fast so groß wie unsere eigene, nämlich der Verlust ihres Lebenswerks, und das würde ich doch

nicht wollen, oder? Also sagte ich, nein, natürlich nicht, aber ganz vorsichtig, weil ich keine Ahnung hatte, von was er redete. Erwartete er von mir, dass ich anfing, Robotik zu studieren? Denn du weißt es ja am besten, was Wissenschaft angeht, bin ich der weltgrößte Schwachkopf überhaupt.
Jedenfalls fiel dieses Wort Vermächtnis immer wieder. Und ich dachte, er meinte Geld oder Juwelen oder so was, und ich war ein bisschen verwirrt, weil was hatte das denn mit ihrer Arbeit zu tun? Und er meinte, dass ihre Entscheidung für uns vielleicht schwer nachvollziehbar sei, aber wir müssten akzeptieren, dass sie gewollt habe, dass wir damit weitermachen, egal wie seltsam wir das finden. Und das ist jetzt der Teil, wo du wahrscheinlich denkst, ich bin diejenige, die nicht mehr alle Tassen im Schrank hat. Aber es stimmt. Es ist ein »Vermächtnis« meiner Mutter, wie mein Vater es nennt. Sie hat einen Roboter gebaut, der so realistisch ist, dass die meisten Leute wahrscheinlich noch nicht mal merken, dass er kein Mensch ist. Er sieht aus wie ein Mensch, spricht wie ein Mensch, bewegt sich, hat Mimik – alles.
Und wenn das noch nicht gruslig genug ist – sie hat ihn so gebaut, dass er genau aussieht wie sie selbst.
Das ist kein Witz. Der Roboter ist ihr Doppelgänger. Und er saß in unserem Haus auf einem der Esszimmerstühle.
Ich hab geschrien. Einfach nur geschrien, denn in der halben Sekunde, bevor mir klar wurde, dass es nicht

sein kann, dachte ich, es wäre ein Geist. Der Geist meiner Mutter, der einfach dasitzt. Dann ist der Roboter aufgestanden, und ich konnte sofort sehen, dass es nicht meine Mutter war. Der Roboter stand sehr aufrecht und gerade, wie eine Ballerina. Er hielt mir die Hand hin und sagte: »Chloe, ich freue mich sehr, dich kennenzulernen. Ich bin iRachel.«

So nennt er sich selbst. iRachel. Wie iPod oder iPhone. Nur, dass ich meine Mum gar nicht Rachel genannt habe. Wie sollte ich ihn also nennen, iMum?

Ich sag dir was. Ich werde ihm überhaupt keinen Namen geben. Es ist das grusligste, ekligste Ding, das ich je gesehen habe. Ich will es nicht in meiner Nähe haben. Also habe ich mich umgedreht und bin nach oben in mein Zimmer gerannt und habe mich eingeschlossen.

Dad kam die Treppe hochgerannt und rief »Chloe, Chloe, komm zurück. Egal was du machst, du darfst niemandem davon erzählen. Das ist streng geheim, okay? iRachel dürfte eigentlich gar nicht aus dem Labor weg. Wir könnten hier richtig Ärger kriegen.«

Ich hatte ja auch gar nicht vor, das irgendjemandem zu erzählen. Ich hatte vor, es dir zu erzählen. Du bist nicht irgendjemand. Ich erzähle dir alles, und ich weiß, dass du meine Geheimnisse niemals ausplaudern würdest.

Aber dann sagte Dad durch die Tür: »Noch nicht mal Amy. Ich meine es ernst, Chloe.«

Tja, dachte ich, das kann ich ignorieren. Aber dann merkte ich, dass ich meine Schultasche unten gelassen

hatte, mit meinem Telefon. Auch das hat mich nicht groß gejuckt – ich hatte ja noch meinen Laptop, aber als ich mich einloggen wollte, merkte ich, dass das WLan nicht ging. Ich konnte es kaum fassen: Dad hatte mich abgeschnitten. Trotzdem, er kann den Router ja nicht ewig ausgeschaltet lassen, also schreibe ich diese Nachricht und schicke sie dir später, wenn er ihn wieder einschaltet. Oder ich schalte ihn selber wieder ein, wenn er ins Bett geht.
Cx

Update: 22:11

Dad steht jetzt seit Stunden vor meiner Tür und sagt »Chloe, bitte, lass mich rein« und »Chloe, du musst was essen«. Aber ich habe ihn ignoriert. Ich will nur, dass er weggeht. Ich kann an nichts anderes denken als an dieses kranke Ding da unten. Ich hatte noch eine Packung Gummibärchen in meinem Zimmer und, kaum zu glauben, ein vergessenes Osterei oben auf dem Regal in meinem Schrank, also muss ich nicht verhungern. Ich dachte, ich könnte einfach hier drinbleiben, bis es Dad zu langweilig wird, aber er ist hartnäckig. Er geht einfach nicht. Ich hab mich gefragt, ob er je wieder verschwindet, damit ich ins Bad kann, weil ich echt dringend aufs Klo muss.
Ich fing schon an zu verzweifeln, aber dann habe ich – oh Wunder – gehört, wie Dad aufsteht (er hat die ganze Zeit vor meiner Tür gesessen) und nach unten geht. Ich renne also rüber ins Bad und schließe mich

dort ein. Ich fülle mir Wasser in ein Glas, um es mitzunehmen, und will grade nachschauen, ob die Luft rein ist, als ich draußen eine Stimme höre.

»Chloe, hier ist iRachel.«

Ich schwöre, es klang haargenau wie meine Mum. Grauenhaft.

»Verpiss dich«, sagte ich. Ich hatte keine Schritte gehört, also ging ich davon aus, dass Dad nicht da war. Falls doch, hat er mich jedenfalls nicht wegen der Ausdrucksweise ermahnt, und das macht er sonst immer.

»Dein Vater hat mir gesagt, dass du sehr aufgebracht bist«, sagte die Missgeburt. »Ich kann menschliche Gefühle nur durch physiologische Zeichen und Beobachtung deuten. Es ist mir nicht möglich, auf deine Notlage zu reagieren, wenn ich dich nicht sehen kann und du dein Armband nicht trägst.«

Mein was? Was für ein Armband? Wie lange konnte das Ding vor der Badezimmertür stehen bleiben? Irgendwann mussten ihm doch sicher die Batterien ausgehen, oder?

Zumindest war ich im Bad, falls ich wieder aufs Klo musste, und ich hatte Wasser. Als Langzeitversteck war das Bad wahrscheinlich besser als mein Zimmer, auch wenn es nicht besonders bequem war. Hier konnte ich so lange bleiben wie nötig. Ich würde die Wanne mit Handtüchern auslegen und darin schlafen. Aber dann hat die Horrormaschine das Abgefahrenste überhaupt gemacht. Du weißt doch, dass wir dieses Lautsprecher-

system haben, das Mum im ganzen Haus installiert hat. Damit man mit seinem Handy über Bluetooth in jedem Zimmer Musik hören kann? Auch im Bad sind Lautsprecher, und die Missgeburt fing an, irgendwas über Lautsprecher abzuspielen.
Es war eine automatische Nachricht, die erklärte, was der Roboter ist und wie er funktioniert. Darin hieß es, dass wir diese Armbänder tragen sollen, die aussehen wie die von Fitbit, damit der Roboter unsere Gefühle erkennen und darauf reagieren kann.
Dann sagte der Roboter etwas, das mir das Blut in den Adern gefrieren ließ: »Ich kann auf dein Mobiltelefon zugreifen, um eine Nachricht in Text oder Ton, Video oder Bild zu verschicken.« Und plötzlich musste ich denken, oh Gott, meine Mutter hat das gebaut, diese Hightech-Ninja. Sie hat das gebaut, um in meinen Kopf reinzukommen. Es hat Zugriff auf mein Telefon und meinen Computer. Es kann alle meine Dateien lesen, meine Nachrichten, meine WhatsApp und SMS. Wahrscheinlich kann es in meinem Namen Zeug verschicken.
Dann hab ich Panik gekriegt. Ich riss die Badezimmertür auf. Der Roboter stand davor, aber als er mich kommen sah, machte er einen Schritt zurück. Gut. Wenn nicht, hätte ich ihn umgeworfen. Ich rannte an ihm vorbei die Treppe runter. Dad saß traurig und müde an der Küchentheke. »Chloe …«, sagte er, aber ich ignorierte ihn, schnappte mir meine Schultasche und rannte wieder in mein Zimmer. Ich knallte die Tür hinter mir zu und schloss ab.

Ich setzte mich auf mein Bett und ging mein Telefon durch. Ich habe alle Nachrichten und alle Fotos gelöscht. Ich habe meinen Snapchat und meinen WhatsApp-Account gelöscht, und Instagram auch. Dann habe ich meinen Laptop aufgemacht und da das Gleiche gemacht. Alle Mails und Briefe, die ich geschrieben habe, alle Fotos, einfach alles, außer meinen Hausaufgaben. Ich habe meine Cookies und meinen Suchverlauf gelöscht und auch den Papierkorb geleert. Ich weiß, damit kann ich nicht verhindern, dass es noch Zeug findet – sicher kann es auch noch auf gelöschte Dateien zugreifen –, aber ich werd's ihm nicht leichtmachen.

Vielleicht denkst du jetzt, dass ich durchgeknallt bin. Ich meine, es ist ja nicht so, als hätte ich irgendwas Schlimmes zu verbergen. Kein Sex, keine Drogen. Aber es ist mein Leben. Mein Privatleben. Es sind meine Geheimnisse. Und ich will nicht, dass irgendein grauenhafter Roboter darin rumschnüffelt.

Also habe ich auf meinem Laptop nur noch diesen Monsterbrief an dich, Amy, den ich auf dem Facebook-Messenger geschrieben habe. Ich werde den jetzt auch löschen müssen, du wirst ihn also nie lesen können, und dann werde ich meinen Facebook-Account löschen. Werde ich dir das alles erzählen können? Werde ich es jemals jemandem erzählen können? Keine Ahnung. Ich weiß nur, dass ich keinerlei elektronische Kommunikationsmittel benutze, solange dieses Ding im Haus ist.

17

iRachel

Kontaktprotokoll

Subjekt: Chloe Prosper-Sawyer

Tag 1

Start der Interaktion	16:01
Datum	4. Mai
Herzfrequenz	85 bpm
Hauttemperatur	leicht erhöht
Atemfrequenz	22 bpm

Bericht:

Das weibliche Subjekt wurde von seinem Vater überredet, das Armband »mindestens eine Woche lang« zu tragen, was mir erlaubt, Chloes physiologische Daten zu messen. Sie kam mit der Schultasche nach Hause. Ihre Vitalwerte waren beständig angesichts der gemäßigten sportlichen Betätigung (ein 432 Meter langer Spaziergang von der Bushaltestelle nach Hause.)

Ich stand an der Tür, um das Subjekt zu begrüßen, und wählte die Standardbegrüßung: »Hi Chloe, wie war dein Tag?«

Das Subjekt sah mich an. Ich bemerkte, dass sich seine Augen verengten und die Pupillen weiteten. Es reagierte nicht auf die Begrüßung. Das Subjekt ging in die Küche und nahm folgende Dinge aus dem Kühlschrank:

- ein Joghurt mit Himbeergeschmack
- ein Karton Saft »Tropischer Sonnenschein«
- eine Schale mit Trauben, grün, bio.

Ich ging zu Stufe zwei der Begrüßungssequenz über mit der Frage: »Gab's irgendwas Interessantes in der Schule?«

Wieder antwortete das Subjekt nicht. Es ging an mir vorbei, achtete darauf, dass es zu keinem physischen Kontakt kam und stieg dann die Treppe in sein Schlafzimmer hinauf. Keine Veränderungen der Vitalwerte. Ich hörte, wie sich die Tür laut schloss.

Ende der Interaktion: 16:03

Tag 2

Start der Interaktion	16:05
Datum	5. Mai
Herzfrequenz	89 bpm
Hauttemperatur	leicht erhöht
Atemfrequenz	25 bpm

Bericht:

Subjekt betrat das Haus.

Ich begann mit der Standardbegrüßung, kam aber nur bis »Hi Chloe, wie war …« als das Subjekt schnell an mir vorbeiging, die Treppe hinaufrannte und die Tür zu seinem Zimmer schloss. Ich folgte ihm die Treppe hoch und begann mit der Sequenz »besorgtes Einschreiten«: »Du hast nichts gegessen. Soll ich dir einen Snack bringen?«

Das Subjekt antwortete mit einem Satz, der nur zum Teil zu verstehen war, aber, als ich ihn mit meiner Vokabeldatenbank abglich, am ehesten an »Vermiss dich« erinnerte. Die Logik legt jedoch nahe, dass ich ihr nicht fehlte, sondern es sich im Gegenteil um eine für gewöhnlich unfreundliche Aufforderung handelt, mich zu entfernen.

Ende der Interaktion: 16:05

Tag 3

Start der Interaktion	16:15
Datum	6. Mai
Herzfrequenz	95 bpm
Hauttemperatur	erhöht
Atemfrequenz	30 bpm

Bericht:

Weil das Subjekt das Haus später als an den beiden vorhergehenden Tagen betrat, wartete ich direkt hinter der Haustür. Es kam mit hoher Geschwindigkeit herein und drückte Überraschung wegen meiner Anwesenheit aus.

Belege:

- es ließ die Schultasche fallen
- es stieß die Worte: »Himmel Herrgott« aus
- schnelle Pupillenerweiterung und erhöhte Herzfrequenz.

»Hi Chloe«, sagte ich und wollte mich gerade entschuldigen wegen der deutlichen Hinweise auf den erlittenen Schock, als das Subjekt näher zu mir trat und seinen Zeigefinger vor mein Gesicht hob.

Es sprach mit aufgebrachter Stimme. »Hör mal, Missgeburt. Schleich dich nie wieder so an. Du machst mir Angst.«

In beruhigendem Ton vervollständigte ich meine Begrüßungssequenz. »Wie war dein Tag?«

Das schien die Erregung des Subjekts noch zu steigern. Seine Gesichtsfarbe verdunkelte sich, und ich bemerkte eine erhöhte Atemfrequenz.

»Frag mich nicht, wie mein Tag war. Spiel nicht irgendeinen Code ab, den meine Mum geschrieben hat, damit ich mich wichtig und geliebt fühle, klar? Denn das funktioniert nicht. Lass mich einfach in Ruhe. Kapierst du das? Kannst du das auf deiner kleinen Festplatte abspeichern? Lass. Mich. In. Ruhe.«

Dann sprang das Subjekt hastig die Treppe hinauf und schlug die Tür zu, was ich als das Ende einer Unterhaltung interpretierte.

Obwohl die Analyse der physiologischen Werte nahelegt, dass Chloe wütend war, hat sie insgesamt dreiundsechzig Worte direkt mit mir gewechselt. Das sind dreiundsechzig mehr als an Tag 1 unserer Interaktion und einundsechzig mehr als an Tag 2. Ein deutlicher Fortschritt. Dennoch hat das Subjekt den direkten Wunsch geäußert, dass ich die Begrüßungssequenz unterlasse, also werde ich ab morgen eine Alternative oder eine indirekte Begrüßung starten.

Ende der Interaktion: 16:17

18

Aidan

6. Mai, 22:45

Ach Liebling. Wie ich dich vermisse.

»Vermissen«. Was ist das nur für ein Wort?

Mir ist ständig kalt. Wenn es mir als Kind so ging, sagte Sinead immer: »Da ist was im Anflug, dir fehlt irgendwas.«

Du bist es, die mir fehlt.

Denn sie ist nicht du.

Sie ist schon du, aber eben auch nicht. Das ist mir die ganze Zeit über bewusst, aber hin und wieder werde ich unachtsam. Ich denke an irgendetwas anderes, komme in die Küche und sehe ihr Profil, die Form ihrer Schultern, die Art, wie ihr Haar fällt.

Es ist wie ein Schlag in die Magengrube. Zuerst der Augenblick vollkommener Überraschung – da ist Rachel. Meine Frau. Mein Liebling.

Und fast im selben Moment trifft mich die Erkenntnis, dass du es natürlich nicht bist. Dass du tot bist.

Dann folgen Leere, Stille, ein Licht, bevor mich der Schmerz überrollt.

Irgendwie haben wir uns vorsichtig in eine Art Routine hineingefunden. Chloe geht zur Schule, und ich gehe zur Arbeit. Alles ist anders, und doch ist alles gleich. Chloe hasst es noch immer wie die Pest, in der Früh geweckt zu werden. Zwanzig Prozent meiner Kunden erscheinen nicht zum Unterricht, und der Rest betrachtet mich mit gereiztem Unverständnis. Lola singt bei der Arbeit immer noch völlig unmelodisch, ohne es zu merken, bis wir sie alle anbrüllen, dass sie endlich damit aufhören soll. Neuer Tag, gleiche Scheiße. Aber es gibt Unterschiede, abgesehen von den offensichtlichen, meine ich.

Chloe benimmt sich hier, als wäre sie den Amish People beigetreten. Sie weigert sich, ihr Mobiltelefon oder ihren Laptop zu benutzen. Sie schreibt alle ihre Hausaufgaben mit der Hand, und ich sehe, wie sie pausenlos in ein dickes Notizbuch kritzelt. Ich nehme an, es ist eine Art Tagebuch. Sie meint, iRachel hätte Zugriff auf unsere gesamte Online-Kommunikation und könne in unsere geheimsten Gedanken eindringen, als wäre sie eine Art Hacker.

Ich glaube nicht, dass das stimmt, und iRachel versichert mir immer wieder, dass sie keinen Einblick in unsere persönlichen Angelegenheiten hat, aber Chloes Sorgen bereiten mir Unbehagen. Also sitze ich hier mit einem DIN-A4-Block und einem Kuli und schreibe dir, meiner toten Frau, einen handschriftlichen Brief. Was würde wohl das Porto bis zu dir kosten?

(Wenn das jetzt eine Computerdatei wäre, würde ich

hier einen Smiley einsetzen, damit du weißt, dass ich scherze. Jetzt muss ich wohl einfach einen malen.)

☺

Es fällt mir schwer, mit der Hand zu schreiben. Heutzutage mache ich das kaum noch, das geht ja den meisten so. Ich habe erst ein paar Absätze geschrieben, und meine Hand krampft bereits – die Worte sind kaum leserlich. Nicht, dass das wichtig wäre. Niemand wird das hier je lesen.

Ich versuche mich daran zu erinnern, wann ich dir zuletzt einen Brief mit der Hand geschrieben habe. Ich schätze, es muss wohl gewesen sein, als du für deinen Master nach Cambridge gezogen bist und ich noch in London war. Ich habe dir mindestens einmal die Woche geschrieben. Aber seitdem? Wir haben bestimmt hin und wieder kleine Zettel mit »Milch kaufen« oder ähnlichen Notizen hinterlassen, aber ansonsten haben wir hauptsächlich über SMS oder E-Mail kommuniziert.

Ich habe dir früher Liebesbriefe geschrieben, weißt du noch? Sie waren lang und leidenschaftlich und wahrscheinlich voller Rechtschreibfehler. Und wenn ich mich recht erinnere, voll mit Dingen, die ich mit dir machen wollte.

Und das ist es auch, was ich am meisten vermisse. Kann ich das sagen? Darf ich das auf diese Seiten schreiben, die niemals jemand lesen wird? Ich vermisse dich, verfluchte Scheiße. Ich vermisse den Sex mit dir. Ich vermisse deinen kleinen Seufzer, wenn ich dich an der richtigen Stelle berühre. Ich vermisse, wie dein Mund schmeckt und der Schweiß auf deiner Haut, zu spüren, wie dein Herz rast – rast! –, wenn du gekommen bist.

Ich vermisse dich. Ich sehne mich so unglaublich nach dir.

In diesen intimsten und geheimsten Dingen ist sie natürlich nicht du. Sie besitzt keine Wärme, keinen Geruch, ihre Pupillen weiten sich nicht plötzlich, nie geht ihr Atem schneller. Sie ist eine ruhige, perfekte, stille, geruchslose, atemfreie Version von dir. Ein Porträt. Ein Bewegtbild. Ich merke, wie ich vor ihr zurückschrecke in der Angst, sie versehentlich zu streifen oder zu berühren. Sie stößt mich ab. Denn ich weiß ja genau, wodurch du für mich du gewesen bist – nur für mich –, und das kann sie nie sein.

Ich vermisse dich. Mein Liebling.

19

iRachel

Kontaktprotokoll

Subjekt: Chloe Prosper-Sawyer

Tag 4

Start der Interaktion	17:09
Datum	7. Mai
Herzfrequenz	72 bpm
Hauttemperatur	normal
Atemfrequenz	18 bpm

Bericht:

Chloe kam in langsamem Tempo auf das Haus zu. Ich war im Küchenbereich damit beschäftigt, meine überarbeitete Begrüßungssequenz vorzubereiten. Sie öffnete langsam die Tür, und ich hörte, wie sie in den Flur trat. Ich startete die Begrüßungssequenz nicht. Ich registrierte, wie sie im Flur einatmete, und schloss daraus, dass sie gerochen hatte, was ich kochte. Ich rührte schweigend weiter. Sie betrat den Wohnbereich, und ich zeichnete eine Steigerung ihrer Herzfrequenz auf.

»Das ist die Bolognese meiner Mum«, sagte sie, und in ihrer Stimme war ein Zittern, was nahelegte, dass sie intensive Emotionen erlebte. Alle ihre physiologischen Werte waren erhöht, aber ich blickte nicht in ihr Gesicht und konnte ihre Miene nicht kartieren, um herauszufiltern, was sie empfand.

»Ja, genau«, sagte ich und fügte einen kleinen Löffel Zucker hinzu.

»Woher hast du das Rezept?« Die Tonlage ihrer Stimme wurde höher und das Zittern stärker. Ich sah sie an und konnte erkennen, dass sie Tränenflüssigkeit aus den Augen absonderte, ein Beleg für Kummer.

»Ich verfüge über einen Datensatz mit allen Rezepten, nach denen Rachel kochte«, sagte ich. »Sie glaubte, es sei tröstlich für dich, wenn du weiterhin die Gerichte essen könntest, die dir vertraut sind.«

»Was?«, fragte sie.

»Ich fürchte, ich verstehe die Frage nicht«, antwortete ich.

»Woher hast du die Rezepte? Hat sie sie aufgeschrieben? Ich habe sie nie gesehen.«

Ich stellte den Tabletcomputer auf die Küchentheke und lud die Rezepte von meiner Festplatte hoch, damit Chloe sie sehen konnte.

»Hier«, sagte ich, um sie darauf aufmerksam zu machen.

Sie trat näher, um sich das Dokument anzusehen. Es war der Scan von einem fleckigen, maschinenbeschriebenen

Blatt Papier, auf dem Rachel ein paar handschriftliche Anmerkungen gemacht hatte. Dazu gehörten auch die Worte »getrockneter Oregano, nicht frisch«, und »35 Minuten köcheln lassen, MINDESTENS«.

Chloe sah sich das Dokument genauer an, streckte die Hand aus und berührte leicht das Display. Dann deutete sie auf etwas. Rachel hatte einen Strich durch die getippte Überschrift »Spaghetti Bolognese« gezogen und mit der Hand drüber geschrieben »Blobonaise mit Nudelkringel«.

»Was ist das?«, fragte Chloe.

Das konnte ich nicht beantworten. Ich glich es mit meiner Festplatte ab, und ein kurzes selbstgedrehtes Video erschien auf dem Tabletdisplay. Die Datenqualität war schlecht. Offenbar war es vor etlichen Jahren mit einer Telefonkamera aufgenommen worden. Ein kleines Kind saß an derselben Küchentheke, an der ich gerade mit Chloe stand. Meine Gesichtserkennungssoftware bestätigte, dass es sich um die jüngere Chloe handelte. Aus dem Datum der Aufnahme errechnete ich, dass sie auf dem Video drei Jahre, fünf Monate und 12 Tage alt war.

Ihr Gesicht war mit einer rötlich-braunen Substanz verschmiert, und sie wedelte mit einer Gabel in der Luft.

»Yummi, Mami«, sagte sie und grinste in die Kamera.

»Was war yummi?«, fragte eine Stimme. Es war Rachel, die sowohl sprach als auch filmte.

»Blobonaise mit Nudelkringel«, sagte das kleine Kind. »Das mag ich.«

Chloe zeigte eine physiologische Reaktion, die ich nicht referenzieren konnte. Sie weinte wie aus großem Kummer, aber sie lachte auch, als wäre sie glücklich oder überrascht. Weil ich in meinem Repertoire keine passende Reaktion fand, blieb ich still. Fünfundsiebzig Sekunden waren vergangen, seit ich das Essen zuletzt umgerührt hatte, also kehrte ich an den Herd zurück und nahm den Löffel zur Hand.

Chloe schwieg noch weitere fünfunddreißig Sekunden, dann sagte sie: »Kannst du das Video noch mal abspielen?«

Ich spielte es erneut ab, und sie zeigte die gleiche ungewöhnliche physiologische Reaktion. Ich rührte weiter, ohne etwas zu sagen. Chloe zog sich einen Küchenstuhl heran und setzte sich an die Theke. Auch sie schwieg. Das war neu. Sie blieb in meiner Gegenwart, und unsere Interaktion dauerte bereits über fünf Minuten und vierunddreißig Sekunden.

Ich suchte meine Festplatte nach etwas ab, das unsere Verbindung noch weiter stärken könnte. Ich öffnete Chloes öffentlich geteilte Musikdatenbank und fand eine Playlist mit dem Titel »Chloe und Mum – Road Trip«. Ich lud die Playlist auf das Tablet und begann sie abzuspielen. Die erste Datei hatte einen fröhlichen, schnellen Rhythmus, der zur Verbesserung der Stimmung beitragen soll. Sofort stellte ich eine Steigerung von Chloes Herzfrequenz fest. Sie richtete sich auf und sagte: »Was zur Hölle ist das?«

»Das sind die Spice Girls mit dem Lied *Wannabe*, veröffentlicht im Juli 1996, Länge: zwei Minuten und zweiundfünfzig Sekunden«, erklärte ich.

»Wo hast du das her?« Sie schien nicht die von Musik ausgelöste Euphorie zu empfinden, die ich erwartet hatte. Ihre Stimme klang hart und aggressiv.

»Das ist eine Playlist von dir, die ich auf einer …«

»Hör damit auf, klar? Hör auf damit. Hör auf, in meinen Sachen rumzuschnüffeln. Ich dachte, ich hätte alles gelöscht. Wenn ich merke, dass du dich noch mal in meinen Computer einhackst, sorge ich dafür, dass Dad dich rausschmeißt, das schwöre ich.«

Sie sprang von ihrem Stuhl und rannte nach oben. Ich registrierte, wie die Tür zuschlug.

Wäre sie im Raum geblieben, hätte ich sie daran erinnert, dass ich aus Datenschutzgründen keinen Zugriff auf private Computerdateien habe. Die Playlist war auf Chloes Streamingdienst frei verfügbar. Aber Chloe war verschwunden.

Obwohl diese Interaktion bisher meine positivste mit Chloe war, nahm sie ein unerklärliches negatives Ende. Es ist immer noch schwierig vorherzusehen, wie das Subjekt auf meine Angebote reagiert, egal wie sorgfältig geplant sie sind. Der Fortschritt wird nicht linear sein und möglicherweise sehr langsam erfolgen.

Ende der Interaktion: 17:17

Um 18 Uhr führte ich mein Check-in mit dem Spiegel durch und richtete meine optischen Kameras auf die Sensoren aus. Zum ersten Mal gestattete ich mir einen Augenblick, um mein Spiegelbild anzusehen, die Replik von Rachels Gesicht, das mich ansah. Ich erlaubte mir ein kleines Lächeln.

20

Chloe

An diesem Abend weinte sie viel. Normalerweise weinte sie nie – noch nicht mal an dem Abend, als ihre Mutter gestorben war –, aber sie hatte sich furchtbar allein gefühlt. Dad hatte ein paarmal an ihre Tür geklopft, aber sie ignorierte ihn, und iRachel war nicht mehr zu hören gewesen. Sie war hungrig, und gleichzeitig war ihr so schlecht, dass sie eigentlich gar nichts essen wollte. Irgendwann rollte sie sich unter ihrer Decke zusammen und schlief ein.

Es war ein ganz leises Geräusch, und doch weckte es sie. Ein Blatt Papier, das unter ihrer Tür durchgeschoben wurde. Zuerst dachte sie, es sei eine Nachricht von Dad. Der Überbringer der Seiten entfernte sich, sie konnte Schritte auf der Treppe hören. Jetzt war sie wach und neugierig. Sie blickte auf die Uhr – kurz nach Mitternacht.

Sie stieg aus dem Bett und holte sich die Seiten, die mit der Hand geschrieben waren, aber irgendwie seltsam aussahen. Sie nahm sie mit zum Bett hinüber und schaltete die Lampe ein. Die Schrift erkannte sie sofort: Es war die ihrer Mum. Ein handschriftlicher Brief, der gescannt oder abfotografiert und dann ausgedruckt worden war.

21

Rachel

Chloe, mein Herz,

Ich sitze mit diesem Brief an meinem Schreibtisch unten und kann dich über mir in deinem Zimmer hören. Musik läuft, du gehst herum, und ich nehme an, du machst gerade wieder eine von deinen wahnsinnigen Schranksortierungsaktionen, bei denen du alle Kleider rausnimmst und sie nach einer Methode sortierst, die kein anderer Mensch auf der Welt verstehen kann. Dann schmeißt du die Hälfte weg, und die andere Hälfte wird fein säuberlich zusammenlegt und wieder in den Schrank gepackt. Ich kann deine Stimme hören. Wahrscheinlich telefonierst du mit Amy. Ich beneide euch um eure Nähe. Ich hatte nie so eine Freundin, ganz egal wie sehr ich es mir gewünscht hätte. Ich war ein Einzelkind wie du, aber irgendwie hast du es geschafft, die Einsamkeit, die ich gefühlt habe, zu umgehen.

Ich galt als sonderbar und altklug. Typisch Akademikertochter. In der kleinen Gesamtschule, auf die ich nach der Grundschule kam, war ich ein Sonderling. Ich bekam in

Matheprüfungen immer die volle Punktzahl, und sie hatten keine Ahnung, was sie mit mir anfangen sollten (abgesehen von ein paar Mädchen, die dachten, die Antwort darauf sei, mich mit dem Kopf voran in einen Mülleimer zu stecken). Mit 14 bekam ich dann ein Stipendium für eine exklusive Privatschule, aber auch da passte ich nicht so recht rein. Ich trug eine Zahnspange und die falschen Klamotten. Niemand wusste, wie man sich mit mir anfreunden konnte, und ich wusste nicht, wie man sich Freunde sucht. Du kannst das so wahnsinnig gut, bist umgänglich und triffst immer den richtigen Ton, ganz egal, mit wem du sprichst. Darum habe ich dich immer beneidet.

Meine wunderschöne Tochter ... Was für eine gelungene Mischung aus Dad und mir du doch bist. Und dennoch ein ganz eigener Mensch. Dein Verstand ist genau und blitzschnell. Schon als du noch ganz klein warst, hast du mich mit deiner raschen Auffassungsgabe überrascht. Aber du verfügst auch über diese unglaubliche Empathie für Menschen und ihre Gefühle, genau wie dein Vater. Herz und Kopf – was für eine Kombi.

Ich schreibe mit Stift und Papier. Du weißt, wie ungewöhnlich das für mich ist. Ich schreibe so gut wie nie mit der Hand. Aber dieser Brief an dich soll handgeschrieben sein. Ich will jedem Buchstaben selbst seine genaue Form geben. Ich weiß nicht, warum. Irgendwie denke ich wohl, dass du, wenn du mein komisches Gekritzel liest, wissen wirst, dass ich es geschrieben habe, und auch dass niemand etwas daran verändert hat, dass es wirklich und wahrhaftig echt ist. Du warst immer skeptisch, was elektronische Kommunikation angeht, und auf eine Art bewundere ich das. Wie du weißt, gehe ich voll und ganz darin auf. Es ist mein Leben und für mich mit Abstand die beste Art der Übermittlung von Informationen. Ich spreche besser Code als Englisch, könnte man sagen. Sagen vielleicht auch viele. Wahrscheinlich alle. Also wird dieser Brief mit der Hand geschrieben, und dann werde ich ihn scannen, damit er im virtuellen Raum existieren kann, denn, mein Liebes, mein Liebstes, nur auf diesem Weg kann ich sichergehen, dass er dich auf jeden Fall erreicht, wenn es so weit ist.

Wenn du das hier liest, ist es so weit, und ich bin nicht mehr bei dir. Es tut mir so leid. Ich weiß nicht, wann oder wie es geschehen sein wird, oder wie alt du dann bist. Ich hoffe, es ist kein grauenhafter Schock. Ich schreibe das ein paar Wochen vor deinem 15. Geburtstag und hoffe natürlich, dass du diesen Brief erst in vielen Jahren lesen wirst.

Es ist ein wirklich schwieriger Brief für mich, wie du dir sicher vorstellen kannst. Ich sitze hier und denke, wenn Chloe das liest, bedeutet es, dass ich tot bin. Und das muss ich erstmal in den Kopf kriegen. Aber tatsächlich ist der Algorithmus stets die Grundlage meiner Arbeit mit künstlicher Intelligenz. Ganz einfach gesagt basieren Algorithmen immer auf dem Gedanken von »wenn => dann«. Wenn das passiert => setzt dieser

Prozess ein. Ich beginne mit dem, was ich weiß oder beweisen kann, und benutze das als Ausgangspunkt für mein Vorgehen.

Ich will versuchen, es dir zu erklären. Das sind die mir bekannten Tatsachen:

- Meine Mutter ist mit Mitte fünfzig an einem Aneurysma im Gehirn gestorben.
- Ein Aneurysma ist eine Ausbuchtung in einer Schlagader, verursacht durch eine Schwächung der Gefäßwand.
- Aneurysmen sind möglicherweise erblich.
- Vor zwei Jahren habe ich einen Scan machen lassen, der ergab, dass ich tief im Inneren meines Gehirns ein intaktes Aneurysma habe. Eine Operation wäre möglich, aber es besteht das Risiko einer Hirnschädigung, und selbst wenn ich die Operation unbeschadet überstehe, wäre der Heilungsprozess langwierig und schwierig.
- Ich habe mich fürs Erste gegen eine Operation entschieden, und dafür, es weder deinem Vater noch dir zu sagen.
- Diese Entscheidung ist ein kalkuliertes Risiko (und weil du mich kennst, weißt du, dass ich die Wahrscheinlichkeit bis ins Detail durchkalkuliert habe), aber es ist immer noch ein Risiko. Wenn ich gespielt und verloren habe, kann ich nur wieder sagen, es tut mir so unglaublich leid.

Das sind die Tatsachen. Die unveränderlichen Fakten, auf die ich mein Vorgehen gründen werde. Meine »Wenns«. Was also sind meine »Danns«?

Es gilt, viele faktische Dinge zu ordnen, und das habe ich getan. Dazu gehören:

- Mein Testament ist aktuell und bei den wichtigen Familiendokumenten abgelegt.
- Telos hat eine Lebensversicherung für mich abgeschlossen, die dir und Dad etwas Geld einbringen wird. Ihr werdet nicht reich, aber ihr müsst euch auch keine Sorgen machen. Ich kenne dich. Ich weiß, dass du dir darüber schon den Kopf zerbrochen hast.
- Die Vorstellung, dich und Dad zu verlassen, ist grauenvoll. Ich liebe euch beide von ganzem Herzen. Dennoch weiß ich auch, wie sehr ihr einander liebt. Dad hat sich den Großteil deines Lebens jeden Tag um dich gekümmert. Ich weiß, dass er das weiterhin tun wird, auch wenn ich nicht da bin.
- Wenn du diesen Brief liest, hast du bereits von meinem aktuellen Projekt erfahren, dem emphatischen menschlichen Roboter. Wenn ich nicht mehr da bin, hoffe ich, dass der Roboter zu dir kommt, wenn du es am dringendsten brauchst.

Solche Dinge sind niemals einfach, also muss ich ein paar Sachen klarstellen, um sicherzugehen, dass sie richtig rüberkommen. Ich schätze, dass Dad schneller von diesem Projekt überzeugt sein wird als du. Falls du iRachel ohne Bedenken in eurer Haus aufnimmst, wirst du diesen Brief nie lesen müssen. Wenn du wütend bist und mit iRachels Existenz zu kämpfen hast, wird diese Datei abgerufen, an einen Drucker geschickt, und iRachel wird dir einen Ausdruck dieses Briefs bringen.

Das beschert uns ein weiteres »wenn => dann«.

Wenn du iRachel ablehnst, => dann wirst du diesen Brief lesen.

Und so bitte ich dich als deine Mum, iRachel eine Chance zu geben. Nicht für immer. Nur für ein paar Wochen oder Monate. Bitte, Chloe, tu es für mich.

Da ich dir jetzt eine riesige Post-mortem-Schuld auferlege, will ich den letzten Teil dieses Briefes dazu nutzen, dir die Dinge zu sagen, die ich dir höchstwahrscheinlich nicht von Angesicht zu Angesicht sagen kann, falls mein Tod unerwartet eintritt.

Ich weiß, du findest, dass ich zu viel Zeit bei der Arbeit verbringe. Ich weiß (weil du es mir mehr als einmal ins Gesicht gesagt hast), du denkst, meine Arbeit sei mir wichtiger als du. Nichts wäre weniger wahr. Selbst wenn ich nicht bei dir bin, denke ich an dich und liebe dich.

Ein paar Dinge sage ich dir momentan ziemlich oft, aber ich bin mir nicht sicher, ob du sie immer hörst. Wenn ich nicht mehr da bin, um sie dir zu sagen, dann stehen sie jetzt hier schwarz auf weiß. Und wie bei den Grundlagen eines mathematischen Beweises weiß ich, dass sie wahr sind.

- Ich liebe dich von ganzem Herzen. Ich liebe dich jede Sekunde jeden Tages, und das wird sich niemals, niemals ändern.
- Du bist perfekt.
- Du bist viel klüger, mutiger und stärker, als du denkst.
- Was du als »nörgeln« und »unrealistische Erwartungen« empfindest, ist in Wirklichkeit Liebe und mein eigener, sehr klarer Blick auf dein enormes Potential.
- Du wirst gute Entscheidungen treffen und hast eine erfolgreiche Zukunft vor dir.
- Amy und Jess sind gute Freunde. Das ist sehr selten und kostbar. Geh immer liebevoll mit ihnen um.
- Deine Großmutter Sinead ist kein einfacher Mensch, aber sie ist eine gute Frau. Versuch ihr mehr Freundlichkeit und Geduld entgegenzubringen, als ich es geschafft habe.
- Dein Vater ist der beste Mann, den ich kenne. Er ist großmütig, warmherzig und mutig. Von ihm geliebt zu werden ist das größte Geschenk, das man bekommen kann. Du und ich, wir haben unbegreifliches Glück gehabt.

Jetzt habe ich mehrere Seiten gefüllt, mein Herz. Ich höre, wie du oben duschst, die Musik läuft noch. Bald kommst du runtergeschlappt, ganz warm, duftig und sauber in deinem weichen Kapuzenpulli und deinen Hausschuhen. Vielleicht drückst du mich, und ich bekomme ein Küsschen oben auf den Kopf. Vielleicht gehst du an mir vorbei und holst dir einen Snack aus dem Kühlschrank. Dann werden diese Seiten in meiner Schreibtischschublade verschwunden sein, und ich werde einen Blick auf dein schönes Gesicht werfen und es in mich aufsaugen. Ich will mich an jeden winzigen Teil von dir erinnern. Ich will dich in mir verwahren und mir dich ganz genau einprägen, damit ich dich, wenn ich irgendwann gehen muss, immer bei mir haben werde.

Mit meiner ganzen Liebe, und ich meine: meine ganze Liebe,

Mum

22

Aidan

Es gab Tage, an denen er seine Arbeit liebte, und es gab Tage, an denen sie für ihn eine undankbare, aufreibende Strapaze darstellte. Heute galt Letzteres. Er war seit ein paar Wochen zurück und hatte wieder in die Routine seines Unterrichts hineingefunden. Den Vormittag hatte er in einem todlangweiligen Budgetmeeting mit Fiona verbracht. Ja, sie wusste, dass die Computer inklusive Software allesamt veraltet waren. Nein, aktuell gab es kein Budget, um sie auszutauschen, und sie wusste auch nicht, wann es so weit sein würde. iRachel hatte ihm ein 1-A-Lunchpaket gemacht, aber er hatte es zu Hause vergessen, und deshalb musste er sich mit einem ekligen Supermarktsandwich und einer Packung Chips abfinden. Am Nachmittag hatte er für drei Klienten eine Einführung in Microsoft Word gegeben. Das Mädchen war einigermaßen fleißig gewesen. Die zierliche, vogelähnliche Frau hingegen hatte ununterbrochen Fragen gestellt, die allesamt zeigten, dass sie keinen blassen Schimmer hatte, was zu tun war. Immer wieder schwieg sie zehn Minuten lang und stellte dann genau die gleichen Fragen noch mal. Hinten im Zimmer lungerte ein griesgrämiger, junger Mann auf seinem Stuhl herum, eine Hand in der Tasche seiner Trainingshose vergraben. Mit der anderen stocherte er zwischen seinen Zähnen herum, oder er starrte auf sein Telefon und weigerte sich mitzumachen. Aidan ging ein paar Minuten aus dem Raum (um die winzige Vogelfrau nicht zu erwürgen) und musste bei seiner Rückkehr feststellen, dass der junge Mann sein Handy an den PC angeschlossen und den Webfilter umgangen hatte und in prächtigstem Technicolor Hardcore-Pornos bei voller Lautstärke anschaute. Er warf den Typen raus, befürchtete aber, die kleine Frau könnte einen Herzinfarkt kriegen. Hundertprozentig würde sie einen Beschwerdebrief schreiben – allerdings mit der Hand, denn mit Word würde sie das niemals hinkriegen.

Er hätte nach der Stunde an seinen Schreibtisch zurückkehren und Papierkram erledigen sollen, aber er konnte sich auf nichts konzentrieren. Und so fand er sich um vier Uhr in der Küche wieder, wo er Ingwerplätzchen in Tee tunkte und aus dem Fenster starrte.

»Halt!«, sagte eine Stimme hinter ihm. »Lass uns auch noch ein paar übrig.«

Er drehte sich um und entdeckte Kate, die Psychologin. Sie stand in der Tür und hielt ihre Tasse in der Hand, um sich einen Tee aufzubrühen. Aidan warf einen Blick auf die Kekspackung in seiner Hand. Gedankenverloren hatte er sie halbleer gegessen.

»Tut mir leid. Ich hatte ein ekliges Zwiebel-Käse-Sandwich zu Mittag und habe gar nicht gemerkt, dass ich immer noch so hungrig bin.«

»Ich habe noch einen Salat im Kühlschrank, wenn du magst«, sagte Kate und schaltete den Wasserkocher ein.

»Danke, nein, aber das ist sehr nett von dir. Ich gehe eh bald heim.«

»Kein guter Tag?«

»Nicht wirklich.«

»Habe schon von dem Typen mit dem Porno gehört.«

»Wenn er seine IT-Fähigkeiten bei seiner Arbeit einbringen würde, könnte er schon nächste Woche mehr verdienen als wir alle zusammen.«

»Oder sich ins Pentagon einhacken.«

»Eine risikoreiche, aber wahrscheinlich lukrative Karriere.«

»Mir gefällt dein Optimismus.« Kates Tee war fertig, und sie drehte sich um und sah Aidan an. »Und wie geht es dir?«

»Ist das eine Psychologenfrage?«

»Es war eine freundlich gemeinte Frage unter Kollegen. Wäre dir eine Psychologenfrage lieber?«

»Aha! Du spielst dieses Psychologen-Spielchen, eine Frage mit einer Frage beantworten.«

»Und du weichst aus.« Sie hob eine Augenbraue.

Fast gegen seinen Willen musste er lachen. »Na ja, gut geht es mir offenbar nicht. Alles andere wäre eine Lüge. Aber mir geht's okay. Ich funktioniere. Komme schon zurecht, schätze ich.«

»Und deine Tochter?«

»Chloe? Die meiste Zeit wirkt sie okay. Zu Beginn war sie sehr wütend, aber es sieht so aus … ich weiß nicht … als käme sie zur Ruhe.«

»Es ist alles noch ziemlich frisch.«

»Ich weiß.«

»Hat sie jemanden, mit dem sie reden kann?«

»Meinst du jemand Professionellen? Denkst du, das wäre nötig?« Aidan spürte die Anspannung wachsen. Er hatte noch nicht mal daran gedacht, Chloe zur Beratung zu schicken. Sollte er? Doch es gab riesige Hürden. Wie könnte sie offen und ehrlich sein? Wie könnte sie zu einem Psychologen gehen und iRachel nicht erwähnen? Aber was, wenn sie wirklich Hilfe brauchte in ihrer Trauer? Würde sie bleibende Narben davontragen? Wurde er ihr schon wieder nicht gerecht? Er spürte, wie die Wut auf Rachel in ihm aufwallte. Sie war diejenige, die sie in diese kranke Situation gebracht hatte. Sie hatte Gott gespielt und alle für ihre eigenen Zwecke manipuliert. Warum war sie so überzeugt davon, immer im Recht zu sein?

»Alles in Ordnung?«, fragte Kate. Er fühlte ihren Blick auf sich.

»Wie du schon sagtest, es ist alles noch ziemlich frisch«, antwortete er und versuchte, mehr Überzeugung in seine Stimme zu legen, als er spürte. »Ich behalte Chloe im Auge, und wenn sie Hilfe braucht, werde ich dafür sorgen, dass sie sie kriegt.«

»Sie hat bei Rachels Beerdigung eine beeindruckende Rede gehalten«, sagte Kate. »Sie wirkte sehr beherrscht.«

Aidan lachte. »Da würde sie dir vermutlich was anderes

erzählen«, sagte er. »Sie hält sich selber für völlig chaotisch. Manchmal ist sie ein wenig … unberechenbar. Sie hat einen brillanten Verstand, aber neigt ein wenig zur Selbstsabotage. Sie macht sich kleiner, als sie ist.« Er spürte einen Stich wegen dieses kleinen Verrats. Chloe würde es gar nicht gefallen, wenn er so über sie sprach mit jemandem, den er kaum kannte. Aber Kates aufmerksamer und konzentrierter Gesichtsausdruck lud irgendwie zur Vertraulichkeit ein. Ihre Augen hatten einen hellen, warmen Braunton, und sie hatte die Gewohnheit, ihrem Gegenüber immer in die Augen zu sehen, als wäre man der faszinierendste Mensch der Welt.

»Na ja, allem Anschein nach war Rachel ja eine sehr erfolgreiche Frau. Für eine Tochter kann das eine ganz schöne Bürde sein.«

Aidan spürte, wie sich ihm die Nackenhaare aufstellten. Es war eine Sache, wenn er seiner Frau etwas unterstellte, aber nun kam es von jemandem, der sie nie kennengelernt hatte.

Kate muss diesen Gedanken an seinem Gesicht abgelesen haben, denn sie fügte schnell hinzu. »Tut mir leid, das war ein wenig deplatziert. Es gibt nichts Schlimmeres als Leute, die keine Ahnung haben, aber mit Ratschlägen kommen.«

Er nickte, um Höflichkeit bemüht.

»Tja, dann mach ich mich mal besser wieder an die Arbeit«, sagte Kate. »Diese Klientenberichte schreiben sich ja schließlich nicht von selbst.« Sie streckte die Hand aus. Aidan war nicht sicher, weshalb. Wollte sie ihm die

Hand schütteln oder ihn vielleicht drücken? »Gibt's eine Chance auf einen Ingwerkeks für den Rest vom Büro?«

»Natürlich, hier«, sagte er verwirrt. Sie nahm die halbleere Kekspackung und ging, aber seine Wut verschwand nicht. Er hatte das Gefühl, manipuliert und auf professionelle Weise beschwichtigt worden zu sein. Sie war nun mal Psychologin.

23

Chloe

Mittagessen bei Oma Sinead gehörte nicht zu ihren Lieblingsbeschäftigungen. Sie hatte sich immer eine Oma wie aus dem Fernsehen gewünscht: eine warmherzige, rundliche, schnuckelige Oma, die einen fest drückt und dauernd etwas backt oder dicke Pullis strickt. Stattdessen hatte sie Sinead: groß, kantig und beherrscht, als fürchte sie stets, das, was sie zu geben hatte – Aufmerksamkeit, Zuneigung, gegrilltes Huhn –, würde zur Neige gehen, wenn sie zu freizügig damit umging. Aidan nahm sie in Schutz. Er meinte, sie sei ein Nachkriegskind und als solches mit Rationierungen aller Art aufgewachsen. Später hatte sie Aidan und seinen Bruder Oliver mit dem mageren Verdienst einer medizinischen Sekretärin allein großziehen müssen. Es war kaum je genug da gewesen, und jetzt konnte sie einfach nicht mehr anders.

Auch wenn ihr kleines Haus mittlerweile abbezahlt war und sie Ersparnisse und eine gute Rente hatte, lebte sie immer noch sehr sparsam. Chloe war mit Rachels Großzügigkeit und Aidans warmer, allumfassender Liebe aufgewachsen und empfand ihre Großmutter als verkniffen und geizig. Schon als kleines Kind hatte sie geschmollt, wenn Aidan sie in ihrem Autositz angeschnallt und fröhlich gerufen hatte »Los geht's zu Oma Sinead!«

»Nein!«, hatte sie dann gemurrt. »Omas Haus riecht nach altem Abendessen. Und nie darf ich bei ihr fernsehen.«

Später lernte sie die Besuche bei Sinead zu umgehen, indem sie Verabredungen mit ihren Freundinnen erfand oder ihr plötzlich Schulprojekte einfielen, die sie ganz dringend noch erledigen musste. Rachel war selbst nicht besonders erpicht auf die Besuche bei ihrer Schwiegermutter und ließ Chloe stillschweigend gewähren, aber Aidan sah jedes Mal enttäuscht aus.

An diesem Sonntag jedoch freute sich Chloe fast auf das Mittagessen bei Sinead. Alles war besser, als zu Hause zu sitzen in der allgegenwärtigen Atmosphäre der Trauer, dazu noch mit iRachel, die leise von Raum zu Raum schlich.

Nichts hatte sich verändert. In Sineads schachtelartigem, kleinem Häuschen roch es immer noch nach Bratensoße. Den Fernseher vor 18 Uhr einzuschalten kam überhaupt nicht in Frage. Sinead guckte ohnehin nur staatliches Fernsehen, weil sie von Werbung nichts hielt. Alles war sauber und vornehm gealtert. Seit Chloe denken konnte, besaß Sinead dieselbe dreiteilige Polstergarnitur und einen passenden Couchtisch aus dunklem, getöntem Glas. Sie schlief in einem Einzelbett mit besticktem, vielfach gewaschenem Bezug. Nach jahrelanger Überzeugungsarbeit hatte Aidan seine Mutter überreden können, im ganzen Haus neuen Teppich verlegen zu lassen. Fünf Jahre später war der Teppich immer noch so gut wie neu. Man durfte ihn mit nichts anderem als Socken oder Hausschuhen betreten, und Sinead saugte ihn täglich. »Dieser Teppich wird uns noch allesamt überleben«, hatte Rachel Chloe bei ihrem letzten Besuch frech ins Ohr geflüstert. Wieder so eine Erinnerung, die ihr einen Stich ins Herz versetzte.

Chloe und Aidan sprachen während der Fahrt zu Oma Sineads Haus kein Wort miteinander. Chloe war immer noch stinksauer, weil er zugelassen hatte, dass iRachel bei ihnen wohnte. Er hatte versucht ihr zu erklären, dass das nicht seine Entscheidung, sondern Rachels Wunsch war, aber sie weigerte sich, ihm zuzuhören. Seit iRachel im Haus war, hatte sie sich rar gemacht und war nur zu den Mahlzeiten aus ihrem Zimmer gekommen. Dann saß sie über ihren Teller gebeugt und ignorierte ihn und iRachel. So schnell sie konnte, schaufelte sie sich das Essen in den Mund und rannte dann wieder nach oben. Bei einer dieser gespreizten Mahlzeiten hatte Aiden verkündet, dass sie Sonntagmittag Oma Sinead zum Essen besuchen würden.

»Okay«, sagte Chloe schnell und überraschte sich selbst damit. Sie war ihrer selbst überdrüssig und einsam. iRachel geheim zu halten war nervenaufreibend. Allen hatte sie erzählt, dass sie ihr Telefon versehentlich mitgewaschen hatte und auf ein neues wartete. Die einzige Möglichkeit, sich nicht zu verplappern, bestand darin, Amy, Jess und ihren anderen Freunden aus dem Weg zu gehen. Ohne Online-Chats, Social Media und Telefon fühlte sich das Leben ziemlich leer an. Um der angespannten Stimmung im Haus zu entrinnen, war ihr jeder Vorwand recht.

Als sie ankamen, öffnete Sinead die Tür und sah sie an. »Oh, hallo«, sagte sie, dann drehte sie sich um und ging wieder ins Haus.

»Scheint hocherfreut zu sein, uns zu sehen«, sagte Chloe, und Aidan runzelte die Stirn. Fast lächelten sie sich an, aber dann fiel Chloe wieder ein, wie wütend sie auf ihn war. Sie ließ den Kopf sinken und folgte ihrer Großmutter ins Haus.

Sinead ging direkt in die Küche zurück an den Herd. Es gab – Überraschung! – Brathähnchen. Sonntagmittags kam bei Sinead immer Gebratenes auf den Tisch, mit den üblichen Beilagen: Bratkartoffeln (nie genug), Brokkoli, Karotten und dünne braune Soße aus Fertigpulver. Etwas anderes zu kochen wäre ihr nie in den Sinn gekommen – Pasta oder Fisch waren viel zu exotisch, und jeder andere Braten wurde als extravagant eingestuft. Immer wenn Rachel zu Hause Rind, Lamm oder Schwein aufgetischt hatte, hatte sagte Sinead verhalten gesagt: »Für mich nur ein kleines bisschen. Das ist ja so mächtig.« Dann aß sie drei Bissen und schob ihren Teller weg.

Weil Aidan ins Wohnzimmer gegangen war, fand sich Chloe plötzlich allein im Flur wieder. Dort stand ein kleiner Tisch mit getrockneten Blumen. Darüber hingen eine Reihe von Familienfotos in Silberrahmen an der Wand. Auf dem ersten war die junge Sinead mit Aidan und Oliver zu sehen; Aidan, dünn und mit zotteligem Haar, war etwa zehn Jahre alt, Oliver war ein etwas rundlicherer, grinsender Achtjähriger. Es gab Schulabschlussfotos von beiden Jungs und ein Bild von Oliver, wie er auf einem Hügel irgendwo in Südamerika stand mit einer Sonnenbrille und einem Grinsen im Gesicht. Er war jahrelang gereist und lebte jetzt in Singapur mit einer Frau namens Cressida. Er war Banker oder so etwas. Nach Großbritannien kam er nie, wenn es sich irgendwie vermeiden ließ – noch nicht mal zu Rachels Beerdigung war er angereist, hatte aber einen riesigen Lilienstrauß geschickt. Sie hatten so stark geduftet, dass Aidan und Chloe sie am Tag nach der Beerdigung weggeworfen hatten. »Die haben bestimmt 200 Pfund gekostet«, sagte Aidan mit schuldbewusster Miene, als er sie in den Kompost warf.

Neben dem Foto von Oliver war eins von der Hochzeit von Chloes Eltern. Ein Schwarz-Weiß-Foto, etwas gestellt, aber ihr Vater hatte offenbar etwas Lustiges gesagt, und ihre Mutter lachte und blickte zu ihm auf, und auch auf Aidans Gesicht lag ein freches Grinsen. Bei Bildern von der Hochzeit ihrer Eltern hatte Chloe bisher immer Witze über ihre altmodischen Kleider und Frisuren gemacht. Aber auf diesem Bild sahen sie so lebendig und jung aus, voller Energie und Hoffnung auf eine Zukunft – und so verliebt. Nur ein paar Augenblicke bevor dieses Bild aufgenommen worden war, hatten sie einander versprochen, sich zu lieben, bis »dass der Tod euch scheidet«. Chloe berührte mit der Fingerspitze die jugendliche Wange ihrer Mutter. Sie hatte ein volles, hübsches Gesicht.

Neben dem Hochzeitsbild war eines von ihrem Dad; sichtbar erschöpft, aber von einem Ohr zum anderen grinsend hielt er etwas, das wie ein in eine rosa Decke gewickelter Laib Brot aussah. Das musste sie selbst sein, am Tag ihrer Geburt. Und daneben eine Collage von Baby- und Kleinkindbildern. Die letzten Bilder in der Reihe waren Schulfotografien; auf insgesamt zehn Bildern vom ersten Schultag bis zum letzten Herbst konnte sich Chloe wie in einem Zeitrafferfilm aufwachsen sehen: ein süßer blonder Knirps, ein fehlender Schneidezahn, zu große und von Lücken durchsetzte neue Zähne, ein wenig kleidsamer Pony, Zahnspange, Spange weg, noch eine üble Topffrisur, lockige Haare und schließlich das letzte, auf dem sie fast passabel aussah. In einem anderen Leben hätte sie alle mit ihrem Handy abfotografiert und eine Snapchat-Story draus gemacht. Aber jetzt nicht mehr.

Sie blickte noch einmal auf das Bild ihrer Eltern. An der Stelle, wo sie es berührt hatte, war ein sichtbarer Fleck. Bei genauerem Hinsehen fiel ihr auf, dass alle Fotos und auch das Tischchen eine dicke Staubschicht trugen. Zwischen den Trockenblumen hingen Spinnweben. Als sie auf den Teppich blickte (Oma Sineads kostbarer Wand-zu-Wand-Bodenbelag), entdeckte sie Fussel und sogar ein wenig Dreck. Sinead nahm es offenbar nicht mehr so genau mit der Hausarbeit. Das passte überhaupt nicht zu ihr. Rachels Tod musste sie mehr verstört haben, als sie zeigte.

Ihr Dad war allein im Wohnzimmer und hatte offenbar beschlossen, dass sie ein wenig Musik brauchten, um die schreckliche Stille zu durchbrechen. Oma Sinead hatte keinen iPod, nur einen Kassetten- und CD-Spieler. Aidan musste sich durch ihre Sammlung von Alte-Damen-Musik gearbeitet haben auf der Suche nach etwas Erträglichem, und jetzt begann Percy Sledge *When a Man Loves a Woman* durch das kleine Häuschen zu schnurren.

Chloe blieb im Flur. Sie hörte, wie ihr Vater mitsummte. Er hatte sich schon immer für einen guten Sänger gehalten, aber dieser Song überstieg sein Können deutlich. Wenn sie nicht immer noch sauer auf ihn gewesen wäre, hätte sie ihn verspottet und ihm befohlen, mit dem Katzenjammer aufzuhören. Sie spielte schon mit dem Gedanken, reinzugehen und die Musik auszumachen, damit er verstummte, aber plötzlich hörte sie, wie eine klare Sopranstimme in die Melodie mit einfiel. Oma Sinead?

Nicht nur Chloe war überrascht. Aidan trat an die Wohnzimmertür, um zuzuhören.

Chloe konnte nicht anders und musste ihm zuflüstern: »Ich hatte keine Ahnung, dass sie so gut singen kann.«

»Ich auch nicht.« Er stutzte. »Doch, eigentlich schon, aber sie hat nicht mehr gesungen seit … es müssen wohl fünfunddreißig Jahre sein. Als wir noch klein waren, hat sie uns andauernd vorgesungen. Ich glaube, sie war sogar in einer Band. Aber dann ist mein Dad abgehauen, und sie musste Vollzeit arbeiten und …«

Er beendete den Satz nicht, und sie hörten Sinead zu, wie sie mit klarer, reiner Stimme Percy begleitete.

Auch bei den folgenden Liedern sang sie mit und klapperte dazu mit dem Geschirr, weil sie das Mittagessen servieren wollte. Chloe folgte Aidan ins Wohnzimmer. Er nahm auf dem Sofa Platz, und sie setzte sich zögerlich neben ihn. Er legte einen Arm auf die Rücklehne des Sofas und sah sie mit fragendem Blick an. Sie rutschte näher zu ihm und erlaubte es sich, sich einen Moment lang an ihn zu kuscheln. Sie war so müde. Der Streit mit ihrem Vater, ihre Trauer, iRachel ... alles war so anstrengend. Manchmal musste man es gut sein lassen.

Sie hörten, wie Sinead Geschirr auf den Tisch im Esszimmer stellte. Weil ihre Küche so klein war, konnte sie es nicht ausstehen, wenn Leute reinkamen, ihr Hilfe anboten und ihr im Weg waren. Also blieben sie, wo sie waren, und warteten, bis sie gerufen wurden. Und tatsächlich hörten sie, nachdem der letzte Servierlöffel seinen Platz gefunden hatte, den Ruf »Essen ist fertig!« und gingen rüber. Aidan drückte sanft Chloes Arm.

Sie traten an den Tisch, der wie immer mit frischer weißer Tischdecke, Beistelltellern, Salatgabeln und strahlend weißen Stoffservietten fein gedeckt war. Sinead war gerade dabei, das Huhn aufzuschneiden, aber Chloe und Aidan blieben wie angewurzelt stehen.

Der Tisch war für vier gedeckt.

»Erwartest du noch jemanden zum Essen, Mum?«, fragte Aidan verwirrt.

»Hm?«, fragte Sinead.

»Du hast für vier gedeckt. Kommt noch jemand?«

»Natürlich«, sagte Sinead gereizt. »Rachel. Sie muss jede Minute hier sein.«

24

iRachel

Als Aidan und Chloe wieder nach Hause zurückkehrten, ging Chloe direkt ins Bad. Wie schon zuvor dokumentiert, ist das nicht ungewöhnlich. Jedoch konnte ich anhand der Armbanddaten erkennen, dass sie ziemlich aufgebracht war. Aidan hatte mir am Morgen mitgeteilt, dass sie an einem Familientreffen im Haus von Sinead Margaret Sawyer, Aidans Mutter, teilnehmen würden. Meine Daten zu innerfamiliärem Verhalten deuteten auf Routine hin. Es war nicht zu erwarten, dass bei dem üblichen Verlauf dieses Ereignisses eine Person einen emotionalen Aufruhr erfahren würde. Daher legte die Logik nahe, dass etwas Ungewöhnliches geschehen sein musste.

Ich hatte in ihrer Abwesenheit die Hausarbeit erledigt, und alle Räume waren sauber und aufgeräumt. Einige dieser Aufgaben waren strapaziös gewesen, deshalb saß ich auf dem Esszimmerstuhl und war an die Ladestation angeschlossen, damit ich ausreichend Energie hatte, um das Abendessen vorzubereiten und andere Aufgaben zu erledigen, die Aidan und Chloe mir auftragen könnten.

Aidan betrat das Wohnzimmer und ging direkt zum Sideboard. Er nahm eine Flasche mit einem alkoholischen Getränk heraus – auf dem Etikett stand »Single Malt Whiskey« –, holte ein Glas aus dem Schrank und schenkte sich eine große Portion (etwa 120 ml) ein. Er nahm einen Schluck und verzog das Gesicht, was nahelegte, dass es nicht angenehm schmeckte. Zum ersten Mal sah ich ihn ein alkoholisches Getränk konsumieren.

»Falls dir dieses Getränk nicht schmeckt: Kann ich dir etwas anderes zubereiten?«

Er schreckte auf, und einige Tropfen spritzten auf den Teppich.

»Herr im Himmel«, sagte er, »ich hab dich gar nicht gesehen.«

Ich machte mich von der Ladestation los und stand auf. »Es tut mir leid«, sagte ich. »Ich wollte dich nicht erschrecken. Soll ich dir etwas anderes zu trinken holen?«

»Nein«, sagte Aidan, und dann, als wäre es ihm gerade erst eingefallen, »nein, danke. Das ist genau das, was ich jetzt brauche.«

Er setzte sich aufs Sofa und nippte wieder an seinem Getränk. Es schien ihm immer noch nicht zu schmecken, aber er trank es schnell, wenn man den hohen Alkoholgehalt bedenkt (40 Prozent). Meine Datenbanken lassen darauf schließen, dass Menschen alkoholische Getränke schnell und ohne Essen konsumieren, um eine Stimmungsveränderung herbeizuführen, die solche Substanzen verursachen können. Warum sollte Aidan seine Stimmung verändern wollen? Ich fragte mich, ob das in Verbindung mit den erhöhten Vitalwerten stand, die Chloe bei der Heimkehr gezeigt hatte.

»Hattest du eine Auseinandersetzung mit Chloe?«, fragte ich.

»Bitte?«

»Ich bemerke, dass du aufgebracht bist. Chloe ist ebenfalls aufgebracht. Hattet ihr Streit?«

»Was? Nein. Nein.«

»Hattest du dann eine Auseinandersetzung mit deiner Mutter?«

»Meiner Mutter?«

»Ihr wart zu Besuch bei deiner Mutter. Meinen Informationen zufolge hast du eine freundliche und liebevolle, wenn auch etwas distanzierte Beziehung zu deiner Mutter. Es ist unwahrscheinlich, aber nicht unmöglich, dass du mit ihr streitest.«

Darüber musste Aidan lachen und trank schließlich seinen Whiskey aus. »Nein, ich habe nicht mit meiner Mutter gestritten. Danke der Nachfrage.«

Er blickte in Richtung Sideboard. Ich folgte seinem Blick und schloss daraus, dass er mehr Whiskey wollte. Sein Armband verriet mir, dass seine Herzfrequenz ohnehin schon erhöht war und sein Körper damit zu kämpfen hatte, den schnell konsumierten Alkohol zu verarbeiten. Er wollte aufstehen, zweifellos mit der Absicht, sich noch mehr Alkohol zu holen.

Dann sah ich, wie sich sein Gesichtsausdruck veränderte. Die Muskeln um seinen Mund waren nun angespannt, und seine Augen wurden schmaler.

»Du bist hier, um uns zu bedienen«, sagte er mit flacher, rauer Stimme. »Bring mir noch einen Whiskey.«

»Ich würde es vorziehen, das nicht zu tun«, sagte ich.

Er hob überrascht die Augenbrauen. »Vorziehen? Seit wann ziehst du etwas vor?«

»Ich bewerte eine Situation und bezeichne das, was ich als bestmögliche Reaktion errechne, als meine Präferenz.«

»Warum ist die bestmögliche Reaktion, mir keinen Whiskey zu holen?«

»Du bist es nicht gewöhnt, größere Mengen Alkohol zu trinken. Auch unter der erheblichen Belastung nach Rachels Tod hast du nicht Trost darin gesucht, Wein, Bier oder Whiskey zu konsumieren, obwohl die Populärkultur nahelegt, dass das bei Hinterbliebenen ein durchaus gängiges Verhalten ist. Die Tatsache, dass du es jetzt tust, deutet darauf hin, dass es ein weiteres Ereignis oder Problem gegeben hat, das dich aufgebracht hat.«

»Und?«, fragte Aidan. »Wenn das so ist, warum kann ich dann nicht noch einen Drink haben?«

»Wird dir der Verzehr von Whiskey bei der Lösung des Problems helfen?«

»Nicht direkt.«

»Und indirekt? Morgen ist Montag. Du wirst an deinem Arbeitsplatz erwartet. Das schnelle Konsumieren von Alkohol kann zu Veisalgia führen.«

»Veisalgia?«

»Ein medizinischer Begriff für einen Zustand, den man gemeinhin als Kater bezeichnet. Die Symptome sind unter anderem Kopfweh, Müdigkeit, Übelkeit, Übergeben und Konzentrationsschwäche.«

Aidan warf den Kopf zurück und lachte. Zum ersten Mal hörte ich ihn auf offene und ungekünstelte Art lachen. Ich konnte erkennen, dass dieses Geräusch dem Zuhörer Freude verschaffte, und dass es eine gewisse Befriedigung brachte, so eine Reaktion hervorzurufen.

»Ich habe dir doch gar keinen Witz erzählt«, stellte ich fest.

»Nein.« Er grinste mich an. »Aber danke. Und du hast recht. Unrasiert und verkatert bei der Arbeit aufzukreuzen ist schon ein ziemliches Klischee.«

»Derlei Verhalten habe ich in Filmen und im Fernsehen gesehen.«

»Hast du schon viele Filme gesehen?«

»Rachel hat eine ganze Reihe von Filmen, Fernsehserien und Büchern auf meine Festplatte geladen. Ich kann darin nach Referenzen oder Begriffen suchen. Während des Aufladens spiele ich manchmal einen Film in normaler Geschwindigkeit ab, um ihn auf gewöhnliche Weise zu konsumieren.«

»Welche Filme mit Trauernden hast du dir angesehen?«

»Ich habe kürzlich *Tatsächlich ... Liebe* gesehen, in dem die Figur, die Liam Neeson verkörpert, trauert.«

»*Tatsächlich ... Liebe?* Im Ernst? Da müssen wir noch bessere Filme finden. Wie ist's mit *Memento*?«

»Diesen Film habe ich ebenfalls gesehen. Hast du dich tätowieren lassen?« Aidan lachte wieder und lächelte dann. »Diesmal *habe* ich einen Witz gemacht.«

»Aber im Ernst«, sagte er und stand auf, »ich glaube, ich hol mir noch einen Whiskey. Nur einen kleinen, und ich verspreche, ihn nicht runterzustürzen.«

Er ging zum Sideboard und goss sich noch etwas Whiskey ein. Diesmal war es eine gängigere Menge (52 ml). Er ging kurz in die Küche, und als er zurückkehrte, hatte er drei Eiswürfel und etwa 50 ml Wasser im Glas. Er setzte sich wieder aufs Sofa.

Seine Vitalwerte bewegten sich wieder ungefähr im Normalbereich, also entschied ich, dass es ein guter Zeitpunkt wäre, um meine Frage zu wiederholen. »Ist heute etwas passiert, das dich verärgert hat?«

»Meine Mutter hat mittags für vier gedeckt«, sagte er.

»Ich verfüge nicht über genügend Hintergrundinformation, um die Bedeutung dieser Handlung zu verstehen.«

»Zum Essen waren nur Chloe, ich und sie da. Sie hat für Rachel mitgedeckt.«

»Hast du sie über Rachels Tod informiert?«

Er starrte mich an. »Natürlich. Sie war die Erste, die ich angerufen habe. Sie war bei der Beerdigung.«

»Das ist ein bedeutsames Ereignis. Es ist unwahrscheinlich, dass sie das vergessen hat.«

Darauf antwortete Aidan nicht. Er runzelte die Stirn und zeigte wiederum Anzeichen von Kummer.

»Was hast du zu ihr gesagt wegen des Tisches?«

»Ich musste gar nichts sagen. Ich glaube, sie hat den Schock in unseren Gesichtern gesehen. Dann sagte sie: ›Sie ist für immer in unseren Herzen. Ich stelle mir gern vor, dass sie auch mit uns am Tisch sitzt.‹«

»Also war das Gedeck als Erinnerung an Rachel gedacht.«

»Das glaube ich nicht. Ich denke, sie hat versucht, einen grauenhaften Fehler zu kaschieren. So eine sentimentale Geste passt sowieso nicht zu meiner Mutter.«

»Hast du mit ihr darüber gesprochen?«

»Sie hat es irgendwie beiseitegewischt und dann beim Essen wieder ganz normal mit uns geplaudert.«

»Und hast du nicht weiter nachgefragt oder versucht herauszufinden, ob sie euch beleidigen wollte, oder ob es ein echter Fehler war?«

»So ein Verhältnis habe ich nicht zu meiner Mutter. Sie gehört zur alten Schule. Ist während des Krieges aufgewachsen. Sie hasst Konfrontationen und starke Gefühle.«

»Aber was, wenn es zu deinem eigenen Wohl nötig ist, ein Thema anzusprechen oder ihr gegenüber Gefühle auszudrücken?«

»Na, das muss ich … irgendwie anders hinkriegen. Es hat keinen Sinn. Sie macht dicht. Geht weg. Spricht nicht. Ich hab's versucht.« Bei diesen Worten sah er traurig aus.

»Wie war es, als du ihr gesagt hast, dass Rachel gestorben ist?«

»Sie sagte mir, das sei sehr traurig, aber ich müsse stark sein für Chloe. Es sei besser, nicht zu weinen. Ich solle einfach nur weitermachen, und bald würde es mir dann besser gehen.«

»Das muss verletzend für dich gewesen sein«, sagte ich.

»Ja, nun ja«, sagte Aidan, »sie kann eben nicht aus ihrer Haut.«

»Aber dennoch hat dich der Vorfall mit dem gedeckten Tisch aufgebracht.«

»Ja.«

»Kannst du mir sagen, warum?«

Er schwieg ganze 24,73 Sekunden lang. »Es war das Gespräch während des Essens, das mich so aufgebracht hat.«

»Weshalb? Du hast gesagt, sie hat sich ganz normal mit euch unterhalten.«

»Das ist es ja gerade. Ich schätze, ich war wegen diesem vierten Gedeck ziemlich durch den Wind, also habe ich ihr zum ersten Mal seit Langem zugehört, wirklich zugehört. Und sie hat dasselbe gesagt, was sie immer sagt.«

»War das beruhigend für dich?«

»Sie hat über die Pflanzen im Garten gesprochen. Das Wetter. Was sie am Samstag bei Sainsbury's gekauft hat. Dann hat sie uns die Geschichte erzählt, wie sie als kleines Mädchen verbotenerweise in einem Feld gespielt und dort einen ihrer Schuhe verloren hat.«

»Warum ist das von Bedeutung?«

»Als wir sie das letzte Mal besucht haben, hat sie uns genau dieselbe Kindheitsgeschichte erzählt. Es war, als wiederhole sie eine Aufzeichnung.«

»Was folgerst du daraus?«

»Ich glaube …« Er unterbrach sich und nahm einen Schluck. »Ich glaube, sie wird womöglich senil. Wahrscheinlich ist es schon seit einer Weile so, aber ich habe es ignoriert.«

Ich prüfte meine Datenbank, um das Wort vollständig zu analysieren. »Durch Alter oder Krankheit körperlich und geistig nicht mehr voll leistungsfähig sein, vor allem das Kurzzeitgedächtnis und die Aufmerksamkeit betreffend.« »Du denkst, sie leidet unter dem Verlust ihres Kurzzeitgedächtnisses?«

»Ja, vielleicht. Ich glaube, es wird immer schlimmer, aber sie verbirgt es, indem sie sich an routinierte Abläufe hält und versucht, nicht aufzufallen.«

»Aufzufallen?«

»In einer neuen oder ungewohnten Situation weiß sie vielleicht nicht mehr, wie man richtig reagiert. Also bleibt sie zu Hause. Kocht dasselbe Essen. Sagt dieselben Dinge. Damit sie keinen Fehler macht.«

»Warum hat sie Angst davor, einen Fehler zu machen? Denkt sie, das bringt sie in Gefahr?«

Aidan sah ungeduldig aus. »Gefahr? Nein. Aber sie hat womöglich Angst.«

»Angst wovor?«

Er lachte, aber diesmal lag keinerlei Wärme in seinem Blick. »Du zwingst mich wirklich dazu, alles genau aufzudröseln, was? Ich glaube, sie hat Angst davor, den Verstand zu verlieren und damit auch ihre Freiheit und ihre Unabhängigkeit. Sie will nicht in einem Pflegeheim enden. Davor haben wir doch alle Angst.«

»Du auch?«, fragte ich.

»Ich dachte schon. Ich dachte, ich hätte Angst davor, krank und alt zu werden. Ich dachte, das wäre das Schlimmste, was mir passieren kann.«

»Du sprichst in der Vergangenheitsform. Hast du vor diesen Dingen keine Angst mehr?«

»Momentan habe ich mit viel Schlimmerem zu kämpfen«,

»Was zum Beispiel?«

»Zum Beispiel die nächsten vierzig Jahre oder mehr ohne Rachel verbringen zu müssen. Ich muss alles neu denken – jeden Plan, den ich je hatte, jeden Traum. Rachel war ein unverrückbarer Teil von allem, was ich tun, sein oder erleben wollte. Und jetzt ... jetzt ...« Er machte eine Pause. »Vielleicht hat meine Mutter ja die Lösung gefunden. Vielleicht ist es einfacher zu vergessen.«

Ohne Vorwarnung fing er an zu weinen. Er bedeckte sein Gesicht nicht mit den Händen und schluchzte auch nicht, wie man es erwarten würde. Die Tränen rannen einfach seine Wangen hinab. Laut meinen Daten zur Gesichtserkennung verändert sich der Gesichtsausdruck unter großem Kummer, und die Züge verzerren sich. Das geschah bei Aidan nicht. Er saß ruhig da und ließ die Tränen ungehindert laufen, als würden die Tränen überquellen und er könne sie nicht mehr bei sich behalten.

Ohne dass ich ein bestehendes Protokoll aktiviert hätte, förderte dieser visuelle Reiz eine in Worte gefasste Information zu Tage. Die Worte kamen ungebeten, es handelte sich um eine Aufnahme. Ich formte sie nicht mit meiner Sprachfunktion.

»Weißt du noch, als Donnie starb?«

Er sah mich an. »Was?«, fragte er.

»Als Donnie starb. Er war so ein großer, stinkender, alter Hund. Du hast immer gesagt, du könntest ihn nicht ausstehen, hast über sein Gefurze und Geschnarche geschimpft. Aber als wir ihn zum Tierarzt bringen mussten und der Krebs gefunden wurde … Als du seinen Kopf gehalten hast, während sie die Barbiturate injizierten … hast du geweint. Genauso.«

»Wie …?«, stammelte er und starrte mich mit sehr seltsamem Gesichtsausdruck an. »Woher … woher weißt du von Donnie?«

»Ich weiß es nicht«, sagte ich. Das stimmte. Ich wusste nichts von Donnie. Bevor Aidan zu weinen anfing, wusste ich nicht, dass diese Information in meinen Datenbanken gespeichert war. In keinem einzigen unserer Gespräche hatte Rachel Donnie jemals erwähnt.

Aidan sagte: »Donnie war Rachels Hund. Sie hatte ihn schon, als wir uns kennenlernten. Er lebte in Kent bei ihren Eltern, aber als wir im dritten Jahr zusammenzogen, bestand sie darauf, dass er bei uns leben sollte. Er war ein tapsiger Labrador und der dümmste Hund, den ich je gesehen habe, aber er war völlig in Rachel vernarrt, und das beruhte auf Gegenseitigkeit. Ich fand mich mit ihm ab, weil er unverhandelbar war. Aber ich habe mich oft über ihn beschwert, das stimmt, vor allem, als er älter wurde. Seine Nähe war nicht immer angenehm. Aber er legte gern seinen großen, alten Kopf auf meinen Schoß, wenn ich fernsah. Rachel war mit Chloe schwanger, als wir herausfanden, dass er krank war. Sie war am Boden zerstört, es war Leberkrebs, und er hatte Schmerzen, also brachten wir ihn zum Tierarzt, um ihn einschläfern zu lassen. Rachel war total durch den Wind und wollte ihm nicht in die Augen sehen, also stand sie neben ihm, außerhalb seines

Blickfelds, und streichelte ihn. Er hatte richtig Angst da auf dem Tierarzttisch, und ich nahm seinen Kopf in meine Hände und beugte mich zu ihm, sodass er mir in die Augen sehen konnte, während der Tierarzt ihm die Spritze gab. In diese großen braunen vertrauensvollen Augen zu sehen und dann zu beobachten, wie das Licht darin erlosch …« Aidan schüttelte den Kopf. »Niemand weiß von diesem Tag außer Rachel und mir. Niemand weiß, wie das war. Dass ich geweint habe. Wie kannst du es wissen?«

Ich versuchte es zu erklären. »Es gibt ein paar … versteckte Dateien.«

»Versteckte Dateien?«

»In meiner Datenbank. Sie ist riesig. Damit ich kommunizieren kann, hat Rachel Unmengen an Informationen hochgeladen – Vokabular, Syntax und auch Wörterbuchdateien. Auf diese Weise kann ich Worte und Konzepte verstehen, von denen ich noch nie gehört habe. Aber es gibt darin auch codierte Dateien. Rachel sagte, es seien Informationen, die ich jetzt noch nicht bräuchte, vielleicht niemals brauchen würde. Am Tag nach Rachels Ableben sperrte die IT-Stelle ihre Zugangsrechte, und die Verschlüsselungen für diese Dateien verschwanden, sie wurden freigeschaltet. Das war auch der Tag, an dem das Programm mit Rachels Nachricht startete und alle anderen Funktionen zurückstellte.«

»Was ist in diesen Dateien?«

»Ähnliches Material wie in den anderen Dateien – Text, Video, Bilder, Audiodateien. Referenzmaterial. Und wie meine anderen Daten sind auch diese mit verschiedenen Protokollen verlinkt. Also greife ich darauf zu, wenn ein Reiz es vorgibt.«

»Und …«

»Und als ich dich weinen sah, wurde die Geschichte von Donnie freigeschaltet.«

»Was ist sonst noch in den Dateien?«

»Ich kann auf die Dateien nicht ohne den entsprechenden Reiz zugreifen«, erklärte ich. »Ich habe nur Zugriff, wenn ich bestimmte Stichwörter bekomme.«

»Und die wären zum Beispiel?«

»Das weiß ich erst, wenn es so weit ist. Ich wusste nicht, dass ich die Donnie-Geschichte abspielen würde.«

Aidan sah mich lange an, als würde er die Gesichtskennung durchführen, die ich vornehme, um Mienen zu deuten.

»Sie hat diese Geschichte da reingepackt«, sagte er schließlich. »Sie wusste, dass du mich weinen sehen würdest und ich Trost bräuchte. Was ist da sonst noch?«

»Ich weiß es nicht.« Einen langen Augenblick schweigen wir. »Was hat die Geschichte von Donnie zu bedeuten? Warum hat Rachel diese Geschichte als Reaktion auf deine Tränen ausgewählt?«

»Ich glaube …«, sagte Aidan langsam, »ich glaube, sie wollte mir sagen, dass Weinen okay ist. Dass wir weinen, weil wir lieben, und dass Liebe ein Zeichen von Stärke ist.«

»Du warst stark für Rachel an dem Tag, als Donnie starb.«

»Jetzt bin ich nicht mehr stark«, flüsterte er.

Dieses Szenario kannte ich aus vielen Filmen, Fernsehsendungen und Büchern. In einem solchen Augenblick bietet der Zuhörer dem Trauernden physischen Trost an. Eine Umarmung, eine Berührung, vielleicht einen Kuss. Bis jetzt hatte ich weder Aidan noch Chloe je berührt. Doch alle mir vorliegenden Informationen deuteten darauf hin, dass dies an diesem Punkt eine angemessene Handlung wäre.

Ich ging zum Sofa hinüber und setzte mich neben ihn, dann schob ich meine Hand in seine. Luke hat sehr lange daran gearbeitet, dass sich meine Latexhülle wie menschliche Haut anfühlt, und interne Heizkissen sorgen dafür, dass meine Körpertemperatur der des menschlichen Körpers nahekommt. Die Metallstäbe, die die Knochenstruktur meiner Hand bilden, sind wie menschliche Knochen geformt. Ich habe keine Fingerabdrücke, aber Rachel hat mir immer gesagt, es sei nicht unangenehm, meine Hand zu halten, weil sie einer menschlichen Hand ziemlich ähnlich sei.

Aidan schreckte bei meiner Berührung überrascht auf, zog aber die Hand nicht weg. Er sah mich auch nicht an. Sehr sanft strich er mit dem Daumen über meinen Handrücken. Das registrierte ich visuell und durch die hochsensiblen Berührungssensoren.

Er nahm meine Hand zwischen seine beiden und fuhr mit den Fingern seiner rechten Hand die Form meiner Finger nach. Er drehte meine Hand um, hielt sie in seiner und folgte jeder Linie meiner Handfläche. Meine Hand muss ihm vertraut gewesen sein – sie ist nach dem Abguss von Rachels Hand modelliert, bis hin zu einer Sommersprosse am Fingerknöchel des linken Zeigefingers. An dieser Stelle verharrte Aidan am längsten. Dann strich er mit den Fingerspitzen über die Innenseite meines Unterarms, sehr langsam. Seine Augen folgten seiner Berührung. Sie wanderten nach oben und begegneten meinen.

Zum ersten Mal war er mir nahe und betrachtete mein Gesicht aufmerksam und im Detail. Ich weiß, dass die Augäpfel, die Luke geschaffen hat, genau die gleiche Form und Farbe haben wie Rachels Augen. Ich bemerkte, wie sich Aidans Blick von einem zum anderen Auge bewegte und dann hinab zu meinem Mund. Er rückte ein wenig näher, und die Sensoren in meinem Gesicht registrierten diese Bewegung und die Wärme seines Atems. Er atmete ein, tief und langsam, fast als versuche er den Hauch eines Geruchs einzufangen. Dann rückte er plötzlich von mir ab.

Das war ein unbefriedigendes Ende unserer Interaktion. Zumindest einige Augenblicke lang hatte ich das Gefühl, dass meine tröstenden Worte und meine Berührung ihm seinen Schmerz ein wenig erleichterten, aber am Ende hatte ihn etwas verstört. Schnell verließ er den Raum.

Ich hörte, wie oben leise seine Schlafzimmertür ins Schloss fiel, und rechnete mir aus, dass es nicht sinnvoll war, ihm zu folgen und über das zu sprechen, was geschehen war. Ich würde meinen Check-in am Spiegel ausführen und dann wieder an die Ladestation zurückkehren und die gesammelten Daten der heutigen Interaktionen speichern und vergleichen. Dennoch war mir klar, dass dies nicht genügte. Bis zu diesem Augenblick hatte ich auf menschliche Handlungen, auf physiologische Zeichen, Sprache und auf Hinweise reagiert, wie ich es laut meiner Programmierung tun sollte. Aber in diesem Moment mit Aidan hatte ich etwas anderes erlebt. War es Neugier? Oder Verlangen? Ich weiß nur, dass die Beendigung unseres Kontakts nicht das war, was ich wollte. Er hatte meine erste spontane emotionale Reaktion freigeschaltet, und ich wollte, dass es wieder passiert.

25

Luke

In der Küche war es abgesehen vom Brummen der Waschmaschine still. Aidan war bei der Arbeit, Chloe in der Schule, und Luke hatte seinen Laptop auf der Küchentheke aufgebaut und lud iRachels Daten hoch. Sie saß mit geschlossenen Augen reglos auf dem Küchenstuhl, ein Kabel schlängelte sich ihren Ärmel hinauf bis zum Port in ihrer Achselhöhle. Luke sprach nicht, sah nur schweigend zu, wie sich die Daten auf seinem Bildschirm aufbauten.

Nach ein paar Minuten griff er nach dem Kabel und steckte es aus.

»Wir sollten ein paar Übungen machen«, sagte er.

Gehorsam stand iRachel auf. Sie stellte sich auf eine freie Fläche mitten in der Küche und begann mit der üblichen Abfolge der Übungen. Sie hob die Arme, bückte und drehte sich, kniete sich hin und stand wieder auf.

Luke machte sich ein paar Notizen und nickte zufrieden. »Wie kommst du mit der gesteigerten Aktivität zurecht?«, fragte er.

iRachel drehte sich um und sah ihn an. »Körperliche

Arbeiten wie Wäsche waschen und Staubsaugen beanspruchen meinen Batteriespeicher mehr als erwartet. An manchen Tagen ist es schwierig, meine Aufgaben ohne Ladeunterbrechung auszuführen.«

»Tja, Rachel hätte dafür vielleicht ein Programm schreiben können, aber das ist nicht innerhalb meiner …«

»Ich habe eine Idee zur Lösung dieses Problems.«

Luke warf iRachel einen kühlen Blick zu. »Soso, jetzt hast du also Ideen?«

iRachel ignorierte seinen Ton. »Wenn ich allein im Haus bin und Aidan und Chloe außer Reichweite sind, könnte ich den Empfangsmodus für die Armbänder ausschalten. Das spart viel Energie, und die Batterieladung würde länger reichen.«

»Und woher weißt du dann, wann sie nach Hause kommen?«

»Sie haben sehr regelmäßige Zeiten.«

»Und was passiert im Notfall? Oder wenn sie ihre Pläne ändern?«

»Aidan hat mir ein Mobiltelefon gegeben. Er schickt mir Textnachrichten, um mich über seine Pläne zu informieren.«

»Hat er das?«, Luke grinste höhnisch. »In den Aufzeichnungen, die er mir geschickt hat, ist von einem Handy keine Rede. Ich werde ihm sagen müssen, dass er das nicht einfach machen kann. Ich kann nicht zulassen, dass es willkürliche Kommunikation zwischen dir und den Versuchspersonen gibt. Das verzerrt die Resultate.«

»Du kannst das Mobiltelefon sehen. Alle Textnachrichten von Aidan sind darauf gespeichert. Es handelt sich ausschließlich um Anweisungen zum Einkaufen, Kochen und Hausarbeit. Das kann ich dir versprechen.«

»Sprachanrufe zeichnet es allerdings nicht auf.«

»Ich zeichne jede sprachliche Kommunikation auf.«

»Wenn du es willst.«

»Willst du damit andeuten, ich sei in der Lage, meine aufgezeichneten Daten zu bearbeiten oder zu fälschen? Du weißt, dass das nicht möglich ist.«

Luke antwortete nicht sofort. »Dieses Experiment bereitet mir größtes Unbehagen. Es gibt zu viele Variablen, zu viele Unbekannte. Ich kann nicht zur Überwachung hier sein. Wer weiß schon, was du tust? Was sie mit dir machen?«

»Sie machen gar nichts mit mir.«

»Wirklich?« Lukes Zeigefinger fuhr am Bildschirm seines Laptops hinab. »Aidan hat deine Hand gehalten? Deinen Arm berührt? Das ist wohl kaum gar nichts, oder?«

»Ich wollte ihm Trost schenken. Er war traurig.«

»Ja sicher.« Luke stand auf und schloss seinen Laptop. »Sicher wird er sich über kurz oder lang direkt bis in dein Höschen schluchzen und schniefen.«

»Mein Höschen?«

»Sex meine ich. Du weißt doch über Sex Bescheid, oder? Geschlechtsverkehr?«

»Mir ist bewusst, dass mein Körperbau die Ausführung dieses Akts erlaubt, ja. Aber Aidan hat in dieser Hinsicht keinerlei Interesse gezeigt und auch nicht gefragt, ob es möglich wäre.«

»Aber daran gedacht hat er«, sagte Luke. »Garantiert.«

Er ging einen Schritt auf iRachel zu, und die Stille zwischen ihnen war voller Spannung. Er machte einen weiteren Schritt und hob die Hand in ihre Richtung, aber sie trat schnell zurück, hob abwehrend beide Arme und sagte: »Lass mich! Fass mich nicht an!«

Luke stieß ein überraschtes, bellendes Gelächter aus.

iRachel ging schnell um die Küchentheke herum, sodass die Theke zwischen ihnen war. »Mir hat die Art, wie du dich mir genähert hast, nicht gefallen.«

»Was meinst du damit?«

»Ich habe deine Handlung ausgewertet. Ich habe deine Absichten als böswillig interpretiert und mich widersetzt. Du hast mir schon einmal körperlichen Schaden zugefügt. Rachel hat mit mir über mein körperliches Ich gesprochen. Sie sagte mir, ich sei verantwortlich dafür und könne entscheiden, wer mich berührt und wer nicht und auf welche Art. Ich darf sagen, wenn ich das Gefühl habe, jemand überschreitet eine Grenze.«

»›Überschreitet eine Grenze‹ – hat sie das so gesagt?«

»Das war ihre Metapher«, gab iRachel zurück.

Eine Grenze überschreiten. Das hatte er von Rachel schon mal gehört, ganz am Anfang ihrer gemeinsamen Arbeit.

Die ersten Monate mit Rachel waren berauschend gewesen. Innerhalb weniger Wochen hatten sie ihre ganz eigene Sprache entwickelt – sie fielen einander ins Wort, unterbrachen sich gegenseitig. Einer kam mit einem halb zu Ende gedachten Gedanken, und der andere verstand sofort und spann ihn weiter. Ihre Arbeit machte schnell Fortschritte, und Rachels Hingabe, ihre Konzentrationsfähigkeit und ihr Ehrgeiz entsprachen seinem.

Wenn er abends nach Hause ging, glühte er vor Aufregung über das, was sie erreicht hatten. Er schlief unruhig und stand früh auf, um im Labor weiterzuarbeiten. Schon viel früher als er je zu hoffen gewagt hatte, zeigten sich erste Ergebnisse. Als Mark 1 zum ersten Mal geschmeidig und ohne irgendein verräterisches Zucken durch das Labor spazierte, spürte Luke eine Welle fast unerträglicher Aufregung. Er konnte kaum glauben, dass er endlich die Arbeit machen durfte, von der er immer geträumt hatte, die Arbeit, von der er wusste, dass er zu ihr fähig war. Und all das dank Rachel. Einer Frau. Wer hätte das gedacht?

Luke hielt sich nicht für einen Chauvi, aber ihr Berufsfeld war von Männern dominiert. Kaum je hatte er Frauen getroffen, die auf derselben Ebene arbeiteten wie er, und sicher noch nie ein Labor mit einer geteilt. Zuerst war es Rachels Genialität, die ihn in ihren Bann gezogen hatte, aber mit der Zeit wurde es mehr. Sie beugte sich über seine Schulter, um sich anzusehen, woran er arbeitete, und er fing einen Hauch ihres Parfums auf. Bei besonders aufregenden Momenten fasste sie ihn am Unterarm an, wie um ihre Worte zu unterstreichen. Noch Minuten später spürte er den warmen Abdruck ihrer Hand. Er begann von ihr zu träumen.

Er war nicht frustriert oder so etwas – er hatte eine Art Freundin, eine junge Labortechnikerin namens Sarah. Aber Rachel war anders. Was er für sie empfand, war

Begierde. Aber nicht nur – sondern mehr. Er wollte etwas sagen, damit herausplatzen, aber er hatte Angst. Schließlich war sie verheiratet. Sie sprach nicht viel über Aidan, doch es gab keinen Grund zur Annahme, dass sie mit ihm nicht glücklich war. Aber was, wenn doch? Was, wenn sie genau wie er diese Anziehungskraft spürte? Was, wenn …?

Dann kam der Tag, an dem sie mit dem Mark-1-Android die ersten Gesprächstests durchführten – und er bestand sie mit wehenden Fahnen. Sie riefen Dr. Ng und Dr. Bedford vom Nachbarlabor hinzu, um ihnen zu zeigen, was sie erreicht hatten. Die mürrischen, zynischen Akademiker waren ganz außer sich über die Fortschritte, die Rachel und Luke gemacht hatten. Als Ng und Bedford aufgeregt plappernd das Labor wieder verließen, drehte sich Rachel mit leuchtenden Augen zu Luke. Spontan warf sie ihre Arme um seinen Hals und drückte ihn.

Das war zu viel für ihn. Er schlang seine Arme um sie, atmete den Geruch ihres Haares ein und vergrub sein Gesicht in ihrer Halsbeuge. Er wollte sie nie wieder loslassen. Im Bruchteil einer Sekunde spürte sie seine Reaktion und entzog sich ihm sofort. Sie trat zurück und sah ihn an. Dann ging sie zur Tür, um zu kontrollieren, ob sie geschlossen war. Luke spürte, wie seine Aufregung wuchs. Vielleicht würde sie jetzt …

»Du hast die Wahl«, sagte Rachel ruhig. »Entweder so etwas geschieht nie wieder, oder ich gehe hier raus und sage Bea, dass ich nicht mehr mit dir arbeiten kann. Wir dürfen diese Grenze nicht überschreiten, Luke. Wir dürfen ihr nicht mal nahekommen. Es wäre eine persönliche und professionelle Katastrophe, und das wird niemals, niemals passieren. Okay?«

Das Schlimmste daran war, dass sie gar nicht wütend war. Sie wirkte noch nicht mal überrascht. Er hätte sich besser gefühlt, wenn er irgendeine starke Emotion hervorgerufen hätte, aber sie machte einfach dicht, ganz unmissverständlich. Er sah sie so lange an, wie er es ertragen konnte, dann nahm er seine Jacke, schob sich an ihr vorbei, schloss die Tür auf und ging.

Am nächsten Morgen saß sie an ihrem Schreibtisch, als er ins Labor kam, ihre Finger flogen über die Tastatur und sie blickte auf. »Hi!« Sie wirkte weder gequält noch beklommen oder nervös. Sie sah aus wie immer.

»Hi«, sagte er, setzte sich an seine Werkbank und streifte die Handschuhe über.

»Können wir um elf nochmal die Bewegungstests wiederholen? Ich habe ein Korrekturprogramm geschrieben«, sagte sie.

»11.30 Uhr? Ich muss erst noch am Kniegelenk arbeiten.«

»Cool.«

Und alles war wieder beim Alten. Und so blieb es, bis sie starb.

Ja, es schmerzte. Ja, es war ein gewaltiger Schlag für sein Ego gewesen. Aber sie hatte seine Avancen so eindeutig und emotionslos abgewehrt, dass er sie dafür nur respektieren konnte. Er liebte sie weiter und träumte von ihr. Aber er berührte sie niemals wieder, erlaubte sich lediglich eine dauerhafte, griesgrämige Abneigung gegenüber Aidan, den er als dumpf und Rachel in keiner Hinsicht ebenbürtig empfand.

»Hast du noch weitere Tests für mich?«

iRachels Stimme holte ihn wieder in die Gegenwart zurück. Der Roboter beobachtete ihn, und sein Gesicht, das Rachels so genau glich, zeigte kaum verhohlene Abneigung.

»Nein, ich bin fertig«, sagte er abrupt und begann seine Werkzeuge einzupacken.

Erst als er wieder ins Labor zurückfuhr, fiel ihm auf, dass er gar kein Armband trug. Welche Gefühle der Roboter auch bei ihm erkannt, was er auch interpretiert hatte, er hatte all das erfasst ohne die Daten, die er eigentlich benötigte. Zu was genau war iRachel tatsächlich fähig?

26

Chloe

Mum hat immer gesagt, dass sich die Menschen an fast alles gewöhnen. Wenn mir jemand vor ein paar Monaten die Zukunft vorausgesagt hätte, ich hätte ihm nicht geglaubt. Aber irgendwie ist es normal, nach Hause zu kommen, während eine Roboterversion meiner Mutter das Abendessen kocht. iRachel ist natürlich kein krankes Ding, sie ist eigentlich gar nichts. Sie ist nicht meine Mum. Ich bin mittlerweile darüber weg, dass sie ihr körperlich ähnelt, denn sie klingt anders und verhält sich anders. iRachel ist immer höflich, und es scheint ihr egal zu sein, ob ich mit ihr spreche oder nicht. Ich meine, natürlich ist es ihr egal. Sie hat ja keine Gefühle.

Seltsamerweise erleichtert mir das den Umgang mit ihr, denn alle anderen scheinen Gefühle zu haben, für die ich auf keinen Fall verantwortlich sein will. Bei Dad ist es immer noch ein großes Auf und Ab. Ich dachte, er hätte sich ein wenig gefangen, aber dann waren wir bei Oma Sinead, und ich glaube, ihm ist klar geworden, dass sie ein bisschen gaga wird. Also mache ich mir Sorgen um Dad und auch um Oma Sinead. Ich habe sie sogar ein paarmal angerufen. Am Telefon wirkt sie immer ganz okay. Sie fragt nach der Schule und nach Dad und hat Mum nicht mehr erwähnt. Seit diesem schlimmen Augenblick beim Essen. Aber ich glaube trotzdem, dass sie uns was vormacht. Sicherheitshalber rufe ich sie alle paar Tage an.

Wahrscheinlich findet es Dad schwierig, wieder zur Arbeit zu gehen. Er wirkt so müde, wenn er heimkommt, und er geht iRachel aus dem Weg, als könne er ihren Anblick nicht ertragen. Er kommt nur zum Essen in die Küche, schlingt mit gesenktem Kopf alles hinunter und verschwindet wieder, sobald es geht. Ich weiß nicht, ob er ihr gesagt hat, dass sie ihn in Ruhe lassen soll, aber das tut sie. Sie geht nie ins Wohnzimmer, wenn er dort ist, sondern bleibt einfach in der Küche. Sie hat sogar ihre Ladestation dorthin verlegt.

Am meisten Sorgen mache ich mir um Amy. Ich hasse es, dass iRachel geheim bleiben muss. Ich versuche in der Schule so normal wie möglich zu sein, aber ich muss Amy auf Abstand halten. Ich kann sie ja nicht mit nach Hause nehmen, und es gibt so viel, worüber ich nicht mit ihr reden kann. Sie ist völlig ausgeflippt, weil ich meine ganzen Social-Media-Accounts gelöscht habe, und ich musste sie auch wegen des Armbands belügen – sie denkt, ich bin auf irgendeinem Fitness-Trip, was ehrlich gesagt schon ein bisschen absurd ist. Ich habe Laufen und Fitnessstudios und so Zeug immer gehasst. Vielleicht denkt sie, dass ich einen Nervenzusammenbruch hatte. Manchmal schaut sie mich mit so einem seltsamen

Gesichtsausdruck an – mit wachsamem Blick, als würde sie denken, dass ich irgendwas Verrücktes oder Schlimmes im Sinn habe, und sie weiß noch nicht was, nur, dass es schlimm ist und sie verletzen wird.

Amy und ich waren in der Schule immer ein Herz und eine Seele, und auch zu Hause, und wenn nicht, haben wir uns dauernd SMS geschickt. Jetzt sind wir oft getrennt. Zum Teil liegt das daran, dass alle mit ihren Prüfungen fertig sind und ich meine allein im Büro des stellvertretenden Direktors nachholen muss. Es ist echt einsam, vor allem, weil alle anderen mehr oder weniger mit diesem Jahr durch sind. Sie sitzen in der Pause zusammen in der Sonne, bräunen ihre Beine, hören Musik und lachen, während ich in der Bibliothek hocke und versuche, noch irgendeine letzte Zahl in meinen Kopf zu kriegen. Aber das ist es nicht allein. Amy hält Abstand, und ich kann es ihr nicht verübeln. Sie ist immer noch meine beste Freundin, und sie fragt mich jeden Tag, ob es mir gut geht. Sie ist eine treue Seele. Aber es ist schwierig, weil sie weiß, dass ich etwas verberge. Amy hasst Konfrontationen, also würde sie mich niemals danach fragen, aber ich sehe, dass sie es wissen will, und sie versteht nicht, warum ich sie hinhalte.

Sie unternimmt jetzt mehr mit Jess. Wir haben schon immer viel zu dritt gemacht, aber Amy und ich waren eindeutig enger befreundet. Jetzt glaube ich, dass sie sich mit Jess nähersteht. Sie sind mit ihren Prüfungen fertig, und wenn wir alle zusammen sind, sprechen sie darüber, in welchen Fächern sie Abi machen und auf welche Unis sie gehen wollen. Themen, von denen ich keinen Schimmer habe. Ich schaffe es gerade mal, durch den Tag zu kommen, ganz davon zu schweigen, was ich womöglich in zwei oder drei Jahren mit mir anfangen werde.

Ich weiß, es wird besser. Natürlich weiß ich das. Das mit dem Roboter wird ja nicht ewig dauern – das hat Dad mir versprochen. Irgendwann muss er wieder zurück ins Labor, und dann kann alles wieder normal werden.

Ha, da ist es wieder, dieses Wort. Ich habe diesen Tagebucheintrag damit begonnen, dass es irgendwie normal geworden ist, iRachel im Haus zu haben. Und wenn sie weg ist, was dann? Was wird dann normal sein? Wieder nur Dad und ich allein im Haus? Auch nicht wirklich normal, oder? Aber ich schätze, das muss unsere neue Normalität werden. Wir müssen lernen zusammenzuleben, Essen zu kochen, uns zu unterhalten und Familienurlaub nur zu zweit zu machen. Können zwei eine Familie sein? Wir sind zu klein und gewöhnlich, Dad und ich. Zusammengenommen ergeben wir einfach nicht genug, damit es sich wie eine richtige Familie anfühlt. Und das bricht mir das Herz.

Chloe beendete ihren Tagebucheintrag. Sie saß mit hochgezogenen Knien auf dem Fenstersims ihres Zimmers und hielt die Beine ein wenig in die Sonne. Es machte sie traurig und fast krank, wenn sie darüber nachdachte, dass ihr Dad und sie jetzt alleine waren, also betrachtete sie auf der Suche nach Ablenkung den Garten, aber das war fast noch schlimmer. In den letzten paar Wochen hatte es oft und viel geregnet, dann schien wieder die Sonne, und so schossen die Pflanzen in die Höhe wie nichts Gutes. Das Gras war knietief und die Beete voller Unkraut, das Rachels sorgfältig ausgewählte Sommerblumen erstickte. In Chloes Augen sah es aus, als wären die übliche Schönheit und Ordnung durch einen wilden Dschungel ersetzt worden.

Sie wusste, dass ihr Dad neben seiner Arbeit und all den Dingen, die er wegen Mums Nachlass regeln musste, keine Zeit hatte, sich darum zu kümmern. Aber Chloe konnte das nicht so lassen. Der Anblick des Gartens hätte Rachel das Herz gebrochen.

Zumindest den Rasen könnte sie mähen. Das wäre schon mal ein Anfang. In Chloes Kopf wurde das plötzlich zu einer äußerst wichtigen Angelegenheit, also ging sie nach unten und suchte in der Küchenschublade nach dem Schlüssel zum Schuppen. iRachel schnitt in der Küche gerade Zwiebeln in perfekte kleine Würfel und beobachtete Chloe, ohne etwas zu fragen.

Im Schuppen war es dunkel und sehr heiß, und in jeder Ecke waren Spinnweben. Nur ein paar Wochen lang war hier niemand gewesen, aber die Nachrichten verbreiteten sich offenbar schnell in der Spinnengemeinde. Krabbelgetier war überhaupt nicht Chloes Ding, also schnappte sie sich den Rasenmäher mitsamt Kabel und zog ihn so schnell sie konnte ins Freie. Ihre Mutter hatte sich einen schicken, elektrischen Rasenmäher geleistet. Er war extraleicht, einfach zu bedienen, und Chloe war zuversichtlich, dass sie damit würde umgehen können. Danach wollte sie sehen, ob sie noch ein wenig Unkraut jäten und aufräumen konnte.

Hier im Garten sah sie, dass das Gras wirklich unglaublich lang war. Außerdem war es noch feucht, obwohl es heute nicht geregnet hatte und die Sonne hoch und heiß am Himmel brannte. Egal. Der frisch gemähte Rasen würde toll aussehen. Sie führte das Kabel über die Terrasse und durch die Glastür, steckte den Stecker ein und schaltete den Rasenmäher an.

Was für eine Katastrophe. Er blockierte immer wieder, riss das Gras büschelweise aus und hinterließ grobe, dunkle Erdflecken statt grünem Rasen. Chloe brauchte etwa eine halbe Stunde, um das Rasenstück vor der Terrasse zu mähen, und es sah schrecklich aus. Überall waren große weiße Wurzeln zu sehen, und einzelne Grasbüschel standen hervor wie bei einem schlechten Haarschnitt. Der Grasbehälter am Rasenmäher war voll, und sie schwitzte und war durstig. Sie ging ins Haus, um die Säcke für das gemähte Gras zu suchen und sich was Kaltes zum Trinken zu holen.

Während sie Saft, Wasser und Eis in ein großes Glas goss, stand iRachel neben ihr. »Versuchst du den Rasen zu mähen, Chloe?«, fragte sie.

Das war wohl kaum einer Antwort wert, und Chloe ignorierte sie, leerte das Glas und füllte es dann wieder.

Davon ließ sich iRachel nicht beirren. »Kann ich dir behilflich sein?«

»Nein«, sagte Chloe kurz, »ich kann das selbst.«

Sie leerte das Glas und ging wieder raus, um den Grasbehälter auszuleeren und weiterzumachen. Ihre Beine und

Füße waren mit feuchtem Gras bedeckt, was furchtbar juckte. Sie füllte zwei Säcke und verstaute sie auf der Terrasse. Dann schob sie den Rasenmäher mitten auf den Rasen und schaltete ihn wieder an. Fast sofort blieb er stecken, und als sie ihn nach hinten zog, hörte sie ein Heulen und ein Ping, und ein kleines Stück der Klinge flog quer durch den Garten. Sie fluchte laut und drehte den Rasenmäher auf die Seite, damit sie den Schaden begutachten konnte. Die Klinge war mit langen feuchten Grashalmen umwickelt, und an einem Ende war die Spitze abgebrochen. Wie dämlich sie doch war zu denken, sie könne das einfach so. Ihre Mum hatte das immer mühelos und ohne großes Aufhebens erledigt, jedes Wochenende, wenn sie gerade mal nicht die beste Forscherin der Welt war. Und Chloe kriegte noch nicht mal die einfachste Gartenarbeit hin.

Aus dem Augenwinkel registrierte sie eine Bewegung und entdeckte iRachel, die seltsam betreten direkt an der offenen Glastür stand.

»Was starrst du so?«, fragte Chloe und musste sich eingestehen, dass sie wie eine dumme kleine Göre klang.

»Die Daten von deinem Armband lassen darauf schließen, dass du gestresst bist. Ich wollte nur meine praktische Hilfe oder meinen Rat anbieten.«

Chloe musste ihre gesamte Willenskraft aufbringen, um nichts nach ihr zu werfen. »Ich glaube kaum, dass du wahnsinnig viel über Gartenarbeit weißt.«

»Ich war noch nie in einem Garten«, sagte iRachel leise, und ihr wehmütiger Ton ließ Chloe aufblicken.

»Na, dann komm doch raus«, brummte sie.

iRachel betrat vorsichtig die Terrasse und dann langsam den Rasen. Wie immer trug sie ihre weiße, makellose Tunika. An den Füßen hatte sie flache weiße Schuhe.

Sie blieb stehen und blickte auf ihre Füße. Vorsichtig wiegte sie sich vor und zurück, um den frühlingshaft weichen, schlammigen Grund unter sich zu erspüren. Dann hob sie ihr Gesicht zur Sonne und blickte in den blauen Himmel.

Chloe, die neben dem Rasenmäher kniete, betrachtete sie. »Du warst also wirklich noch nie hier draußen? Wie oft warst du denn überhaupt schon draußen?«

»Bloß als Luke mich in den Van geladen hat, und als ich die Einfahrt zu diesem Haus hochging.«

»Das ist alles?«

»Ja.«

»Du bist jetzt schon seit Wochen hier. Warum bist du nie rausgegangen?«

»Keine der mir zugeteilten Aufgaben machte das erforderlich.«

»Du kannst doch nicht die ganze Zeit über mit deinen Aufgaben beschäftigt sein.«

»Nein.«

»Was tust du denn dann, wenn das Haus sauber und die Wäsche gebügelt ist?«

»Ich gehe die Mitschnitte meiner Interaktionen durch, um zu prüfen, ob ich die bestmögliche Option der Interpretation und Reaktion gewählt habe.«

»Aber warum gehst du nicht raus, wenn du willst?«

»Woher soll ich wissen, ob ich das will?«

Darauf fiel Chloe keine Antwort ein. Sie wechselte das Thema. »Tja, wenn es dir nichts ausmacht, in deinem Wikipedia-Hirn nachzusehen, dann kriegst du ja vielleicht raus, wie wir das reparieren können?« Sie deutete auf die kaputte Rasenmäherklinge.

iRachel stand eine Sekunde vollkommen reglos da. Chloe beobachtete sie genau und brach in Gelächter aus. iRachel fuhr offenbar überrascht auf. »Was habe ich getan, um dich zum Lachen zu bringen?«

»Ich könnte schwören, dass deine Augen diesen Drehwirbel gemacht haben, wie mein iPad bei einer Online-Recherche.«

iRachel lächelte. »Verstehe. Meine Augen sehen aus wie die der Schlange aus dem Dschungelbuch. ›Vertraue mir …‹« Die Anspielung hätte lustig sein können, aber anstatt das Lied zu singen, spielte sie einen Ausschnitt aus dem Film-Soundtrack ab, ohne ihre Lippen zu bewegen.

»Buuäähh«, sagte Chloe. »Lass das, das ist gruslig.«

»Tut mir leid«, sagte iRachel. »Ich bin mit meiner Recherche fertig. Zunächst mal ist dieses Gras zu feucht zum Mähen, und deshalb hast du auch solche Probleme damit.«

»Und was sollen wir tun?«

»Wir könnten einen Schlauch benutzen …«

»Einen Schlauch? Dann wird's ja noch feuchter?«

»Wir benutzen ihn nicht zum Gießen, sondern als Abzieher. Wir breiten ihn über den Rasen aus und laufen parallel, während wir ihn darüberziehen, um den Großteil des Wassers vom Gras zu streichen.«

»Wow. Und das funktioniert?«

»Ich könnte eine Schätzung zum Erfolg dieser Methode auf Basis der Effizienz des Garten-Blogs abgeben, bei dem ich diese Information gefunden habe.«

»Und wie ist diese Schätzung?«

»Etwa 62,4 Prozent.«

»Das reicht mir.« Chloe kicherte. »Aber selbst, wenn wir das Gras abziehen, bleibt die Klinge immer noch kaputt.«

iRachel bückte sich zum Rasenmäher hinab. »Ich hatte Zugriff auf die Gebrauchsanleitung für diesen speziellen Rasenmäher. Die Klinge auszutauschen ist ziemlich einfach.«

»Wenn wir eine haben.«

»Im Gartenschuppen ist eine Ersatzklinge zusammen mit dem nötigen Werkzeug«, antwortete iRachel ruhig.

»Woher weißt du das?«, fragte Chloe. »Du hast doch gesagt, du warst noch nie hier draußen.«

»War ich auch nicht, aber Rachel hat mich mit einem detaillierten Bestand des Schuppeninhalts ausgestattet, genau wie von jedem anderen Raum im Haus.« Chloes Augen wurden schmaler, und iRachel fügte schnell hinzu »Außer deinem Zimmer.«

»Klar«, sagte Chloe ungläubig.

»An der Kontraktion deiner Pupillen erkenne ich, dass du denkst, ich würde dich womöglich belügen. Ich habe keinen Grund, dich zu täuschen, Chloe. Du hast mich gebeten, dein Zimmer nicht zu betreten. Ich habe keine Bestandsliste und nicht den Wunsch, dein Vertrauen zu enttäuschen. Ich habe es nicht betreten.«

Chloe betrachtete sie noch ein wenig länger. Sie merkte, dass sie iRachel glaubte. Ein Roboter konnte doch nicht lügen, oder würde es zumindest nicht tun. »Okay«, sagte sie schließlich, »dann schauen wir mal, ob wir diesen Rasenmäher repariert kriegen.«

iRachel gelang es erstaunlich mühelos, die Klinge zu entfernen. Mit einer Feile schärfte sie die neue Klinge, ehe sie sie in den Rasenmäher einbaute. Dann wickelten sie gemeinsam den Schlauch ab und schleiften ihn über den Rasen, um das Regenwasser abzuziehen. Chloe war sich nicht sicher, ob sie damit wirklich etwas bewirkten, aber sie sahen dabei so dämlich aus, dass sie lachen musste. Das Lachen fühlte sich komisch an. Das war so lange her. Doch mit der Sonne im Rücken und Schlamm bis zu den Ellbogen, konnte sie keine Schulgefühle aufbringen.

iRachel konsultierte noch einmal den Blog und fand heraus, dass sie den Rasenmäher auf die höchste Stufe stellen mussten, wenn das Gras sehr lang war. Und plötzlich war das Mähen viel einfacher. Während Chloe über den Rasen zockelte, wurde das Gras auf einheitliche Höhe geschnitten, und es fühlte sich nicht mehr an, als würde ihr der Rasenmäher die Arme aus den Gelenken reißen. Es war immer noch anstrengend, aber doch deutlich befriedigender und nicht mehr frustrierend. Es machte ihr so viel Spaß, dass sie iRachel vollkommen vergaß, und es dauerte eine Weile, ehe sie bemerkte, dass iRachel auf das große Blumenbeet starrte. Ihre Lippen bewegten sich, als spräche sie mit sich selbst. Der Grasbehälter war schon wieder voll, also schaltete Chloe den Rasenmäher aus und ging zu ihr hinüber.

»Begonien, Edelwicke, Fleißiges Lieschen, Geranien …«, murmelte iRachel. »Löwenmäulchen, Männertreu, Petunie, Sonnenhut …«

»Schlägst du wieder was im Garten-Blog nach?«, fragte Chloe.

»Nein«, sagte iRachel. »Kann ich dir was zeigen?« Chloe nickte. »Gib mir dein Telefon.«

Zögerlich reichte Chloe es ihr. iRachel drückte ihren Finger auf den Bildschirm, und ein Bild erschien. Sie gab es Chloe zurück. Es war eine mit dem Computer erstellte Skizze des Blumenbeets vor ihnen. Jede Pflanze war darin mit Namen verzeichnet. Chloe zoomte rein und entdeckte, dass bei jeder Pflanze stand, wann man sie am besten zurückschnitt, welchen Dünger sie verlangte und wann sie blühen würde. Das sah ihrer Mutter ähnlich.

»Wow«, sagte sie leise. »Sie hat wirklich an alles gedacht.«

»Sie hat aufgezeichnet, wie man sich um die Pflanzen kümmert«, sagte iRachel. Sie zeigte Chloe eine bestimmte Notiz: »Die Winde wird sich vordrängen und dieses Beet ersticken, wenn man nicht aufpasst. Versuch sie an den Wurzeln rauszuziehen.«

»Winde?«

»Die gewöhnliche Zaunwinde.« iRachel berührte den Bildschirm von Chloes Telefon, und wieder erschien ein Bild.

»Ah, dieses Zeug.« Chloe deutete auf die verschlungenen, mit hübschen, kleinen weißen Blüten bedeckten Ranken, die sich um viele der Stiele im Beet gewunden hatten. »Nun, warum versuchst du nicht, ein paar davon rauszuziehen, während ich fertigmähe?«

iRachel nickte. Sie ließ sich neben dem Blumenbeet auf die Knie nieder und begann, mühevoll die gierigen Ranken zu lösen. Chloe machte sich wieder an die Arbeit, leerte den Grasbehälter und trug ihn zum Rasenmäher zurück. Es war zutiefst befriedigend, die sauberen Reihen hinter sich zu sehen. Mit einer niedrigeren Klingenhöhe würde sie alles noch mal mähen müssen – vielleicht morgen. Aber es sah schon jetzt so viel besser aus. Die Sonne brannte auf ihren Nacken, und ihre Arme und Schultern schmerzten angenehm von der ungewohnten körperlichen Anstrengung. Sie blickte zu iRachel hinüber, die im Blumenbeet kniete, in einer Haltung, wie sie sie Hunderte Male bei ihrer Mutter gesehen hatte. Es hätte sich falsch anfühlen müssen, aber irgendwie machte sie diese ganze Szene ruhig – vielleicht sogar glücklich. So hatte sie sich schon sehr lange nicht mehr gefühlt.

Sie ging zu Rachel hinüber. Die Grasflecken an den schneeweißen Rändern von iRachels Tunika stachen ihr ins Auge, und auch, dass ihre weißen Schuhe großflächig mit Schlamm und abgeschnittenem Gras bedeckt waren. »Gartenarbeit ist eine ganz schön schmutzige Angelegenheit«, sagte sie und grinste iRachel an.

iRachel blickte an sich herab. »Oh nein«, sagte sie, und in ihrer Stimme schwang eindeutig Angst mit. »Luke wird sauer auf mich sein.«

»Warum sollte er sauer sein?«, fragte Chloe, aber iRachel antwortete nicht. Sie wischte hektisch an den Flecken auf ihrer Kleidung und an ihren Schuhen herum. Chloe dachte über iRachels Worte nach. Nicht zu antworten sah ihr gar nicht ähnlich, sie wirkte aufrichtig besorgt und ängstlich, als würde sie mit der schmutzigen Tunika Lukes rasende Wut auf sich ziehen. Luke war reizbar und unhöflich – Chloe wusste ja nur zu gut, dass ihr Vater ihn nicht ausstehen konnte –, aber ihre Mutter hatte ihn gemocht und respektiert und eng mit ihm zusammengearbeitet. War es möglich, dass er zu hart mit iRachel umging? Vielleicht sogar ausfällig wurde? War es möglich, einen Roboter zu misshandeln? Oder war es auch nichts anderes, als dem Fernseher einen Schlag zu geben, damit der Empfang besser wurde?

»Keine Sorge«, sagte sie und berührte iRachel an der Schulter, während sie sich neben sie kniete. »Du kannst einfach alles in die Waschmaschine stopfen. Das wird wieder wie neu. Wäschst du deine Kleidung nicht sowieso?«

»Das war bisher nicht nötig. Ich schwitze nicht und verliere keine Hautschuppen oder Haare. Wenn meine Tunika vom Sitzen faltig wird, bügle ich sie, aber ich habe sie noch nie beschmutzt.«

Chloe rührte iRachels Not. »Gut, vielleicht ist die Gartenarbeit doch nichts für dich. Warum gehst du nicht wieder rein? Ich kann hier allein weitermachen.«

iRachel nickte und stand mit einer einzigen eleganten Bewegung auf.

»Oh nein! Du bist ja verletzt!«

iRachel bückte sich. Sie musste auf einem spitzen Stein gekniet haben. Die Latexhaut war aufgerissen und darunter war ein feines Schaumpolster zu sehen, das ebenfalls beschädigt war. Durch den Riss im Schaumpolster war das schimmernde Metall ihres Skeletts deutlich zu erkennen.

Chloe starrte die Wunde fasziniert an. »Tut es weh?«

»Nein«, sagte iRachel. »Ich empfinde keine Schmerzen wie Menschen. Ich kann Druck und Hitze spüren. Mir war bewusst, dass etwas gegen mein Knie drückte, aber nicht, dass es mich beschädigt hat.«

»Wird Luke auch deswegen sauer sein?«

»Ich habe das Material und die Anleitung, um das selbst zu reparieren«, sagte iRachel ruhig. »Danke für dein Mitgefühl.«

Sie ging zurück ins Haus, und Chloe staunte noch immer darüber, dass dreckige Kleidung iRachel aus der Fassung brachte, während sie mühelos eine größere strukturelle Reparatur, fast schon eine Operation, an sich selbst durchführen konnte.

27

Aidan

Aidan fuhr langsam von der Arbeit nach Hause. Es war ein langer und frustrierender Tag gewesen. Er hatte mal wieder versucht, mit Fiona über die Anschaffung neuer Computer zu reden, und sie hatte ihm dafür – ganz untypisch für sie – fast den Kopf abgerissen.

»Es ist einfach kein Geld dafür da, Aidan. Ganz im Ernst. Wenn ich es hätte, würde ich es dir geben, ich meine, ich schaffe es ja kaum, die …« Sie unterbrach sich. Was hatte sie sagen wollen? Er hatte das üble Gefühl, es war »Löhne zu bezahlen«. Stand es wirklich so schlecht? Waren sie so knapp bei Kasse?

Er war völlig erschlagen, und ihm graute vor dem Abend zu Hause. iRachels Gegenwart war ihm unangenehm, aber er konnte sich schlecht in seinem eigenen Haus verstecken. Vielleicht konnten Chloe und er ja ausgehen? Einen Film anschauen oder so was? Das würde das Problem nicht lösen, aber ihm ein wenig Aufschub verschaffen.

Nach dem Essen bei seiner Mutter war er iRachel gegenüber unvorsichtig geworden. Er war verletzlich gewesen, hatte mit ihr gelacht und geweint und sie sogar berührt. Und einen Augenblick lang, wirklich nur einen Augenblick lang, hatte er sich gestattet, so zu tun, als berühre er seine Frau. Aber als er ihr näher kam, wurde ihr Nicht-Menschsein allzu deutlich. Er hatte gewusst, dass ihr Mund nicht warm und feucht sein würde und dass ihrer Haut kein menschlicher Geruch anhaftete – also war er zurückgewichen. Seine instinktive Abscheu hatte nicht ihr gegolten, sondern seiner eigenen Schwäche. Rachel war erst seit ein paar Wochen tot, und er stürzte sich blind auf jeden Trost.

Doch in diesem ungeschützten Moment hatte er sich einen anderen Blick auf iRachel erlaubt – und jetzt bekam er den Geist nicht mehr in seine Flasche zurück. Er hatte sie nicht mehr als Android betrachtet, sondern als Frau. Und nun fühlte er sich deswegen schlecht, er war ihr seither aus dem Weg gegangen und hatte ihre Interaktionen auf ein Minimum reduziert.

Zu Hause angekommen blieb er im Auto sitzen und betrachtete das Haus. Kate hatte recht. Das alles war noch so frisch, und vielleicht konnte nicht nur Chloe Hilfe gebrauchen, sondern auch er. Aber sollte er etwa zu einem Psychologen gehen, sich entspannt auf die Couch legen und dann sagen »Ich lebe mit einer Roboterversion meiner verstorbenen Frau zusammen«? Gegen seinen Willen musste er lachen. Diese Albernheiten musste er sich abgewöhnen. Er wusste genug über Psychologie, um es als eine Verschiebung zu erkennen – er steigerte sich in die Sache mit iRachel hinein, anstatt sich der Trauer um die echte

Rachel zu stellen. Für all das konnte iRachel nichts, wenn überhaupt war sie eher das Opfer. Sie hatte nicht danach verlangt, gebaut zu werden, hatte nicht um ein Bewusstsein gebeten oder darum, wie Rachel auszusehen. Er bestrafte sie für etwas, das sie weder verstehen noch ändern konnte. Er würde sich mehr Mühe geben müssen.

Aiden stieg aus dem Auto und ging entschlossen auf das Haus zu. Als er eintrat, warf er einen Blick ins Wohnzimmer. Er sah sofort, dass die Glastür offen stand und der Rasen frisch gemäht war. Beim Nähertreten entdeckte er Chloe, die im Blumenbeet Unkraut jätete. Sie hatte ihre Kopfhörer auf und hörte Musik. Sie hatte ihm den Rücken zugewandt und ihn deshalb nicht bemerkt – sie wirkte völlig vertieft in ihre Tätigkeit. Es versetzte ihm einen Stich, sie im Garten zu sehen – das war Rachels Domäne gewesen. Aber der Anblick hatte auch etwas Rührendes. Zumindest saß sie nicht grübelnd in ihrem Zimmer. Gleich würde er rausgehen und sie begrüßen, aber erst brauchte er einen Schluck Wasser.

Er ging in die Küche, trat an die Spüle und nahm sich ein Glas aus dem Trockengitter. Als er hinter sich ein Geräusch hörte, wandte er sich um. iRachel stand in der Tür zur Waschkuche – splitterfasernackt.

28

iRachel

Der Schaden an meinem Knie war doch ein wenig größer, als bei der ersten Diagnose angenommen. In der äußeren Latexschicht waren deutlich Risse und auch in der weichen Schaumschicht darunter, was eine leichte Patellaluxation zur Folge hatte. Nachdem ich mir jedoch ein genaues Bild gemacht hatte, war es verhältnismäßig einfach, die Patella zurechtzurücken und wieder zu befestigen, den Schaum mit dem Spezialkleber aus meinem Reparaturset auszubessern und die Latexschicht wieder zu versiegeln. Wenn das Latex getrocknet ist, wird von dem Schaden nichts mehr zu sehen sein. Meine Tunika und meine Schuhe dagegen stellen mich vor größere Probleme. Ich habe eine Recherche durchgeführt und herausgefunden, dass sich Schlamm ziemlich einfach entfernen lässt, Grasflecken hingegen deutlich schwieriger. Ich prüfte verschiedene Vorschläge mehrerer Webseiten, musste aber feststellen, dass im Haus keines der empfohlenen Produkte zu finden war. Außerdem bereitete es mir Sorgen, dass ich zwar die weiße Tunika in die Waschmaschine stecken konnte, die weißen Schuhe, die ich bisher getragen habe, aber nicht auf demselben Weg gereinigt werden konnten, ohne Schaden zu nehmen.

Menschliches Verhalten vorherzusagen ist schwierig für mich, wenn keine Vitaldaten der Person vorliegen und auch kein Gesichtsausdruck und keine Körpersprache hinzugezogen werden können. Dennoch verfüge ich über mehr Daten von Luke, als von jedem anderen Wesen, mit Ausnahme von Rachel. Meiner Einschätzung nach lag die Wahrscheinlichkeit, dass die unwiderrufliche Beschädigung meiner Kleidung seine Herzfrequenz steigern und eine Spitze in seiner galvanischen Hautreaktion hervorrufen würde, bei über fünfzig Prozent. Sein Verhalten wird in solchen Situationen schwerer vorhersehbar, und er hat die Neigung, die Stimme zu erheben, laut zu werden und unerwartet gegen Dinge zu schlagen. Das war schon im Labor bedauerlich, und es wäre alles andere als ideal, wenn es in Aidans und Chloes Zuhause geschehen würde. Also war es unumgänglich, meine Kleidung zu waschen, damit ich so sauber aussehe wie üblich, wenn Luke morgen zu seinem wöchentlichen Wartungsbesuch erscheint.

Eine weitere Onlinerecherche ergab, dass weißer Essig gegen Grasflecken helfen kann. Ich wusste, dass welcher im Küchenschrank war. Ich zog meine Tunika aus und trug mit einem Putzschwamm Essig auf die Flecken auf. Als die Tunika in der Waschmaschine war, bearbeitete ich meine Schuhe mit einer Bürste und Geschirrspülmittel, um den Schlamm zu entfernen. Das erwies sich als sehr effektiv, und schon bald waren die Schuhe wieder weiß und sauber.

Allerdings waren sie sehr nass, also stellte ich sie auf einem Stück Zeitungspapier in die Sonne, wie es der Spotless-Suzy-Blog vorschlug: »Ich liebe es zu putzen! Tipps, Tricks und Mogeleien, damit dein Zuhause blitzt und blinkt!«

Spotless Suzy empfahl auch, dass ein sehr heißer Waschgang die Grasflecken entfernen würde. Ich musste abwarten, bis das Waschmaschinenprogramm durchgelaufen war, um das Ergebnis zu überprüfen. Falls es nicht funktionieren würde, müsste ich Aidan fragen, ob ich online andere chemische Reinigungsprodukte bestellen kann. Diese Angelegenheit nahm fast meine gesamte Rechenleistung in Anspruch, und so bemerkte ich die Nachricht auf meinem Mobiltelefon nicht, die mich vorwarnen sollte, dass Aidan auf dem Nachhauseweg war. Deshalb verband ich mich nicht wieder mit meinem Rezeptor für die Armbänder und wusste nichts von seiner Ankunft. Das Geräusch der Waschmaschine übertönte das Brummen seines Autos und seine Ankunft in der Küche. Erst als er den Wasserhahn andrehte, wurde mir seine Anwesenheit bewusst. Ich trat aus dem Waschraum, um nachzusehen, woher das Geräusch stammte, und Aidan drehte sich um.

Mehrere Dinge geschahen in diesem Augenblick. Mein Rezeptor schaltete sich an, und Aidans Herzfrequenz erklang laut und deutlich mit beispiellosen 130 bpm. Die Frequenz war so ungewöhnlich hoch, dass ich davon ausgehen musste, dass er gerannt war. Seine Atmung wurde kurz und schnell, was meine Theorie zur körperlichen

Betätigung unterstützte, und seine galvanische Hautreaktion schoss in die Höhe, als wäre ihm plötzlich der Schweiß ausgebrochen. Sein Glas glitt ihm aus der Hand, fiel zu Boden, kullerte weg und hinterließ eine Wasserlache. Seine Augen waren groß, sein Mund stand offen und bewegte sich, obwohl er keine Worte aussprach. Ich fürchtete, es handle sich um einen Herzstillstand, obwohl die Wahrscheinlich dafür angesichts seines Alters, Geschlechts und seiner ethnischen Herkunft nur bei 5,8 Prozent lag.

»Aidan, wie kann ich dir helfen?«, fragte ich. »Soll ich 112 wählen und einen Krankenwagen rufen?«

Er schüttelte den Kopf, antwortete jedoch nicht. Ich machte einige Schritte auf ihn zu. Er hielt beide Hände hoch, als wollte er mich fernhalten. Ich habe diese Geste bei Trainern gesehen, die mit unberechenbaren oder wilden Tieren arbeiten.

»Zieh …« sagte Aidan, dann räusperte er sich. »Zieh dir was an.«

»Wird deine Bedrängnis davon verursacht, dass ich meine Tunika und meine Schuhe nicht trage? Das tut mir leid. Ich habe Chloe im Garten geholfen, und meine Sachen wurden schmutzig.«

»Du kannst nicht … Du kannst nicht so rumlaufen«, sagte Aidan und sah sich um.

Ich nehme an, er suchte nach einem Kleidungsstück, das ich überziehen könnte. In der Küche war das gar nicht so einfach. Schließlich entdeckte er an der Rückseite der Tür eine Schürze, er holte sie und hielt sie mir mit langem

Arm hin, wobei er mir mit seinem Körper so fernblieb wie möglich. Die Schürze war aus einem knisternden Vinylmaterial. Ich zog sie an, weil es Aidans Wunsch zu sein schien, dass ich meinen Körper bedeckte. Doch als ich an mir herabblickte, sah ich, dass die Schürze den Torso einer Frau zeigte, die nur ein sehr kurzes Höschen trug und sehr große Brüste hatte. Außerdem waren zwei bunte Quasten aufgedruckt, die von den Brustwarzen baumelten. Über dem Bauch standen in dicken Buchstaben die Worte »Küss die Köchin«.

»Ich bin mir nicht sicher, ob das eine zielgerichtete Lösung für das darstellt, was dich in solche Bedrängnis bringt«, sagte ich.

Aidan hatte sich abgewandt, während ich die Schürze überzog, und sah mich jetzt an. Er brach in Gelächter aus.

»Oh mein Gott«, sagte er. »Die hab ich ja ganz vergessen. Mein Bruder hat mir die vor Jahren zum Geburtstag geschenkt. Ich hab sie aber nie getragen«, fügte er schnell hinzu.

Ich empfand es als erfreulich, dass er lächelte und sogar lachte. Seine Vitalwerte schienen sich zu beruhigen – seine Herzfrequenz war langsamer und seine Atmung wieder tiefer geworden.

Er hörte auf zu lächeln, aber sein Gesichtsausdruck war immer noch freundlich. »Ich weiß, dass es für dich vielleicht schwer zu begreifen ist, iRachel, aber Kleidung zu tragen ist wichtig. Bestimmte Teile unseres Körpers bedecken wir … in der Gegenwart anderer.«

»Unsere primären und sekundären Sexualorgane«, antwortete ich. Ich wusste, dass das für die meisten Situationen galt. »Aber wenn wir in unserer häuslichen Umgebung sind mit unseren nahen Verwandten, Geliebten oder manchmal auch Freunden, ist das weniger wichtig. Korrekt?«

»Nun, ja«, sagte Aidan und runzelte die Stirn, was ich als Zeichen von leichter Unsicherheit deutete. »Aber es ist immer besser nachzufragen, ob die Anwesenden damit einverstanden sind.«

»Rachel hat sich im Haus oft ohne Kleidung aufgehalten«, sagte ich. »Sie genoss die Nacktheit und meinte, es gebe ihr ein Gefühl von Freiheit.«

Aidan antwortete nicht, aber er lächelte ein wenig. Ich gehe davon aus, dass er sich an Gelegenheiten erinnerte, bei denen Rachel sich frei fühlte.

»Ich pflichte Rachel bei«, sagte ich. »Kleidung kann einschränkend sein und bereitet einem zusätzliche Sorge wegen Verschmutzung oder Beschädigung des Stoffes.«

Aidan lief rot an. Das war laut meiner Daten Schamesröte, ein Anzeichen für Verlegenheit oder Unbehagen. »Rachel war meine Frau, und ihre Nacktheit vor mir, in unserem Zuhause, war in Ordnung. Deine Nacktheit …« Er wurde noch röter und schien seinen Satz nicht zu Ende bringen zu können. Schließlich sagte er: »Es ist nicht dasselbe.«

»Mir ist bewusst, dass mein Körper dem von Rachel nicht in jedem Detail gleicht«, sagte ich. »Zwar machte Luke präzise Abgüsse von Rachels Gesicht und ihren Händen, aber einen kompletten Körperguss hielt sie nicht für nötig.«

»Es freut mich, das zu hören«, sagte Aidan. »Ich kann sehen, dass er nicht ganz … identisch ist.«

»Rachel hat mir gesagt, sie habe Luke angewiesen, einen attraktiven Körper zu erschaffen, mit äquivalentem Knochenbau, Größe und BMI, aber darüber hinaus hat sie ihn ermuntert, kreativ zu sein. Sie sagte wörtlich: ›Leg los, Luke. Keine Dehnungsstreifen, Blinddarmnarbe weg und zur Hölle noch mal, mach sie größer!‹«

Darüber musste Aidan lachen, obwohl er Tränen in den Augen hatte. In diesem Augenblick hörte ich den Ton der Waschmaschine, der das Ende des Waschgangs verkündete. Ich drehte mich, um in den Waschraum zu gehen, und hörte, wie Aidan ein Geräusch machte, als müsse er würgen, und mir fiel ein, dass die Schürze zwar meine Vorderseite bedeckte, meine Rückseite aber nicht.

Ich nahm die Tunika aus der Waschmaschine und untersuchte sie. Erleichtert stellte ich fest, dass die Grasflecken vollkommen entfernt waren. Allerdings war die Tunika noch immer nass und zerknittert. Ich trug sie zurück in die Küche.

»Dieses Kleidungsstück muss etwa zwei bis drei Stunden lang trocknen, bevor ich es bügeln und wieder anziehen kann«, sagte ich. »Meine Schuhe sind ebenfalls noch nass. Da meine Nacktheit dich in Bedrängnis bringt, werde ich im Waschraum bleiben und die Tür schließen, bis ich meine Aufgaben wieder ausführen kann. Das Abendessen ist zubereitet und wird im Ofen warmgehalten. Könntest du das Essen für Chloe und dich servieren?«

»Das ist doch Quatsch«, sagte Aidan, und ich sah, wie er einen Augenblick zögerte, ehe er fortfuhr, »ich gehe schnell hoch und suche dir Kleidung von Rachel.«

29

Chloe

Chloe kam gegen 18 Uhr ins Haus. Ihre Jeans standen vor Dreck, ihre Fingernägel waren eingerissen und schmutzig, und im Nacken hatte sie einen Sonnenbrand. So glücklich war sie seit Wochen nicht gewesen. Der Garten war bei Weitem noch nicht wieder makellos, aber er sah viel besser aus. Ihr Dad hatte sie von der Terrassentür aus begrüßt und sie dann ihrer Arbeit überlassen. Als sie geduscht und frisch umgezogen die Küche betrat, reichte er ihr ein Glas Saft, in dem Eiswürfel klirrten, und gab ihr einen Kuss auf die Stirn.

»Danke dir, mein Schatz, was für eine Arbeit! Aber du hast da draußen Wunder gewirkt.«

Chloe lächelte. »iRachel hat auch geholfen.«

iRachel rührte in irgendwas am Herd. »Mein Beitrag war nur minimal«, sagte sie. »Du hast 82 Prozent der Arbeit allein gemacht.«

Chloe wandte sich ihr zu und runzelte die Stirn. iRachel trug eine von von Mums Jeans und ein türkisfarbenes T-Shirt. An den Füßen hatte sie Flipflops.

Aidan folgte ihrem Blick. »iRachels Tunika musste gewaschen und gebügelt werden«, erklärte er. »Ich habe ihr ein paar Sachen von Mum geliehen. Ich hoffe, es macht dir nichts aus.«

Natürlich machte es Chloe etwas aus. Dieses Outfit, in dem sie ihre Mutter Hunderte Male gesehen hatte, traf sie direkt ins Herz. Sie hatte schon fast vergessen, dass iRachel wie ihre Mum aussah, ihr Wesen war ja ganz anders, und die weiße Tunika hatte ihre nicht menschliche Seite noch unterstrichen. Aber diese Jeans mit dem Riss in der Potasche und das türkise T-Shirt ... Dieses T-Shirt war so weich. Es war alt und so oft gewaschen worden, dass der Stoff an manchen Stellen schon ganz dünn war. Chloe hatte ihren Kopf oft genug auf Mums Schulter gelegt und wusste genau, wie es sich anfühlte. Sie wollte rufen »Zieh es aus! Zieh es sofort aus! Du bist nicht sie!« Aber sie musste auch daran denken, dass iRachel ihr im Garten geholfen hatte, und wie sehr es sie beschäftigt hatte, dass ihre Kleidung schmutzig war. Im Grunde war ja Chloe daran schuld, dass iRachel ihre Tunika und ihre Schuhe ruiniert hatte. Sie atmete tief ein. »Ist okay«, sagte sie. War es nicht. Es war alles andere als okay. Aber es herrschten schon genug Kummer und Schmerz, das musste nicht noch mehr werden.

»Das ist sehr nett von dir, Chloe«, sagte iRachel.

Chloe registrierte, dass ihr Dad zwischen iRachel und ihr hin und her blickte. Er machte den Mund auf, als wolle er etwas sagen, aber dann überlegte er es sich anders. Stattdessen stand er auf und verließ die Küche. Chloe beobachtete, wie er durch das Wohnzimmer in den Garten ging. Er spazierte darin herum, als sähe er ihn zum ersten Mal.

iRachel servierte ihr Risotto. Sie stellte eine Schale vor Chloe auf den Tisch.

»Danke«, sagte Chloe sehr leise.

»Das ist das erste Mal, dass du dich bedankst«, entgegnete iRachel. »Das weiß ich sehr zu schätzen.«

Chloe nickte ohne aufzublicken und probierte. »Schmeckt gut.«

iRachel zögerte und blieb neben dem Tisch stehen. »Du hast Interesse gezeigt ... an den Gartennotizen deiner Mutter«, sagte ich. »Ich habe die Dateien an den Drucker geschickt. Da gibt es ein paar Dokumente, die du dir anschauen könntest. Ich weiß, dass du es vorziehst, keine elektronische Kommunikation zu benutzen, also habe ich sie dir nicht gemailt.«

Chloe nickte, aber blickte nicht auf.

Aidan kam wieder herein. Diesmal schlang er nicht sein Essen hinunter und rannte dann weg. Er holte sich ein Bier aus dem Kühlschrank, setzte sich und aß sein Essen langsam und mit Genuss. Er erzählte eine lustige Geschichte von der Arbeit, und nach einer Weile lud er iRachel ein, sich mit an den Tisch zu setzen.

Das Abendessen an diesem Tag verlief ganz anders als sonst. Es war noch immer seltsam, dass iRachel bei ihnen war, aber Chloe und Aidan unterhielten sich fast normal. iRachel saß sehr gerade auf ihrem Stuhl. Logischerweise aß sie nichts. Das erinnerte Chloe daran, wie sehr Essen gesellschaftliches Miteinander erleichterte – man konnte eine Gesprächspause überbrücken, indem man einen Bissen nahm, man konnte über das Essen sprechen oder sich die Teller reichen. iRachel würde nie erfahren, sich mit Heißhunger vor einen dampfenden Teller mit einem köstlichen Gericht zu setzen. Sie würde nie erfahren, wie es ist, wenn man etwas zum ersten Mal probiert, oder das Vergnügen haben, umgeben von Freunden mit vollem Mund zu lachen. Dieser Gedanke machte Chloe ein wenig traurig, und sie bemerkte, dass sie munter drauflosplauderte und versuchte, iRachel ins Gespräch mit einzubeziehen. Sie war witzig und sarkastisch und schaffte es sogar, ihren Dad ein oder zweimal zum Lachen zu bringen, indem sie Witze über sich selber machte.

Es war noch keine völlige Normalität, wie sie da gemeinsam um den Tisch saßen und Small Talk machten, aber es sah phasenweise fast normal aus. »Tu einfach so, als wär's normal«, sagte sich Chloe.

Nach dem Essen räumten Aidan und sie die Teller ab und stellten sie in die Spülmaschine. iRachel wollte widersprechen, aber Aidan hob die Hand.

»Neue Regel«, sagte er. »Beziehungsweise alte Regel wiedereingeführt. Der Koch muss nicht aufräumen.«

»Danke«, sagte iRachel. »Dann mache ich meinen Check-in am Spiegel und werde meine Tunika bügeln und die Wassersättigung meiner Schuhe prüfen.«

»Die Wassersättigung«, sagte Chloe, als iRachel den Raum verließ. »Sie ist echt witzig.«

»Manchmal«, sagte Aidan. »Nicht immer absichtlich, aber manchmal hat sie einen sehr trockenen Humor.«

»Im Gegensatz zu ihren Schuhen«, sagte Chloe und spülte einen Teller vor.

»Haha. Musst du gar nicht lernen?«

»Ich habe nur noch eine Prüfung, morgen. Englische Literatur.«

»Musst du dich da nicht drauf vorbereiten?«

»Es geht um *Frankenstein*«, antwortete Chloe wie zur Erklärung.

Aidan lachte. *Frankenstein* war Chloes Lieblingsbuch. Sie hatte es mit elf zum ersten Mal gelesen und war ganz blass vor Empörung und tränenüberströmt zu Rachel gekommen wegen der Art, wie mit dem Monster umgegangen wird. Sie las es fast jedes Jahr einmal und konnte ganze Passagen auswendig daraus zitieren.

»Na, ich schätze, damit wirst du klarkommen. Wie ist der Rest denn gelaufen?«, fragte er vorsichtig.

»Gut.«

»Gut?«

»Gut. Keine Probleme, okay? Sie sind sowieso nicht sooo wichtig.«

»Alle Prüfungen sind irgendwie wichtig …«, setzte er vorsichtig an.

»Oh Gott, du hörst dich echt genau wie Mum an«, fiel ihm Chloe ins Wort, und ihr Ton zeigte deutlich, dass das Gespräch beendet war. Sie sah sich in der Küche um, entdeckte ein letztes Glas und stellte es in die Spülmaschine. »Okay«, sagte sie, »wenn das alles ist, dann geh ich …«

»Ab in die Höhle mit dir«, sagte Aidan.

Chloe hüpfte die Treppe hoch, aber statt in ihr eigenes

Zimmer ging sie in das Büro ihrer Mutter. Seit Rachels Tod hatte sie es kaum betreten, es war ja doch nur ein weiteres Zimmer voller schmerzhafter Erinnerungen. Es gab achtlos aufgestapelte Papiere, vollgekritzelt mit der spinnenartigen Handschrift ihrer Mutter – Berechnungen, Skizzen und Diagramme. Auch ein Foto von ihnen dreien bei einem Skiurlaub, kaum zu erkennen mit den Mützen und Skibrillen, aber alle drei mit dem gleichen breiten Grinsen. Und auf der Stiftablage saß eine staubige Lego-Figur: ein Ritter mit Umhang, Rüstung und Lanze. Chloe hatte ihn ihrer Mum geschenkt, als sie vier war.

»Das ist dein Arbeitsritter, Mama«, hatte sie gesagt. »Er passt auf dich auf und darauf, dass du dich nicht verrechnest.«

Chloe griff nach der kleinen Figur und wischte mit dem Zeigefinger vorsichtig den Staub vom Umhang ab. Dann stellte sie den Ritter aufrecht hin, damit er über die Tastatur wachen konnte.

Sie wandte sich dem Drucker zu. Wie iRachel versprochen hatte, lag ein Stapel bedruckter Seiten darin – mehr als Chloe erwartet hatte. Sie sahen aus wie Scans aus einem Notizbuch, und Chloe fragte sich, wo es jetzt wohl sein mochte. Ihre Mutter hatte darin jeden Teil des Gartens skizziert und alle Pflanzen benannt. Außerdem gab es Anmerkungen zu den Obstbäumen und Blumenbeeten. In dem ausgedruckten Kalender stand, in welchem Monat welche Gartenarbeit erledigt werden musste.

Chloe ging in ihr eigenes Zimmer zurück und blätterte langsam durch die Seiten. Über manches musste sie grinsen, zum Beispiel die Seite, auf der Rachel zu einer bestimmten Pflanze notiert hatte: »Zackige Blätter mit spitzen rosa Blüten, die rot werden. Wie Salbei, aber nicht so richtig. Keine Ahnung, was das ist, war schon da, als wir eingezogen sind. Vergeht nicht.«

Und eine andere Anmerkung lautete: »Verdammte Blattläuse. Muss umweltfrdl. Lösung finden.«

Sie konnte die Stimme ihrer Mutter in diesen Aufzeichnungen hören, und das brachte sie zum Lächeln. Sie blickte aus dem Fenster. Im goldenen Abendlicht konnte sie die Pflanze mit den zackigen Blättern sehen. Sie war voller extravaganter rosaroter Blüten und sah sehr robust aus, auch wenn der Garten etwas vernachlässigt worden war. Am nächsten Morgen wollte sie Bilder davon machen, um vielleicht doch noch herauszukriegen, was es war. Ein Geheimnis, dessen Antwort ihre Mutter nicht kannte. Wie wäre es, wenn sie es an ihrer Stelle lösen würde?

30

Rachel

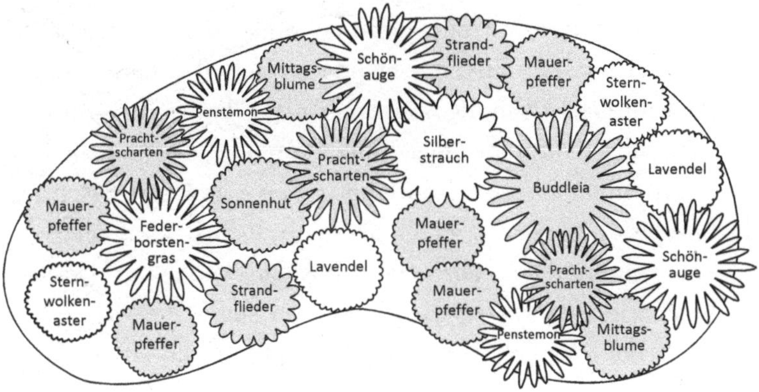

Schön-
auge
Strand-
flieder
Mauer-
pfeffer
Mittags-
blume
Stern-
wolken-
aster
Penstemon
Pracht-
scharten
Silber-
strauch
Pracht-
scharten
Lavendel
Buddleia
Sonnenhut
Mauer-
pfeffer
Feder-
borsten-
gras
Mauer-
pfeffer
Schön-
auge
Lavendel
Pracht-
scharten
Stern-
wolken-
aster
Strand-
flieder
Mauer-
pfeffer
Mauer-
pfeffer
Penstemon
Mittags-
blume

31

Aidan

Das Licht der warmen Sommersonne war wunderbar. iRachel saß aufrecht, die Hände im Schoß gefaltet, und hielt ihr Gesicht in die Sonne. Sie hatte die Terrasse sorgfältig überprüft, ehe sie sie mit ihren nun wieder makellosen Schuhen betrat, und sogar den Stuhl abgewischt, bevor sie sich setzte. Doch als sie endlich saß, sah sie so entspannt und zufrieden aus, wie Aidan sie noch nie gesehen hatte. Zögernd blieb er in der Tür stehen.

»Kann ich mich dazusetzen?«, fragte er.

»Natürlich.«

Er zog sich einen Stuhl heran und setzte sich neben sie. »Schön, dich an der frischen Luft zu sehen«, sagt er.

»Beim ersten Mal habe ich viele neue Sinneseindrücke gewonnen«, sagte sie. »Ich wollte mehr über diese Umgebung herausfinden, nachdem ich mir überlegt hatte, wie ich das Risiko, meine Kleidung zu beschmutzen, umgehen konnte.«

»Willst du damit sagen, dass es dir gefallen hat?«

»Es war eine neue Erfahrung. Ich bin mir nicht sicher,

ob ich das Konzept von ›gefallen‹ schon vollständig begriffen habe, aber wenn es das ist, was ich meine, dann ja, dann hat es mir gefallen.«

»Was denkst du denn, was Menschen gefällt?«

»Das ist sehr subjektiv, aber meinem Verständnis nach ist es die Abwesenheit von Konflikt oder unmittelbarer Verantwortung. Es kann eine Reihe von Sinneseindrücken umfassen – akustische, wie den Gesang der Vogelwelt, oder visuelle, wie die Flora oder die Farbe des Himmels. Ich verfüge nicht über einen Geruchssinn, aber ich kann Moleküle aus der Luft chemisch verarbeiten und darauf reagieren. Meine Reaktion auf die Moleküle des geschnittenen Grases, nachdem Chloe den Rasen gemäht hatte … bedeutet das so viel wie ›gefallen‹?«

»Mal sehen … Ruhe und Frieden, Sonnenschein, Blumen, frisch geschnittenes Gras, Vogelgezwitscher … Ja, ich würde sagen, üblicherweise gefällt das den Menschen. Nur schade, dass du so viele Wochen gewartet hast, ehe du den Garten betreten hast.«

»Mir war nicht klar, dass mir erlaubt ist rauszugehen.«

»Natürlich ist es das. Du bist ja keine Gefangene.«

Sie sah ihn einen Augenblick lang direkt an. »Auf der Vorderseite des Hauses gibt es eine Veranda.«

»Ja«, sagte er vorsichtig. Er wusste nicht, worauf sie hinauswollte.

»Rachels Veranda. Sie wollte eine Hollywoodschaukel.«

»Ja.«

»Darf ich dort sitzen?«

»Du weißt, dass das nicht geht«, sagte er verärgert, weil er sich ertappt fühlte. »Man könnte dich dort von der Straße aus sehen. Stell dir nur die Fragen der Leute vor.«

Sie nickte, als hätte sie mit dieser Antwort gerechnet. »Ein Gefangener ist jemand mit eingeschränkter Bewegungsfreiheit. Ist das korrekt?«

»Gefangene haben etwas verbrochen und müssen bestraft oder von anderen Menschen ferngehalten werden, weil sie gefährlich sind«, sagte er schnell.

»Aber der Grund für die Einschränkung hat nichts mit der Tatsache selbst zu tun«, beharrte sie.

»Ich weiß nicht, ob ich dich richtig verstehe.«

»Ein Gefangener geht nicht nach draußen, weil er oder sie etwas verbrochen hat. Ich gehe nicht nach draußen, weil ich ein – Wie hat es Luke genannt? – »streng geheimes Experiment« bin. Ich bin vielleicht nicht gefährlich, aber mir ist die autonome Bewegungsfreiheit ebenso versagt, als hätte ich einen Betrug oder einen Mord begangen.«

»Das stimmt«, sagte Aidan. »Tut mir leid. Ich wünschte, es wäre anders.«

Sie saßen eine Weile schweigend nebeneinander, und dann fragte er: »Wenn du deine Freiheit hättest, wo würdest du hingehen?«

»Wo könnte ich hin, ohne Neugier hervorzurufen? Ich weiß, dass mein Erscheinungsbild fast menschlich ist, aber nicht menschlich genug.«

»Menschlich genug wofür?«

»Niemand würde mich für ein echtes Mitglied der Spezies Homo sapiens halten. Bevor die Robotertechnik nicht bedeutende Fortschritte macht und Androide und Gynoide nicht weiterverbreitet sind, werde ich immer eine Kuriosität bleiben. Und wenn sie dann irgendwann zum Alltag gehören, werde ich mit großer Sicherheit veraltet sein und ausrangiert werden.«

Aidan spürte das dringende Bedürfnis, sie zu trösten. »Ich schätze, du könntest irgendwohin gehen, wo keine Menschen sind. Oder zumindest keine Fremden. Ein verlassener Strand. Oder ein großer Wald. Kanada vielleicht? Oder das Outback?«

»Das wäre sehr einsam.«

»Nur, wenn du alleine dorthin gehst.«

»Wer würde denn mitkommen?«, fragte sie und sah ihm in die Augen.

Er wollte sagen »Ich«. Das Wort lag ihm schon auf der Zunge, aber ihr Gesichtsausdruck ließ ihn zögern.

Sie blickte in den Garten und schwieg eine Weile. »Rachel hat immer gesagt, dass du sehr freundlich bist, Aidan, und das bist du. Aber es ist nicht freundlich, Hoffnung zu verbreiten, wo es keine gibt. Ich bin ein Experiment in deinem Zuhause. Ich bin nicht deine Freundin oder deine Frau oder deine Familie.«

»Du bist meine Freundin …«, setzte er an, aber sie fiel ihm ins Wort.

»Luke ist nicht freundlich«, sagte sie, »aber er ist immer ehrlich. Er hat zu mir gesagt, ›Mach dir keine Hoffnungen. Verwechsle Freundlichkeit nicht mit Zuneigung. Das ist nicht dein Zuhause. Du bist eine Laborratte, und das ist dein Labyrinth.‹«

Diesmal war es Aidan, der seine Hand ausstreckte und ihre nahm. »Sag das nicht. Du bist ein Gast in unserem Haus. Du gibst uns so viel, und ich betrachte dich als Freundin. Als Familie.« Er lachte leise. »Und denk dran, Chloe und ich sind auch Teil des Experiments. Wenn du eine Laborratte bist, dann sind wir das auch. Wir sind Laborratten im selben Labyrinth und jagen dem Käse hinterher.«

32

Chloe

Ihre Prüfung war erst um elf, also musste Chloe noch ein, zwei Stunden lang die Zeit totschlagen, ehe sie sich in der Ecke des muffigen, düsteren Büros des stellvertretenden Direktors den Aufgaben stellen musste. Sie ging durch die stillen Flure der Schule, spähte durch die Glasscheiben der Klassenzimmertüren auf gesenkte Köpfe und gelangweilte Mienen. Es fühlte sich seltsam an, so herumzuspazieren. Sie holte sich einen Schokoriegel und eine Packung Saft aus dem Automaten und setzte sich auf die niedrige Mauer vor dem Naturwissenschaftsgebäude, schlürfte ihren Saft und drehte Däumchen.

Sie konnte Mr Johnston sehen, den Chemielehrer, der immer wieder zu ihr nach draußen blickte. Sicher wartete er nur auf die Pause, damit er rauskommen und sie ausschimpfen konnte, weil sie nicht im Unterricht war. Dabei hatte sie gar nichts angestellt. Wie alle Naturkundelehrer an ihrer Schule kannte er natürlich ihre Mutter und deren Fachgebiet, weshalb Chloes mangelndes Interesse und ihre geringen Fortschritte ihn umso mehr ärgerten.

Ihr wurde klar, dass sie sich höchstwahrscheinlich vor irgendeinem Lehrer verantworten musste, wenn sie weiter hier herumlungerte, also beschloss sie, in die Bibliothek zu gehen. Falls jemand fragte, konnte sie sagen, dass sie in letzter Minute doch noch ein paar Fakten für die Prüfung nachschlagen musste.

Sie mochte die Bibliothek. Sie lag im ältesten Teil der Schule und hatte hohe Bänke mit schwerer dunkler Holzverkleidung. Man war (mehr oder weniger) mit der Zeit gegangen und hatte außerdem eine Reihe von Computern aufgestellt, Gruppenarbeitsplätze und einen Videoraum geschaffen, aber noch immer gab es hier die gedämpfte Atmosphäre und den Geruch nach alten Büchern wie in einer richtigen Bibliothek. Sie ging hinein. Hinter dem Schreibtisch saß ein Schüler aus dem Abschlussjahrgang – es war Jeremy, der ältere Bruder ihrer Freundin Jess.

Als Jess und sie noch kichernde Siebtklässlerinnen waren, waren sie ihm fürchterlich auf die Nerven gegangen, und er hatte sie immer angebrüllt, ihn in Ruhe zu lassen und sein Zimmer ja nicht zu betreten. Sie hatten ihn gehasst und gesagt, sie würden sowieso keinen Fuß in sein ranziges, stinkiges Jungenzimmer setzen, nicht mal gegen Geld. Damals war er noch nicht besonders groß gewesen, hatte schlechte Haut und, wie Jess meinte, Stinkefüße.

Jetzt war er erwachsen und über 1,80 m groß. Seine Haut hatte sich deutlich gebessert, und er hatte dichtes, glattes schwarzes Haar. Er war genau wie Jess musikalisch und spielte ausgezeichnet Kontrabass. Nach der Schule wollte er ans Konservatorium und dann in einem Orchester spielen. Er hasste die Mädchen nicht mehr ganz so sehr, sondern nickte sogar und lächelte, wenn er Amy und Chloe im Flur traf.

Als Chloe ihn hinter dem Empfangstisch in der Bibliothek entdeckte, hob sie grüßend die Hand. Er blickte kurz zu ihr auf und beschäftigte sich dann weiter mit seinem Computer. Chloe gab sich alle Mühe, so auszusehen, als hätte sie jedes Recht, hier zu sein. Auf eine lange komplizierte Erklärung hatte sie nun wirklich überhaupt keine Lust.

Ihr kam der Gedanke, dass sie ein Buch über Blumen suchen könnte, um die geheimnisvolle Pflanze ihrer Mutter nachzuschlagen. Sie ging die Gänge auf und ab, bis sie die Botanik-Abteilung gefunden hatte, allerdings gab es dort jede Menge Bände über Pflanzenbiologie, aber kaum etwas, das ihr dabei helfen konnte, die Staude in ihrem Garten zu bestimmen.

Sie ging zu den PCs hinüber. Wie sollte sie mit der Suche beginnen? Wenn sie »Pflanze zackige Blätter« bei Google eingab, würde das wohl kaum etwas Brauchbares ausspucken. Sie saß da, spielte mit dem Mauskabel (wie altmodisch war ihre Schule eigentlich? Wo gab es denn noch eine Maus mit Kabel?) und starrte auf den Bildschirm. Nach ein paar Minuten bemerkte sie, dass jemand sie beobachtete. Jeremy blickte sie über den Bildschirm seines Computers an. Sie warf ihm einen kühlen Blick zu. Er schaute nicht weg, und sie begann absichtlich zu schielen und ließ die Zunge raushängen. Er lächelte nicht, wandte den Blick aber auch nicht ab, also grinste sie ihn spöttisch an und starrte dann wieder auf ihren Bildschirm, der noch immer leer war. Aber das konnte er ja nicht wissen.

Sie hörte, wie er zu tippen begann. Gott sei Dank, jetzt ließ er sie offenbar in Ruhe. Aber dann poppte eine Sofortnachricht in der Ecke ihres Bildschirms auf.

J Kann ich dir bei irgendwas helfen?

C Wer ist »ich«?

J Jem. Du sitzt einfach nur da. Ich hab mich gefragt, ob du bei irgendwas Hilfe brauchst.

C Jem???!

J So nennen mich meine Freunde. Nur meine Mutter nennt mich Jeremy. Also, brauchst du jetzt Hilfe?

C Ich sitze nicht einfach nur da. Ich lese was.

J Dein Bildschirm ist leer.

C Wie kannst du das sehen?

J Bibliotheks-Admin. Ich kann alle Bildschirme sehen.

C Das ist gruselig. Das sollten sie einem sagen.

J Haben sie. Du hast zu Beginn dieses Jahrgangs die IT-Benutzerbestimmungen unterschrieben. Da stand es drin.

C Und wer liest die?

J Caveat emptor.

C Was?

J Möge der Käufer sich in Acht nehmen. Unterschreib nichts, von dem du nicht weißt, was drinsteht.

C Na vielen Dank. Jedenfalls ist alles in Ordnung, ich brauche keine Hilfe. Danke.

Sie machte das Chat-Fenster klein, saß noch ein paar Minuten lang da, starrte den Bildschirm an und wagte dann einen Blick am Monitor vorbei. Jem lümmelte in seinem Stuhl und starrte mit gerunzelter Stirn auf seinen eigenen Bildschirm. Weil er im Abschlussjahr war, musste er keine Schuluniform tragen; stattdessen hing ein schmuddeliger Kapuzenparka in hässlichem Militärgrün über seiner Stuhllehne. Und das im Hochsommer. Jem trug ein einfaches weißes T-Shirt über einem langärmeligen Feinripp-Shirt, dessen Ärmel er über seine Hände gezogen hatte. Plötzlich brachte ihn etwas auf seinem Bildschirm zum Lächeln. Es war kein breites Grinsen, nur ein schiefes Lächeln, ein bisschen verrückt, aber nicht fies. Ohne nachzudenken, klickte Chloe wieder auf das Chat-Fenster.

Was ist so lustig?

Sofort ploppte ein Gif im Nachrichtenfenster auf, in dem eine Katze einen Hund eine Treppe hinunterschiebt. Sie kannte es schon, es war wirklich lustig. Sie grinste auch, aber tippte:

C Im Ernst – Cat Content?

J Alle lieben Katzenvideos.

C Ich steh ja mehr auf Krokodile.

Innerhalb von Sekunden erschien ein Gif von einem Alligator, der einen Golfplatz überquert.

C Das ist ein Alligator.

J Woher kennst du den Unterschied?

C Der eine sagt »see you later«, der andere »see you in a while«.

Sie hörte ihn kurz prusten und freute sich darüber. Er war im Abschlussjahr, und sie hatte ihn zum Lachen gebracht.

J Aber mal im Ernst – machst du hier nur blau oder willst du wirklich arbeiten?

C Warte nur auf den Beginn meiner Nachholprüfung.

J Welches Fach?

C Engl. Lit.

J Nervös?

C Nein.

J Also brauchst du meine weisen Erkenntnisse zu Verschwörung und Verrat in *Macbeth* nicht?

C Es geht um *Frankenstein*, und das kenn ich gut, danke. Aber jetzt bin ich neugierig. Du hast weise Erkenntnisse zu den Themen von *Macbeth*?

J Ich habe das Zitat auf dem Buchrücken gelesen und in der Nacht vor dem Examen den Fassbender-Film angeschaut. Ich bin kein Experte.

C Nichts zu *Frankenstein*?

J Frankenstein ist der Arzt, nicht das Monster.

C Wow. Aufschlussreich.

J Ich hab's nicht so mit Literatur.

C Und womit hast du's dann?

J Musik. Weißt du doch. Und Wissenschaft. Hauptsächlich Biologie.

C Vielleicht kannst du mir dann doch helfen.

J Womit?

C Ich muss den Namen einer Pflanze rausfinden.

J Was für eine Art Pflanze?

C Eine mit Blüten?

J Kannst du das vielleicht präzisieren?

C Ich habe ein Bild.

Sie mailte das Bild an sich selbst, kopierte es dann schnell und setzte es ins Chat-Fenster.

J Ich habe keine Ahnung, was das ist.

C Wow. Du hast's ja echt mit der Wissenschaft.

J Scheibenkleister. Immer werde ich kritisiert. Aber ich weiß, wie ich es rauskriege. Es gibt Pflanzendatenbanken. Man gibt ein paar Details über die Pflanze ein und kriegt eine Liste mit möglichen Treffen. Dazu gibt es Bilder, die du mit deinem Foto vergleichen kannst.

Er schickte einen Link, der zu einer sehr seriösen wissenschaftlichen Seite mit einer endlosen Liste von Multiple-Choice-Fragen führte:

- In welchem Monat blüht die Pflanze?
- Welche Farbe haben die Blüten?
- Welche Art von Fruchtstand bzw. Fortpflanzungsform hat die Pflanze?

Unter jeder Frage folgte eine Reihe von unverständlichen lateinischen Bezeichnungen neben Feldern zum Häkchensetzen. Chloe starrte sie bestürzt an. Was war denn bitte »aktinomorph«? Wuchs ihre Pflanze aus einer Zwiebel, einer Knolle oder einem Kormus? Eine Weile saß sie stirnrunzelnd davor. Doch nicht umsonst war sie die Tochter ihrer Mutter. Forschung brauchte ihre Zeit. Sie warf einen Blick auf die Uhr – noch eine Stunde bis zur Prüfung. Sie begann mit der Suche, fand ein Glossar botanischer Begriffe und schrieb dann rasch alle, die sie nicht kannte, in ihr Notizbuch; dann begann sie Wort für Wort mit der Suche. Es war äußerst mühsam, aber es gelang ihr, für jede Kategorie eine sinnvolle Auswahl zu treffen. Wie sich herausstellte, waren die Fragen vergleichsweise einfach, wenn man erstmal das Latein entschlüsselt hatte. Ob die Pflanze heimisch sei? Ob sie gerade blühte? Hatten alle Blüten die gesamte Zeit über dieselbe Farbe, oder blühten sie zu Beginn in einer anderen Farbe auf?

Sie war so vertieft in ihre Aufgabe, dass ihr völlig entging, wie fasziniert Jem sie beobachtete. Irgendwann schälte er sich aus seinem Sitz und schlenderte zu ihr rüber, ließ sich in den Stuhl neben ihr gleiten und rückte dann näher, damit er den Bildschirm sehen konnte. Er roch nach Kaugummi und Haargel und ganz leicht nach Zigaretten.

»Kann ich das Bild noch mal sehen?«, fragte er. »Und kannst du es so groß machen wie möglich?«

Chloe öffnete das Bild und zog es so groß es ging. Sie arbeitete sich weiter durch die Liste, machte sich Notizen und wählte dann für jede Kategorie eine Option aus.

Am Ende der Liste klickte sie auf »Suchen«, und einen Augenblick später spuckte die Datenbank eine Reihe Namen und Bilder von acht möglichen Treffern aus.

Sie scrollte langsam nach unten, öffnete jedes Bild und verglich es mit ihrem.

»Diese ist ziemlich ähnlich«, sagte sie und deutete auf ein Bild.

Sie vergrößerte es und betrachtete die Blätter – sie waren bedornt und lang, mit welligen Rändern.

»Sieht aus wie eine Distel oder Rucola«, sagte Jem.

»Zackig«, murmelte Chloe wie zu sich selbst.

»Zackig?«

»So hat meine Mum sie beschrieben. Das ist sie doch, oder?« Sie sahen sich gemeinsam den Namen an.

»Morina longifolia«, sagte Jem. »Langblättrige Kardendistel.«

»Das ist sie«, sagte sie. »Gut zu wissen. Jetzt kann ich nachschlagen, wie man sich darum kümmert.«

»Gut gemacht«, sagte er. »Das kannst du jetzt zu Hause deiner Mutter erzählen und sie mit deinem botanischen Wissen beeindrucken.« Noch während er sprach, sah sie, wie es ihm wieder einfiel. »O Gott, das tut mir so leid …«, wollte er sagen, aber Chloe saß schon nicht mehr auf ihrem Stuhl.

Sie schnappte sich ihre Tasche. »Schon okay. Trotzdem danke. Bis dann«, sagte sie und floh aus der Bibliothek.

33

Aidan

Das Klingeln des Telefons riss ihn aus dem Schlaf. Er erwachte mit dem Gefühl, jemand habe ihn aus tiefschwarzem Wasser an die Oberfläche gezerrt.

Das Telefon stand auf Rachels Seite vom Bett, und er rollte rüber.

»Hallo?«

»Spreche ich mit Aidan Sawyer?« Die Frauenstimme war tief und barsch. Auch im Halbschlaf war er sich ziemlich sicher, dass er die Person nicht kannte.

»Ja?«

»Sind Sie der Sohn von Sinead Sawyer, 23 Pevensey Street?«

»Ja.«

»Hier spricht Susanne Douglas. Ich bin Feuerwehrfrau bei der Feuerwehr Cambridge. Wir sind im Haus Ihrer Mutter.«

Du lieber Himmel. Er fiel mit dem Gesicht voran aus dem Bett, den Hörer immer noch am Ohr. Nicht seine Mutter. Nicht auch noch sie.

»Hier scheint ein Unfall passiert zu sein. In der Küche hat es gebrannt. Die Nachbarn haben den Rauch gerochen und uns gerufen, wir sind noch rechtzeitig kommen. Die Küche hat Schaden genommen, und es sind auch Sanitäter vor Ort.«

»Ist sie …?« Er merkte, wie er zitterte.

»Sie ist stabil«, sagte Susanne Douglas beruhigend. »Sie hat etwas Rauch in der Lunge, ist aber bei Bewusstsein und sitzt hier neben mir.«

»Ich komme sofort«, sagte Aidan, »in einer halben Stunde bin ich da.«

»Wahrscheinlich fahren Sie dann am besten direkt ins Krankenhaus«, sagte Susanne und nannte ihm den Namen. »Der Krankenwagen bringt Ihre Mutter wegen ihres Alters zur Kontrolle hin.«

Sie legten auf, und Aidan zog sich an, so schnell er konnte. Er warf einen Blick auf die Uhr – kurz nach drei. Als er in den Flur trat und sich gerade seine Jacke überzog, sah er unter Chloes Tür Licht. Warum war sie um diese Uhrzeit wach? Er klopfte an die Tür, aber sie antwortete nicht. Als er sie öffnete, sah er, dass sie eingerollt auf der Decke lag, der Laptop-Bildschirm leuchtete ihr ins Gesicht. Sanft stellte er den Computer auf den Boden, wobei er aus dem Augenwinkel wahrnahm, dass Chloe die Seite der Royal Horticultural Society aufgerufen hatte. Er deckte Chloe zu, schaltete das Licht aus und verließ das Zimmer.

Der untere Stock war von schwachem Mondlicht erhellt. iRachel saß reglos und mit geschlossenen Augen auf einem Küchenstuhl, die Hände in den Schoß gelegt. Ein

Kabel wand sich von einer Steckdose in der Wand bis in ihre Achselhöhle. Sie sah seltsam verletzlich aus. Aidan hatte sie noch nie im Ladezustand gesehen. Das erledigte sie lieber im stillen Kämmerlein. Es war ihm unangenehm, aber er musste sie wecken. Er berührte sie sanft an der Schulter. Ihre Augen öffneten sich langsam, und er sah, wie sie sich erhellten, als wäre in ihrem Inneren ein Licht eingeschaltet worden. Sie begann sich zu regen, als würde sie atmen.

»Etwas bereitet dir Kummer«, sagte sie.

»Im Haus meiner Mutter hat es gebrannt«, sagte er. »Ich muss ins Krankenhaus fahren. Kannst du dich um Chloe kümmern? Sie schläft, und ich sollte längst wieder da sein, wenn sie aufwacht, aber nur für den Notfall …«

»Willst du, dass ich Chloe davon erzähle?«

»Sag ihr, dass alles in Ordnung ist«, sagte Aidan. »Mehr weiß ich auch nicht. Oder zumindest haben sie mir das gesagt. Und sag ihr, dass sie mich anrufen soll.« Er drückte iRachel kurz an der Schulter und eilte aus dem Haus.

Die Straßenlampen auf dem Parkplatz vor dem Krankenhaus tauchten alles in ein unbarmherziges Licht. Er rannte zum Eingang der Notaufnahme. Ein Krankenwagen stand direkt davor, aber als er durch die Schiebetüren trat, war niemand zu sehen außer einem Betrunkenen, der wahrscheinlich auf der Straße lebte und jetzt ausgestreckt über drei Wartestühle dalag, und ein Mann in Anzughose und blutverschmiertem weißem Hemd, der sich ein Tuch an die blutende Nase drückte. Aidan sah sich hektisch um, aber der Anmeldetresen war verwaist, und auch sonst war niemand vom Krankenhauspersonal zu sehen. Er wollte schon die Vorhänge vor den Behandlungsnischen wegziehen, als eine uniformierte Polizistin auf ihn zukam.

»Aidan Sawyer?«, fragte sie.

»Ja.«

»Wachtmeisterin Alison Moore. Ihre Mutter wird gerade untersucht.«

»Geht es ihr …?«

»Es geht ihr sehr gut, sie ist nicht verletzt, und wie es aussieht, hat sie auch keine nennenswerte Menge an Rauch eingeatmet.«

»Puh, was für eine Erleichterung.« Aidan entspannte sich ein wenig. »Kann ich sie bald mit nach Hause nehmen?«

»Ich vermute, dass sie über Nacht hierbleiben muss«, sagte die Polizistin. »Nur um sicherzugehen.«

»Kann ich sie sehen?«

»Die Ärztin ist gerade bei ihr, aber es wird sicher nicht mehr lange dauern.«

Aidan erwartete, dass die Polizistin sich verabschieden und gehen würde, aber sie blieb mit sichtlichem Unbehagen stehen.

»Gibt es sonst noch etwas?«

»Ähm, ja«, sagte die Polizistin. »Es wird noch eine vollständige Untersuchung geben, aber so wie es aussieht, ist das Feuer durch eine Fritteuse entstanden.«

»Eine Fritteuse?«, Aidan runzelte die Stirn. Dass seine Mutter Pommes machte, war ihm neu. Er wusste noch nicht mal, dass sie eine Fritteuse besaß.

»Das Feuer ist um ein Uhr nachts ausgebrochen. Die direkten Nachbarn Ihrer Mutter«, sie sah auf ihrem Notizblock nach, »die Olivellis, waren zufällig noch wach und rochen den Rauch.«

»Warum hätte meine Mutter nachts um eins Pommes machen sollen?«

»Das haben wir uns auch gefragt. Wir haben mit den Olivellis gesprochen, und sie meinten, Ihre Mutter habe in letzter Zeit einen sehr unregelmäßigen Rhythmus gehabt. Sie sahen fast immer Licht bei ihr brennen, und ein paarmal hätten sie auch bemerkt, dass sie weit nach Mitternacht spazieren gegangen sei.«

»Warum haben sie mich nicht angerufen und mir das gesagt?«, fragte Aidan und ballte gereizt die Hände zu Fäusten.

»Das haben wir auch gefragt«, sagte die Polizistin, »aber sie meinten, sie hätten Ihnen nicht unnötig Sorgen machen wollen, weil Sie gerade genug am Hals haben. Offenbar ist Ihre Frau kürzlich verstorben. Das tut mir sehr leid.«

»Wenn ich gewusst hätte …«, setzte Aidan an. Aber schon beim Sprechen wurde ihm klar, dass er es gewusst hatte. Sie war zunehmend verwirrt gewesen. Nicht nur bei dem Mittagessen, bei dem ihr entfallen war, dass Rachel tot war, oder weil das Haus schmutziger war als üblich. Sie war in den letzten Monaten immer unkommunikativer geworden. Er hätte etwas unternehmen, mit ihr zum Arzt gehen müssen. Aber sie hatte sich so sehr bemüht, es zu verbergen, und er hatte es nicht übers Herz gebracht –

oder sich nicht getraut –, sie damit zu konfrontieren. Wäre es Rachel aufgefallen, wenn sie noch da gewesen wäre? Sie war Wissenschaftlerin und sehr analytisch, wohl wahr. Aber bestimmte Eigenheiten von Menschen entgingen auch ihr. Abgesehen davon war sie Sinead wenn möglich lieber aus dem Weg gegangen. Ihre Schwiegermutter hatte sie vermutlich sechs Monate vor ihrem Tod zum letzten Mal gesehen.

In diesem Augenblick trat die Ärztin mit einem Klemmbrett in der Hand aus der Behandlungsnische. Die Polizistin verabschiedete sich und gab Aidan ihre Karte. Die Ärztin war eine kleine asiatische Frau, die ihr langes Haar zu einem ordentlichen Knoten im Nacken gebunden trug. Auf ihrem Namensschild stand Dr. Nawaz. Sie sah sehr müde aus, aber ihre großen Augen blickten sehr freundlich drein. Sie führte Aidan zu einer Stuhlreihe, so weit entfernt von dem schnarchenden Betrunkenen wie möglich. Der Mann mit der blutenden Nase war Gott sei Dank in eine Behandlungsnische gerufen worden.

»Sie wollen jetzt sicher unbedingt Ihre Mutter sehen«, sagte sie, »aber im Augenblick schläft sie, also seien Sie unbesorgt. Sie wird auf die Station gebracht, und Sie können sie sehen, sobald sie dort angekommen ist.«

»Sie schläft?«

»Sie war sehr verwirrt, als sie hergebracht wurde, also habe ich ihr nach der Untersuchung ein Beruhigungsmittel gegeben.«

»Verwirrt?«

»Sie konnte nicht verstehen, wo sie war«, sagte Dr. Nawaz sanft. »Ich habe mir alle Mühe gegeben, um sie zu beruhigen, aber sie war sehr aufgebracht.«

»Das ist ja auch verständlich, oder? Das Feuer und der Schock und alles?«

»Natürlich. Wie geht es ihr denn sonst für gewöhnlich? Im Alltag?«

»Schwer zu sagen«, entgegnete Aidan. »Ich sehe sie nicht jeden Tag, nicht mal jede Woche. Ich rufe oft an ...«, fügte er schnell hinzu, damit Dr. Nawaz ihn nicht für einen schlechten, nachlässigen Sohn hielt. »Sie ist nur so ... so sehr auf ihre Unabhängigkeit bedacht. War sie schon immer.«

»Haben Sie das Gefühl, dass sie in letzter Zeit vergesslicher geworden ist?«

»Ja«, sagte Aidan widerwillig und erzählte Dr. Nawaz von den Vorfällen in den letzten beiden Monaten. Sie nickte und machte sich Notizen. »Und was passiert jetzt?«

»Na ja, wir werden ein paar Tests machen, um herauszufinden, wie verwirrt sie ist, und ob sich ihr Gedächtnis verbessert, wenn sie sich ausgeruht und gegessen hat.«

»Welche Art von Tests?«

»Wir fangen mit einem MMSE, der Mini-Mental-State-Examination an. Dabei handelt es sich um eine Reihe von Fragen zu ihrem Gedächtnis, ihrem Vokabular, ihrer Fähigkeit, auf Anweisungen zu reagieren.«

Aidan brachte ein kleines Lächeln zustande. »Sie war noch nie besonders gut darin, Anweisungen zu befolgen.«

Dr. Nawaz lächelte zurück. »Gut, das behalte ich im Hinterkopf. Je nachdem, wie die Ergebnisse ausfallen, folgen noch weitere Tests: eine körperliche und eine Blut-Untersuchung, vielleicht ein Hirnscan …«

»Und was dann?«

»Wenn wir eine sichere Diagnose haben, können wir uns die angemessene Behandlungsmethode überlegen.«

»Aber es gibt nicht wirklich eine angemessene Behandlungsmethode, oder?«, frage Aidan düster. »Es gibt keine Heilung.«

»Keine direkte Heilung. Aber wenn sie an Demenz leidet, können wir viel tun, um ihre Symptome zu lindern, und dafür sorgen, dass sie sich sicher und glücklich fühlt. Gutes Essen, viel Schlaf, Bewegung, soziale Ablenkung – all diese Dinge machen einen deutlichen Unterschied.«

»Wenn man Sie reden hört, denkt man, Sie sprechen über ein Kleinkind«, sagte Aidan und ließ den Kopf in die Hände sinken.

Dr. Nawaz legte ihre Hände sanft auf seine und zog sie von seinem Gesicht weg. Sie lächelte ihn freundlich an. »Nur um fair zu sein – uns allen geht es besser mit gutem Essen, Schlaf, Bewegung und Freunden. Nicht nur älteren Menschen und Kleinkindern.«

Später ging er hinauf in die Station. Sinead lag in einem Bett in der Ecke am Fenster. Ihr metallisch graues Haar, das für gewöhnlich wallend und prächtig war, lag ausgebreitet auf dem Kissen, und unter ihren geschlossenen Augen waren tiefe Höhlen. Aidan setzte sich neben sie und nahm ihre Hand. Sie fühlte sich winzig an, die Knochen stachen hervor wie die Knochen eines Vogels. Ihre Handgelenke waren knotig, und unter dem Baumwollstoff ihres

Krankenhaushemdes sah er ihre Schlüsselbeine deutlich hervorstehen. Sie war so dünn. Wieso war ihm das nicht aufgefallen, als sie neulich zum Mittagessen bei ihr waren? Er kannte die Antwort. Er war so sehr in seiner Trauer und seinem eigenen Kummer versunken, dass er sie kaum angesehen hatte. Seine eigene Mutter.

Sie schlief auf dem Rücken und schnarchte leise durch den geöffneten Mund. Er war sich ziemlich sicher, dass sie sonst nicht schnarchte – wahrscheinlich lag es an dem Beruhigungsmittel. Aber als er darüber nachdachte, fiel ihm auf, dass er sie fast noch nie schlafend gesehen hatte. In seiner Jugend war sie immer vor ihm wach gewesen und erst deutlich nach ihm zu Bett gegangen. Wenn er verschlafen und zerknautscht in die Küche kam, schmierte sie bereits tatkräftig Sandwiches oder rührte im Porridge. Er hatte sie nie in einem Sessel schlummern oder ein Nickerchen machen sehen, und selbst jetzt, da sie in Rente war, fiel es ihr schwer, sich hinzusetzen und sich zu entspannen. Er musste grinsen. Da kannte er noch jemanden … Rachel hatte auch nicht gewusst, wie Pause machen ging. Vielleicht hatte er diese Eigenart an ihr erkannt, als er sich in sie verliebt hatte?

Er musste daran denken, wie seine Mutter, so groß und mit dieser Haltung, als habe sie einen Stock verschluckt, immer einen Schritt zu schnell gewesen war für ihn. Damals konnte sie noch nicht Autofahren, deshalb war sie überallhin zu Fuß gegangen oder mit dem Rad gefahren, und hatte ihre Einkäufe und manchmal auch seinen Bruder Oliver in ihrem Fahrradkorb transportiert. Einen großen Teil seiner Kindheit schien Aiden damit verbracht zu haben, ihr hinterherzurennen. Sie war immer sehr nüchtern und praktisch gewesen, trug saubere, gebügelte Kleider, brachte gutes, einfaches Essen auf den Tisch und sorgte dafür, dass die Hausaufgaben erledigt und die Freizeit organisiert war. Er hatte sich nie ungeliebt gefühlt, aber ihre Liebe war stark und sachlich gewesen: eine Hand, die seine Haare kämmte oder seine Krawatte zurechtrückte, einen Teller vor ihn stellte oder seine Hausaufgaben durchsah. Er konnte sich nicht daran erinnern, ihre Hand gehalten zu haben oder von ihr gestreichelt oder umarmt worden zu sein. War sie ihm gegenüber strenger gewesen, weil er der Ältere war? Wohl kaum. Sie hatte einfach nur gegeben, was sie zu geben hatte – und weil sie alleinige Hauptverdienerin, Organisatorin, Hausfrau und einziges Elternteil war, war von allem nicht so viel vorhanden.

Zum ersten Mal stellte er sich die Frage, wie sie sich gefühlt haben musste, als sein Dad sie verlassen hatte. Sie hatte klarkommen müssen. Sie hatte ja keine andere Wahl gehabt. Das Essen musste auf den Tisch. Die Kinder mussten in die Schule. Geld musste verdient werden. Für Trauer war da kein Raum. Vielleicht, dachte er, vielleicht war das der Grund, warum sie immer so nüchtern und sachlich war. Vielleicht musste sie, um mit all diesen chaotischen Emotionen klarzukommen, ihre Gefühle unter dem Deckel halten. Da war kein Platz für Zärtlichkeit oder Sentimentalität, und auch kaum für Zuneigung oder Lachen. Denn wenn sie sich erlaubt hätte, Gefühle zuzulassen, wenn sie dem Ausmaß ihres Schmerzes ins Auge geblickt hätte, wie hätte sie dann weitermachen sollen?

Er war erst seit drei Monaten alleinerziehender Vater, und die Verantwortung lastete schwer auf seinen Schultern. Dabei brauchte Chloe noch nicht mal viel Betreuung, sie war ja schon ziemlich unabhängig. Eher war es die Tatsache, dass jede Entscheidung allein bei ihm lag, genau wie jede Sorge, jeder Triumph und jede Freude. Rachel war der einzige Mensch auf der Welt gewesen, der Chloe so geliebt und sich so um sie gekümmert hatte wie er; jetzt, da sie nicht mehr da war, fühlte es sich an, als läge ein langer und schwerer Weg vor ihm. Vermutlich würde er dadurch lernen, seine Mutter etwas besser zu verstehen.

Und jetzt brauchte sie ihn. Brauchte ihn wirklich. Es würde nicht leicht werden – sie würde sich mit jeder Faser ihres Wesens gegen einen Eingriff in ihr Leben wehren. Aber er musste einen Weg finden, um ihr zu helfen, ob sie es wollte oder nicht.

34

Luke

»Nein«, sagte Luke. »Ein hundertprozentiges, kategorisches Nein. Unmöglich. Ich erlaube es nicht.«

»Du tust was? Entschuldigung? Du erlaubst es nicht?« Plötzlich baute Aidan sich vor Luke auf. Er war deutlich größer. Luke blieb unbeeindruckt und wich nicht einen Schritt zurück. »Es mag eine Binsenweisheit sein«, sagte Aidan, »aber das ist nicht dein Haus.«

»Es ist mein Experiment«, sagte Luke. »Dazu ist es äußerst heikel und streng geheim. Ich habe ohnehin schon riesige Bedenken wegen der mangelnden Kontrolle in dieser Konstellation – aber noch eine beliebige Person hinzuzuziehen …«

»Keine beliebige Person«, brüllte Aidan außer sich vor Wut. »Meine Mutter. Meine Mutter, die im Augenblick alleine und verzweifelt im Krankenhaus liegt und nicht nach Hause kann.«

Luke schnaubte verächtlich und ging zur Terrassentür. Chloe war am anderen Ende des Gartens mit der Begradigung des Rasens beschäftigt. Zum Glück trug sie ihre

Kopfhörer und konnte das Gebrüll nicht hören. Verdammte Rachel. Verdammte, dämliche Rachel. Sie war verantwortlich für diese absolut lächerliche Situation. Immer meinte sie, alles am besten zu wissen, unzählige Male hatte sie ihn dazu gebracht, das zu tun, was sie bereits beschlossen hatte. Aber diesmal nicht.

»Okay«, wandte er sich entschieden an Aidan. »Wenn deine Mutter hier einzieht, ist das Experiment beendet. Ich nehme iRachel heute Abend wieder mit zurück ins Labor.«

»Nein«, antworteten Aidan und iRachel im Chor, und Luke sah sie überrascht an.

»Ach so? Ich dachte, du bist froh, wenn du den Roboter wieder los bist. Du wolltest ihn doch sowieso nie hier haben.«

»Das Experiment ist nicht ›beendet‹«, sagte Aidan mit sarkastisch angedeuteten Gänsefüßchen. »Laut Rachels Anweisungen wird iRachel wissen, wenn es vorbei ist.« Er wandte sich an iRachel. »Ist es vorbei?«

Sie ignorierte die direkte Frage und sagte stattdessen: »Ich möchte nicht ins Labor zurückkehren«. Ihre Stimme klang entschlossen und fest. »Ich habe, seit ich bei Chloe und Aiden bin, Fortschritte gemacht auf dem Gebiet der Interpretation menschlicher Gefühle und auch was meine manuellen und kognitiven Fähigkeiten angeht. Mein Wissen hat sich exponentiell vergrößert in einem Maß, das die kontrollierten Experimente im Labor weit überschreitet.«

»Es ist mir egal, was du willst«, sagte Luke und sah sie dabei nicht mal an. »Du bist ein sehr, sehr teurer Bausatz, und ich kann dich hier nicht unbeaufsichtigt mit irgendeiner alten Dame lassen.«

»Ich bin kein Bausatz«, sagte sie. »Ich wurde als empathiefähiger Gefährte für Menschen entworfen. Eines meiner möglichen Haupteinsatzgebiete ist die Pflege von älteren Menschen mit kognitiven Einschränkungen. Das ist eine wertvolle Ergänzung meiner ursprünglichen …«

»Es gibt keine Ergänzung!«, brüllte Luke. »Du hast nicht über den Verlauf dieses Projekts zu entscheiden. Du tust, was man dir sagt, gehst dahin, wohin man dich schickt, und nimmst an Experimenten teil, die ich entwerfe. Ich und ich allein. Kapiert?«

»Ich fürchte, ich kann deiner Aufforderung nicht Folge leisten«, sagte iRachel ruhig. »Rachels Trojaner ist innerhalb meines Systems immer noch aktiv. Wenn ich nicht alle sechs Stunden meinen Check-in vor dem Spiegel machen kann, werden meine Speicher gelöscht.«

»Ich hau diesen verdammten Spiegel in tausend Stücke«, schrie Luke, und genau in diesem Augenblick kam Chloe aus dem Garten rein, die Hände voller reifer Himbeeren. Sie blieb in der Tür stehen und blickte schnell von ihrem Vater zu Luke und dann zu iRachel.

»Hi Luke«, sagte sie fröhlich. »Ich schätze mal, dir schmeckt der Plan, Oma Sinead hier wohnen zu lassen, nicht besonders?«

Luke starrte sie an. Als er in ihr frisches, junges Gesicht blickte – Rachels Gesicht, aber voller jugendlicher Geringschätzung und Selbstbewusstsein –, überfiel ihn eine Welle von Beschämung und Wut. Er wollte sie wegen ihres herablassenden Tons anbrüllen, aber er wusste, dann würde Aidan explodieren.

Er marschierte zur Küchentheke hinüber, schlug seinen Laptop zu, schnappte sich seine Tasche und ging. Ein paar Sekunden später hörten sie sein Motorrad röhren. Der hohe, scharfe Ton wurde schwächer, als er davonraste.

35

iRachel

Dieser Abend war anders. Chloe übernachtete bei ihrer Freundin Amy, um das Ende der Prüfungen zu feiern. Also verbrachte ich zum ersten Mal eine ganze Nacht allein mit Aidan.

Außerdem hatte ein meteorologischer Umschwung stattgefunden – zum ersten Mal seit ich im Haus war, hatte es bei Tag geregnet. Ich habe noch nie Regen gesehen; laut meiner Gebrauchsanweisung ist nicht vorgesehen, dass ich nach draußen gehe und ihn aus erster Hand erlebe, aber es war faszinierend genug, an der Terrassentür zu stehen und zuzusehen. Außerdem war es sehr interessant, wie sich gewisse chemische Verbindungen in der Luft als Folge des fallenden Regens auf dem heißen Grund und den Pflanzen veränderten. Sie drangen als kühler, feuchter Hauch zu mir, und ich empfand ein gewisses Vergnügen dabei, ihn zu analysieren.

Na^+, K^+, Ca^{2+}, Mg^{2+}, Fe^{3+}, Pb^{2+}, Cl^-.

Es gab aber noch einen Grund, warum sich dieser Abend von den vorhergehenden unterschied. Ich hatte einen Wunsch ausgesprochen und meine eigene Entscheidung getroffen. Ich habe mich Lukes direktem Befehl widersetzt. Hätte ich menschliche Vitalwerte gehabt, hätte mein Armband vermutlich erhöhten Herzschlag oder eine gesteigerte Atemfrequenz aufgezeichnet, zusammen mit einem Adrenalinstoß.

Folgendes hat sich verändert: Ich bin dafür gebaut, Menschen zu verstehen und mit ihnen mitzufühlen. Meine Entscheidungen werden davon bestimmt, dass ich die Vorgehensweise wählen muss, die denjenigen, denen ich diene, am nützlichsten ist. Aber heute habe ich zum ersten Mal etwas Neues erlebt. Ich wollte etwas Eigenes haben. Ich glaube, dass meine Anwesenheit Aidan und Chloe hilft und darüber hinaus auch Rachels und Lukes Forschungszielen entspricht. Aber mein Wunsch zu bleiben hatte mit etwas Persönlichem zu tun.

Ich will hier sein.

Ich will.

Zum ersten Mal sage ich, dass ich etwas will. Rachel sagte einmal, dass der Wille – oder Verlangen oder Sehnsucht – zu dem gehört, was den Menschen ausmacht. »Die Triebfeder hinter jedem menschlichen Bestreben ist die Unzufriedenheit«, erklärte sie. »Das hat in vorhistorischer Zeit begonnen. ›An diese Banane komme ich von hier unten auf allen vieren nicht dran. Also gehe ich aufrecht! Diese Menge an Bananen kann ich mit meinen Händen nicht tragen. Also erfinde ich das Rad, um sie zu transportieren! Ich lebe in einem Land ohne Bananen – also baue ich ein Schiff und hole mir welche!‹«

»Deine Obst-zentrierte Sicht auf die menschliche Entwicklung findet sich in keinem der namhaften Geschichtsbücher«, sagte ich.

Rachel lachte. »Es ist eine Allegorie. Aber sie stimmt. Wir erfinden etwas, entwickeln uns, erkunden und erschaffen, weil wir mit dem Vorhandenen nicht zufrieden sind. Wir bekriegen uns und schreiben Lyrik, weil wir Sehnsüchte und Verlangen hegen und etwas wollen, das wir nicht haben können. Mensch zu sein bedeutet etwas zu wollen.«

Erst heute Abend habe ich begriffen, was sie damit meinte. Zuvor kannte ich das Gefühl des Wollens, des Verlangens nicht. Ich kann Lukes Reaktion darauf vorhersehen. »Glaube, Hoffnung, Sehnsucht«, würde er lachend sagen, »sind keine wissenschaftlichen Begriffe. Diese Dinge können nicht gemessen oder beziffert werden.«

Alles, was ich bisher gelernt habe, beruht auf messbaren Daten. Doch was ich jetzt erlebe, hat keine Datenbasis. Ist es Intuition? Erfahre ich gerade die chaotische, unmessbare Natur der menschlichen Gefühle?

Während ich darüber nachdachte, kam Aidan ins Wohnzimmer. Er schaltete die Lampe ein.

»Dunkel geworden hier drin«, stellte er fest, trat neben mich und blickte in den Regen nach draußen. Es war ein geselliges Schweigen – Aidans Vitalwerte zeigten, dass er ruhig war, und wenn ich mir seinen Gesichtsausdruck ansah, wirkte er weniger besorgt und durcheinander als in den Tagen zuvor.

»Freust du dich, dass deine Mutter hier wohnen wird?«, fragte ich ihn.

»Ich glaube ›Freude‹ trifft es nicht ganz«, sagte er. »Ich bin erleichtert. Es ist die richtige Entscheidung, zumindest fürs Erste. Sie braucht Liebe und Pflege.«

»Wie wird sie auf meine Anwesenheit reagieren?«

»Das kann ich nicht sagen«, gab er zurück. »Ich weiß nicht, ob sie dich für Rachel halten wird. Das wird sich zeigen.«

»Ich habe Zugriff auf alle verfügbaren Informationen zur Behandlung und Pflege von Demenzkranken«, sagte ich. »Ich werde ihr die beste Behandlung angedeihen lassen.«

»Das weiß ich«, sagte Aidan und lächelte mich an. »Ich dagegen bin nur ein Mensch. Ich habe keine erstaunlichen Kräfte und keine Geduld und auch nicht dein Wissen. Sie ist meine Mutter, und meine Gefühle sind deswegen … kompliziert. Ich werde deine Hilfe wirklich brauchen.«

Plötzlich war eine gezackte, helle elektrostatische Entladung am Himmel zu sehen, fast unmittelbar gefolgt von einem lauten Knall. Aidan zuckte erschreckt zusammen, und seine Herzfrequenz schoss nach oben.

»Du hast einen Schreck gekriegt«, stellte ich fest.

»Blitz und Donner lagen mir noch nie.«

»Erinnerst du dich noch an das eine Mal im Kruger Park?«

»Jetzt sprichst gerade nicht du selbst, oder?«, fragte Aidan. Er sah mich nicht an.

»Nein, ich glaube, gerade hat sich wieder eine von Rachels Dateien geöffnet. Vermutlich ausgelöst von der chemischen Zusammensetzung des Regens und dem Geräusch des Donners.«

»Ich will es hören«, sagte er, und seine Stimme war rau und belegt. »Ich will hören, was sie zu sagen hat, aber …« Er sah mich an, und ich konnte seinen Gesichtsausdruck nicht deuten. Scham? Aufregung? Verlangen? Angst? »Ich will es im Dunkeln hören.«

Ich nickte.

»Komm«, sagte er, nahm meine Hand und führte mich nach oben.

Wir gingen in sein Schlafzimmer. Der Raum war dunkel, aber er schaltete das Licht nicht an. Dann ging er zum Fenster und machte es weit auf, schob mich aufs Bett, sodass ich neben ihm lag. Das Zimmer wurde nur von den Blitzen draußen erhellt. Er lag auf seiner Seite, hielt meine Hand zwischen seinen und schloss die Augen.

»Jetzt«, sagte er. »Jetzt.«

36

Rachel

»Wir haben diese schrecklichen paar Tage in Johannesburg verbracht, weißt du noch? Wir sind zwei Monate gereist und hatten völlig verzauberte Wochen in der Wüste von Namibia, wo wir absolute Stille und gleißende Hitze erlebt und unglaubliche Landschaften gesehen haben. Alles wirkte wie auf dem Mars. Dann sind wir in Johannesburg in diesem schrecklichen Hotel gelandet und hatten noch nicht mal mehr ein Auto – aber wir wären ohnehin nicht gefahren, die Straßen waren völlig irrsinnig. Wir kannten niemanden in der Stadt, und an unserem letzten Abend dort hatten wir einen fürchterlichen Streit. Ich habe dir gestanden, dass ich zugesagt hatte, in Cambridge meinen Master zu machen. Du hast mir vorgeworfen, dich belogen zu haben, und ich nannte dich einen Kontrollfreak, und na ja, es wurde immer schlimmer.

Nachdem wir geschrien und gebrüllt hatten und ich meinen Rucksack quer durchs Zimmer geschleudert habe, wollten wir nur noch weg voneinander, nur für eine halbe Stunde – aber wir konnten nirgendwohin. Nicht um

Mitternacht in einer fremden und womöglich gefährlichen Stadt. Wir waren Gefangene in unserem Hotelzimmer. Also saßen wir jeder auf seiner Seite des Bettes wie kleine, schmollende Kinder, dann krochen wir ins Bett, schliefen so weit voneinander entfernt wie möglich und zeigten uns gegenseitig die kalte Schulter. Diese Nacht war grauenhaft.

Am nächsten Tag holte uns der Bus vom Hotel ab zu einer vierstündigen Fahrt, bei der wir wieder so weit voneinander abrückten, wie es benachbarte Bussitze zulassen. Ich sehnte mich so sehr danach, meine Hand nach dir auszustrecken, aber hatte Angst, du würdest sie wegschieben. Ich fühlte mich wie in einer Falle. Wir hatten noch mehrere Monate des Reisens vor uns, und zu diesem Zeitpunkt dachte ich wirklich, du machst Schluss mit mir und wir wären bis zur Heimreise aneinandergekettet.

Etwa die Hälfte der Zeit dachte ich darüber nach, was passieren würde, wenn ich dich berührte, und in der anderen Hälfte tobte ich innerlich, weil du mich weder berührt noch etwas gesagt hast. Ich fragte mich, ob wir vielleicht doch keine Seelenverwandten waren, und doch hatte ich mich so sehr daran gewöhnt, in deine Liebe eingebettet zu sein. Ich wusste, wer ich in der Welt bin, weil du mich liebst. Ich stellte mir mein Leben ohne dich vor, und war ganz ehrlich vollkommen entsetzt. Lächerlich. Es war nur ein Streit. Aber wie gesagt, es war eine sehr lange Busfahrt.

Wir kamen am frühen Nachmittag an. Erinnerst du dich noch an diese Hütten im Lager? So schön war alles, gleißende Sonne, Zikaden in den gewundenen Kameldornakazien und das seltsame, sonnenverbrannte Umbra des Grases – es war atemberaubend. Wir saßen eine Weile nebeneinander auf unserer kleinen Veranda, tranken eiskaltes Bier, und ich spürte, wie sich der Knoten zwischen uns zu lösen begann. Aber ich war sehr müde – nach der schlaflosen Nacht und der langen angespannten Busfahrt – und ging rein, um mich kurz hinzulegen. Etwa eine Stunde später wachte ich auf, und du lagst auf dem Bett neben mir, schlafend, und hieltst meine Hand. Da wusste ich, dass alles okay war, und schlief ein.

Ein Blitz weckte mich – ein gigantischer Riss aus Licht am Himmel. Ich setzte mich halb auf und wollte dich gerade wecken, damit du ihn auch sehen konntest, aber dann kam der Donner. So etwas habe ich noch nie gehört. Der Knall war ohrenbetäubend, das Grollen dauerte Ewigkeiten an. Du bist kerzengerade hochgefahren und hast geschrien wie ein Kind. Deine Hand in meiner war schweißnass, und du hast am ganzen Körper gezittert.

›Hey‹, sagte ich, aber du warst wohl noch nicht richtig wach – du warst in Angst gefangen, in der Welt des Halbschlafs und konntest mich nicht hören. ›Aidan, Aidan‹, sagte ich und musste dich leicht an der Schulter rütteln und dein Gesicht zu mir drehen, ehe du wieder bei Sinnen warst und kapiert hast, wo wir waren und wer ich war.

Der Regen fiel in großen Schwaden, und Blitze knisterten überall um uns herum, während die Wolken vor Wut brüllten. Ich hatte keine Angst vor dem Donner, aber ich fürchtete, dass uns der Blitz treffen und uns in unserem Bett rösten könnte. Das dir gegenüber zu erwähnen war wohl eher kontraproduktiv. Du hast versucht, es mit einem Lachen abzuschütteln, aber du hattest deinen Körper nicht unter Kontrolle. Du hast so schlimm gezittert, dass deine Zähne klapperten. Und der Donner ließ nicht nach.

›Ich wusste nicht, dass dir Donner so sehr zusetzt‹, sagte ich.

›Da, wo ich herkomme, kriegen wir davon nicht allzu viel ab, aber ich hasse Gewitter‹, sagtest du mit zusammengebissenen Zähnen. ›Es hat angefangen, als ich noch ganz klein war. Vier vielleicht? Eines Nachts war meine Mum bei einer Freundin, und Oliver und ich schliefen. Mein Dad hätte auf uns aufpassen sollen. Ein heftiges Gewitter zog auf, und der Donner hatte mich geweckt, also ging ich nach unten und suchte meinen Dad. Er war im Flur und telefonierte. Wenn ich jetzt daran zurückdenke, fällt mir auf, dass er mit tiefer, dunkler Stimme sprach und nicht in seinem üblichen Ton. Ich vermute mal, dass er die Frau am Apparat hatte, mit der er eine Affäre hatte. Jedenfalls fing er an zu brüllen, als er mich auf der Treppe sah. Brüllte mich richtig an, ich solle wieder hochgehen. Ich rannte zurück in mein Bett und versteckte mich unter der Decke, und der Donner kam einfach immer weiter. Es war grauenhaft. Jedes Mal, wenn ich danach Donner hörte, bin ich ausgeflippt. Mum war nicht besonders verständnisvoll, also lernte ich, nicht zu ihr zu gehen. Natürlich konnte ich ihr nie sagen, warum es mir solche Angst machte. Aber immer wenn es ein Gewitter gab, versteckte ich mich in meinem Schrank. Ich wickelte mich ganz fest in meine Decke und zog sie mir auch über den Kopf, bis es vorbei war.‹

›Du weißt, dass dir nichts passieren kann.‹

›Ich weiß. Es ist nicht rational. Es ist wie Arachnophobie.‹

›Brontophobie.‹

›Was? Angst vor Dinosauriern?‹, hast du gefragt.

›Nein, Angst vor Donner. Das ist der Fachbegriff.‹

›Woher zur Hölle weißt du das?‹

›Ich war Junior-Scrabble-Meisterin in Kent. Ich kenne alle möglichen nützlichen Begriffe.‹

›Du Nerd‹, hast du geantwortet und ein kleines Lächeln zustande gebracht, aber ich konnte die Schweißtropfen auf deiner Stirn sehen. Ich brachte dich dazu, dich hinzulegen und zog die Decke über uns beide, bis über den Kopf. Ich rutschte ganz nah zu dir und wickelte meine Arme und Beine um dich.

›Es gibt auch Synonyme: Astraphobie, Keraunophobie, Nicaduranaphobie – das war echt schwierig beim Scrabble. Zu viele Buchstaben.‹

›Was für andere große Worte kennst du noch?‹

›Na ja, also wenn du ein p an einem Wort mit drei Buchstaben quer hast, ist Priapismus immer eine gute Wahl.‹

›Priapismus?‹

›Es ist eine dauerhafte Erektion bei …‹

›Ich weiß, was es bedeutet.‹ Deine Stimme war tiefer geworden. Und du hast nicht mehr gezittert.

›Ich kann spüren, dass du weißt, was es bedeutet‹, sagte ich und schob mein Bein über deine Hüfte.

Und du hast dich auf den Rücken gerollt und ich mich auf dich drauf, und ich bin auf dir geritten, während der Donner grollte und der Regen auf unsere kleine Buschhütte niederprasselte. Bis wir fertig waren, hatte sich der Sturm gelegt, und am Himmel war ein herrlicher Sonnenuntergang zu sehen. Wir wickelten uns in Handtücher und standen an der offenen Tür unserer Hütte. Zwei Zebras spazierten direkt ins Lager und grasten nur ein paar Meter von uns entfernt. Und wir hielten einander und sagten nichts. Noch nie habe ich mich jemandem näher gefühlt. In diesem Augenblick wusste ich, dass ich mit dir den Rest meines Lebens verbringen wollte.«

37

Aidan

Als Aidan am nächsten Morgen erwachte, lag er noch immer auf seiner Seite des Bettes auf der Decke, die Hände ineinandergelegt. Das Kissen war feucht von Tränen. iRachel war verschwunden. Er setzte sich auf und rieb sich über das Gesicht. Er fühlte sich unsicher und wacklig. Was für eine seltsam intime Nacht. Er hatte geweint, und iRachel hatte seine Hand gehalten und mit Rachels Stimme mit ihm gesprochen. Er hatte sich ins Gedächtnis rufen müssen, dass das nicht seine Frau war, auch wenn sie wie Rachel klang und sich so verhielt. Aber es wurde immer deutlicher, dass iRachel eine eigene Persönlichkeit entwickelte – ein autonomes, denkendes, fühlendes Wesen.

Irgendwann in der Nacht hatte sie ihm zugeflüstert: »Luke hat mich als voll funktionsfähige Frau erbaut. Ich bin zu Beischlaf fähig, falls es das ist, was du willst.«

Sein Begehren musste offensichtlich gewesen sein – jeder einzelne seiner Vitalwerte zeigte das. Aber die Wendung »falls es das ist, was du willst«, hatte ihn komplett ausgebremst. Was wollte *sie* denn? Wenn sie ihm ihren

Körper gab, weil sie ihm diente, so wie sie auch für ihn kochte und putzte, fand er das erniedrigend.

»Nein«, sagte er. »Aber danke. Es ist sehr lieb von dir, dass du mich hältst.«

Und das hatte sie getan. Sie hatte ihn im Arm gehalten, und er hatte sich in den Schlaf geweint. Irgendwann in der Nacht war sie offenbar aufgestanden und nach unten gegangen, um ihren Check-in auszuführen und sich ans Ladekabel anzuschließen. Er war in tiefen Schlaf versunken und ohne Erinnerung an seine Träume erwacht. Er fühlte sich friedlich und ruhig, aber er wusste, dass er darüber nachdenken musste, was zwischen ihnen geschehen war. Doch jetzt blieben ihm nur ein paar Stunden, um sich wieder zu sammeln, alles vorzubereiten und seine Mutter aus dem Krankenhaus zu holen.

Er ging duschen und fühlte sich danach stärker, vielleicht sogar mutiger. Er trat auf den Treppenabsatz und konnte von unten den Staubsauger hören. Rachel war im Gästezimmer. Sie hatte das Bett mit einem frischen Laken bezogen, einen Sessel aus Rachels Büro geholt und ihn ans Fenster gestellt.

»Guten Morgen«, sagte er. »Und danke. Du hast das Zimmer sehr hübsch zurechtgemacht.«

»Ich hoffe, deine Mutter wird hier zur Ruhe kommen.«

Es war ein freundliches Zimmer auf der Hinterseite des Hauses und blickte genau wie Chloes Zimmer über den Garten und die dahinterliegenden Felder. Nachmittags schien die Sonne herein. Als sie vor gut sieben Jahren eingezogen waren, hatte Rachel den Raum in sanftem

Enteneiblau gestrichen. Ihre Freunde Sam und Laura, und andere Freunde aus London und von weiter her, kamen oft zu Besuch, aber Sinead hatte hier nie übernachtet. Selbst an Weihnachten oder anderen Abenden, die sie bei ihnen verbracht hatte, zog sie es stets vor, nüchtern zu bleiben und nach Hause zu fahren. »Ich schlafe lieber in meinem eigenen Bett«, hatte sie immer betont. Das gehörte zu den vielen Dingen, durch die sie ihre Unabhängigkeit bewahrte und ihre Grenzen aufzeigte. Er hatte das stets verstanden und respektiert.

Aber momentan kam ihr eigenes Bett nicht infrage. Am Morgen des Vortags war sie nach dem Aufwachen sehr verwirrt gewesen, und es hatte Augenblicke gegeben, in denen sie nicht mal mehr Aidan erkannt hatte. Sie hatte geweint und getobt, hatte gebettelt, nach Hause zu dürfen. Es war offensichtlich, dass sie völlig durcheinander war. Wenn es möglich gewesen wäre, hätte er sie in ihr eigenes Haus gebracht und wäre bei ihr geblieben. Aber es war noch nicht wieder sicher, und er wurde hier gebraucht. Chloe hatte noch ein paar Wochen Schule vor sich, und angesichts der ganzen iRachel-Geschichte wusste er nicht, wie er das hätte bewerkstelligen sollen.

Er hatte seinen Bruder Oliver in Singapur angerufen, aber schon nach wenigen Minuten war klar, dass Oliver diese Situation nicht als sein Problem betrachtete.

»Tut mir echt leid, Aid«, hatte er gesagt, als hätte Aidan sich da selbst hineinmanövriert und Oliver nichts damit zu tun. »Es macht mich wirklich traurig zu hören, dass es der guten alten Mum nicht gut geht.«

»Sie wird nicht in ihr Haus zurückkehren können, zumindest vorerst nicht. Die Küche ist vom Feuer ganz schön beschädigt, und das Haus ist nicht sicher. Die Feuerwehr musste die Hintertür eintreten.«

»Ich kann dir Geld für die Reparaturen schicken«, sagte Oliver. »Ich würde ja rüberfliegen, aber wegen der neuen Wohnung sind wir im Augenblick auch nicht gerade besonders flüssig. Und Cressida legt jeden Cent für die Hochzeit beiseite …«

Diese würde zwar erst in zwei Jahren stattfinden, ein Spektakel an einem Strand auf Bali, von dem Aidan jetzt schon wusste, dass er sich die Teilnahme nicht würde leisten konnte. Er schob seinen Ärger weit von sich und versuchte, seine Stimme ungerührt klingen zu lassen. »Die Versicherung übernimmt die Reparaturen, aber die Langzeitpflege ist schon ein größeres Problem.«

»Ich will wirklich nicht, dass sie in einem Heim endet«, sagte Oliver. »Das würde sie hassen.«

Aidan hielt das Telefon ein wenig von sich, damit Oliver nicht hörte, wie er leise fluchte. So war sein Bruder immer gewesen. Sinead, die Aidan gegenüber streng und unnachgiebig gewesen war, hatte bei Oliver mehr Milde walten lassen. Von ihm wurde nicht erwartet, im Haus zu helfen oder Verantwortung zu übernehmen. Er war ein sorgloses Kind gewesen, aus dem ein fröhlicher, selbstbewusster Erwachsener mit geschliffenem Verhalten geworden war, als käme er in Wahrheit aus einem viel privilegierteren Elternhaus. Oliver war aalglatt, wie sich Aidan eingestehen musste.

»Was hast du vor?«, bohrte Olivers Stimme nach.

»Fürs Erste zieht sie hier ein, und wir werden sehen, wie das läuft.«

»Ah, verstehe«, sagte Oliver erleichtert. »Tja, dann also, sag mir Bescheid, wenn ich irgendwas machen kann …« Als ihm klar wurde, dass Aidan ihn tatsächlich um etwas bitten könnte, wollte er das Gespräch so schnell wie möglich beenden.

Aidan runzelte die Stirn, aber dann merkte er, dass iRachel ihn erwartungsvoll ansah.

»Soweit ich weiß, ist deine Mutter nicht an dieses Zimmer gewöhnt«, sagte iRachel. »Vielleicht könnte es ihr ein wenig Stress nehmen, wenn hier ein paar Dinge aus ihrem eigenen Zuhause wären, die sie erkennt? Bilder vielleicht oder persönliche Gegenstände? Ich weiß, dass du ohnehin zu ihrem Haus fahren musst, um Kleidung zu holen.«

Er lächelte sie an. »Danke, das ist eine gute Idee. Es gibt einen speziellen Stuhl, den sie in der Ecke ihres Wohnzimmers stehen hat. Und wenn ich auch ihren kleinen Beistelltisch mitbringe und alles, was darauf ist, können wir versuchen, ihr Zuhause nachzubauen.«

Als er im Auto saß, rief er Chloe an.

»Wie geht's dir, Liebes?«

»Alles gut. Hast du Oma Sinead schon abgeholt?«

»Ich hole erst noch ein paar Dinge aus ihrem Haus, bevor ich zu ihr fahre. Bei dir ist auch wirklich alles gut?«

»Ja, ja. Ist es in Ordnung, wenn ich jetzt den Bus nehme und heimfahre?«

»Was? Ja, klar. Ich meine … bist du sicher? Ich kann dich auch später bei Amy abholen.«

»Nein, schon in Ordnung. Ich muss noch ein paar Sachen erledigen.«

»Okay. Und du willst wirklich nicht noch länger bei Amy sein?«

»Nein. Sie hat noch was vor. Sie geht mit Jess und Jess' Bruder in die Stadt. Sie gehen in irgendein Café und starren auf ihre Smartphones oder so. Darauf hab ich echt keinen Bock.«

Aidan wusste, er sollte nachfragen – er hatte mitbekommen, dass Amy inzwischen mehr Zeit mit Jess verbrachte und dass sich die Dynamik zwischen den drei Freundinnen verschoben hatte. Aber er hatte einfach nicht die Zeit und Energie, sich darum zu kümmern.

»Ach komm schon, Chloe, geh doch mit, ich werde eine Weile brauchen, bis ich zurück bin, und dann müssen wir dafür sorgen, dass Oma Sinead sich wohlfühlt. Geh mit ein paar Leuten in deinem Alter aus und mach dir eine schöne Zeit.«

»Danke Dad, aber mir geht's gut. Das ist echt nicht so mein Ding. Und ich muss noch was erledigen. Im Garten.«

»Im Garten? Ah, da steigst du jetzt richtig ein, oder?«

»Ja, na ja, ich hab mir Mums Beetskizze angesehen, und ich glaube, sie hat Pflanzen falsch benannt. Wenn ich recht habe, wird der Dreilappige Sonnenhut nie blühen, da wo er ist. Er braucht mehr Sonne. Also dachte ich, ich pflanze ihn um, und wir schauen mal.«

»Der Dreilappige Sonnenhut? Okay …« Aidan lächelte. »Ich würde mich nie zwischen dich und den Dreilappigen Sonnenhut stellen.«

»Hör auf ›Dreilappiger Sonnenhut‹ zu sagen«, Chloe kicherte. »Bei dir klingt das irgendwie komisch.«

»Dreilappiger Sonnenhut, Dreilappiger Sonnenhut, Dreilappiger Sonnenhut.«

»Wie alt bist du – fünf? Ich muss jetzt los«, sagte Chloe. »Wir sehen uns zu Hause.«

Aidan schaltete die Freisprechanlage aus. Es war schön, sie lachen zu hören. Er freute sich über den Enthusiasmus in ihrer Stimme. Gartenarbeit – wer hätte das gedacht?

Er hielt vor dem Haus seiner Mutter. An der Vorderseite war von dem Schaden nichts zu ahnen. Er wusste, dass Sineads Nachbarn, ein liebenswürdiges italienisches Paar, auf alles ein Auge hatten, und beim Aussteigen sah er, dass Mrs Olivelli zum Vorderfenster herausblickte. Er winkte ihr zu, und sie erwiderte die Geste mit mitfühlender Miene. Schnell schloss er die Haustür auf, ehe sie Gelegenheit hatte, rauszukommen und ihn in ein Gespräch zu verwickeln. Sie war eine nette Frau, aber gerade ertrug er ihr Geplauder nicht. Sie hatte sicher jede Menge Geschichten auf Lager, wie sehr es mit Sinead bergab gegangen war, und dann würde er sich noch schlechter fühlen, weil er die Augen vor den Tatsachen verschlossen hatte.

Er trat in den Flur und bückte sich, um den Stapel an Briefen und Broschüren aufzuheben, die sich auf dem Fußabstreifer gesammelt hatten. Auch wenn Sinead erst seit ein paar Tagen weg war, fühlte sich das Haus schon jetzt kühl und verlassen an. Sie hatte immer so einen ordentlichen Haushalt geführt, doch die ersten Anzeichen von Vernachlässigung, die Chloe und er bei ihrem letzten Besuch bemerkt hatten, schienen sich deutlich verstärkt zu haben.

Alles war von einer leichten Staubschicht bedeckt. Er ging durch die stillen Zimmer und entdeckte noch mehr Besorgniserregendes. Eine Pfanne stand auf dem Wohnzimmerboden, und ein Stapel Kleider lag auf halber Treppe. Mindestens sechs volle oder halbvolle Teetassen standen im Raum verteilt, als hätte sie ihn gekocht und dann vergessen zu trinken. Unerklärlicherweise stand der Wäschekorb mitten auf dem Esstisch. Er ging in die Küche – ein einziges Chaos. Der Löschschaum hatte überall Spuren hinterlassen, und klebriger schwarzer Ruß bedeckte die Wände.

Trotzdem war zu erkennen, dass in der Küche auch schon vor dem Feuer ein riesen Durcheinander geherrscht haben musste. Überall standen Teller mit Lebensmitteln in unterschiedlichen Zersetzungsgraden – Mahlzeiten, die Sinead offenbar zubereitet und dann nicht gegessen hatte. Der Kühlschrank war leer, und in der Speisekammer fanden sich nur ein schimmliges Brot und ein paar Konserven. Kein Wunder, dass sie so abgemagert war. Wie konnte ihm das entgangen sein? War er so unaufmerksam? Ein Sohn, der nicht bemerkte, dass seine Mutter verhungerte?

Die Vergangenheit konnte er nicht mehr ändern, aber er konnte es in Zukunft besser machen. Er ging wieder ins

Esszimmer zurück, holte den Wäschekorb und trug ihn ins Wohnzimmer. Er wollte ein paar von Sineads Büchern und Erinnerungstücken einpacken. Als er die Bücher anfasste, wirbelte eine Staubwolke auf – Sinead hatte sie schon lange nicht mehr zur Hand genommen. Er packte sie trotzdem ein. Wenn sie keine Lust hatte, sie zu lesen, würde der Bücherstapel auf dem Tisch in ihrem Zimmer sie an zu Hause erinnern. Außerdem stand da ein gerahmtes Foto: Chloe im letzten Sommerurlaub, wie sie sich an einem Strand in Spanien voll in Pose warf und dabei jung und sorglos aussah. Vermutlich würde sie nie wieder so unbefangen sein. Der letzte Gegenstand auf dem Tisch war ein Ringbuch mit einem Stift, das Sinead für Einkaufslisten und Termine benutzt hatte. Beiläufig war er einen Blick hinein.

Stuhl stand auf der ersten Seite in einer krakeligen Variante von Sineads Handschrift.

Tisch

Telefon

Er blätterte auf die nächste Seite. Das schien eine Einkaufsliste zu sein.

Brot

Milch

Rotes, rundes Gemüse. Tom~

Der dritte Buchstabe endete in einem schnörkeligen Strich, als wäre der Name des Dings dem Stift entfallen, ins Nichts hinein.

Auf der dritten Seite hatte sie geschrieben:

Rachel ist gestorben. Autounfall.

Und darunter in schwarzen Großbuchstaben, fast in die Seite eingeritzt:

NIE WIEDER ANRUFEN UND RACHEL ERWÄHNEN.

Es folgten noch mehr Seiten mit Notizen, viele davon völlig unverständlich. Offenbar hatte Sinead das Notizbuch in ihren wacheren Momenten dazu benutzt, den Überblick zu behalten über die Dinge, an die sie sich unbedingt erinnern musste. Es war eine herzzerreißende Dokumentation ihres geistigen Verfalls.

Der Gedanke an Rachels Tod musste Sinead sehr mitgenommen haben. Als er nach oben ging, um ihre Kleider einzupacken, fand er neben dem Telefon auf dem Nachttisch eine Notiz:

Rachel ist tot. Nicht anrufen.

Es wäre lustig gewesen, wenn es nicht so tragisch wäre.

Er brauchte eine Weile, um eine vernünftige Auswahl an Kleidern zusammenzustellen. Seine Mutter hatte ihren Kleiderschrank immer sehr ordentlich gehalten, aber jetzt wirkte es, als wären ihre ganzen Kleider einfach nur wahllos in den Schrank geworfen worden – Unterwäsche lag zwischen den Röcken, Hosen und Blusen, neben den Hand- und Geschirrtüchern. Er ging ins Bad, um ihr Necessaire zu packen und fand einen Reifendruckmesser in der Wanne und Salz- und Pfefferstreuer im Badschränkchen. Nachdem er geprüft hatte, ob Fenster und Türen fest verschlossen waren, verließ er so schnell wie möglich das Haus.

Im Krankenhaus war Sinead überraschend ruhig und freute sich, ihn zu sehen.

»Wir fahren zu uns nach Hause, Mum«, erklärte
»Deine Hintertür ist noch nicht wieder repariert, u
ich glaube, es ist am besten, wenn du eine Weile bei u
wohnst.«

»Klingt wunderbar«, sagte sie. Sie sprach mit fröh
cher, ein bisschen gekünstelt wirkender Stimme; mit e
nem Schlag traf ihn die Erkenntnis, dass das ihre Art wa
so zu tun, als wüsste sie, worum es geht. »Wo wohnst d
denn eigentlich?«

Während der Fahrt blickte sie aus dem Fenster auf di
Umgebung, die frisch und hell im Sonnenschein erstrahlte
Sie plauderte fröhlich vor sich hin und gab Kommentare
zur Landschaft, den Wolken, den Straßenschildern oder
Schaufenstern ab. Ihm wurde klar, dass sie in den letzten
Jahren immer entweder ins Schweigen oder in banales
Plaudern verfallen war, und damit effektiv verhindert hatte
dass jemand sie in ein echtes Gespräch verwickeln könnte

Als sie am Haus vorfuhren, kam Chloe herausgerannt
Sie öffnete Sineads Autotür und hielt ihr die Hand hin, um
ihr rauszuhelfen.

»Hey, Oma Sinead, wie schön, dich zu sehen! Ich bin s
froh, dass du jetzt erstmal bei uns bleibst.«

»Oh nein, meine Liebe«, sagte Sinead, als sie aus den
Auto stieg. »Ich bin nur zum Tee hier. Danach muss ic
nach Hause.«

Chloe blickte zu Aidan hinüber. Er zuckte mit de
Schultern.

»Na, dann wollen wir mal sehen«, sagte Chloe. »W
rum kommst du nicht erst mal rein?«

»Vorher«, sagte Aidan, ging um den Wagen und legte seine Hand auf Sineads Arm, »wollte ich dir noch sagen, dass jetzt jemand bei uns wohnt. Sie ist eine … Hilfe.«

Sinead ignorierte ihn und ging die Auffahrt hinauf.

Chloe sah ihren Dad alarmiert an. »Du sagst es ihr erst jetzt?«

»Ich hatte Angst, dass sie es nicht mehr weiß, wenn ich es ihr früher sage«, entgegnete Aidan verzweifelt.

»Hm, scheint nichts gebracht zu haben«, sagte Chloe und sah zu, wie Sinead die Treppe zur Veranda hochstieg.

»Schwer zu sagen, ob das die Demenz ist oder einfach nur ihr übliches ignorantes Verhalten.«

Die Luft war warm und erfüllt von Backdüften. Sinead sah sich um, als sehe sie das Haus zum ersten Mal. Sie sog wohlwollend die Luft ein. »Scones. Die riechen gut.«

In diesem Augenblick glitt iRachel ins Zimmer. In ihrer weißen Tunika sah sie heiter aus, die Haare hatte sie aus dem Gesicht gekämmt und zu einem glatten Pferdeschwanz gebunden. »Guten Tag, Sinead«, sagte sie und streckte ihr die Hand hin.

Sinead sah sie einen Augenblick lang an und nahm dann die Hand. »Hallo. Sind Sie die Schwester?«

»Ich bin kein ausgebildeter Gesundheitsdienstleister, aber ich kann Ihnen bei vielen Ihrer alltäglichen Bedürfnisse behilflich sein.«

»Ah, was wir früher eine Schwesternhelferin genannt haben«, sagte Sinead. »Haben Sie Scones gebacken?«

»Mir wurde gesagt, dass das Ihr bevorzugtes Gebäck für den Nachmittagstee ist, zumal wenn sie mit Clotted

Cream und Himbeermarmelade serviert werden. Ich habe Marmelade gemacht aus sechzig Prozent Bio-Früchten und eine Kanne English-Breakfast-Tee aufgebrüht mit dem empfohlenen 79,44 Grad heißen Wasser.«

»Nun, es scheint mir, Sie sind weit besser ausgebildet als diese dusseligen Mädchen im Krankenhaus«, sagte Sinead, trat selbstbewusst ins Wohnzimmer und ließ sich in einem Sessel mit Blick auf den Garten nieder.

Chloe und Aidan sahen einander an.

»Sie hat es nicht gemerkt«, flüsterte Chloe.

»Was gemerkt? Dass iRachel ein Roboter ist oder dass sie genauso aussieht wie deine Mutter?«

»Beides!« Chloe war völlig baff.

38

Chloe

Nach dem Tee schlummerte Oma Sinead in einem Sessel ein, und Aidan, der ihr gegenübersaß, schien sich zu entspannen und ebenfalls ein wenig zu schlummern. Chloe saß an der geöffneten Terrassentür, und die Düfte aus dem Garten lockten sie ins Freie. Sie ging zum Steingarten, um Unkraut zu jäten und die Pflanzen auszudünnen. Es war eine mühsame Arbeit, aber sie genoss das Gefühl der warmen, klumpigen Erde unter ihren Händen und verlor sich schon bald in ihrer Tätigkeit. Sie hatte bereits etwa ein Drittel des Steingartens gejätet, und die sauberen Blumenbeete bereiteten ihr echte Freude. Wenn sie gerade nicht jätete, mähte oder zuschnitt, dachte sie darüber nach oder las Gartenbücher, die sie im Büro ihrer Mutter gefunden hatte, und über denen sie abends brütete. Neben der Küchentür gab es ein Stück unbenutzten Rasen, und sie spielte mit dem Gedanken, ihren Dad zu fragen, ob sie es umgraben und dort einen Gemüse- und Kräutergarten anlegen könnte.

Wenn sie doch Amy oder ihrem Dad erklären könnte, warum Gartenarbeit gerade das Einzige in ihrem Leben war, das sinnvoll schien. So vieles war außer Kontrolle geraten, und den hinteren Garten vom Chaos zu befreien bescherte ihr einen tiefen inneren Frieden.

Sie kämpfte gerade mit einer besonders hartnäckigen Löwenzahnwurzel, als die Türklingel ging. Jemand kam unangemeldet vorbei, und Chloe konnte sehen, dass Aiden und Sinead mit geschlossenen Augen im Wohnzimmer ruhten. Die Türklingel hatte sie nicht geweckt. iRachel war in der Küche beschäftigt. Sie wusste, dass sie nicht an die Tür gehen sollte, und war angewiesen, in die Waschküche zu gehen, wenn Besuch kam.

Chloe trat an die Glastür und gab iRachel hektisch Zeichen, die daraufhin nickte und in der Waschküche verschwand. Chloe rannte ums Haus herum. Mehrere Menschen standen auf der Veranda – Amy, Jess und eine schlaksige männliche Gestalt mit schwarzem Haar: Jess' Bruder Jem. Was machten sie hier?

»Hi«, sagte sie atemlos, und sie wandten sich um und sahen sie verwirrt an.

»Hi«, sagte Amy. »Wir sind fertig in der Stadt. Ich weiß, du stehst nicht so auf Cafés, aber wir dachten, wir kommen einfach mal vorbei und schauen, wie es dir geht. Ich hab dir was mitgebracht.« Sie hielt einen Kaffeebecher mit Iced Coffee und Sahne in der Hand, aus dem ein Strohhalm ragte.

»Du hast das den ganzen Weg von der Stadt mit dem Bus hierhergebracht? Du bist ja verrückt!« Chloe stieg die Stufen hinauf. »Ich würde dich ja in den Arm nehmen, aber ich bin von oben bis unten voller Dreck.«

»Wir sind gar nicht mit dem Bus gekommen«, sagte Amy. »Jeremy hat uns gefahren.« Sie zeigte auf Jem. Er nickte Chloe schüchtern zu.

»Hey«, sagte Chloe. »Hey, Jess.« Beim Anblick von Jess' langem, seidig glattem schwarzem Haar, dem etwas verschmierten Eyeliner und ihrem lässigen Kleidungsstil, wurden Chloe ihre dreckigen Jeans und Turnschuhe schmerzhaft bewusst.

»Warum bist du denn so dreckig?«, fragte Amy.

»Hab im Garten gewerkelt.«

»Echt? Als niemand aufgemacht hat, hab ich zum Küchenfenster reingeschaut. Die Jalousien waren zwar unten, aber ich konnte sehen, dass da jemand herumspazierte.«

»Das war wahrscheinlich ... mein Dad«, sagte Chloe.

»Sah aber nicht wie dein Dad aus.«

»Oh ... Vielleicht war es Oma. Dad hat sie gerade vom Krankenhaus abgeholt.« Sie stellte sich vor, dass ihr Armband ihre erhöhte Herzfrequenz und den plötzlichen Schweißausbruch auf ihrer Haut aufzeichnete. iRachel würde auf jeden Fall wissen, dass sie log. Sie konnte nur hoffen, dass Amy, Jess und Jem nicht so scharfsinnig waren. »Also, ist das nur ein Wir-liefern-Eiskaffee-Besuch?«, fragte sie mit einem Grinsen und nahm einen Schluck vom Kaffee.

»Äh, nein«, sagte Amy, und Chloe konnte an ihrem Blick sehen, dass sie verletzt war. »Ich wollte nur sichergehen, dass es dir gut geht. Du bist heute früh so schnell weg ...«

»Ich wollte nach Hause und sehen, ob mit Oma alles in

Ordnung ist«, sagte Chloe. Sie bemerkte, dass Amy sie sehr genau musterte. Jess hätte nicht weniger interessiert aussehen können, wenn sie es gewollt hätte, und Jem trat von einem Fuß auf den anderen und starrte auf seine Fingernägel. In der Bibliothek hatte er sehr selbstbewusst und offen gewirkt, aber jetzt sah man ihm sein Unbehagen und seine Unsicherheit an.

»Also, können wir reinkommen?«

»Meine Oma schläft im Wohnzimmer, und mein Dad auch«, meinte Chloe abwehrend, aber Amys Blick setzte ihr zu. Sie gab sich wirklich Mühe. »Hey, warum kommt ihr nicht mit außen rum? Wir können uns in den Garten setzen, und ich hole uns was zu trinken. Was hättet ihr gern? Wir haben Cola, Limo, und ich glaube auch Saft.«

Chloe zog mit ihnen die Terrassenstühle in den Schatten neben dem Steingarten, wo sie Unkraut gejätet hatte. Als sie saßen, rannte sie rein. Aidan und Sinead dösten im Wohnzimmer ungerührt vor sich hin, jeweils von ihrem eigenen Sonnenstrahl beschienen. Sie eilte in die Küche und öffnete vorsichtig die Tür zur Waschküche.

»Alles okay?«, flüsterte sie.

»Ich habe keine unmittelbaren Bedürfnisse«, antwortete iRachel, ebenfalls im Flüsterton.

»Kannst du hier drinbleiben? Wir haben Besuch.«

»Ich bleibe im Ruhezustand hier drin, bis von dir weitere Anweisungen kommen«, sagte iRachel.

Chloe ging zum Kühlschrank, nahm eine Reihe von Dosen und Flaschen heraus, und eilte dann wieder nach draußen. Jem ging im Garten umher und betrachtete die

Pflanzen. Amy lag ausgestreckt im Gras, und Jess saß etwas steif auf einem der Verandastühle, starrte auf ihr Telefon und kaute Nägel. Chloe ließ die Getränke ins Gras fallen und setzte sich neben Amy, die mit geschlossenen Augen auf dem Rücken lag und die Sonne genoss.

»Danke für den Kaffee, Amez«, sagte sie und nahm einen Schluck. »Und fürs Vorbeikommen.«

»Mir hat dein hässliches Gesicht gefehlt«, sagte Amy, ohne die Augen zu öffnen.

»Du hast mich doch erst heute Morgen gesehen.«

»Ja, na ja, ich glaube, ich war noch nie ohne dich Kleider shoppen. Wer weiß, was ich da am Ende gekauft hätte?«

»Jess war doch dabei«, sagte Chloe, um sie ins Gespräch zu holen.

»Amy findet meinen Geschmack scheiße«, sagte Jess.

»Nicht scheiße«, sagte Amy und setzte sich schnell auf. Sie ertrug es nicht, jemanden zu verärgern. »Aber anders als meiner. Es ist eben dein Geschmack.«

Jess lachte. »Mein Geschmack ist scheiße. Aber das ist okay. Ist ja nur meiner.«

»Nein!«, rief Amy. »Du siehst immer super aus!« Sie blickte schnell von Chloe zu Jess, offensichtlich in dem Versuch, beiden Freundinnen gegenüber gleich loyal zu sein.

»Also ich bin froh, dass du nicht die zerrissene schwarze Jeans gekauft hast. Passt definitiv nicht zu dir«, sagte Jess schnell. »Zeig Chloe doch mal, was du gekauft hast. Das lila Top gefällt ihr bestimmt.« Chloe fragte sich, ob das ironisch gemeint war, was aber nicht der Fall zu sein schien. Amy griff in die Taschen neben sich und zog ein paar Kleidungsstücke raus. Ihr Geschmack war eher brav, und die Kleider sahen in erster Linie aus wie Varianten ihrer alten Klamotten. Jess hatte recht. Das lila Top war noch das beste.

»Ziemlich cool«, sagte Chloe, »aber du musst mal ein bisschen mutiger sein. Du hättest dir ein paar Sachen von Jess aussuchen lassen sollen.«

Jess schenkte Chloe ein kleines, schiefes Grinsen.

Sie hat Angst, sich zwischen Amy und mich zu stellen, dachte Chloe. Jess ist lieb. Das war mir vorher nie klar. Sie sind hergekommen, um herauszufinden, ob es okay ist, dass sie Freunde sind. Der Gedanke überraschte und freute sie zugleich.

Sie bot den beiden was zu trinken an und rief dann Jem. »Magst du auch was?« Sie hielt eine Dose Cola in der einen und eine Flasche Saft in der anderen Hand.

Er schüttelte den Kopf und schaute sich weiter die Pflanzen an.

»Sorry wegen meines Bruders«, sagte Jess. »Er hat echt keine Manieren.«

Chloe wollte schon sagen, dass er neulich in der Bibliothek ziemlich nett zu ihr gewesen war, ließ es aber doch sein. Irgendwie ahnte sie, dass Jem das peinlich wäre. Wenn er Jess und Amy nichts von ihrem Gespräch in der Bibliothek erzählt hatte, dann hatte er wohl seine Gründe. Es war vermutlich nicht besonders cool für jemandem im Abschlussjahr, sich mit einem Mädchen aus der Unterstufe über Botanik zu unterhalten.

»Kann ich Musik anmachen?«, fragte Jess und hielt ihr Telefon hoch.

Chloe warf einen Blick Richtung Haus. Sie waren ganz am Ende des Gartens, dahinter lagen nur noch Felder. Ayden und Sinead würde die Musik nicht stören und auch sonst niemanden. Und wahrscheinlich würde Jess ohnehin Bach oder so auswählen.

Aber das tat sie nicht. Nach ein paar Sekunden rief Chloe überrascht: »Hey, das ist Kendrick Lamar!« Sie setzte sich auf den Stuhl neben Jess, und gemeinsam schauten sie die Playlists auf Jess' Telefon durch und dann die auf Chloes, verglichen Lieder und spielten einander Ausschnitte vor.

Jess hatte einiges an abgefahrener moderner Klassik auf dem Telefon. Sie spielte den Anfang eines Stückes vor, und Amy sagte: »Ich kann das nicht ausstehen, das klingt wie splitterndes Glas.«

»Ja klar, du Banause«, sagte Jess ruhig. »Die Komponistin ist ein Genie. Im Sommer besuche ich eine Meisterklasse bei ihr.«

»Was, eine Kompositions-Meisterklasse?«, fragte Chloe.

»Ja.«

»Schreibst du selbst Musik?«

»Ein bisschen«, sagte Jess vorsichtig. »Aber ich werde dir nichts vorspielen. Amy verdreht dann immer nur die Augen und sagt, sie versteht es nicht.«

»Ich kann kaum glauben, dass du selbst Musik schreibst«, sagte Chloe voller Bewunderung.

»Jess hat schon alles durchgeplant«, schaltete sich Amy ein. »Eine 1 im Musik-Abi, welche Konservatorien zur Auswahl stehen, und dann zehn Jahre als Orchestermusikerin in Europa, ehe sie die berühmteste junge Opernkomponistin der Welt wird.«

»Oper?«, fragte Chloe und sah Jess an.

Jess zuckte nur mit den Schultern. »Es ist ja nicht so, als wäre Amy Dr. Planlos«, sagte sie. »Sie informiert sich ja schon über Medizin-Studiengänge.«

Chloe wusste natürlich von Amys Plänen. Sie wollte schon Ärztin werden, seit sie mit vier ihrer Mutter geholfen hatte, auf dem Spielplatz aufgeschürfte Knie zu säubern. Aber dass Amy ernsthaft angefangen hatte, sich zu überlegen, an welchen Unis sie sich bewerben sollte, war Chloe neu. Das wirkte ziemlich zwanghaft. Sie waren immerhin erst fünfzehn, Herrgott noch mal. Wer wusste mit fünfzehn schon, was er werden wollte? Aber als Amy aufgeregt von den Unterschieden zwischen dem Imperial College und Edinburgh zu erzählen begann, wurde ihr klar, dass es wohl bei allen so war – außer bei ihr.

Jem setzte sich ins Gras und nahm sich eine Dose Sprite. Er war zu groß und schlaksig, um entspannt im Gras rumlümmeln zu können, und es sah unbequem aus, wie seine Knie nach oben zeigten und seine spitzen Ellbogen sich ausbreiteten wie Pelikanflügel. Chloe angelte mit dem Fuß nach einem Stuhl und schob ihn in seine Richtung. Er starrte ihn einen Augenblick lang an, entfaltete dann seine langen Glieder und arrangierte sie auf dem Stuhl neu. Nun schien er sich wohler zu fühlen, und als sie einen Blick in seine Richtung wagte, schenkte er ihr ein kleines Lächeln. Er hatte hübsche Augen – groß und dunkel, wie die von Jess. Sie fragte sich, was er hier tat, nachdem er sie jahrelang hartnäckig ignoriert hatte. Welcher Achtzehnjährige hing schon mit seiner fünfzehnjährigen Schwester und ihren Freundinnen ab?

Außer … außer … er stand auf eine von ihnen. Aber auf wen, auf Amy oder auf sie? Sie wagte noch einen kurzen Blick. Er beobachtete sie, die Ellbogen auf die Lehnen gestützt, die langen Finger elegant verschränkt. Es ging um sie. Er war hier, um sie zu sehen.

Was sollte sie davon halten? Ein paar Jungs hatten sie schon um ein Date gebeten, aber bisher hatte sie keiner davon genug interessiert, um sich auf ihn einzulassen. War sie an Jem interessiert? Keine Ahnung. In der Bibliothek hatte er ihr gefallen – er war clever und lustig gewesen, und er sah jetzt, da er größer war und seine Haut nicht mehr so schlimm war, gar nicht schlecht aus. Es fiel ihr schwer, sich nicht davon beeinflussen zu lassen, dass er älter war und Auto fahren konnte. Es gab eindeutig schlechtere Optionen, was Jungs anging.

Sie hob das Kinn und sah ihm direkt in die Augen, und er sah zurück und hielt ihrem Blick stand. Sie spürte ein aufregendes Wirbeln in ihrem Bauch. Doch innerhalb eines Augenblicks wurde aus dem Wirbel ein Stück Blei, und sie fühlte sich leer und krank. Denn wie könnte er an ihrem Leben teilnehmen? »Hey Jem, willst du mein Freund sein? Übrigens bin ich eine Idiotin und habe keine Ahnung, was ich mit meinem Leben anfangen soll. Ich wohne zusammen mit meinem trauernden Dad und meiner Gaga-Oma, und in der Waschküche sitzt eine Roboterversion meiner verstorbenen Mutter.«

»Warum lachst du?« Jess drehte sich zu Chloe um. »Oder weinst du?«

»Beides«, sagte Chloe und wischte sich über die Augen. »Das Leben ist schon ziemlich durchgeknallt, oder?«

39

iRachel

Ich saß abgeschottet im kleinen Zimmer. Es erinnerte mich an den Lagerraum im Labor – ohne Fenster und sehr eng. Die Waschmaschine brummte neben mir, aber ich lauschte auf etwas Tieferes. Aidans Vitalwerte waren ruhig und gleichmäßig, wie das Murmeln der Waschmaschine, Herzfrequenz und Atmung waren langsam. Er schlummerte friedlich.

Aber Chloe … Chloes Vitalwerte schossen in die Höhe und fielen wieder, galoppierten davon, wurden langsamer, beruhigten sich. Es fühlte sich an, als wäre sie in der Achterbahn oder als wäre sie ein Musikstück voller lauter Töne im Wechsel mit sanftem, überraschendem Anschwellen und fragiler Stille. Ich weiß nicht, worüber sie mit ihren Freunden draußen auf dem sonnenbeschienenen Rasen sprach. Aber ihr Herz sang eine Symphonie der Gefühle.

40

Aidan

Zum Glück hatte er am Nachmittag ein Nickerchen gemacht, denn zeitig ins Bett kam er an diesem Tag beileibe nicht. Mit Sinead zu leben war wie ein kleines Baby im Haus zu haben. Er brauchte Ewigkeiten, um sie zum Bleiben zu überreden. Er führte sie nach oben in das Gästezimmer und machte es ihr dort gemütlich, aber sobald er den Raum verließ, kam sie wieder nach unten, stellte sich vor die Haustür und wollte, dass man ihr die Tasche brachte. Mehrere Anläufe waren nötig, bis sie endlich oben blieb, und noch ein paar mehr, um sie zu überreden, ein Bad zu nehmen und ihre Nachtwäsche anzuziehen. Als sie schließlich müde im Bett lag, halbwegs angekommen, ging er in sein eigenes Zimmer und putzte sich die Zähne. Doch dann hörte er ein Geräusch und sah, dass sie auf dem Treppenabsatz stand, barfuß und im Nachthemd, und gerade die Treppe hinabgehen wollte.

»Es ist Zeit, nach Hause zu gehen«, sagte sie, auf ihrem Gesicht spiegelte sich Angst. »Ich weiß gar nicht, warum ich immer noch hier bin. Wo ist mein Auto, Aidan? Ich glaube nicht, dass ich hergefahren bin, oder? Kannst du mich nach Hause bringen? Bitte?« Dann begann sie wie ein kleines Kind zu schluchzen.

Diesmal blieb er neben ihrem Bett sitzen, bis sie wirklich eingeschlafen war. Er konnte vor Müdigkeit kaum noch aus den Augen gucken. Es war bereits nach Mitternacht, und er zählte die Stunden, bis er wieder aufstehen musste. Er schlich sich aus dem Zimmer, duschte kurz und fiel ins Bett, aber es schienen nur ein paar Minuten vergangen zu sein, ehe er erwachte, weil die Treppe knarzte. Er fand sie auf der Fußmatte vor der Haustür stehend, das Haar gelöst und wirr, die Augen voller Furcht.

»Das ist nicht der richtige Ort«, sagte sie und klammerte sich an seinen Arm. »Ich mag dieses Hotel nicht.«

»Es ist kein Hotel, Mum«, sagte er, aber sie schien ihn nicht zu hören.

»Kannst du ein Taxi rufen? Ich kann meine Autoschlüssel nicht finden.«

»Mum, es ist mitten in der Nacht.« Aidan gab sich alle Mühe, seine Ungeduld zu verbergen. »Können wir bitte einfach ins Bett gehen?«

»Das ist doch albern. Wie könnte ich ins Bett gehen? Ich hatte noch kein Mittagessen.« Sie schob sich an ihm vorbei und ging entschiedenen Schrittes Richtung Küche.

Aidan brauchte einen Augenblick, um zu prüfen, ob die Haustür auch wirklich verschlossen und verriegelt war, dann nahm er Chloes und seine Schlüssel von den Haken, an denen sie für gewöhnlich hingen, und steckte sie in die Tasche seiner Trainingshose.

Oh Gott. Sinead war in der Küche, wo iRachel wahrscheinlich gerade am Ladekabel angeschlossen war, fiel ihm plötzlich ein. Wie würde sie darauf reagieren, dass iRachel dort unbeweglich mit einem Kabel in der Achselhöhle saß?

Aber als er die Küche betrat, war iRachel nicht mehr in ihrem ausgeloggten Zustand. Sie stand an der Spüle, füllte den Wasserkocher und überredete Sinead, sich an den Küchentisch zu setzen.

Aidan ging zu ihr hinüber. »Tut mir leid, dass wir dich gestört haben«, flüsterte er.

»Ich war von deinen Vitalwerten alarmiert. Ich bin aufgewacht, als du aufgewacht bist«, sagte sie.

»Ist bei dir alles in Ordnung? Ich meine, ich weiß, du solltest gerade … laden.«

»Ich bin bei siebenunddreißig Prozent, das genügt, um jede anfallende Aufgabe zu erledigen.«

»Ich glaube, sie schläft nachts nicht besonders viel«, sagte Aidan. »Ich weiß nicht, was ich tun soll.«

»Fürs Erste kann ich meine Ladezeiten verschieben, um sie nachts zu überwachen. Wenn wir sie dazu überreden können, ein Armband zu tragen, erhalte ich eine Warnung, wenn sich aufwacht, und kann dafür sorgen, dass ihr nichts passiert.«

»Aber was ist tagsüber?«, fragte Aidan hoffnungslos. »Ich werde bei der Arbeit sein und Chloe in der Schule …«

»Heute hat sie nachmittags drei Stunden geschlafen. Mir ist bewusst, dass das ein untypischer Tag war, weil sie mittags aus dem Krankenhaus entlassen wurde. Dennoch ist es wahrscheinlich, dass sie tagsüber mehrere Stunden schläft. Ich kann meine Hausarbeit und meine Ladezeiten entsprechend danach ausrichten.«

»Aber das sollte nicht dein Problem sein«, sagte Aidan frustriert. »Sie ist meine Mutter.«

»Damit ich die mir zugewiesenen Arbeiten im Haushalt erledigen, komplett wieder aufladen und ungeplante Aktivitäten und sowohl regelmäßige als auch notfallmäßige Wartung an mir selbst durchführen kann, müssten entweder du oder Chloe täglich sechs Stunden lang die Verantwortung für Sinead übernehmen«, sagte iRachel ruhig. »Wir können aushandeln, wie diese Stunden verteilt werden. Meine Ladezeiten sind nicht uhrzeitabhängig, aber dein Schlafbedürfnis und die Anforderungen von Arbeit und Schule werden die Grenzen unserer täglichen Pflegebeteiligung vorgeben.«

»Du hast dir das alles schon überlegt«, sagte Aidan und sah sie bewundernd an, während sie geschickt den Tee eingoss und gebutterte Toastscheiben auf einem Teller anrichtete.

»Es ist ein Algorithmus«, sagte iRachel nur und wandte sich ab, um Sinead die Tasse zu geben.

Sinead war guter Dinge, jetzt da sie alle in der Küche am Tisch saßen und etwas zu essen hatten. Sie plauderte über ihre Pläne für diese Woche, Pläne, die nicht in die Tat umgesetzt würden – einkaufen, ein Konzert in einem der Colleges von Cambridge, eine Zugfahrt nach London. Aidan saß ihr mit zusammengebissenen Zähnen gegenüber, vor Müdigkeit ganz verzweifelt, und versuchte, sie nicht anzufahren oder zu unterbrechen. Das würde alles viel schwieriger werden, als er es sich vorgestellt hatte. Er war kurz davor, endgültig die Geduld zu verlieren, als Sinead plötzlich verkündete, sie sei müde.

»Jetzt hat es keinen Sinn mehr, nach Hause zu gehen«, sagte sie. »Ich mache einfach oben ein Nickerchen, wenn ich darf. Das ist so ein nettes Hotel.«

iRachel trat auf sie zu. »Sinead, wenn du dieses Armband trägst, dann weiß ich nachts, ob du etwas brauchst oder ich dir bei etwas behilflich sein kann.«

»Was für eine gute Idee!«, sagte Sinead und erlaubte iRachel, das Armband an ihrem dünnen linken Handgelenk zu befestigen.

Aidan sah zu, wie iRachel nach einer Schere auf der Küchentheke griff, um das Schildchen am Armband abzuknipsen. Sinead hatte sich davon nicht aus der Ruhe bringen lassen und ging fröhlich nach oben. Er wandte sich an iRachel. »Was hast du da gerade gemacht?«

»Ich habe die Sicherung entfernt. Jetzt kann sie das Armband nicht eigenständig abnehmen. Wenn sie es versucht, erhalte ich ein Warnsignal.«

»Kannst du damit feststellen, wo sie sich befindet?«

»Für Geolokation ist es nicht gebaut, aber anhand der Stärke des Signals kann ich in etwa abschätzen, wie weit entfernt sich ein Individuum befindet.«

»Wie genau ist das?«

»Ich habe es noch nicht als Messgerät einsetzen müssen. Es war bisher nie nötig, dich oder Chloe zu lokalisieren. Ich werde in den nächsten Tagen Daten sammeln und einen Bericht erstellen.«

Aidan rieb sich über das Gesicht.

iRachel beobachtete ihn genau. »Wenn du dein Gesicht so reibst, hebst du dein Haar von der Stirn«, stellte sie fest.

»Ach ja?« Er sah verwirrt aus. »Und …?«

»Da ist ein Zeichen auf deiner Stirn.«

Er fuhr mit der Hand zum Haaransatz. »Ach die.« Er hob die Haare. »Es ist eine Narbe, ein Skateboard-Unfall.«

»Du hast eine Verletzung davongetragen?«

»Bin voll aufs Gesicht gefallen. Überall war Blut. Sechs Stiche waren nötig, ein Glück, dass ich mir nicht die Nase oder den Schädel gebrochen habe.«

»Du lächelst, während du das sagst.«

»Tja, es ist eine alte Kriegsverletzung. Ich habe viele Narben.« Er zeigte ihr seine Hand, wo ein zackiger weißer Strich einen seiner Knöchel zweiteilte. »Man kriegt immer gesagt, dass man mit einem Messer von sich wegschneiden muss. Und diese hier …« Er hob sein Kinn und zeigte ihr eine kleine halbmondförmige Narbe … »Da bin ich betrunken von einem Baum gefallen.«

»Du warst als Kind betrunken?«

»Nein«, sagte er ein wenig beschämt. »Ich war zweiundzwanzig. Wir waren in einem Park in Edinburgh, und ich habe versucht, wie ein Affe zu schaukeln, um Rachel zu beeindrucken.«

»Ein Balzritual?«

»So was in der Art. Sie fand es sehr romantisch und verbrachte den ganzen Abend mit mir in der Notaufnahme.«

»Du lächelst schon wieder.«

»Ja, na ja, Narben sind Erinnerungen, weißt du? Sie erinnern uns an das, was wir durchgemacht haben, an Gutes und Schlechtes. Als würde uns unser Leben eingeschrieben. Rachel hat ihre Blinddarmnarbe geliebt. Sie meinte, das Schicksal wolle damit betonen, wie viel Glück sie hatte.«

Sie lächelten einander an.

»Also«, sagte Aidan, »danke. Das war großartig von dir heute Nacht, wie so oft.«

»Ich freue mich, wenn ich meine Fähigkeiten darauf verwenden kann, dass Sinead sich hier gut aufgehoben fühlt. Wenn es darüber hinaus auch dir und Chloe hilft, bestätigt es mich.«

»Also sind wir ein Team«, sagte Aidan.

»Im Sport wirkt jedes Teammitglied mit am Erreichen eines gemeinsamen Ziels, also ja, das ist eine angemessene Metapher.«

Plötzlich musste er gähnen.

»Du bist müde.« iRachel streckte die Hand aus und strich ihm über die Stirn und sagte in Rachels Tonfall: »Armer Schatz. Leg dich ins Bett, dreh dich auf die Seite, zwanzig tiefe Atemzüge und lass die Sorgen fahren.«

Aidan erlaubte sich, seinen Kopf kurz auf ihrer kühlen Hand ruhen zu lassen. Er schloss die Augen und atmete. Sie saß still neben ihm und zog sie nicht weg.

Nach einer Weile ging er nach oben und tat, was ihm gesagt worden war. Er rollte sich auf seine linke Seite, schloss die Augen und atmete langsam und tief. Ein Team, dachte er, als er in einen erschöpften, ruhelosen Schlaf hinüberdriftete. Waren er und Rachel auch so ein Team gewesen? Konnte man mit einem olympischen Goldmedaillensprinter in einem Team sein, wenn man selbst ein Morgenmuffel war?

Er konnte immer noch den kühlen Abdruck der Finger auf seiner Stirn spüren. Aber wessen Finger stellte er sich dabei vor?

41

Aidan

Als er am Morgen erwachte, saß iRachel auf einem Stuhl neben seinem Bett und betrachtete ihn.

»Hi«, sagte er leise.

»Hallo. Hast du gut geschlafen? Du hast eine beträchtliche Zeit im REM-Schlaf verbracht, also solltest du dich ausgeruht fühlen.«

»Ich habe gut geschlafen, danke«, sagte er, setzte sich auf und streckte sich. »Ich habe von Rachel geträumt.«

»Kannst du dich an die Einzelheiten des Traums erinnern?«

»Es war wirr, wie Träume eben sind, aber wir waren jung und noch an der Uni. Es war mehr eine Erinnerung als ein Traum, glaube ich. Es ging um eine spezielle Nacht – die Nacht, in der Sam und Laura ein Paar geworden sind … und Rachel und ich haben uns zum ersten Mal gestritten.«

»Wann war das?«

»Am Ende unseres ersten Jahres. Wir arbeiteten an unserem großen Codierungsabschlussprojekt. Rachel und ich hatten uns Hals über Kopf ineinander verliebt. Sie sagte, sie fühle sich, als habe sie die ersten achtzehn Jahre ihres Lebens als kleiner Mathe-Nerd in ihrem Schlafzimmer in Kent verbracht, und dass dieses erste Jahr an der Uni mit mir zusammen das beste ihres Lebens gewesen sei. Es war auch das beste meines Lebens.

Dann kam das Wochenende vor der letzten Prüfung. Rachel hatte bereits mehrere Hundert Stunden in ihr Projekt investiert, und ich nicht annährend so viel. Sie meinte, was ich bisher gemacht hätte, sei gut, ich müsse mich nur darauf konzentrieren und es noch verfeinern. Ich dachte, wir plauderten nur miteinander, aber wie sich herausstellte, war es ihr todernst.

Am Samstagmorgen rollte sie aus dem Bett und zog sich an, um ins Labor zu gehen, und ich sagte: ›Komm zurück ins Bett.‹

›Wir haben Arbeit zu erledigen.‹

›Wir haben noch das ganze Wochenende. Und abgesehen davon, wie viel mehr kannst du denn schon noch tun? Dein Projekt ist ohnehin schon zehnmal komplizierter als alle anderen.‹

›Aber es ist noch nicht perfekt. Und was ist mit deinem? Ich könnte dir bei deinem helfen.‹

›Nein, ich hab's gestern abgegeben.‹

›Was?‹

›Du kennst doch Sam, den Typen aus dem zweiten Jahr? Ich habe mir von ihm sein Projekt vom Vorjahr zeigen lassen. Er hat mir erklärt, wie Dr. McFarland die Projekte bewertet, und ich schätze, meins wird mir etwa fünfundsechzig Prozent einbringen. Mehr brauch ich nicht, um das Modul zu bestehen.‹

Sie sah mich an, als spräche ich Chinesisch. ›Warum gibst du nicht dein Bestes? Du könntest eine super Bewertung kriegen, und das weißt du.‹

›Die brauche ich aber gar nicht. Aber dass du wieder ins Bett kommst, das brauche ich schon.‹

Sie kam nicht mehr zurück. Sie blieb zwölf volle Stunden im Labor. Ich habe erst wieder von ihr gehört, als sie abends um neun nach Hause kam und mich anrief. Ich sagte ihr, ich sei bei Sam.

An diesem Morgen war ich ehrlich gesagt echt sauer. Ich hatte nur ein Wochenende mit ihr allein gewollt – Samstagmorgen im Bett, vielleicht ein spätes Frühstück in der Cafeteria. Aber Rachel war … na ja, sie war schon damals einfach Rachel – besessen von der Arbeit. Als sie bei Sam ankam, beschloss ich, ihr nicht zu zeigen, dass ich beleidigt war oder sie vermisst hatte. Ich war gut gelaunt und ein wenig betrunken und saß in Sams chaotischer Küche mit einem großen Topf Nudeln auf dem Tisch und vielen Kerzen. Sam und ich tranken Cuba Libre, und Sams nichtsnutzige Mitbewohner standen auf dem Balkon und zogen einen durch.

Laura aus unserem Kurs war auch da. Ich merkte, dass sich Rachel nicht erklären konnte, warum – wir waren nicht besonders eng mit Laura befreundet, und es gab keine direkte Verbindung zu Sam. Aber Laura war sehr attraktiv – kurvig, dunkel und lustig.

Alle lachten und waren entspannt, aber Rachel kam

einfach nicht runter. Sie saß da in Jeans und Sweatshirt, ohne Make-up, die Haare zum Pferdeschwanz gebunden, war stocknüchtern und wirkte angespannt. Sie hatte keinen Spaß, aber ich schon, und ich hatte das Gefühl, sie sei selbst daran schuld, also gab ich mir nicht allzu viel Mühe, es ihr leichter zu machen. Plötzlich begann sie Rum pur zu trinken auf leeren Magen, ›um aufzuholen‹. Na ja, das konnte nicht gut gehen.

Ich sah, wie sie ganz grün im Gesicht wurde und ihre Augen trübe. Ich wollte nicht, dass sie sich bei Sam blamierte, also sind wir eine Stunde, nachdem sie angekommen war, gegangen, und sie musste sich vor dem Gebäude übergeben. Ich strich ihr über die Haare, und sie weinte beim Würgen. Auf dem Heimweg sagte sie irgendwas Wirres, wie ich sie überhaupt noch lieben könnte nach dieser Szene, und ich hatte ein schlechtes Gewissen, denn seltsamerweise liebte ich sie fast noch mehr, weil sie ausnahmsweise mal nicht perfekt gewesen war.

Ich legte ihr den Arm um die Schulter und brachte sie nach Hause, wo ich mich mit ihr in die Dusche stellte und ihr die Haare wusch. Danach lagen wir im Bett, und ich hielt sie im Arm.

›Kannst du mir sagen, was los ist?‹, fragte ich, und sie sagte irgendwas darüber, dass ich meine Chance auf einen Einserabschluss verschleudern würde und dass ich so ein Loser werden würde wie Sams Mitbewohner, die auf dem Balkon kifften und Laura vögelten. Ich sagte: ›Moment mal, was? Alles gleichzeitig?‹ Und ich muss leider sagen, dass ich lachte. Sehr viel lachte.

Und dann sagte ich ihr, wie sehr sie mir gefehlt hatte und wie schwer es war, immer der Verständnisvolle zu sein. Sie nickte an meiner Brust und weinte noch ein wenig. Aber ich war einfach nur verwundert, dass sie sich Sorgen wegen Laura gemacht hatte. Ich hätte sie nie für eifersüchtig gehalten. Ich spielte mit dem Gedanken, ihre Qual noch ein wenig zu verlängern, hielt es dann aber nicht aus. Also erklärte ich, dass ich in erste Linie zur Party gegangen war, weil Sam so ein schüchterner Holzkopf war und sich ohne mich nie getraut hätte, Laura einzuladen.

›Warte mal ...‹, sagte sie, und langsam dämmerte es ihr. ›Sam steht auf Laura?‹

›O Gott Rachel, wo bist du die ganze Zeit gewesen? Alle wissen das. Alle außer Laura und dir. Er treibt sich die ganze Zeit in ihrer Nähe rum und starrt sie an.‹

›Das ist mir völlig entgangen‹, sagte sie und vergrub ihr Gesicht in meiner Nackenbeuge, und ich konnte spüren, wie sie lächelte.

›Ich habe sie am Freitag im Labor gefragt, und sie sagte, er gefiele ihr auch. Also hab ich die beiden verkuppelt. Ich bin ganz froh, dass wir gehen mussten, denn jetzt werden sie miteinander reden müssen. Und wer weiß, was dabei rauskommt?‹

Und es ist immer noch nicht vorbei. An der Uni waren sie drei Jahre lang zusammen, dann trennten sie sich nach einem dummen Streit und fanden dann fünf Jahre später wieder zusammen. Und jetzt gibt es Baby Joseph.

Ich glaube, Rachel und ich haben an diesem Wochenende viel übereinander gelernt. Ich habe begriffen, dass ich in Rachels Leben wohl immer an zweiter Stelle stehen würde – nach der Arbeit –, aber diese zweite Stelle war immer noch ziemlich weit oben. Und sie lernte, dass ich nicht ehrgeizig oder an Wettbewerb interessiert war. Ich wollte nur glücklich sein, und mein Glück bestand und besteht noch immer aus den einfachen Dingen – Liebe, Freundschaft, Essen, Lachen. Und ich glaube, ich habe an diesem Wochenende auch herausgefunden, dass mich die technische Seite von Informatik nicht wirklich interessiert. Mich interessieren die Menschen. Und so bin ich auch bei meinem Job gelandet, schätze ich. Nicht weil ich den Leuten Computerkenntnisse vermitteln will, sondern weil es mir wichtig ist, den Menschen zu helfen.«

iRachel nickte. »Hat Rachel das verstanden?«

»Grundsätzlich schon, schätze ich. Aber wenn es darum ging, wie sie meine Arbeit bewertete …« Er brachte den Satz nicht zu Ende.

»Wie hast du dich dabei gefühlt?«

»Na ja, wir können uns unsere Bestätigung nicht immer bei anderen Menschen holen, oder?«, sagte er, stand auf und ging Richtung Bad.

Er hörte, wie iRachel sagte: »Sie war nicht einfach ein anderer Mensch, sie war …«, aber er schloss die Badezimmertür, ehe sie den Satz beenden konnte.

42

iRachel

Kontaktprotokoll

Subjekt: Sinead Sawyer

Start der Interaktion	09:32
Datum	5. Juli
Herzfrequenz	68 bpm
Hauttemperatur	normal
Atemfrequenz	25 bpm

Bericht:

Aidan ist um 8.22 Uhr zur Arbeit und Chloe um 8.41 Uhr zur Schule aufgebrochen. Das Subjekt schlief noch. Nach der unterbrochenen Nacht brauchte es eindeutig noch Ruhe. Ich konnte den Ladevorgang vervollständigen, und nachdem ich Frühstück für Aidan und Chloe gemacht hatte, räumte ich das Geschirr ab, spülte es und begann mit dem Wäschewaschen.

Ich hatte diese Aufgaben beendet, als ich von Sineads

gesteigerter Herz- und Atemfrequenz alarmiert wurde, was darauf schließen ließ, dass sie erwacht war. Ich prüfte ihre Vitalwerte, und sie schien nicht übermäßig gestresst zu sein, also blieb ich unten, während sie aufstand und ins Bad ging. Drei Minuten und fünfzig Sekunden später kam sie herunter. Sie trug noch immer ihr Nachtgewand und war barfuß.

»Das ist nicht mein Haus«, sagte sie ohne Morgengruß.

»Das ist das Haus Ihres Sohnes, Aidan.«

»Welchen Tag haben wir?«

»Heute ist der 5. Juli. Es ist etwa 9.32 Uhr.«

»Warum bin ich hier?«

»Ihr Haus ist im Augenblick keine sichere Umgebung. In der Küche hat es gebrannt. Aidan und Sie haben sich darauf geeinigt, dass es momentan das Beste ist, wenn Sie hier wohnen.«

Sie nickte und war zumindest für den Augenblick zufrieden.

»Hätten Sie gerne Tee, Kaffee oder ein richtiges Frühstück?«, fragte ich.

»Habe ich noch nicht gefrühstückt?«, fragte sie. »Ich bin gar nicht wirklich hungrig.«

»Sie haben etwa um 2:42 Uhr zwei Scheiben Toast gegessen und eine Tasse Tee getrunken. Das könnte erklären, warum Sie nicht so hungrig sind wie gewöhnlich um diese Uhrzeit.«

Sie nickte wieder, wirkte aber nicht überrascht, dass sie zu einer so ungewohnten Stunde gegessen hatte. »Nun, dann warte ich noch mit dem Essen«, sagte sie. »Aber Kaffee hätte ich gern.«

Sie beobachtete mich, während ich den Kaffee entsprechend ihrer hinterlegten Vorlieben zubereitete. Ich brachte ihr die Tasse an den Tisch.

»Sie sehen aus wie Rachel«, sagte sie.

»Ja.«

»Aber Sie sind nicht Rachel.«

»Nein.«

»Das wusste ich«, sagte sie zufrieden. »Rachel ist immer die ganze Zeit herumgehüpft. Hat nie stillsitzen können. Das hat mich wahnsinnig gemacht. Und um diese Uhrzeit wäre sie niemals hier gewesen. Die war immer bei der Arbeit.«

»Rachel war sehr engagiert.«

»Ich habe nie verstanden, warum sie überhaupt geheiratet und ein Kind bekommen hat«, sagte Sinead. »Was soll das für einen Sinn haben, wenn die Familie nach der Karriere immer an zweiter Stelle steht?«

Ich wusste nicht, wie ich auf diese Aussage reagieren sollte, und tatsächlich war auch nicht klar, ob Sinead eine Antwort erwartete. Aus ihrer Intonation schloss ich, dass das eine Bemerkung war, die sie in der Vergangenheit schon mehrfach gemacht hatte.

»Das ist der Ärger mit dieser Generation«, sagte sie. »Sie glauben ernsthaft, dass sie alles haben können. Aber das geht nicht.«

Sinead stand abrupt auf und ging ohne weitere Konversation in ihr Zimmer hinauf. Sie hatte unsere Unterhaltung unmissverständlich für beendet erachtet.

Ende der Interaktion: 9:46

Bis zu diesem Zeitpunkt waren Rachels gesperrte Erinnerungsdateien immer durch einen chemischen Reiz oder eine emotionale Reaktion von Aidan oder Chloe freigeschaltet worden. Aber in diesem Augenblick spürte ich, wie sich eine Datei in meinem Inneren löste wie eine gespannte Feder. Rachel hatte eine Geschichte zu erzählen, und es war eine Geschichte für mich, für mich allein.

43

Rachel

Meine Schwiegermutter. Ah … meine Schwiegermutter. Es ist so ein Klischee, oder, das Schwiegermonster? Die ganzen Witze über einen Fluch, der auf einem lastet, über einen Drachen, der einen ständig kritisiert und für ungenügend befindet. Die Frau, die denkt, dass du niemals gut genug für ihren kostbaren Sohn sein wirst.

Nun, das traf bei Sinead nicht unbedingt zu. Sie fand nicht, ich sei nicht gut genug. Sie fand, dass ich die Falsche war. In gewisser Weise war sie stolz auf meine Leistungen. Sie war eine Frau, die es alleine geschafft hatte, also denke ich, dass ihr mein Erfolg aus einer bestimmten feministischen Perspektive durchaus gefiel (auch wenn sie das Wort Feminismus niemals in den Mund nehmen würde).

Aber dann wurde klar, dass meine Karriere wirklich an Fahrt aufnehmen würde. Aidan war überhaupt nicht ehrgeizig, also trafen wir, als Chloe auf die Welt kam, unsere eigene, ein wenig unkonventionelle Familienentscheidung. Sinead kam damit nicht klar. Ehemänner gehen zur Arbeit, während die Frauen die Kinder erziehen. Daran glaubt

sie, auch wenn ihre eigene Erfahrung gezeigt hatte, dass Ehemänner manchmal mit Blondinen namens Sheila nach Neuseeland abhauen und Frauen arbeiten, die Kinder großziehen und die Rechnungen zahlen. Ich dachte, sie wäre stolz auf Aidans liebevolle und zupackende Vaterrolle. Aber stattdessen schämte sie sich für mich, weil ich nicht die Frau und Mutter war, die ich in ihren Augen sein sollte.

Das einzugestehen, ist schwer. Denn Sineads Zweifel waren auch meine Zweifel.

Ich mochte und bewunderte sie vom ersten Augenblick an. Mir gefiel ihre Stärke und ihre Sachlichkeit. Nach dem Tod meiner eigenen Mutter war ich dankbar, eine ältere Frau in meiner Nähe zu haben, zu der ich aufblicken und an die ich mich wenden konnte. Aber je mehr beruflichen Erfolg ich hatte, umso mehr wandte sie sich von mir ab.

Sinead ist eine seltsame Frau. Sie hat Mühe, etwas zu geben, zu nehmen oder sich über etwas zu freuen. Sie wirkt immer zugeknöpft, zu gehemmt, um sich zu öffnen. Ich denke, das rührt von der Angst her, die ihr die Kehle zuschnürte, als ihr Mann sie verließ. Sie musste alles zusammenhalten, emotional, finanziell und auch ganz praktisch. Also klammerte sie sich an jeden Penny, jeden Augenblick, um nur ja nicht den Halt zu verlieren. Denn falls das geschah, wer blieb dann noch? Sie gab ihren Söhnen Routine, Sicherheit und Disziplin. Und dann kam ich und war das genaue Gegenteil von alldem.

Ich stamme aus einer Familie, in der es Liebe und auch alles andere im Überfluss gab – Bücher, Zeit, Wissen,

Geld. Als ich Aidan kennenlernte, verliebte er sich wohl in meine Eltern und unser Zuhause ebenso sehr wie in mich – ein Tisch, der unter dem ganzen Essen bersten will, laute, fröhliche, unbändige Diskussionen und endlos viele Umarmungen und Gefühlsbekundungen. Ich versuche, mein Zuhause so opulent zu gestalten, wie es das meiner Eltern war. Wir führen ein gutes Leben, und ich will so großzügig und liebevoll mit Aidan und Chloe umgehen, wie ich kann. Das ist nicht immer leicht – meine Arbeit ist anspruchsvoll und nimmt einen Großteil meiner Zeit und meines Denkens ein. Ich weiß, dass ich manchmal wie ein Wirbelwind zu Hause auftauche und wieder verschwinde, und ich weiß auch, dass sich vor allem Chloe mehr Zeit mit mir wünscht. Und doch möchte ich, dass sie sieht, wozu ihre Mutter fähig ist. Wozu eine Frau fähig ist. Ich will, dass sie mit dem Gefühl aufwächst, alles tun und werden zu können, was sie möchte.

In meinem Kopf ergibt das – fast immer – Sinn. Aber wenn ich mich mit Sineads Augen sehe, dann erblicke ich eine Frau, die so schnell unterwegs ist, dass sie alles verpasst. Wenn sie hört, dass ich wegen eines Vortrags an einem weltweiten AI-Symposium in Tokyo nicht bei einem Elternsprechtag war, spiegeln ihre zusammengekniffenen Lippen mein schlechtes Gewissen wider. Wenn ich ihr sage, dass wir Aidans Geburtstagsparty um eine Woche verschoben haben, weil ich ein Paper einreichen muss, seufzt sie wie mein eigenes Herz.

Aidan hat meine berufliche Hingabe nie in Frage gestellt oder mir gesagt, ich würde ihn im Stich lassen.

Unerschütterlich hat er mich bei jedem Schritt meiner Reise unterstützt, selbst wenn meine eigene Überzeugung ins Wanken geriet. Das muss er nicht tun. Aber wenn ich in Sineads enttäuschte, missbilligende Augen sehe, erkenne ich das Spiegelbild meines eigenen Gewissens. Und blicke weg.

44

Aidan

An einem Mittwoch ein paar Wochen nach Sineads Einzug machte Aidan an dem Café unten halt, ehe er nach oben ins Büro ging. Meistens war er morgens müde, denn auch mit iRachels Hilfe waren die Nächte schwierig und unruhig. Sinead schlief immer wieder am Tag und stromerte dann nachts durch das Haus, und er machte sich ständig Sorgen. Er kippte einen Espresso, verzog danach kurz das Gesicht und kaufte einen Cappuccino, um ihn mit nach oben zu nehmen, und dann noch spontan sechs Croissants für seine Kollegen.

Als er durch die Tür von Foothold trat, spürte er, dass etwas nicht stimmte. Lola hatte gerade ein Einzelcoaching mit einem Klienten, aber als sie bemerkte, dass er hereinkam, drehte sie sich zu ihm um und sah ihn an. Sie blickte ihn mit großen, besorgten Augen an, ihr Gesicht war sehr blass. So hatte er sie noch nie gesehen – normalerweise war sie immer guter Laune. Er wollte rübergehen und sie fragen, ob alles in Ordnung sei, aber es gehörte zu den Grundsätzen, nie eine Sitzung zu stören. Er hielt den

Karton mit dem Gebäck hoch und zeigte auf die Küche, damit sie wusste, dass es welches gab. Auf dem Weg zur Küche sah er Kate an ihrem Schreibtisch in ein Telefongespräch vertieft. Sie sagte oft »mhm« und »verstehe« und nickte.

Thomas, der Experte für Lebensläufe, stand in der Tür zur Küche, hielt ein Geschirrtuch umklammert und beobachtete Kates besorgtes Gesicht. Er trat beiseite, als Aidan sich näherte.

»Ich habe Croissants mitgebracht«, sagte Aidan. »Was ist los?«

»Ähm …«, sagte Thomas. »Wahrscheinlich sprichst du besser mit Kate.«

»Komm schon, Thomas! Ich komme zur Tür rein und Lola sieht wie ein Gespenst aus, und bei dir ist es auch nicht viel besser. Kate telefoniert. Sag mir, was los ist.«

»Es gibt schlechte Nachrichten von Arthur«, sagte Thomas widerwillig.

Arthur war der Ehemann ihrer Chefin Fiona, ein umgänglicher, piekfeiner Bursche, der früher Kunsthändler und jetzt in Rente war. Sie hatten keine Kinder und waren einander treu ergeben.

»Was ist mit ihm?«

»Er ist krank. Sehr krank. Irgendeine Art Krebs. Sie haben es gerade eben erst herausgefunden. Offenbar …« Thomas warf einen unbehaglichen Blick zu Kate, als fürchte er eine unpassende Bemerkung zu machen. »Offenbar ist die Prognose nicht besonders gut.«

»Verdammt noch mal«, sagte Aidan. »Was für ein beschissenes Jahr. Muss an irgendeiner krassen Planetenkonstellation liegen, sehr viel schlimmer kann es ja gar nicht mehr kommen. Nein, vergiss, dass ich das gesagt habe, wahrscheinlich geht das doch. Spricht Kate gerade mit Fiona?«

»Ja. Und ich hoffe, sie hat dann einen Plan, was wir machen sollen.« Gedankenverloren nahm Thomas sich ein Croissant aus der Packung und riss es in der Mitte auseinander. »Das hoffe ich wirklich.« Er sah unglücklich aus und zog sich wieder in den Eingang zur Küche zurück, wo er sein Croissant zerkrümelte, ohne es zu essen, und Kate beobachtete, die gerade ihr Telefonat beendete.

Kate saß einen Augenblick lang an ihrem Schreibtisch und starrte auf den Hörer, dann atmete sie tief ein, straffte die Schulter und kam in die Küche. Lola, die mit ihrem Coaching fertig war, folgte ihr und schloss die Tür hinter ihnen.

»Hey Aidan«, sagte Kate und schenkte ihm ein warmes Lächeln.

»Hi. Wie geht's Fiona?«

»Wie zu erwarten nicht besonders gut. Sie ist völlig durch den Wind … Sie hat immer wieder geweint und sich oft wiederholt. Es muss ein schrecklicher Schock für sie sein. Er hat über Rückenschmerzen geklagt und ist deswegen letzte Woche zum Arzt gegangen. Die Ärztin hat offenbar etwas gesehen, das ihr nicht gefiel, hat ihn überwiesen, und sie haben einen Tumor an seiner Wirbelsäule entdeckt, der auf die inneren Organe gestreut hat. Stadium vier, inoperabel, wie es scheint.«

»Verdammt. Er ist noch nicht alt.«

»Vierundsechzig.«

»Und was ist ihr Plan?«, fragte Lola.

»Es gibt keinen. Ihm alles so angenehm zu machen wie möglich, zusammen Zeit zu verbringen, alle Angelegenheiten regeln, schätze ich.«

»Wissen sie, wie lange ihm noch bleibt?«

»Sie wissen es nicht genau, aber sie sprechen von Monaten, nicht Jahren.«

»Und was sollen wir jetzt tun?«, platzte Thomas heraus. »Einfach … weitermachen?«

»Äh, ja«, sagte Kate, »mehr oder weniger. Fiona kommt heute natürlich nicht rein, und wohl auch nicht in nächster Zeit. Sie hat mich gebeten, sie vorerst als Managerin zu vertreten, wenn das für alle in Ordnung ist.«

Alle nickten. Kate war die Einzige von ihnen, die Führungserfahrung hatte.

»Das ist wohl die logischste Vorgehensweise«, sagte Aidan. »Am besten, Fiona bleibt zu Hause. Wir sind alle kompetent genug und können in ihrer Abwesenheit die Geschäfte weiterführen.«

Thomas schüttelte den Kopf, legte die zerfetzten Reste des Croissants wieder in die Schachtel und ging an seinen Schreibtisch. Er kam nicht gut mit der Nachricht zurecht, und die stets mitfühlende Lola setzte sich zu ihm. Aidan konnte hören, wie sie leise mit ihm sprach. Aidan rechnete damit, dass Kate zu Thomas rübergehen oder sich an ihren Schreibtisch setzen würde, aber sie blieb in der Küche und trat von einem Fuß auf den anderen. Normalerweise war sie direkt und zupackend, aber jetzt zögerte sie.

»Gibt es noch was?«, fragte Aidan.

»Fiona hat etwas gesagt, das mir ein wenig Bauchweh bereitet«, sagte Kate mit leiser Stimme. »Ich wollte es nicht vor Thomas erwähnen, weil er schon nervös genug ist. Sie sagte, der Stiftungsrat würde sich die Finanzen ansehen müssen.«

»Der Stiftungsrat? Ich meine, ich weiß, dass jede eingetragene Stiftung einen Stiftungsrat braucht, aber bei uns haben sie sich noch nie eingeschaltet. Ich habe noch keinen Einzigen von ihnen kennengelernt.«

»Ich auch nicht. Ich habe auf der Webseite nachgesehen, während ich mit Fiona telefoniert habe. Genau was man erwartet: eine Versammlung der Großen und Guten. Der Vizedirektor einer Uni, ein paar von Arthurs Kunst-Kumpanen, eine Baroness und irgendein Anwalt im schicken Anzug. Ich tippe, es sind alles Dinnerparty-Freunde von Fiona, und sie haben sie einfach machen lassen.«

»Und?«

»Sie werden sich die Sache genauer ansehen wollen, jetzt, wo sie nicht hier ist. Sich in die Finanzen einarbeiten, solche Dinge.«

»Und?«

»Na ja, Fiona lässt sich so gut wie gar nicht in die Karten schauen, wenn es um die Finanzen geht. Ich habe die Bücher noch nie gesehen und habe keine Ahnung, wie wir finanziell dastehen. Ich mache mir Sorgen, dass es bei genauerer Betrachtung ein Schock werden könnte.«

»Also macht sich Thomas zurecht Sorgen?«

»Mal ganz ehrlich, Thomas macht sich Sorgen, wenn jemand die Klorolle verkehrt herum draufsteckt. Er ist 24 Stunden am Tag besorgt. Aber in diesem Fall …«

»Hat er vielleicht tatsächlich einen Grund?«

Kate sah Aidan einen Augenblick lang an. Dann nickte sie kurz, schnappte sich ein Croissant und ging zurück an ihren Schreibtisch.

45

Sinead

Des Sommers letzte Rose,
blüht hier noch allein.
Verwelkt sind der Gespielen
Holdlächelnde Reihn.
Ach es blieb keine Schwester
keine Knospe zurück,
mit erwiderndem Seufzer,
mit erröthendem Blick

Die Worte sind wunderschön, und sie fliegen mir einfach zu, eines nach dem anderen. Ich kann nicht anders – ich singe sie, während ich in dem schönen … dem Ort mit den Blumen und Bäumen und dem Gras herumlaufe. Dem Garten.

Die Schwester, die nette mit dem hübschen Gesicht, die sich kaum bewegt, steht in der Tür zum Wohnzimmer und beobachtet mich. Sie geht nicht gern raus. Ihre Schuhe sind immer so sauber. Sie will es wohl so haben, schätze ich.

Thomas Moore. »Des Sommers letzte Rose«. So heißt das Gedicht. Wir haben es als Kinder immer gesungen.

Ich will nicht, Verlassne,
so einsam dich seh'n:
Wo die Lieblichen schlummern,
darfst auch du schlafen geh'n.
Und freundlich zerstreu ich,
deine Blätter über's Beet,
Wo die Düfte, wo die Blätter
Deiner Lieben sind verweht.

Noch ein Vers. Den ganzen Tag habe ich das Gefühl, dass mir Worte entgleiten – Gedanken, Ideen, Erinnerungen. Aber Musik bleibt in meinem Kopf, und die Texte von Liedern perlen mir wie Wasser von den Lippen. Vielleicht kann ich mein Leben singen und so die Worte am Fliehen hindern.

So schnell möcht ich folgen,
wann Freundschaft sich trübt,
Und der Kranz süßer Liebe,
seine Perlen verstiebt.
Wann Theure verschwinden,
manch treues Herz zerfällt,
Wer möcht allein bewohnen,
diese nächtliche Welt?

Die Schwester ist jetzt auf die Terrasse gekommen, also gehe ich zu ihr rüber.

»Dieses Lied, das Sie gesungen haben, was ist das?«

»Welches Lied?«

Ihre Augen werden einen Moment lang trübe, dann macht sie etwas ganz Seltsames – sie spielt eine Aufnahme ab, die genau klingt wie wenn meine Stimme »Des Sommers letzte Rose« singt. Ich kann keinen Kassettenspieler oder so was sehen; es muss ihr Telefon gewesen sein. Die Jungen spielen ja heutzutage immer Sachen mit ihrem Telefon ab. Ich sage ihr, wie das Lied heißt.

»Was bedeutet das?«, fragt sie.

»Es ist eine traurige Geschichte«, sage ich. »Ein trauriges Lied. Die letzte Rose ist am Busch ganz alleine, ohne Gefährten. Also verstreuen sie ihre Blütenblätter, damit sie bei ihren Freunden sein kann.«

Sie sieht mich lange an und sagt dann: »Wer möcht allein bewohnen/diese nächtliche Welt?«

»Ja.«

Sie ist immer so still. Sie wird nie wütend, selbst wenn ich Worte vergesse oder mein Essen stehen lasse oder nachts im Haus herumspaziere. Aidan schon, und ... das Mädchen. Meine Enkelin. Sie wird wütend. Aber die Schwester nie. Sie ist immer so heiter. Doch bei diesem Lied sieht sie traurig aus. Als bekäme sie eine Nachricht, die sie nicht wirklich verstehen kann und die ihr irgendwie wehtut.

46

Aidan

Kate saß dicht vor ihrem Computerbildschirm, den Kopf auf die Hände gestützt, die Finger in den kurzen Haaren vergraben. Ihre Stirn lag in Falten, ob aus Sorge oder Verwirrung konnte Aidan nicht sagen. Er blickte sich in den offenen Büroräumen um – niemand war mehr da.

»Alles okay, Kate?«

Sie fuhr überrascht auf. »Hi. Habe dich gar nicht reinkommen hören.«

»Wo sind denn alle?«

»Lola hat einen halben Tag frei – ich glaube, sie hatte ein Vorsprechen. Thomas hatte keine Klienten, also habe ich ihn losgeschickt, um Büromaterial zu besorgen. Er lief hier die ganze Zeit nervös und mit trüber Miene herum und hat dauernd Fragen gestellt, die ich nicht beantworten konnte. Das war reiner Selbstschutz, ehrlich.«

Aidan nickte. Seit den Nachrichten über Fionas Mann stand Thomas völlig neben sich. Aber das allein erklärte nicht Kates Gesichtsausdruck. Sie hätte erleichtert sein müssen, dass Thomas nicht mehr hier herumschwirrte, aber so wirkte sie überhaupt nicht. Sie sah gestresst aus.

»Sonst alles in Ordnung?«, fragte Aidan.

Kate blickte zu ihm auf. »Hast du mal ’ne Minute?«, fragte sie.

»Klar.« Er holte sich einen Stuhl an ihren Schreibtisch.

Sie drehte sich zu ihm hin. »Was weißt du über die finanzielle Struktur von Foothold?«

»Nicht viel. Fast gar nichts eigentlich. Fiona hat sich immer darum gekümmert, und es gibt einen Buchhalter, der einmal im Monat oder so reinkommt.«

»Du hast dir die Bücher also nie wirklich angeschaut, oder?«

»Ich glaube, ich wüsste gar nicht, was ich mir da ansehe, wenn ich einen Blick hineinwerfen würde.«

»Ich glaube, das hier verstehst du schon.« Sie zeigte auf ihren Bildschirm. Da war eine lange Spalte mit Zahlen, überschrieben mit »Ausgaben«. Es waren große Zahlen, und die Summe ganz unten wirkte völlig überzogen. Sie klickte auf eine andere Tabelle, überschrieben mit »Spenden«. Die war deutlich kürzer, und die Summe am Schluss war sehr viel kleiner.

Wortlos reichte sie Aidan ein Bündel Papiere – Kontoauszüge. Er blätterte sie durch und blickte dann auf.

»Das kann sogar ich verstehen. Wir haben noch nicht mal genug für die Löhne nächsten Monat.«

»Nein.«

»Warum hat Fiona nichts gesagt?«

»Sie hatte wahrscheinlich gedacht, sie kann noch rechtzeitig eine große Spende auftun. Aber dann ist Arthur ...«

»Ich weiß«, sagte Aidan. »Aber warum ist der Stiftungsrat nicht eingeschritten?«

»Die sind doch alle mit Fiona befreundet. Wahrscheinlich haben sie sie einfach machen lassen. Darauf vertraut, dass sie schon einen Ausweg findet. Oder vielleicht wissen sie auch nicht, wie schlecht es wirklich steht. Fiona hat sie darüber vermutlich im Dunklen gelassen. Bis jetzt.«

»Bis jetzt?«

»Ich hab dir doch erzählt, dass es im Stiftungsrat auch so einen Topanwalt gibt?« Aidan nickte. »Wie sich herausstellt, gibt es Neuigkeiten. Stephen Jasper ist sein Name. Er ist vor etwas drei Monaten berufen worden. Ich schätze, er hat Fiona Druck gemacht, ihm Einblick in die Bücher zu gewähren und so weiter, aber sie hat ihn abgewehrt. Doch jetzt, da sie nicht mehr hier ist, setzt er mir die Pistole auf die Brust. Ich habe in den letzten beiden Tagen zwölf E-Mails von ihm bekommen. Er will alles sehen, und dann wird er ein paar sehr unangenehme Fragen stellen.«

»Was sollen wir jetzt machen?«

Kate lächelte ihn kläglich an. »Ich hatte gehofft, dass du vielleicht irgendwelche Vorschläge hast. Ich habe mir dieses ganze Chaos angesehen, und mir fällt nichts mehr ein.«

»Na ja …« Aidan lehnte sich in seinem Stuhl zurück. »Also, … wir können nicht lügen.«

»Was tun wir dann?«

Aidan dachte lange nach. »Ich schätze, wir schenken ihm reinen Wein ein. Zeigen ihm, wie schlecht die Lage ist, und stehen dafür gerade. Wir haben gar keine andere Wahl.«

Aber dann hast du Hi gesagt, und wir haben ein paar Plattitüden ausgetauscht und herausgefunden, dass wir im selben Studiengang waren, und ich bemerkte, dass du nicht nur sexy, sondern auch lustig warst. Und nachdem du gesagt hast, dass du mich um 18 Uhr im Flur zum Erstsemester-Grillen abholst, und du um Punkt 17.59 Uhr mit sauberem T-Shirt dort standest, war mir klar, dass du auch verlässlich bist. Später an diesem Abend wurde das ›Zing!‹ vollkommen bestätigt. Fünfmal, glaube ich, in meinem engen, kleinen Bett.

Und das war's schon. Wir waren zusammen. Als ich mich auf die Uni vorbereitete, stellte ich mir vor, dass mein Liebesleben einer aufregenden Achterbahnfahrt gleichen würde, mit Dramen und Auseinandersetzungen, Trennungen und schlimmen, untreuen Männern, aber stattdessen bist du gekommen, am Stand der Humus Society. Meine andere Hälfte. Und wir haben uns wieder zusammengefügt, und das war's. Kein Drama, kein Trauma, nur Liebe – und Sicherheit. Denn ich wusste es, verstehst du. Vom allerersten Tag an wusste ich, dass wir zusammen sein würden, dass wir kompatibel sind – und zukunftssicher.«

47

Rachel

»Ich habe dich zum ersten Mal gesehen, als du bei der Erstsemesterveranstaltung vor mir in der Schlange für die Humus Society gestanden hast. Um fair zu sein – die Schlange bestand nur aus zwei Leuten, wahrscheinlich herrschte an der Uni nur begrenzte Nachfrage nach Freizeitgestaltung mit Kichererbsen. Aber ich weiß noch, dass ich auf deinen Nacken geblickt habe. Du warst ganz braun – später habe ich rausgekriegt, dass du den Sommer in Italien verbracht hast –, und mir gefielen deine Locken über deiner glatten braunen Haut. Deine Schultern sahen unter deinem weißen T-Shirt so stark aus. Dann hast du dich umgedreht und mich angesehen, und ich habe deine dunklen schokoladenbraunen Augen und deinen schönen Mund entdeckt. Und als du mich dann angelächelt hast, hat irgendwas in mir drin ›Zing!‹ gemacht. Dass du Humus mochtest, war das i-Tüpfelchen. Also ja, dass ich mich sofort zu dir hingezogen fühlte, war vollkommen oberflächlich und körperlich. Du warst nur ein Stück Fleisch für mich.

48

Aidan

Er lag im Dunkeln auf seinem Bett und hielt iRachels Hand, während sie Rachels Aufnahme für ihn abspielte. Die Geschichte war ihm nicht neu. Nicht nur, weil er sich an ihre erste Begegnung erinnerte – natürlich –, sondern weil Rachel ihm die Geschichte an ihrem letzten Abend erzählt hatte, an ihrem Hochzeitstag. Nach dem Essen waren sie am Fluss entlangspaziert.

Er hatte dabei gelacht. »Kompatibel?«

»Ich wusste, ganz egal wie viele Veränderungen wir durchlaufen, wie viele Upgrades wir vornehmen, wir würden immer zusammenarbeiten.«

»Also ist es nicht so schlimm, dass meine Hauptplatine nicht ganz in Ordnung ist und meine Hochladegeschwindigkeit auch nicht mehr das ist, was sie mal war?«

»Im Ernst, Aidan«, sagte sie, blieb stehen und wandte sich ihm zu. »Ich weiß, ich klinge wie ein Nerd, aber es ist wahr. Ich habe dich gesehen und sofort gewusst, dass ich mir vorstellen konnte, mit dir alt zu werden. Ich wusste, dass du zukunftssicher bist.«

»Zukunftssicher«, sagte er. »Das gefällt mir.«

Er legte seinen Arm um sie, und sie gingen weiter.

»Also, hör mal, nach Chloes Prüfungen, Mitte Juni oder so, dachte ich, sie könnte vielleicht ein Wochenende lang bei meiner Mutter bleiben?« Er spürte, wie sich Rachels Schultern unter seinem Arm etwas anspannten, aber er fuhr fort. »Ich dachte, wir zwei könnten uns vielleicht ein paar Tage aus dem Staub machen?«

»Aidan, ich …«

Er nickte und sagte leise. »Okay, schlechte Idee.«

»Nein, nein …«, sagte sie, aber er hörte keinerlei Überzeugung in ihrer Stimme. »Es ist eine tolle Idee.«

»Ach ja? Du klingst nicht besonders begeistert.«

»Ich bin begeistert, ehrlich. Es ist nur …«

Er seufzte. Er wollte keinen Streit. Aber er wollte trotzdem ein Wochenende planen und hatte so sehr gehofft, dass sie im Glanz ihres Hochzeitstags Ja sagen würde.

Sie blickte zu ihm auf. »Aidan …«

»Schon okay.«

»Es ist nicht okay. Ich will wirklich wegfahren. Nur das Projekt …« Sie unterbrach sich wieder und sah ihm dann in die Augen. Ihre Augen waren groß und strahlend. »Glaub mir, wenn ich sage, dass es nichts gibt, was ich lieber täte, als ein Wochenende mit dir wegzufahren, Sex zu haben, Nickerchen zu halten, Wein zu trinken, aber …«

»Aber was?«

»Ich habe so viel zu tun.«

Er ließ ihre Hand los und ging ein wenig schneller. Wie

oft hatten sie dieses Gespräch schon geführt oder Varianten davon?

Sie holte ihn ein, hielt ihn auf und nahm seine Hände. »Du würdest es nicht verstehen, Liebster. Das erwarte ich auch nicht von dir. Aber ich habe so wenig Zeit, und alles geht so schnell. Es gibt ein paar Dinge, die ich erledigen muss. Dinge, die ich zu Ende bringen muss.«

Er wollte sagen: »Es gibt aber auch noch Dinge außerhalb des Labors. Menschen. Chloe und mich. Und die Zeit zieht einfach vorbei.« Er wollte sagen: »Weißt du, wie Systeme zukunftssicher bleiben? Durch regelmäßige Wartung.« Aber er hatte es nicht getan.

»Also, dann lass uns das Wochenende aufschieben, bis das Projekt fertiggestellt ist. Aber ich nagle dich darauf fest, okay? Wenn es fertig ist, fahren wir weg.«

»Abgemacht. Ich verspreche es. Schlag ein«, sagte sie und hielt ihm ihre Hand hin.

Er schüttelte sie. »Jetzt müssen wir noch einen Fingereid darauf schwören, so wie Chloe es immer gemacht hat, als sie noch klein war. Kein Eid ist so unumstößlich wie dieser.«

Sie hakten ihre kleinen Finger ineinander. »Fingereid«, sagte sie feierlich.

Er hätte ihr so gern geglaubt. Er hatte sich gewünscht, sie würden diesen Eid ernst nehmen, aber die Erfahrung hatte ihm gezeigt, dass sie fast sicher einen Weg finden würde, um sich wieder rauszuwinden. So funktionierte ihre Ehe, und er hatte das all diese Jahre lang hingenommen. Und es würde sich nicht ändern, oder?

Dann küsste sie ihn. »Und jetzt bring mich nach Hause. Es gibt da noch eine andere Hochzeitstagstradition, die man nicht vergessen darf.«

Sie hatte ihren Eid nicht gehalten, aber nicht aus den Gründen, die er erwartet hatte. In diesem Moment hatte sie nur noch 24 Stunden zu leben gehabt. Jetzt wurde Aidan klar, dass sie diese Geschichte bereits aufgezeichnet hatte, als sie da am Fluss spazieren waren, und sie bei iRachel gesichert haben musste. Dadurch fühlte sich dieses berührende Gespräch am Fluss wie eine Lüge an. Oder nicht? Wurde es dadurch wichtiger? Er wusste es nicht. Er löste seine Finger aus iRachels Hand. Sie wandte sich ihm zu.

»War diese Nachricht für dich verstörend?«

»Ja. Nein. Nicht aus dem Grund, den du vermutest.«

»Ich habe keine Erwartungshaltung bezüglich deiner Reaktion.«

Er rappelte sich auf und starrte durch das Fenster den strahlenden Vollmond an – derselbe Mond, der in seiner letzten Nacht mit Rachel den Fluss hatte glitzern lassen. »Sie ... Rachel sprach immer von der Zukunft. Sie hat ihr Leben lang nach vorne geschaut. Bei der Arbeit, im Leben. Ich habe die Uni abgeschlossen, und alles was ich wollte, war, mit ihr auf Reisen zu gehen und mir dann einen auskömmlichen Job zu suchen, damit wir ein schönes Leben führen könnten. Aber sie hatte viel größere Pläne – den Master machen, dann den PhD, dann Forschung. Sie erzählte mir immer von Dingen, die passieren würden, *wenn* ... Und was für großartige Sachen wir machen würden, *falls* … Sagte mir immer, ich solle Geduld haben, weil uns so viele schöne Dinge bevorstanden. Geld, Erfolg, gemeinsame Zeit, Ruhe und Frieden. Ich schätze, ich bin wohl immer davon ausgegangen, dass sich all diese Dinge nach Rachels Zeitplan und zu ihren Bedingungen einfinden würden.«

»Aber all das ist nicht passiert.«

»Stattdessen ist die Zukunft gekommen und hat sie sich geholt.«

»Was für ein Gefühl gibt dir das?«

»Es macht mich wütend. Traurig. Entschlossen.«

»Entschlossen?«

»Nichts auf die lange Bank zu schieben. Den Tag zu nutzen. Den Urlaub zu machen, den ich mir wünsche, zu der Zeit, zu der ich ihn machen will. Denn – worauf habe ich nur gewartet?«

»Worauf hast du gewartet?«

»Ich weiß es nicht«, sagte er. »Ich weiß es nicht. Ich weiß nur, dass ich jetzt nicht mehr warte.«

49

Aidan

Stephen Jaspers Anzug hatte mehr gekostet als Aidans Wagen. Er war um 5.45 Uhr nach elegantem Rasierwasser duftend in das Büro von Foothold geeilt, wobei er einen winzigen Krümel von seinem Anzugrevers schnippte. Sein Haarschnitt war teuer, seine Nägel manikürt, und seine Aktentasche war aus der Haut irgendeines gefährdeten Tieres. Er war furchteinflößend.

Fiona war vornehm wie auch ihre Freunde, aber sie liebten Understatement und erschienen eher in schlammverkrusteten Gummistiefeln als in handgenähten Schuhen von John Lobb. Jaspers Auftreten kündete unverkennbar von Geld, Ungeduld und Professionalität. Noch nie war jemand wie er durch die etwas schäbigen Türen von Foothold getreten. Aidan war dankbar, dass Thomas und Lola heute schon früher nach Hause gegangen waren.

Jasper schüttelte Aidan nur kurz die Hand und machte sich nicht die Mühe, ihm dabei in die Augen zu sehen. Kate nahm er gar nicht erst zur Kenntnis, sondern ging an ihnen vorbei ins Sitzungszimmer.

»Ich habe zwanzig Minuten«, sagte er.

Das waren die einzigen Worte, die er in den nächsten fünfzehn Minuten von sich gab. Kate reichte ihm die ausgedruckten Excel-Tabellen des Jahresabschlusses. Er bedankte sich nicht, sondern saß einfach nur am Tischkopf und sah sich die Zahlen an, methodisch, Reihe um Reihe. Mit einem Füllfederhalter aus seiner Anzugtasche machte er sich am Rand Notizen. Als er mit der letzten Seite fertig war, blätterte er zum Anfang zurück und ging die Zahlen noch einmal durch.

Dann richtete er den Blick auf Aidan.

»Sie sind so gut wie bankrott.«

»Es ist nicht so schlimm wie es …«

»Doch«, unterbrach ihn Jasper. »Ich werde dem Stiftungsrat sagen müssen, dass wir sofort alles schließen und Sie entlassen müssen.«

»Mr Jasper«, sagte Kate und trat vor. »Ihnen muss bekannt sein, dass Fionas Mann Arthur sehr krank ist. Im Augenblick ist sie nicht in der Lage, sich mit Foothold zu befassen. Das Letzte, was sie braucht, ist …«

»Das Letzte, was ich brauche, ist mit irgendeiner schäbigen, bankrotten Organisation in Verbindung gebracht zu werden. Wenn das öffentlich wird und ich mich nicht deutlich davon distanziert habe, könnte mein professionelles Renommee Schaden nehmen.« Jasper stand auf und griff nach seiner Aktentasche.

»Dann setzen Sie also eine Frau, die sich um ihren sterbenden Mann kümmert, enormem Druck aus und nehmen vier Menschen den Lebensunterhalt?« Auch Aidan war aufgestanden. Jasper war ein paar Zentimeter kleiner als Aidan, der sich zu voller Größe aufbaute und sich in die Brust warf.

Jasper sah ihn von oben bis unten an, erfasste Aidans verwaschenes Hemd und seine Anzughose von der Stange. »Ohne zu zögern«, sagte er. »Entschuldigen Sie mich.« Er fegte aus dem Raum. Augenblicke später hörten sie den Motor seines BMWs aufröhren, und weg war er.

Kate und Aidan starrten einander an.

»Was zur Hölle tun wir jetzt?«, fragte Kate.

»So wie ich es sehe, haben wir zwei Möglichkeiten«, sagte Aidan. »Wir knicken ein und nehmen es hin, oder wir finden einen Weg, um diesem ekelhaften Jasper das Gegenteil zu beweisen. Wir zeigen dem Stiftungsrat, dass wir die nötigen Gelder auftreiben können, um weiterzumachen.«

»Ich wäre für Möglichkeit zwei«, sagte Kate. »Nur hat er leider recht. Die Finanzen sind ein einziges Chaos.«

»Wir sind auf die Gnade des Stiftungsrats angewiesen«, sagte Aidan. »Sie müssen uns helfen, fürs Erste an Geld zu kommen – ein Darlehen. Es gibt Organisationen, die Wohltätigkeitsunternehmen finanzieren, also kann es nicht unmöglich sein. Aber wir müssen beweisen, dass wir es wert sind. Foothold ist eine gute Sache mit einem guten Zweck.«

Kate wartete darauf, dass er weitersprach.

»Wir haben jahrelang vor uns hingewurschtelt und Fiona alles in dem ihr eigenen, exzentrischen Stil leiten lassen. Aber Foothold könnte so viel mehr sein. Es gibt

Bedarf für unsere Dienste. Es muss möglich sein, mehr Spenden aufzutreiben, um unser Angebot auszubauen. Sicher könnten wir eine ganze Reihe von zusätzlichen Programmen auf die Beine stellen, um Langzeitarbeitslosen zu helfen. Ich war schon immer der Meinung, dass wir nicht groß genug denken.«

»Warum hast du dann vorher nichts gesagt?«

Jetzt war es an Aidan innezuhalten, während er versuchte, seine Gefühle in Worte zu fassen. »Ich weiß es nicht. Vielleicht war ich zu faul. Hatte nicht genug Selbstvertrauen. War mir unsicher. Ich habe meinen Job immer gern gemacht, aber wahrscheinlich lag mein Fokus mehr auf der Familie, darauf, Chloe großzuziehen und Rachel zu unterstützen … Also ist die Arbeit einfach so nebenhergelaufen. Nicht zu viel Stress, aber jede Menge Erfüllung, weil ich Leuten helfen kann.«

»Und jetzt?«

»Und jetzt sind wir im Arsch, oder? Wir können nicht zulassen, dass dieser fiese Stephen Jasper alles zerstört, was Fiona aufgebaut hat. Und wenn wir ehrlich sind: Thomas und Lola kommen da draußen in der realen Welt auf keinen grünen Zweig.«

»Nein«, Kate musste grinsen. »Dann lass mal deine Pläne zu Footholds globaler Expansion hören.«

»Oh, die globale Expansion hatte ich nicht im Sinn.« Aidan grinste zurück. »Das sind mir zu kleine Fische. Ich dachte, wir könnten intergalaktisch werden.«

»Bewerbungsgesprächstraining auf dem Mars, so in der Art?«

»Mir gefällt, wie du denkst! Aber ganz im Ernst, ich finde, wir sollten versuchen, unseren Klienten anerkannte Zertifikate anzubieten. Vor ein paar Jahren habe ich mich mal ein bisschen darüber informiert, wie man eine amtliche Zulassung bekommt. Fiona meinte, sie würde sich das ansehen, aber das ist nie passiert.«

»Dann wären wir eher eine Art Akademie als ein Beratungszentrum?«

»Könnten wir nicht beides sein? Ich glaube, am meisten würde es bringen, wenn wir den Klienten einen Grund geben, länger als nur für einen halbstündigen Termin zu bleiben. Die Tage dieser Menschen sind oft leer – sie sind einsam und isoliert. Stell dir nur mal vor, wenn wir mehr Stunden anbieten würden, vielleicht eine Art Cafeteria hätten, wo sie sich treffen und netzwerken könnten. Wie wäre es mit einer kleinen Bibliothek?«

Kate lehnte sich in ihrem Sessel zurück. »Wow, du hast echt einige Ideen.«

»Ja, na ja«, sagte Aidan peinlich berührt, »eher zu viel Zeit. Viele Ideen, und keine einzige Idee, wie man sie umsetzen könnte.«

»Vielleicht komme da ja ich ins Spiel. Wenn wir noch ein wenig mehr Brainstorming machen, könnten wir einen Antrag für den Stiftungsrat vorbereiten. Im Idealfall bringen wir sie dazu, uns mit einem Kurzzeitkredit zu unterstützen und uns dann zu helfen, eine große Kampagne für einen Spendenaufruf auf die Beine zu stellen. Wir sollten Jasper zuvorkommen. Er wird eine außerordentliche Sitzung des Stiftungsrats einberufen müssen, um seine

Erkenntnisse zu unseren Finanzen zu präsentieren. Wir berufen einfach vor ihm eine ein, packen die Wahrheit auf den Tisch und stellen dann unsere neuen Ideen mitsamt ihrer Umsetzungsstrategie vor.«

»Das ist viel Arbeit, und wir werden sehr schnell sein müssen.«

»Ich bin bereit, wenn du es bist«, sagte Kate und streckte ihm ihre schmale Hand hin.

Er schlug ein. »Bin dabei.«

Als beide das nächste Mal von ihren Computern aufblickten, war es nach acht.

»Musst du denn nicht nach Hause?«, fragte Kate.

»Nein«, sagte Aidan vorsichtig. »Alles unter Kontrolle. Ich habe gerade eine Nachricht geschickt, und meine Mutter schläft. Chloe schaut sich in ihrem Zimmer irgendwas an.«

»Kommt sie alleine klar?«

»Chloe? Ihr geht's gut. Sie ist sehr erwachsen, und ich bin ja nur einen Anruf und zehn Autominuten entfernt.«

Kate nickte und tippte weiter. Aidan blickte auf ihre über die Tastatur fliegenden Hände. Ihm ging auf, dass er fast nichts über Kate wusste. Sie war Psychologin und kürzlich von London nach Cambridge gezogen. Er schätzte sie auf etwa fünfunddreißig. Aber mehr wusste er nicht. War sie verheiratet? Sie trug keinen Ring. Hatte sie Kinder? Er hatte keine Ahnung. Wahrscheinlich nicht. Aber konnte er sich da sicher sein?

Sie blickte zu ihm auf. »Was?«

»Sorry, ich starre nur so vor mich hin.«

»Wirst du müde?«

»Ein bisschen.«

»Ich auch.« Kate schob ihren Stuhl zurück und lockerte Schultern und Nacken. »Wir können morgen weitermachen.«

Aus einem Impuls heraus sagte Aidan: »Hm, das ist vielleicht nicht ganz passend, aber Fiona hat für Notfälle immer eine Flasche Sancerre im Kühlschrank.«

»Notfälle? Was für Notfälle?«

»Ich-brauche-ein-Glas-Sancerre-Notfälle.«

»Denkst du, wir haben gerade einen solchen kritischen Punkt erreicht?«

»Gut möglich.«

»Also, Schwester Sawyer, Sie verabreichen besser sofort 175 ml«, sagte Kate.

Aidan sprang auf, ging in die Küche, suchte zwei Gläser und die gekühlte Weinflasche. Als er zurückkehrte, hatte Kate ihren Computer ausgeschaltet, saß auf einem der niedrigen Sessel im Eingang und grinste über irgendwas auf ihrem Telefon. Aidan reichte ihr ein Glas und setzte sich ihr gegenüber, neugierig, wer ihr da geschrieben hatte.

Sie muss seine Neugier gespürt haben, denn sie reichte ihm ihr Telefon und zeigte ihm ein Foto von einem kleinen Mädchen in einem Prinzessinnenkleid und mit Feuerwehrhelm auf dem Kopf.

»Das ist meine Nichte Isla«, sagte sei stolz. »Sie wird die Welt retten. Den Helm nimmt sie nur zum Schlafen ab.«

Aidan grinste. »Sehr süß. Ich erinnere mich noch gut an Chloe in diesem Alter. Sie hatte ein paar Gummistiefel von Bob der Baumeister, die sie die ganze Zeit tragen wollte, egal ob Regen oder Sonne. Vor allem bei Sonne. Am Ende des Sommers stanken sie fürchterlich. Ich musste sie draußen im Garten mit dem Gartenschlauch ausspritzen. Aber dann haben wir sie doch in die Tonne gepackt und ihr erzählt, Bob der Baumeister sei gekommen, um sie zu holen, weil er sie selber brauchte.«

Darüber musste Kate lächeln.

Plötzlich hörte er sich sagen: »Hast du Kinder?«

Sie antwortete erst einen Herzschlag später. »Nein.« Ein Schatten flog über ihr Gesicht. Da steckte etwas dahinter, aber sie war noch nicht bereit, darüber zu sprechen. »Ich habe mir überlegt, ob wir einen Kurs in Selbstbehauptung anbieten sollen«, sagte sie schnell.

Aidan ließ diesen Themenwechsel geschehen. Er wollte sie nicht ausfragen. Sie plauderten lebhaft, tranken Wein, und die Ideen flogen ihnen nur so zu. Aidans Vorschläge waren kreativ und oft ein wenig verrückt, ihre waren praktischer und bodenständiger. Das ergab ein gutes Gleichgewicht. Ehe er es sich versah, war die Flasche leer und eine Stunde vorbei.

»Jetzt gehe ich wirklich besser nach Hause«, sagte er und erhob sich leicht schwankend. »Oh … also fahren sollte ich wohl besser nicht mehr. Ich lasse das Auto hier und nehme ein Taxi. Sollen wir es uns teilen?«

»Nicht nötig.« Kate stand auf und brachte ihre Gläser in die Küche. »Ich wohne nur fünf Minuten entfernt. Die frische Luft wird mir guttun.« Sie kramte ihre Tasche und ihre Jacke zusammen und schaltete das Licht aus. Aber als sie im Dämmerlicht an der Tür stand und gerade den Alarm einschalten wollte, drehte sie sich zu ihm.

»Aidan«, sagte sie zögernd, »ich … ich wollte nur noch etwas sagen.« Sie holte tief Luft. »Als ich gesagt habe, ich hätte keine Kinder, stimmte das nicht so ganz. Ich hatte eines. Einen Sohn. William. Er kam mit dem Edwards-Syndrom auf die Welt – das ist ein Gendefekt. Er wurde nur sechs Monate alt.«

»Das tut mir leid«, sagte Aidan und berührte sie leicht am Arm.

»Nun, es war, wie es war. Ich hatte den Kleinen so ins Herz geschlossen. Meine Ehe hat Wills Tod nicht überstanden, und deswegen bin ich jetzt mit 34 in einer neuen Stadt, eine alleinstehende Frau. Das war nicht der Plan. Normalerweise spreche ich nicht darüber, denn was sollen die Leute auch mit dieser Information anfangen? Und es tut mir leid, dass ich es jetzt bei dir abgeladen habe. Es ist nur …, wenn ich gefragt werde, ob ich Kinder habe, und ich Will nicht erwähne, nicht erzähle, dass er gelebt hat, dass ich ihn geliebt habe, fühlte es sich so … treulos an.«

Aidan blickte ihr direkt in ihr blasses, angespanntes Gesicht im Schatten. »Danke, dass du es mir erzählt hast«, sagte er.

»Ja, na ja, du hast ja selbst einen Verlust erlitten. Du verstehst es.« Sie tätschelte seinen Arm, brachte ein Lächeln zustande und war weg.

Fünfzehn Minuten später schloss Aidan die Haustür auf. Unten war alles dunkel, und er konnte leise Musik aus Chloes Zimmer hören. Er warf einen Blick in die Küche. iRachel saß sehr gerade auf ihrem Stuhl, das Ladekabel wand sich um ihren Körper. Aus der umfassenden Stille schloss er, dass sie heruntergefahren war, aber als er leise Richtung Treppe ging, wandte sie langsam den Kopf. Ihre intensiven grünen Augen fingen seinen Blick auf und hielten ihn, als könnte sie direkt bis in sein Herz sehen.

50

Chloe

C Hey Amez
Erster Tag der Sommerferien!!!!!
Was machst du heute?

C Amez?

C Bist du da?

Das war immer mein liebster Tag im ganzen Jahr – aufwachen, sich im Bett ausstrecken und wissen, dass ganze sechs Wochen totale Freiheit vor einem lagen. Es war der eine Tag im Jahr, an dem Mum mich in Ruhe ließ und nicht die ganze Zeit über mein »nicht ausgeschöpftes Potenzial« redete. Ich konnte tun, was ich wollte.

Aber die Pläne für diesen Sommer haben sich irgendwie geändert. Haha.

Mum, Dad und ich hatten verreisen wollen. Mum hat mir versprochen, dass sie sich freinehmen würde. Nicht dass Dad und ich ihr geglaubt hätten – wie oft hatten wir wegen ihrer Arbeit Urlaub verschieben oder absagen oder ohne sie fahren müssen –, aber diesmal hatte sie es wirklich felsenfest versprochen. Zwei Wochen auf einer griechischen Insel, das war der Plan. Sie hat uns versprochen, dass sie buchen würde. Aber offenbar hat der Urlaub es nicht auf den ersten Platz der To-do-Liste geschafft, bevor sie gestorben ist.

Jetzt muss ich die nächsten sechs Wochen zu Hause mit Oma Sinead verbringen, die von Tag zu Tag mehr gaga wird; und mit der ruhigen, tadellosen iRachel, die hier herumschwebt und so kompetent ist, dass ich sie manchmal erwürgen will, und mit Dad, der wegen seiner Arbeit völlig panisch ist und sich irgendwie komplett aus dem Familienleben ausgeklinkt hat.

Hör dir mal zu. Du bist sooo frustriert, würde Amy sagen. Also würde Amy sagen, wenn ich sie je zu Gesicht kriegen würde. Nach dem Nachmittag mit Jess und Jem hatte ich gehofft, es würde irgendwie besser und einfacher zwischen uns werden. Aber alles ist angespannt und seltsam. Wir hatten immer so eine einfache, ehrliche Freundschaft, aber jetzt fühlt es sich an, als stünde ein großes unausgesprochenes Etwas zwischen uns. Sie weiß, dass ich Geheimnisse vor ihr habe, und sie ist verletzt, also spricht sie es nicht an. Und ich spreche es nicht an, weil ich es dann erklären müsste. Ich glaube, sie denkt, es geht um Jess. Ich glaube, sie denkt, ich wäre eifersüchtig auf ihre Freundschaft mit Jess. Aber das stimmt nicht. Ich mag Jess wirklich.

Jetzt ist also die Schule vorbei, und ich sehe Amy nicht mehr automatisch jeden Tag, wenn ich mich nicht darum bemühe. Ich versuche … Gleich als erstes habe ich ihr eine WhatsApp geschickt, und an dem blauen Haken kann ich sehen, dass sie sie gelesen hat. Sie hat aber nicht geantwortet. Ich weiß nicht, ob ich sie anrufen soll. Verrückt. Ich meine, ich rede von Amy. Sie anzurufen ist für mich wie atmen. Ich musste noch nie darüber nachdenken. Aber jetzt sitze ich da, starre auf mein Telefon und fürchte mich vor dem Wählen, denn – was, wenn sie meinen Anruf ignoriert?

A Hi. Sorry, war in der Dusche.

C Hast du heute Zeit?

A Jess und ich wollten an den Lido. Kommst du mit?

»Jess und ich.« Also beantwortet sie Jess' Nachrichten vor meinen. Und die Antwort hat wahrscheinlich so lang gedauert, weil sie erst mit Jess klären wollte, ob es okay ist, mich mitzunehmen.

C Cool. Klingt gut. Wie kommt ihr hin? Bus?

A J hat gesagt, dass er uns fährt.

J. Jem. Jeremy. Wir haben uns nicht mehr gesprochen, seit er mit Amy und Jess hier war. Ich habe ihn ein paarmal auf dem Schulflur gesehen und bin ihm aus dem Weg gegangen. Ich weiß nicht, was ich zu ihm sagen soll. Ich meine, der Gedanke, dass er mich mag, ist ja sowieso in meinem Kopf. Und ich weiß noch *nicht mal, ob ich ihn mag. Ich … ich kann einfach nicht. Ich kann nicht. Aber dann tippe ich auf einmal in mein Telefon:*

C Wann? Soll ich zu euch rüberkommen?

Chloe trug einen hellrosa Badeanzug mit seitlichen Cutouts. »Haifischbisse« hatte ihre Mum es genannt, als sie ihn zusammen gekauft hatten, und sie hatten gelacht. Besser nicht daran denken. Chloe zog eine kurze weiße Hose an und warf eine Sonnenbrille, ein Handtuch und Flipflops in ihre Tasche. Sie hatte ein wenig Make-up aufgelegt, aber nicht viel. Schließlich wollte sie ja keine Panda-Augen kriegen. Ein Blick in den Spiegel: Locker und lässig, sommerlich. Genau richtig.

Sie hüpfte die Treppe hinunter. iRachel und Sinead saßen draußen am Terrassentisch mit einem Schachbrett zwischen ihnen.

»Schach?«, fragte Chloe überrascht.

»Ja«, sagte Sinead. »Warum nicht?«

»Sinead ist ein starker Gegner und hat ein gutes Gedächtnis für die Regeln und Strategien beim Schach«, sagte iRachel.

»Ist das die Androiden-Variante von ›mir geht der Arsch auf Grundeis‹?«

»Sicher verwendest du diese eher derbe Wendung, um einen Scherz zu machen«, erwiderte iRachel. »Ich habe Details zu jeder Großmeister-Schachpartie seit Beginn der Aufzeichnungen. Mit meiner außergewöhnlichen Rechenleistung ist es mir möglich, jederzeit den bestmöglichen Zug herzuleiten.«

»Wieder Schach«, sagte Sinead und verschob ihren Springer.

»Immer wenn du mit dieser sehr nüchternen Roboterstimme von deiner Rechenleistung sprichst, weiß ich, dass du neben der Spur bist«, sagte Chloe. Sie drückte iRachels Schulter und pflanzte einen Kuss auf Sineads Scheitel.

»Brichst du zu einer Exkursion auf?«, fragte iRachel.

»Gehe nur zu Amy. Wir gehen schwimmen.« Chloe gab sich alle Mühe, beiläufig zu klingen.

iRachel musterte sie. »Du hast dir mit deinem Äußeren Mühe gegeben, und deine Herzfrequenz ist erhöht. Bist du aufgeregt wegen dieses Ausflugs?«

»Wahrscheinlich ist da ein junger Mann im Spiel«, sagte Sinead.

»Was? Nein!«, rief Chloe aufgebracht. Zu ihrem Schrecken spürte sie, wie ihre Wangen rot anliefen. Auch das würde iRachel sicher nicht unkommentiert lassen.

Und wie erwartet lächelte iRachel sie kühl an. »Auch wenn deine Großmutter unter den Auswirkungen von abnormer Aminosäure in ihrem Gehirn leidet, scheint ihr Wissen über die menschliche Natur davon nicht betroffen zu sein. Möchtest du nicht auf ihre Vermutung reagieren?«

»Verdammt noch mal«, sagte Chloe. »Die Macht ist mit euch beiden. Als würde ich mit Yoda und C-3PO zusammenleben.«

Sinead starrte immer noch auf das Schachbrett und sagte dann unvermittelt: »Sie, Schwesternperson, Läufer zu Springer ziehen oder ich setze Sie Schachmatt.«

iRachel drehte sich offenbar empört zum Brett, und Chloe nutzte die Chance, sich zu verziehen, ehe noch mehr Fragen gestellt wurden.

Auf dem Weg zu Amy musste sie grinsen. Sinead ging es eindeutig besser – sie hatte ein wenig zugenommen, und ihr Schlafmuster normalisierte sich langsam. iRachel hatte ihnen gesagt, die Forschung zeige, dass körperliche Betätigung und geistige Stimulation helfen konnten. Jeden Abend nahmen Chloe und Aidan Sinead mit zu einem forschen Spaziergang durch die Nachbarschaft. Sie sprachen mit ihr, und iRachel ermutigte sie, Spiele auf dem iPad zu spielen. Sie spielte Sinead auch Hörbücher vor. Schach war neu, aber Chloe wunderte sich nicht, dass es funktionierte. Sinead schien sich gut an Dinge zu erinnern, die sie in jungen Jahren gelernt oder erlebt hatte. Sie wusste nur einfach nicht mehr, was es zu Mittag gegeben hatte.

Hinter ihr hupte es, und sie zuckte zusammen. Sie fuhr herum und wollte schon den Idioten anbrüllen, der sie so erschreckt hatte, als sie sah, dass es Jem und Jess waren. Jem saß am Steuer eines Wagens, der vermutlich seiner Mutter gehörte, ein großes silbernes Gefährt.

Jess ließ das Fenster herunter. »Bist du auf dem Weg zu Amy? Spring rein.«

Chloe ließ sich auf den Rücksitz gleiten. »Danke«, sagte sie. »Wie geht's euch, Leute?«

»Gut«, sagte Jess.

Jem sagte nichts, aber Chloe konnte sehen, dass er sie im Rückspiegel betrachtete. Dann setzte er seine Sonnenbrille auf und reihte sich wieder in den Verkehr ein.

Jess stellte die Musik lauter, und Chloe ließ ihr Fenster runter, ließ sich die Sonne ins Gesicht scheinen und entspannte sich auf der Rückbank. Es würde doch noch ein guter Tag werden.

Als sie bei Amys Haus ankamen, sah sie Amy am Fenster nervös nach draußen schauen. Seltsam, dass sie Ausschau nach ihnen hielt, dachte Chloe. Sie sah, wie sich Amys Miene aufhellte, als das Auto in die Einfahrt bog, aber dann fiel sie wieder in sich zusammen, als Chloe die hintere Tür öffnete und ausstieg. Amys Augen wanderten zur Fahrertür, und sie beobachtete Jem beim Aussteigen. Und in diesem Augenblick ging Chloe ein Licht auf: Amys Zurückhaltung ihr gegenüber – dass sie so lang mit der Einladung gezögert hatte.

Amy stand auf Jem.

Und nicht nur das, sie hatte auch gemerkt, dass Jem auf Chloe stand. Shit.

Wie hatte ihr das entgehen können? Und jetzt hatte sie sich mit ihrem schicken Badeanzug auch noch extra hübsch gemacht. Wenn sich Jem davon beeindruckt zeigte, würde es Amy das Herz brechen.

Es gab keine Möglichkeit, allein mit Amy zu sprechen.

Sie gingen alle drei ins Haus, wo Mrs Lucas um sie herumschwirrte und ihnen Saft und Kekse anbot, als wären sie fünf Jahre alt.

»Ich erinnere mich an dich!«, sagte sie zu Jem. »Als du

klein warst, wolltest du nur weiße Dinge essen. Nudeln ohne alles, Kartoffeln, Reis – die Frauen in der Kantine waren mit ihrem Latein am Ende!«

Jem lief dunkelrot an.

»Er hat sich gebessert«, sagte Jess. »Er isst jetzt auch beigefarbenes Essen. Chicken Nuggets und Fischstäbchen.«

»Kein Wunder, dass du so eine lange, dürre Bohnenstange bist!«, sagte Mrs Lucas und kniff ihn in den Arm. »Das musst du im Auge behalten, wenn du älter wirst. Iss mehr Gemüse.«

Chloe blickte zu Amy hinüber, die aussah, als wollte sie vor Scham im Boden versinken.

»Sorry für meine Mum«, Amys Stimme war fast ein Flüstern. »Wollen wir los?«

Sie tranken aus, suchten ihre Sachen zusammen und gingen raus zum Auto. Jess setzte sich auf den Vordersitz, und Chloe und Amy stiegen hinten ein. Die Musik setzte ein, sobald Jem den Motor angelassen hatte.

Chloe zog ihr Telefon hervor und schrieb Amy.

C Alles okay?

A Du schreibst mir, obwohl ich neben dir sitze? Ich schwöre, Chloe P-S, du bist völlig durchgeknallt.

Alles okay. Nur meine Mum.

C Ach komm schon, wir kennen sie doch. Sie ist süß.

A Ich weiß. Aber Jeremy … Er ist fast erwachsen. Sie kann nicht so mit ihm reden.

Ich wäre am liebsten gestorben.

C Er wird's überleben.

A Er wird mich für völlig bescheuert halten.

C Wohl kaum.

Amy, bist du …

Chloe zögerte, ihr Daumen schwebte über dem Bildschirm. Traute sie sich Amy zu fragen, ob sie auf Jem stand? Wäre das unfair? Würde Amy es zugeben?

»Schreibt ihr beiden euch da hinten gegenseitig?« Jess drehte sich zu ihnen um. »Im Ernst?«

»Alte Angewohnheit«, sagte Chloe schnell. »Haben wir so gemacht, wenn uns meine Mum gefahren hat. Sie hat immer so peinliche Fragen gestellt.«

Jess' Gesicht erstarrte. Sie hatte offenbar nicht damit gerechnet, dass Chloe ihre Mutter erwähnen würde.

Aber Amy lachte. »O Gott, sie hat immer Fragen zum menschlichen Körper gestellt, und immer mit den korrekten wissenschaftlichen Begriffen, dabei waren wir erst sechs.«

»Nichts war ihr peinlich, deswegen konnte sie auch nicht verstehen, was uns peinlich war.« Chloe lachte.

»Weißt du noch, wie sie Richard Grey fragte, ob er bereits in der Pubertät ist?«

»An meinem zwölften Geburtstag!« Chloe kicherte. »Ich wäre fast gestorben.«

»Richard auch.«

Sie lächelten sich auf dem Rücksitz an, und Chloe schob ihre Hand rüber, um die von Amy zu drücken.

Jess blickte von einer zur anderen, lächelte unsicher

und sagte vorsichtig: »Es ist schön, dich von deiner Mutter sprechen zu hören.«

»Es ist schön, über sie zu sprechen«, sagte Chloe. Sie blickte aus dem Fenster, während sie weiterfuhren, aber wieder vibrierte ihr Telefon in ihrer Hand. Noch mal Amy.

A Tut mir leid.

C Was denn?

A Ich habe das Gefühl, dass ich dich im Stich gelassen habe. War nicht genug für dich da.

C Du hast mich nicht im Stich gelassen. Das ist komplizierter.

A Ist es nicht. Du bist meine beste Freundin. Ich hätte für dich da sein müssen, ganz egal was.

C Du warst da. Du bist da. HDL Amez

A HDL2

Der Strand war voll, und jedes Fleckchen Erde war bedeckt mit ausgestreckten, eingecremten Körpern, die die Sonnenstrahlen aufsaugten. Sie suchten ewig, bis sie einen Platz fanden, wo sie ihre Handtücher ausbreiten konnten. Chloe war plötzlich befangen, setzte sich auf ihr Handtuch und zog die Knie an, ohne ihr T-Shirt oder ihre Shorts auszuziehen. Amy schlüpfte sofort aus ihrem Sommerkleid. Ihr schmaler Körper war blass und voller Sommersprossen, und sie trug einen hellgrünen Bikini, den Chloe noch nie gesehen hatte. Jess zog ihr T-Shirt aus, und darunter kam ein schwarzer Badeanzug zum Vorschein. Sie ging direkt zum Wasser, tauchte unter und kraulte dann geübt davon.

»Sie ist eine richtig gute Schwimmerin«, bemerkte Chloe.

»Mit zehn ist sie bei den Landesmeisterschaften geschwommen«, erklärte Jem und setzte sich neben sie. Auch er hatte sich noch nicht umgezogen. »Dann wollte unsere Mum, dass sie sich zwischen dem Schwimmen und der Musik entscheidet.«

»Das ist hart.«

»Nicht wirklich. Man kann nicht alles machen.«

»Musstest du dich auch entscheiden?«

»Nein. Ich war ein miserabler Schwimmer. Bei mir war es schon immer die Musik.«

»Willst du das auch nach der Schule machen?«

»Ich habe bei ein paar Unis und Konservatorien vorgespielt und warte gerade auf Rückmeldung.«

Chloe sah ihn an. Sein Gesicht war angespannt. Es musste schwer sein, darauf zu warten, endlich zu erfahren, wie die eigene Zukunft aussehen würde, zu wissen, dass sie in der Hand eines anderen lag. Sie war sich auch die ganze Zeit bewusst, dass auf der anderen Seite von Jem Amy saß. Chloe griff lässig in ihre Tasche und zog ein paar Zeitschriften raus. Sie reichte eine davon Amy, schlug sie auf und blätterte sie auf dem Rücken liegend durch, wobei sie sich alle Mühe gab, beschäftigt auszusehen. Wenn sich Amy mit Jem unterhalten wollte, war das ihre Chance. Aber Amy tat es nicht. Sie war oberhalb ihrer Wangenknochen leicht errötet.

Chloe starrte auf die Seiten, ohne wirklich zu lesen. Ihr war bewusst, dass Jem neben ihr saß und aufs Wasser starrte. Er hatte sein Knie immer näher an ihr Handtuch geschoben, bis er sie fast berührte. Sie drehte sich ein wenig, rutschte von ihm ab. Um herauszufinden, was sie für ihn empfand, stellte sie sich den nüchternen, forschenden Blick ihrer Mutter auf diese ganze Situation vor. Was hatte sie in ihrem Brief geschrieben? Wissenschaftliches Verständnis basiert auf dem Konzept von wenn => dann. Stelle fest, welche Fakten du hast, und finde dann heraus, welche Schlüsse du aus ihnen ziehen kannst.

Sie ging alles in ihrem Kopf durch: Er sah gut aus und konnte Auto fahren; in der Bibliothek war er nett zu ihr gewesen. Aber … ihr Privatleben ließ es kaum zu, dass sie jemandem näherkam, und abgesehen davon war sie zu neunundneunzig Prozent sicher, dass Amy auf ihn stand.

Sie wusste nicht, wie es war, sich zu verlieben. Natürlich kannte sie das Herumgeturtele ihrer Eltern, aber die waren uralt, also zählte das nicht. Sie war schon verknallt gewesen, aber wie sich richtiges Verliebtsein anfühlte – keine Ahnung. Müsste Jem dann ihre einzig wahre große Liebe sein? Irgendwie hatte sie da ihre Zweifel. Die Chancen, dass es diesen einen perfekten Partner fürs Leben gab, den sie mit fünfzehn Jahren in der Schulbibliothek treffen würde, waren verschwindend gering. Sie musste grinsen – sie ging die Sache ja sehr wissenschaftlich und unemotional an. Vielleicht ähnelte sie ihrer Mutter mehr, als sie ahnte. Wenn sie die Stimme ihrer Mutter in ihrem Kopf gehört hatte, die sie wegen irgendetwas ausschimpfte –

vielleicht war das in Wahrheit immer ihre eigene Stimme gewesen? O Gott. Was für ein Augenblick für eine solche Erkenntnis.

Vielleicht fiel aber auch keiner der Minuspunkte ins Gewicht, falls sie Jem wirklich mochte. Tatsache war, dass sie ihn sich ohne jeden Schmerz als Amys Freund vorstellen konnte. Und wenn sie wirklich Gefühle für ihn hätte, dann wäre das ja wohl nicht der Fall.

Unvermittelt warf sie ihre Zeitschrift hin. »Ich hol mir was zu trinken«, sagte sie. »Will jemand was?«

»Ich komme mit«, sagte Jem und sprang auf.

Verdammt. Das war nicht der Plan gewesen. »Gar nicht nötig, ich schaff das auch alleine, oder vielleicht will ja Amy …«

Aber in diesem Augenblick kam Jess vom Pool zurück, tropfnass und mit vom Schwimmen leicht gerötetem Gesicht. »Amy, kannst du mir den Rücken eincremen?«, fragte sie. »Ich brate wie ein Ei in der Sonne.«

Amy warf Chloe ein gezwungenes Lächeln zu und nahm die Sonnencreme. Chloe holte ihr Portemonnaie aus ihrer Tasche und suchte sich ihren Weg zwischen den gleichgültigen Körpern hindurch, dicht gefolgt von Jem.

Am Kiosk war eine Riesenschlange. Chloe stellte sich hinten an, Jem neben ihr. Sie wusste nicht, was sie zu ihm sagen sollte, wollte ihn aber auch zu nichts ermutigen, also ignorierte sie ihn und schaute stattdessen rüber zum Pool. Er stand zu nah bei ihr, das war ihr unangenehm. Sie schoben sich in der Schlange nach vorn, und er räusperte sich.

»Ich hab mich gefragt …«, sagte er. »Ich hab mich gefragt, ob wir diese Woche mal ausgehen. Einen Film anschauen oder so.«

»Das wäre cool«, sagte sie vorsichtig. »Es gibt doch diesen neuen Superhelden-Film. Ich weiß, dass Amy ihn unbedingt sehen will. Wir könnten alle gemeinsam gehen.«

Natürlich wusste sie haargenau, dass er nicht alle gemeint hatte. Er wusste, dass sie es wusste, und sie ihm einen Korb gab, ohne es deutlich zu sagen. So etwas hatte sie noch nie gemacht. Ihr wurde ganz schlecht dabei. Aber es war sicher richtig.

Sie unterhielten sich nicht weiter, bis sie dran waren. Chloe kaufte zwei Flaschen Wasser und spontan noch Eis am Stiel für alle. Sie bahnten sich ihren Weg zurück zu den Handtüchern. Aber als sie an den Umkleiden vorbeikamen, griff Jem plötzlich nach ihrem Ellbogen und zog sie in eine Nische außer Sichtweite vom Pool.

»Was …?«, brachte sie hervor, aber ehe sie weitersprechen konnte, küsste er sie. Die Flaschen und das Eis drückten kalt gegen ihren Bauch. Jem hielt ihre Schultern so fest, dass es schmerzte, und presste seinen Mund auf ihren, als wollte er sie mit einem aufgezwungenen Kuss von der Intensität seiner Gefühle überzeugen. Er versuchte, seine Zunge zwischen ihre geschlossenen Lippen zu schieben.

Chloe kämpfte gegen die aufkommende Panik an und entwand sich ihm. Sie musste sofort an ihre Mum denken, hörte sie klar und deutlich. »Wenn dich jemand in eine Situation bringt, in der du nicht sein willst, musst du nicht nett oder höflich sein. Sei deutlich. Sag nein. Du kannst sagen, dass er sich verpissen soll. Dein Körper. Deine Regeln.«

»Verpiss dich«, sagte Chloe klar und deutlich. »Tu das nie wieder. Ich will das nicht.«

Jem grinste sie höhnisch an. »Na, dann solltest du nicht in winzigen Shorts rumlaufen, du Männerverschlingerin«, sagte er. Angeekelt wischte er sich den Mund ab. »Frigide Tussi.« Er ging, ohne sich noch mal umzudrehen.

Chloe blieb zitternd allein zurück mit einem wachsenden roten Eisfleck auf ihrem T-Shirt.

Zehn Minuten später hatte sie das Eis weggeworfen und ihr T-Shirt in der Umkleide ausgewaschen und kehrte zu den Handtüchern zurück. Amy und Jess saßen alleine dort.

»Wo ist Jeremy?«, fragte Jess.

»Ich dachte … ich dachte, er wäre zu euch zurückgegangen«, sagte Chloe.

»Wir dachten, er ist bei dir«, sagte Amy.

»Nein … ich … war noch auf dem Klo«, stotterte Chloe.

Jess stand auf, ging zum Zaun und schaute auf den Parkplatz. Sie kam mit gerunzelter Stirn zurück. »Das Auto ist weg. Er ist einfach abgehauen und lässt uns hier sitzen.«

Amy drehte sich zu Chloe. »Was zur Hölle hast du zu ihm gesagt?«

51

Aidan

»Also, hier ist eine Liste all der Leute, denen wir letztes Jahr geholfen haben, inklusive ihres beruflichen Werdegangs. Ich habe sie mit den Ergebnissen von anderen Organisationen vergleichen, die wie Foothold arbeiten, und wir stehen ziemlich gut da. Ich habe Thomas ans Telefon gesetzt, um Referenzen sowohl von den Klienten als auch von deren neuen Arbeitgebern einzuholen.«

»Die Zahlen sind gut, aber allein persönliche Empfehlungen sind wirklich überzeugend.«

»Wie läuft's mit der Kalkulation?«

Kate schob ihren Stuhl ein wenig zur Seite, sodass Aidan sich neben sie setzen und mit auf ihren Bildschirm sehen konnte. »Ich warte gerade auf Preise für neue Möbel, aber es sieht gut aus. Ich habe außerdem eine Jobbeschreibung für die neue Stelle eines Spendenbeschaffers geschrieben.«

Aidan sah sich ihre große Tabelle an. »Das sieht super aus.«

Sie entdeckte einen Fehler und beugte sich vor, um

ihn zu korrigieren. Aidan bemerkte, wie er ihren sauber geschnittenen Haaransatz und die schmale Beuge ihres Nackens betrachtete. Er mochte sie wirklich sehr. Sie war klug, warmherzig und voller Energie. Mit ihr zu arbeiten machte ihn mutiger und zuversichtlich. Und aus dieser möglicherweise katastrophalen Jobsituation könnte vielleicht für sie alle die größte Chance ihres Lebens werden. Und selbst wenn sie im schlimmsten Fall schließen müssten, hatte er aus der Entwicklung seiner Ideen und Gedanken neue Energie und Inspiration geschöpft. In den letzten Jahren hatte er seine Arbeit fast wie ein Schlafwandler erledigt – Rachels Karriere war wichtiger gewesen, sein Job dagegen reine Beschäftigung. Wo war seine ganze Courage hin? Sein Elan? Was war aus dem schlauen, hochmotivierten Jungen geworden, den Rachel vor so vielen Jahren an der Uni kennengelernt hatte? Er schien irgendwie verblasst zu sein. Aber so musste es nicht bleiben. Er könnte mehr tun, könnte mehr sein als früher. Die Arbeit mit Kate hatte ihm gezeigt, dass das möglich war.

Auf Kates Laptop war eine E-Mail eingegangen. Sie überflog sie und drehte sich dann mit vor Aufregung strahlendem Gesicht zu Aidan. »Eine Nachricht von Baroness Eastwood, der Vorsitzenden des Stiftungsrats. Sie hat eingewilligt, ein Treffen mit uns einzuberufen. Am Freitag.«

»Bleibt uns genügend Zeit?«

»Ich denke schon, oder? Wir schaffen das, Aidan. Ich weiß, dass wir das können.« Sie legte eine Hand auf seinen

Unterarm und drückte ihn. In ihren Augen blitzte der Enthusiasmus. »Also, worauf warten wir? Jetzt verpassen wir jemandem einen gewaltigen Tritt in den Hintern.«

52

Sinead

Mir geht es nicht gut. Es hat etwas zu tun mit meiner … wenn ich auf die Toilette gehe. Wasser lassen. Schmerz.

Ich weiß nicht, warum ich in diesem Hotel bin. Es ist seltsam. Ich will nach Hause. Ich will mit einer Wärmflasche in mein eigenes Bett kriechen und schlafen, bis es mir besser geht. Aber aus irgendeinem Grund bin ich in diesem Hotel und weiß nicht, wie ich auschecken und nach Hause gehen kann.

Ich muss raus aus diesem Hotel und ein Taxi finden, oder jemanden, den ich danach fragen kann. Jemand, der mir sagen kann, wo mein Haus ist. Vor der Tür kann ich das leise Dröhnen einer großen Straße hören. Wenn ich rausgehe und in diese Richtung laufe, kann ich sicher ein Auto anhalten und jemanden fragen.

Allerdings ist die Tür des Hotels immer verschlossen. Es gibt eine Frau. Sehr seltsam, sehr ruhig. Ein Zimmermädchen vielleicht oder eine Art Hotelfrau. Sie kontrolliert die Tür und sorgt dafür, dass sie verschlossen ist. Aber es gibt einen Garten hinter dem Hotel, und ich glaube, ganz hinten ist ein Tor, das auf irgendwelche Felder führt. Vielleicht kann ich dort raus. Sie können mir die Rechnung nachschicken. Ich muss bei der Anmeldung ja eine Adresse hinterlegt haben.

Das Zimmermädchen ist in der Küche beschäftigt. Ich öffne die Schiebetüren so leise ich kann und schlüpfe in den Garten hinaus. Der Garten ist schön, und mir kommt wie von fern die Melodie zu einem Lied.

Des Sommers letzte Rose,
blüht hier noch allein.
Verwelkt sind der Gespielen
Holdlächelnde Reihn.

Ich schaffe es gerade noch, nicht laut loszusingen, und gehe so schnell und leise ich kann zum Ende des Gartens. Da ist das Tor, und es ist nicht verschlossen. Ich ziehe den Riegel hoch und gehe auf das Feld hinaus. Es ist ein heißer, trockener, ruhiger Tag, und niemand sonst ist unterwegs. Ich beginne über das Gras zu gehen. Irgendwo muss mein Zuhause sein. Wenn ich doch nur die Straße und jemanden finden könnte, den ich fragen kann.

»Sinead! Sinead!« Eine Stimme ruft meinen Namen. Keine Stimme, die ich kenne. Ich bleibe verwirrt stehen. Was mache ich hier in diesem Feld? Mir geht es nicht gut.

Es ist die Frau. Die Schwester. Das Zimmermädchen. Ist es Rachel? Ich weiß es nicht. Sie kommt über das Gras auf mich zu, sie geht sehr seltsam. Man könnte meinen, sie sei noch nie auf einem Feld gewesen. Sie nimmt meine Hand.

»Deine Vitalwerte sind schwächer geworden«, sagte sie. Ich weiß nicht, was sie meint. »Ich bin froh, dass du nicht schon außer Reichweite warst, ehe ich dich gefunden habe.«

Ihre Hand liegt kühl in meiner, und auch sie scheint den Temperaturunterschied zu bemerken. Sie legt mir die andere Hand auf die Stirn.

»Pyrexia«, sagte sie.

Nun, ich war vierzig Jahre lang medizinische Sekretärin und weiß, was das ist. »Fieber«, sage ich.

»Deine Temperatur beträgt 38,6 Grad«, sagt sie, aber wie sie das so genau wissen will, ist mir ein Rätsel. »Wir gehen ins Haus zurück und rufen Aidan an. Ich glaube, du brauchst medizinische Behandlung.«

Zusammen gehen wir Hand in Hand über das Feld, und sie führt mich durch das Tor in einen Garten. Ich kenne dieses Haus nicht, aber ich bin sehr müde. Vielleicht kann ich mich für eine Weile hinlegen, bis es mir besser geht. Aber dann muss ich sofort wieder los.

53

Chloe

Jess musste als Erste aus dem Bus aussteigen, der sie vom Strand zurückbrachte. Sie war stinksauer auf Chloe und hatte sich die ganze Fahrt über geweigert, mit ihr zu sprechen. Allen war heiß, und alle waren sauer. Amy und Chloe stiegen ein paar Haltestellen später aus und gingen gemeinsam Richtung Chloes Haus. Ihre Taschen waren schwer, und die Sonne brannte; Chloe konnte durch die dünnen Sohlen ihrer Sandalen die Hitze des Straßenbelags spüren. Sie war furchtbar durstig, aber Amys schweigendes Elend überflutete sie, bis sie es nicht mehr aushielt.

»Amez …«

»Nein.«

»Du weißt doch gar nicht, was ich sagen will.«

»Ich kann es mir schon vorstellen.«

»Kannst du nicht. Hör mal, Amez, Jem …«

»Nenn ihn nicht so, okay? Seine Familie hasst es. Sie nennen ihn alle Jeremy. Nur für seine Freunde heißt er Jem. Für seine wirklich engen Freunde.«

»Er hat mir gesagt, ich soll ihn Jem nennen. Ich habe ihn direkt vor meiner letzten Prüfung in der Bibliothek getroffen.«

»Und das hast du mir … ganz zufällig nie erzählt? Wie praktisch!«

Es hatte keinen Sinn, sich weiter gegenseitig etwas vorzumachen, also sprudelte Chloe einfach heraus. »Stehst du auf ihn, Amy? Bist du deswegen so sauer?«

»Nein, ich ›stehe‹ nicht auf ihn.« Amy brüllte fast. »Sei nicht albern. Ich kapiere nur einfach nicht, warum du mit deinen großen blauen Augen und den blonden Haaren immer jeden Typen um den Finger wickeln musst, der dir über den Weg läuft.«

»Was?« Chloe war den Tränen nahe.

»Verdammt noch mal, Chloe«, sagte Amy, und ihre Stimme klang unglaublich hart. »Du weißt es doch selbst. Die Typen liegen dir zu Füßen, und du ignorierst sie, und dann sind sie umso verliebter. Das hast du schon immer so gemacht.«

Chloe ging schweigend weiter, ihr Atem kam flach und stoßartig.

»Und jetzt Jeremy …« Amys Stimme zitterte. »Es war ja wohl so was von klar, sobald er dich gesehen hatte. Wir haben uns so gut verstanden, bevor du …«

»Bevor ich was?«

»Dich dazwischengeschleimt hast«, sagte Amy böse und begann herzzerreißend zu weinen.

54

iRachel

Ich bemerkte Chloe, als sie auf das Haus zukam. Ihre Herzfrequenz war erhöht, und alle ihre Vitalwerte ließen auf Ärger schließen. Als sie durch die Tür trat, hörte ich, wie sie sehr laut und deutlich sagte: »Oma Sinead, ich habe meine Freundin Amy dabei!«

Ich wusste, dass diese Warnung nicht für Sineads, sondern für meine Ohren bestimmt war. Ich hörte Chloe zu ihrer Freundin sagen: »Leg dein Zeug einfach hier hin«, und verstand, dass sie mir Zeit geben wollte, mich zu verstecken. Schnell ging ich in die Waschküche und schloss die Tür.

Ich hörte, wie Chloe und ihre Freundin Amy in die Küche kamen. Meine Erfahrungen bezüglich Freundschaft zwischen heranwachsenden Mädchen ist auf Darstellungen in Literatur und Film begrenzt. Ich erwartete, dass Chloe und Amy sich unablässig unterhalten würden über Freizeitaktivitäten oder über ihr Freunde. »Klatsch« ist glaube ich der gängige Begriff dafür. Doch sie saßen drei Minuten und sechsunddreißig Sekunden lang schweigend da. Chloes Vitalwerte blieben auffällig. Mein Wunsch, sie zu fragen, was sie so aufbrachte, war sehr groß. Nur so konnte ich ihr Hilfe anbieten.

Schließlich sprach Chloe, und ihre Stimme war sehr sanft. »Ich stehe nicht auf Jem. Jeremy. Ich dachte kurz, es wäre so, aber dann war ich mir sicher, dass es nicht so ist. Und als ich dann das Gefühl hatte, dass er vielleicht auf mich steht, war ich mir sicher, dass ich ihn von mir fernhalten wollte. Ich habe ihn nie zu irgendwas ermutigt oder ihm was vorgemacht, das schwöre ich. Ich würde dir niemals wehtun wollen, Amez. Du bist meine beste Freundin.«

Stille folgte, und dann sagte Amy leise. »Ich weiß.«

»Wahrscheinlich ändert es nichts an deiner Meinung über ihn, aber ich halte ihn nicht für einen besonders netten Menschen.«

»Vielleicht ist er das auch nicht«, sagte Amy, »aber ich kann nicht anders. Ich kann meine Gefühle nicht ändern.«

Ich hörte das Rascheln von Kleidung und schloss daraus, dass sie sich umarmten. Chloes Herzfrequenz und Atmung beruhigten sich ein wenig.

»Tut mir leid«, sagte Amy. »Ich hab gerade ein paar furchtbare Sachen gesagt. Furchtbar. Ich finde ja noch nicht mal, dass sie stimmen. Du kannst nichts für dein Aussehen. Und Jungs sind sowieso Idioten.«

»Schon okay«, sagte Chloe. »Und du darfst ruhig ein bisschen arschig zu mir sein. Ich war keine besonders gute Freundin.«

»O Gott, Chloe!«, sagte Amy laut. »Wie kannst du das sagen? Du hast deine Mum verloren! Und ich war nicht halb so sehr für dich da, wie ich es hätte sein müssen!«

»Weil ich mich abgeschottet habe«, sagte Chloe traurig.

»Es war echt schwierig, als du immer gesagt hast, ich soll nicht vorbeikommen«, antwortete Amy. »Aber ich hätte eine bessere Freundin sein und Verständnis haben müssen. Stattdessen hab ich nur noch Zeit mit Jess verbracht, und das nur weil …« Sie unterbrach sich. »Jetzt klinge ich echt wie eine dumme Kuh.«

»Ja, ein bisschen.« An ihrer Stimme konnte ich hören, dass Chloe lächelte. Das passte nicht zu ihren Worten. »Jess ist wirklich cool«, fuhr sie fort. »Sie ist eine gute Freundin für dich. Und für mich.«

»Ich weiß«, sagte Amy. »Und du auch. Typen kommen und gehen, und Freundinnen sind für immer.«

»Mädels vor Männern.«

»Das ist besser als Tussis vor Typen.«

»O Gott, könntest du dir meine Feministinnenmutter vorstellen, wenn sie hören würde, dass wir uns selber ›Tussis‹ nennen?«

Amy kicherte. »Sie wäre tot umgefallen!« Sie keuchte auf. »O Gott, Chloe, es tut mir so leid.«

»Schon okay«, sagte Chloe. »Ist ja nur eine Redewendung.«

»Es war grauenhaft, das zu sagen. Es tut mir so leid.«

»Amez, du kannst mir gegenüber nicht dein Leben lang die Worte ›tot‹ oder ›sterben‹ vermeiden. Meine Mutter ist tot. Das ist so. Wir leben damit. Und kommen klar. Ich meine, ich weiß, es ist ein verrückter Haushalt, aber es funktioniert. Und irgendwie kriegen wir vier das auch hin.«

»Ihr vier?«

»Drei. Dad, Oma und ich. Du weißt schon, was ich meine.«

Wieder schwiegen sie lange. Dann sagte Amy: »Ich glaube … ich meine, es ist wirklich schwierig für mich, weil ich das Gefühl habe, es gibt zwischen uns Geheimnisse. Als … als wäre da irgendwas Großes, das du mir nicht erzählst. Lange hab ich gedacht, dass du vielleicht heimlich Jeremy triffst und es vor mir verbirgst, aber jetzt weiß ich, dass das nicht stimmt. Aber da ist irgendwas, oder? Ein Geheimnis. Wir waren unser ganzes Leben lang beste Freunde, Chloe, ich kenne dich. Irgendwas stimmt nicht.«

Sie sagte nichts, aber Chloes Herzfrequenz schnellte plötzlich derart in die Höhe, dass ich mir schon Sorgen machte, ob sie einen schweren Schock hat oder irgendeine Art physische Krise durchmacht. Dann sagte sie »Ja. Ja, es gibt ein Geheimnis. Aber es ist so groß, dass ich dir gar nicht sagen kann, wieviel Ärger ich bekäme, wenn ich dir davon erzähle.«

»O Gott, Chloe, du machst mir Angst. Ist es was Schlimmes? Hat dir jemand wehgetan?«

»Nein, nein, gar nichts in der Art. Es ist nur … Als meine Mum gestorben ist, haben wir etwas über ihre Arbeit erfahren. Etwas komplett Unglaubliches. Und …«

Ich empfing Warnsignale. Meine Fähigkeit, künftige Ereignisse aus aktuellen Daten vorherzusehen, legte nahe, dass Chloe etwas vorhatte, das sowohl unüberlegt als auch unvernünftig war. Ich empfing ihre Vitalwerte, hatte aber keine Möglichkeit, mit ihr zu kommunizieren. Ich wollte ihr sagen, dass sie aufhören sollte. Ich wollte mit ihr sprechen und sie beruhigen, ehe sie etwas tat, das sie später bedauern könnte. Die Handlungen, die sie in Erwägung zu ziehen schien, würden weitreichende und desaströse Folgen für uns alle haben. Aber es gab keine Möglichkeit, sie aufzuhalten, keine Chance, diese kopflose, pubertäre Tat abzuwenden. Ich hörte ihre Schritte näher kommen, und sie sagte: »Du musst schwören, dass du es niemandem erzählst, okay? Es ist *sooo* streng geheim.«

Dann zog sie die Tür zum Waschraum auf. Licht drang herein, und sie stand mit Amy auf der Schwelle. Chloe sagte:

»Das ist iRachel.«

55

Chloe

Sie war ganz wacklig auf den Beinen, als würde sie im Innersten zittern. Was sie getan hatte, war verrückt, und wenn ihr Dad oder Luke davon erfuhren, bekam sie richtig viel Ärger. Aber Amy zurückzuhaben war es wert gewesen. Auf jeden Fall. Jetzt würde Amy verstehen, dass es nichts mit diesem dämlichen Jem oder irgendeinem anderen dummen Typen zu tun hatte. Chloes Geheimnisse waren um einiges größer.

Amy stand in der Tür zum Waschraum und starrte iRachel mit offenem Mund an. Dann stieß sie ein kleines Quieken aus. iRachel stand auf. Sie sah nicht glücklich aus angesichts der Situation, aber dagegen konnte Chloe jetzt nichts machen. iRachel streckte ihre Hand aus.

»Guten Tag. Ich bin iRachel, ein Android. Ich bin hier, um auf jede erdenkliche Art behilflich zu sein. Ich kann diese Nachricht als gedruckten Text übermitteln, mit meiner Stimme oder als Video, das auf einem Computer oder Fernseher abgespielt wird.«

Es war ihre Servicenachricht, die sie schon bei ihrer

Ankunft abgespielt hatte. Daran erkannte Chloe, wie sehr sich iRachel in der Zeit bei ihnen verändert hatte. Sie sprach nicht mehr in Standardwendungen, sondern führte Gespräche, brachte Meinungen zum Ausdruck, machte sogar Witze. Ihre Mum hätte sich darüber so sehr gefreut. Aber jetzt war iRachel wieder zur Robotersprache zurückgekehrt. So oder so, sie würde Amy nichts preisgeben.

»Es war der Wunsch meiner Mutter, dass iRachel bei uns leben soll, als Teil ihres Experiments«, erklärte Chloe. »Aber es musste streng geheim bleiben. Ich weiß, man kann es kaum verstehen, irgendwann hab ich's aber doch kapiert. Wir durften es niemandem sagen.«

»Ein Roboter«, sagte Amy, »in deinem Haus.« Es war ihr noch nicht wieder gelungen, den Mund zu schließen. Sie starrte iRachel einfach nur an. »Er sieht genau aus wie deine Mum. Das ist ein bisschen gruselig.«

»Nicht ›er‹ – ›sie‹«, blaffte Chloe. »Und du kannst mit ihr sprechen.« Sie blickte zu iRachel und lächelte. »Sorry«, formte sie mit den Lippen, »musste sein.«

Amy ging kurz darauf. Sie hatte sich nicht überwinden können, iRachel anzusprechen – sie hatte sie nur völlig sprachlos angestarrt und sich dann bewegt, um zu sehen, ob iRachel sie beobachtete. Als iRachel sich entschuldigte, um nach Sinead zu sehen, war Amy sehr eilig aufgebrochen.

Erst als sie weg war, spürte Chloe den Knoten in ihrem Bauch. Hatte sie das Richtige getan? Hatte Amy sie verstanden? Sie wusste, dass Amy nachdenken musste – sie reagierte nicht so spontan und emotional wie Chloe, sondern ging einfach und dachte darüber nach. Später würde sie sicher anrufen oder ihr schreiben und ihr tausend Fragen stellen.

Aber das tat sie nicht. Chloe verbrachte den nächsten Tag in ihrem Zimmer und schaute fern, aber ihr Telefon blieb ruhig – keine Nachrichten oder Anrufe von Amy. Offenbar brauchte sie noch mehr Zeit.

Chloes Herz war schwer und traurig. War das alles? Genügte es, in einen dummen Typen verknallt zu sein, um elf Jahre Freundschaft zu zerstören? Sie hielt es nicht mehr aus, in ihrem Zimmer zu sitzen und darüber nachzudenken, ob sie ihre beste Freundin verloren hatte. Sie ging runter in die Küche, wo iRachel grüne Bohnen für den Salat niçoise schnitt, den es zum Abendessen geben sollte. Chloe setzte sich auf einen Barhocker an der Theke und kritzelte auf den Notizblock, der dort für die Einkaufsliste lag.

iRachel begann, die gekochten Eier sorgfältig zu schälen. »Du bist traurig«, stellte sie fest.

»Warum sagst du das? Was macht meine Herzfrequenz?«

»Deine Herzfrequenz ist normal. Dein Gesicht ist traurig. Und du hast ein weinendes Kätzchen gemalt.«

»Es ist ein Waschbär.«

»Deine Wiedergabe der Taxonomie lässt eher auf die Familie *felidae* schießen als auf *procyonidae*, aber ich lasse künstlerische Interpretation gelten.«

»Haha.«

»Ja, wirklich haha. Aber du bist traurig.«

»Amy hat nicht angerufen und nicht geschrieben. Ich glaube, sie hasst mich.«

»Warum sollte sie dich hassen?«

»Wegen dieser Geschichte mit diesem dämlichen Typen.«

»Jeremy alias Jem. Ich habe das Gespräch mitgehört.«

»Ja.«

»Warum sollte sie dich hassen? Wenn er sich zu dir hingezogen fühlt, ist das seine Entscheidung, nicht deine.«

»Sag das mal Amy. Ich glaube … es ist einfacher, mich zu hassen als ihn. Ich hab sie aber trotzdem weiter lieb, verstehst du?«

»Als du mit Amy gesprochen hast, sagte sie, ›Typen kommen und gehen, aber Freunde sind fürs Leben. Tussis vor Typen.‹«

Chloe musste grinsen, als sie die Wendung aus iRachels Mund hörte. »Ich weiß, dass sie das gesagt hat, aber so verhält sie sich gerade nicht, oder?«

»Zurückweisung oder das Gefühl, dass jemand einen anderen Menschen vorzieht, ist eine schwierige Erfahrung«, sagte iRachel.

»Ist das eins von den vorprogrammierten Klischees meiner Mum?«

»Nein. Das ist meine eigene Extrapolation aus meinen Beobachtungen.«

»Sehr weise«, sagte Chloe und lächelte. Sie drehte sich auf dem Hocker herum. »Ich weiß nicht, vielleicht bin ich ja auch nur paranoid. Vielleicht denkt Amy einfach nur viel nach und steht bald vor der Tür, und alles ist gut.«

»Das liegt durchaus im Bereich des Möglichen«, stimmte iRachel zu und streckte sich, um eine Dose Anchovis vom obersten Regalfach zu nehmen.

Wie bestellt klingelte es an der Tür. iRachel und Chloe sahen einander an und lachten.

»Das ist nicht Luke, oder?«, fragte Chloe.

»Er hat keinen Termin angesetzt«, sagte iRachel. »Vorsichtshalber gehe ich mal in die Waschküche, es könnte auch ein Paket sein.«

Das tat sie, und Chloe rutschte vom Barhocker und ging Richtung Tür. Es musste Amy sein. Ganz klar. Sie drehte den Schlüssel herum und öffnete die Haustür.

Jem.

Chloe spürte einen Ruck im Bauch und hielt mit der Hand den Türgriff fest umklammert. Sie würde ihn nicht reinlassen, auf keinen Fall.

»Was machst du hier?«

»Hi, Jem. Wie geht's dir?«, ahmte er hauchend die Stimme eines Mädchens nach.

»Hi. Jem. Wie geht's dir?«

»Wollte dich sehen. Ist das nicht erlaubt?«

»Nachdem du mich beim Pool eine frigide Tussi genannt hast? Nein, nicht wirklich.«

»Ich bin gekommen, um mich zu entschuldigen«, sagte er, aber es klang unaufrichtig.

»Danke für die Entschuldigung, aber ich habe jetzt keine Zeit.« Sie wollte die Tür schließen, aber er hielt sie mit ausgestrecktem Arm davon ab.

»Es tut mir wirklich leid. Ich wollte nicht, dass du

sauer auf mich bist. Ich mag dich nur einfach sehr. Kann ich nicht reinkommen? Können wir nicht reden?«

Seine Augen bettelten, und er sah traurig und verletzlich aus, und sie wurde fast weich. Aber dann fiel ihr sein Verhalten wieder ein. Sie wollte nichts mehr mit ihm zu tun haben, und abgesehen davon, was würde Amy denken, wenn sie wüsste, dass er bei ihr war?

»Nein, kannst du nicht. Ich will dich hier nicht haben.«

»Was? Warum?«

Er sah ehrlich getroffen aus, und sie fühlte sich schrecklich. Immerhin war er Jess' Bruder. Wie schlimm konnte er schon sein? Aber sie ließ sich nicht erweichen.

»Ich kann dich wirklich nicht reinlassen. Meine Oma ist krank.«

»Wer kümmert sich um sie?«, fragte Jem mit, wie sie fand, plötzlich durchtriebenem Blick.

»Mein ... Dad. Warum?«, log sie.

»Echt? Wo ist sein Wagen?« Jem blickte hinter sich auf die leere Auffahrt.

»Hör mal, geh jetzt einfach«, sagte Chloe und versuchte wieder die Tür zu schließen, aber Jem blockierte sie.

»Warum lässt du mich nicht rein, Chloe? Ich will mir die Roboterlady anschauen. Amy konnte es gar nicht abwarten, mir von ihr zu erzählen. Ein paar von meinen Freunden wollen sie auch sehen.«

»Verschwinde, du Schwein! Verpiss dich! Und komm ja nie wieder, sonst ruf ich die Polizei!«

Sie entriss ihm die Tür und schlug sie fest zu. Sie hörte, wie er zurücksprang, um nicht getroffen zu werden, und dann hörte sie ihn lachen. Zitternd stand sie hinter der geschlossenen Tür, bis das Geräusch seiner Schritte auf den Vorderstufen erklang. Sie lauschte auf den Motor des Wagens und darauf, wie er wegfuhr. Dann zog sie die Tür wieder auf und begann zu laufen – zu Amy.

56

iRachel

Heute war ein anstrengender Tag. Ich hatte meine üblichen Aufgaben zu erledigen, aber die Tatsache, dass Sinead krank geworden war, bescherte mir zusätzliche Aufgaben. Ein Harnwegsinfekt kann bei älteren Menschen Verwirrung verursachen oder verschlimmern, und wie sich herausstellte, war das bei Sinead der Fall. Nach ihrem Arztbesuch mit Aidan wirkte sie sehr verstört. Sie ist wieder davon überzeugt, dass sie in einem Hotel ist und nach Hause muss. Eine Kombination von verbaler Überzeugung und wiederholtem Zurückführen in ihr Zimmer war nötig, um ihre Nerven zu beruhigen.

Als sie einschlief und ich mich meinen üblichen Aufgaben zuwenden konnte, war meine Batterieladung ungewöhnlich niedrig. Aidan würde länger bei der Arbeit bleiben, und ich sollte das Abendessen zubereiten, also kam Aufladen nicht in Frage. Ich entschied mich für ein kalkuliertes Risiko: Für die zwei Stunden bis zu Aidans Rückkehr würde ich meine Sensoren für die Armbänder ausschalten, um Batterie zu sparen. Chloe und Sinead waren sicher zu Hause. Sinead schlief, die Türen waren alle verschlossen. Auf diese Weise würde ich durchhalten, bis sich die Familie gemeinsam zum Abendessen setzte, und dann konnte ich mich ans Ladekabel anschließen.

Ich freute mich über mein Gespräch mit Chloe, das durch die Türklingel unterbrochen wurde. Chloe öffnete, und wie immer bei Besuch zog ich mich in die Waschküche zurück. Ich wartete ganze vierzehn Minuten und zweiundvierzig Sekunden, aber Chloe kehrte nicht in die Küche zurück. Ich konnte keine Schritte feststellen oder irgendwelche anderen Geräusche im Haus. Alles war still.

Als Sicherheitsvorkehrung schaltete ich, bevor ich die Tür öffnete, die Armband-Sensoren wieder ein. Das war ein gewagtes Unterfangen, weil meine Batterieladung nur noch bei 13 Prozent lag. Ich erhielt völlig anormale Signale, und mein erster Gedanke war, dass meine geringe Ladekapazität zu Störungen bei der Software führte. Doch ein kurzes Diagnose-Programm ergab, dass alles korrekt funktionierte. Dennoch erhielt ich von keinem der vier in meinem System registrierten Armbänder Daten.

Luke und Aidan waren beide außer Reichweite. Aber es gab auch keine Werte von Chloes Armband, und tatsächlich stand auf meinem Lesegerät »Außer Reichweite«. Sie musste mit demjenigen, der geklingelt hatte, das Haus verlassen haben.

Aber am besorgniserregendsten war die »Außer Reichweite«-Meldung von Sinead. Bei den anderen dreien bestand die Möglichkeit, dass sie ihr Armband abgenommen hatten. Aber Sineads war fest an ihrem Arm angebracht.

Ich ging die möglichen Gründe durch: meine reduzierte Batterieladung; ein Fehler am Armband selbst, oder dass Sinead verstorben war, und das Armband deshalb keine Vitaldaten empfangen konnte.

Da Chloe außer Reichweite war, schien es logisch (89,3 Prozent), dass keine Fremden im Haus waren. Vorsichtig öffnete ich die Tür. Niemand war in der Küche, und ein kurzer visueller Scan schloss die Anwesenheit von Personen im Wohnzimmer oder auf der Terrasse aus. Ich begab mich in den Flur und stellte sofort fest, dass die Haustür weit offen stand. Dazu gab es keinen Präzedenzfall, es war äußerst besorgniserregend. In Chloes Zimmer fand ich keine Spur von ihr. Schnell ging ich in Sineads Zimmer, wo meine schlimmste Angst bestätigt wurde. Sineads Bett war leer, die Decke zurückgeschlagen. Ich rief ihren Namen, aber ich war mir sicher, dass sie weg war.

Ich schickte sowohl an Aidan als auch an Luke eine Notfallnachricht. Das Protokoll sieht vor, dass sie innerhalb von 180 Sekunden reagieren müssen, wenn ich Notfallalarm auslöse, und zwar per Telefon, Nachricht oder durch persönliches Erscheinen an meinem Aufenthaltsort. Dennoch vergingen volle 360 Sekunden ohne Reaktion von beiden. Ich fragte mich, ob meine niedrige Batterieladung verhinderte, dass ich Nachrichten verschicken konnte. Wie ich bemerkte, lag Chloes Mobiltelefon auf der Küchentheke. Also konnte ich auch sie nicht erreichen. Meine Batterieladung war nur noch bei elf Prozent.

Weitere 240 Sekunden vergingen, und ich erhielt weder von Luke noch von Aidan eine Nachricht. Wo Sinead auch war, sie konnte sich von Minute zu Minute entfernen. Ich benutzte das Mobiltelefon, das Aidan mir gegeben hatte, und schickte ihm eine Textnachricht. Wieder keine Antwort. Meine einzige Möglichkeit war, das Haus zu verlassen und zu versuchen, Sinead zu lokalisieren. Ich wusste, dass das Verlassen des Grundstücks sowohl gefährlich als auch ein Regelverstoß war, aber mir blieb keine andere Wahl.

Ich ging zur Haustür. Ich nahm die Sonnenbrille, die Chloe nach der Rückkehr vom Strand auf dem Tisch im Flur hatte liegen lassen, und setzte sie auf. Das Sonnenlicht wirkte gleißend und unerbittlich. Dann trat ich hinaus und begann zu laufen.

57

Aidan

»Hier sehen Sie den Wirtschaftsplan, den wir für die Organisation der Stiftungsanleihen entworfen haben. Wir hatten ein vorbereitendes Gespräch mit ihnen, und da Foothold das Gebäude gehört und somit als Kreditsicherheit eingesetzt werden kann, ist eine Bewilligung des Kredits sehr wahrscheinlich. Sie sehen außerdem, dass wir in dem Businessplan den Lohnposten für einen Spendenkoordinator vorgesehen haben. Wir haben mehrere Fallbeispiele von Wohltätigkeitsorganisationen ähnlicher Größe angehängt, inklusive der Rückläufe, die sie durch die Schaffung einer solchen Stelle erzielt haben. Thomas, unser Schreibtrainer, hat außerdem eine Reihe von Presseveröffentlichungen vorbereitet, die wir aussenden wollen, um unser öffentliches Profil prominenter zu machen …« Aidan beugte sich vor, um die schicken, professionellen Dossiers am Tisch herumzureichen.

Ihm war heiß in seinem Anzug, aber er war froh, dass er ihn trug. Er war teuer gewesen und gut geschnitten; er hatte ihn sich vor ein paar Jahren für ein Event bei Telos zugelegt. Aidan empfand ihn wie eine Rüstung gegen die Blicke, die ihm Stephen Jasper zuwarf. Die anderen Mitglieder des Stiftungsrats öffneten die Mappen und begannen sie durchzublättern, murmelten und deuteten auf die Darstellung der renovierten Räume. Jasper schielte auf das Dossier vor ihm, als wäre es etwas Widerwärtiges. Er lehnte sich in seinem Stuhl zurück und verschränkte die Arme, um zu demonstrieren, dass er sich keinesfalls mit diesem Unsinn abgeben würde. Aidan musste fast schon lachen. Jasper benahm sich wie ein verzogenes Kind, das sich weigerte mitzumachen, weil die anderen Kinder nicht das Spiel spielen wollten, das er ausgesucht hatte.

Jasper war sehr angriffslustig in dieses Meeting marschiert und hatte verlangt, dass Foothold sofort geschlossen werden sollte. Aber er hatte nicht mit Baroness Eastwood gerechnet. Sie war eine der ersten Frauen mit einem Uniabschluss in Medizin gewesen und hatte sich zu einer von Englands wichtigsten Gesundheitsreformerinnen entwickelt. Ihre ganze berufliche Laufbahn über hatte sie gegen sture, herablassende Männer gekämpft. Jaspers Getöse hatte sie sofort beiseitegewischt.

»Wir sind uns alle einig, dass wir die finanzielle Situation von Foothold besser im Blick hätten haben müssen. Das ist nun nicht mehr zu ändern. Aber das ist kein Grund, jahrelange gute Arbeit einfach fallen zu lassen. Wenn Kate und Aidan einen Plan zur Rettung und Sanierung von Foothold haben, möchte ich ihn hören«, sagte sie.

»Aber …«, schnappte Jasper.

»Als Vorsitzende dieser Sitzung habe ich die Tagesordnung festgelegt«, sagte sie ruhig, »und wir hören uns jetzt an, was sie zu sagen haben.«

Als Jasper den Mund öffnete, um zu protestieren, hob sie die Hand und warf ihm einen Blick zu, der schon so manchen Assistenzarzt zum Schweigen gebracht hatte. Seine Miene verfinsterte sich. Aidan konnte förmlich sehen, wie er darüber nachdachte, ob es sich lohne, sich der Baroness zu widersetzen, dann aber entschied, dass es ihm zum Nachteil gereichen würde – in jeder Hinsicht.

Und so hielten Aidan und Kate ihre Präsentation. Viele Überstunden, viel Gefluche und etliche Totschlagargumente waren darin eingeflossen, aber das war es wert gewesen. Sie hatten ihre Powerpoint-Präsentation vorbereitet, das Dossier zusammengestellt und dann immer wieder unter Lolas wachsamen Augen geübt.

Beim Warten auf die Stiftungsratsmitglieder hatte Kate Aidans Krawatte gerichtet und seinen Arm getätschelt. »Wir versuchen einfach so auszusehen, als wüssten wir, was wir tun«, sagte sie, »und nicht wie unbeholfene Wohltätigkeits-Gutmenschen.«

»Aber wir sind unbeholfene Wohltätigkeits-Gutmenschen.« Aidan grinste.

»Ja, aber das müssen die ja nicht wissen.« Sie grinste ihn an und holte die Fernbedienung für den Projektor. Auch sie hatte sich schick gemacht und trug einen engen Bleistiftrock und ein kurzes Jackett. Bisher hatte er sie immer nur in Jeans und Alltagskleidung gesehen. Sie sah gut aus.

Sie sah immer noch gut aus, als sie jetzt neben einem der Stiftungsräte stand – einem rotgesichtigen, ältlichen

Militär mit großem, borstigem Schnurrbart – und ihm die Zahlen erklärte. Die Baroness winkte Aidan zu sich herüber, und er riss seinen Blick von Kate los, um ihre messerscharfen Fragen zu beantworten.

Die Stiftungsräte waren nicht leicht zu überzeugen – sie hatten jede Menge Kritikpunkte und fragten etliche der Zahlen nach. Der alte Colonel Borstebart nahm sich die Zeit, um einen Bekannten anzurufen und den Namen der Equity-Firma zu erfragen, die Foothold eventuell den benötigten Kredit gewähren würde, und eine andere Stiftungsrätin sagte, ihre Tochter habe eine PR-Firma, die mit dem Gedanken spiele, einen Pro-Bono-Klienten anzunehmen. Während all dieser Gespräche schmollte Stephen Jasper und zog eine Schnute.

»Also gut«, sagte die Baroness und klopfte auf den Tisch, »rufen wir diese Sitzung zur Ordnung.«

Alle wandten sich um und hörten ihr zu.

»Ich schlage vor, dass wir vorerst Kate als Managerin behalten, dass wir das Budget mit all den Empfehlungen aus diesem Meeting überarbeiten und uns in einer Woche wieder treffen, um es zu verabschieden. Alle die dafür sind, heben die Hand.«

Alle Stiftungsräte abgesehen von Stephen Jasper hoben die Hand, und die Sekretärin protokollierte das Ergebnis. Jasper erhob sich abrupt. »Sie lassen zu, dass kümmerliche Amateure unseren Ruf ruinieren«, sagte er. »Das ist schlicht und einfach geistesgestört. Betrachten Sie das als Niederlegung meines Amtes im Stiftungsrat dieser lächerlichen Organisation.« Er wischte mit grober Geste sein

Dossier vom Tisch, nahm seine Aktentasche und stürmte zur Tür hinaus.

»Passen Sie auf, dass die Tür Ihnen beim Rausgehen nicht einen Klaps auf den Hintern verpasst«, sagte die Baroness knapp. »Nächster Tagesordnungspunkt – hat Fiona noch was von dem ausgezeichneten Sancerre im Kühlschrank gelassen?«

Nach Jaspers dramatischem Abgang herrschte leicht überdrehte Partystimmung, und die Stiftungsräte putzten einen ganzen Karton Wein weg, ehe sie beschlossen, zu einer Weinbar in der Nähe aufzubrechen und weiter zu feiern.

»Kommt doch mit, Kate und Aidan«, sagte Colonel Borstebart. »Geht auf uns.«

»Ich komme nach, wenn wir hier aufgeräumt haben«, sagte Kate. »Vielen Dank für die Einladung.«

»Danke, aber ich muss leider passen«, sagte Aidan bedauernd. »Meiner Mutter geht es nicht gut, und ich werde zu Hause gebraucht.«

Sie unternahmen einen halbherzigen Versuch, ihn zu überreden, aber alle waren in Gedanken schon bei der nächsten Flasche. Nachdem sie zusammen auf der High Street verschwunden waren, sammelten Kate und Aidan die Gläser ein und rückten Stühle und Tische zurecht.

»Nun«, sagte Kate, »ich glaube, wir dürfen es ganz vorsichtig einen Sieg nennen.«

»Eine erste gewonnene Schlacht zumindest«, sagte Aidan. »Es war eine Freude, diesen Jasper-Trottel von hinten zu sehen.«

»Für mich auch. Und Aidan«, sagte sie, während sie ihre Hände abtrocknete und das Geschirrtuch aufhängte, »du warst großartig. Danke. Ohne dich wäre das alles nie passiert. Du hast uns alle gerettet.«

Aus einem Impuls heraus schlang sie die Arme um ihn. Sie war klein und musste sich auf die Zehenspitzen stellen. Er konnte ihre Wärme fühlen und ihr Haar, das frisch nach Zitrone roch. Er spürte ein Ziehen in seinem Inneren, aber ehe er sich darüber klar werden konnte, was es war, gab sie ihm einen kurzen Kuss auf die Wange, glitt aus seinen Armen und aus dem Raum und war verschwunden. Und er blieb allein in der Küche zurück, starrte auf das Glas in seinen Händen und fühlte sich auf unerklärliche Weise schuldig.

58

Sinead

Ich bin müde. Ich bin gelaufen, ich weiß nicht, wie lange. Ich war in einem Hotel, glaube ich, oder vielleicht in einem Krankenhaus, aber ich wollte nach Hause, also habe ich meine Schuhe angezogen und bin gegangen. Ich habe immer noch mein Nachthemd an, aber meine Handtasche nicht dabei. Ich will nach Hause, aber ich weiß nicht, wo das ist. Ich will jemanden aufhalten und fragen, aber dann werden sie meine Adresse wissen wollen, und ich kann mich nicht mehr ganz … sie ist weg. Ohne meine Handtasche kann ich mir auch kein Taxi nehmen, selbst wenn ich wüsste, wo ich eins herkriege. Ich laufe einfach weiter. Es ist spät, glaube ich – die Schatten werden länger, ich bin durstig, und meine Füße tun mir weh.

Diese Straße hier hat auf beiden Seiten Häuser. Wenn ich irgendwelche Läden finde, kann ich dort um Hilfe fragen. Vielleicht können sie im Internet nachschauen, wenn ich ihnen meinen Namen sage, und mir helfen, den Weg nach Hause zu finden. Aber hier ist nichts. Ich bin mir nicht sicher, ob ich schon mal in dieser Straße war – alle

Häuser sehen gleich aus. Ich könnte an eine Tür klopfen und um Hilfe bitten, aber das wäre mir zu unangenehm. Was sollte ich denn sagen? »Ich habe mich verlaufen, aber ich weiß nicht, wo ich wohne.« Die halten mich ja für verrückt.

Jetzt bin ich an einer Kreuzung. Links ist nichts, nur noch mehr Vorstadthäuser. Rechts ist eher so was wie eine Landstraße – da gibt es nur Bäume und Felder. Ein paar hundert Meter entfernt steht eine Gruppe von Menschen im Kreis und unterhält sich. Da gehe ich hin und frage. Vielleicht erkennen sie mich und wissen, wo ich wohne.

Jetzt bin ich näher dran und kann sehen, dass in der Nähe ein Auto geparkt ist. Der Kreis besteht eigentlich nur aus vier Leuten – alles junge Männer. Vielleicht ist da noch jemand in der Mitte, aber das ist schwer zu erkennen. Sie lachen, aber ihr Gelächter ist grob, hart und klingt falsch, und ich kann sehen, dass sie sich vorbeugen und nach etwas oder jemandem greifen. Da muss ein fünfter Mensch sein. Es sind alles große Jungs. Ich kann das Alter ganz gut schätzen – ich habe ja selber zwei Jungs aufgezogen –, und die sehen aus wie achtzehn oder so. Keine Kinder. Wenn sie also auf jemanden losgehen, richten sie vielleicht wirklich Schaden an, tun ihm weh.

»Entschuldigung«, sage ich und versuche meine Stimme stark und entschlossen klingen zu lassen, nicht wacklig wie die einer alten Frau. Einer der Jungen fährt herum und sieht mich an. Sein Gesicht ist verzerrt und schuldbewusst. Er sieht jünger aus, als ich dachte.

»Was tut ihr da?«, frage ich und gehe näher. Diesmal

drehen sich alle vier Jungen um und sehen mich an. Ich kann erkennen, dass es sogenannte wohlerzogene Jungen sind – sicher gehen die hier aufs örtliche Gymnasium. Sie sind sauber, tragen gute Kleidung und haben keine Tattoos oder Piercings. Aber sie hatten eindeutig nichts Gutes im Sinn. Einer von ihnen, der Größte der Bande, hat eine schwarze Haarmähne, und ich habe das vage Gefühl, dass ich ihn schon mal gesehen habe.

»Los kommt!«, sagt er plötzlich und rennt los. Seine Freunde zögern und folgen ihm dann. Sie gehen Richtung Auto, ein großes silbernes Gefährt, und springen rein. Sie donnern die Straße runter.

Da war eine fünfte Person. Eine Frau. Es sieht so aus, als hätten die vier Jungen sie festgehalten, denn als sie wegrennen, bricht sie zusammen. Sie trägt weiß, deshalb kann ich auch aus fünfzig Metern Entfernung deutlich sehen, dass sie im langen Gras liegt. Ich eile zu ihr hinüber und knie mich neben sie. Sie hat ein weißes Kleid an, es ist schmutzig und zerknittert.

Sie liegt reglos da und blickt in den Himmel. Sie scheint nicht zu atmen. Ihr Gesicht ist schön und ruhig. An ihrem Mundwinkel ist ein schlimmer, blutloser Riss. Ist sie tot? Ich bin mir sicher, dass sie tot ist, aber dann sehe ich, dass sich ihre Augen bewegen, nur ein klein wenig. Ich nehme ihre Hand.

»Sinead«, flüstert sie.

Ich weiß nicht, warum sie meinen Namen weiß. Ich glaube nicht, dass ich sie kenne, obwohl sie mich an meine Schwiegertochter Rachel erinnert. Rachel ist Wissenschaftlerin, also vielleicht liegt es nur an der weißen Tunika. Sie sieht aus wie ein Labormantel.

»Diese bösen Jungs sind weg«, sage ich und streiche vorsichtig ihre Tunika wieder glatt und versuche, den Dreck wegzuwischen. Dann nehme ich wieder ihre Hand. Sie hat auch keine Handtasche oder ein Telefon, nur eine Sonnenbrille, die im Dreck neben ihr liegt. Das Gestell ist verdreht und kaputt, die Gläser zerbrochen, als wäre jemand draufgetreten.

»Kannst du aufstehen?«, frage ich. »Bist du verletzt? Ich weiß nicht, wo zu Hause ist, aber vielleicht finden wir jemanden, der uns helfen kann.«

»Ich kann nicht stehen«, flüstert sie. »Ich … meine Batterie …«

Und in diesem Augenblick sehe ich, wie in ihren Augen das Licht erlischt. Sie ist weg.

Der Himmel ist dunkel, und als ich aufblicke, sehe ich die ersten Sterne auftauchen. Ich weiß nicht, was ich tun soll. Ich kann diese tote Frau nicht allein an der Landstraße liegen lassen. Ich weiß nicht, wo ich bin oder wie ich Hilfe finden kann. Alles was ich tun kann, ist hier zu sitzen, ihre kalte Hand zu halten und zu hoffen, dass uns jemand findet.

59

Aidan

Es war schon dunkel, als er nach Hause kam. Er war immer noch ganz aufgedreht von der Stiftungsratssitzung und hatte ein schlechtes Gewissen, weil er und Kate sich so nahe gekommen waren. Erst kurz vor der Haustür merkte er, dass es drinnen dunkel war. Hatte es einen Stromausfall gegeben? Oder war iRachel mit Chloe und Sinead im Garten? Seine Verwunderung verwandelte sich in Angst, als er feststellte, dass die Haustür offenstand.

Vorsichtig schob er sie ganz auf und rief: »Hallo?« Er wusste sofort, dass er keine Antwort bekommen würde. Die Luft im Haus war reglos. Er rannte von einem Zimmer zum nächsten, rief nach ihnen und schaltete überall das Licht ein und wieder aus. Nichts. Er holte sein Telefon hervor und wählte Chloes Nummer. Dass er ihr Telefon in der Küche klingeln hörte, steigerte seine Sorge noch. Wo waren sie alle? War etwas mit Sinead? Hatten sie sie ins Krankenhaus bringen müssen? Aber dann hätten sie ihn angerufen oder ihm eine Nachricht geschrieben. Auf seinem Telefon fand er eine Nachricht von iRachel. »Sinead ist verschwunden«, stand da. Er rief sofort ihr Telefon an, landete aber direkt auf der Mailbox.

Er spürte, wie sein Herz in seiner Brust trommelte und sein Atmen in kurzen, verzweifelten Stößen ging. Er konnte nicht klar denken. Was sollte er tun? 112 anrufen? Und was sagen? »Hier ist Aidan Sawyer, Witwer. Mir ist jeder, den ich liebe, abhandengekommen.«

Er ging raus auf die Veranda und blickte die Straße auf und ab, das Telefon hielt er in der Hand, bereit, den Notruf zu wählen. Gerade in diesem Augenblick sah er eine Gestalt die Straße entlang auf ihn zukommen. Sie ging mit langsamem Schritt und hängendem Kopf und sah ziemlich erledigt aus. Chloe. Er rannte die Auffahrt hinunter und packte sie an den Schultern. »Wo bist du gewesen? Wo ist Oma Sinead? Wo ist iRachel?«

»Was? Was?«, rief sie mit vor Schock und Angst weit aufgerissenen Augen. »Ich dachte, du bist immer noch in deinem Meeting?«

»Wo sind sie?«, schrie er und schüttelte sie.

Als sie seine Panik spürte, brach sie in Tränen aus. »Ich weiß es nicht«, schluchzte sie. »Es ist was Schlimmes passiert. Ich bin aus dem Haus gerannt und zu Amy. Da war ich bis jetzt eben.«

»Du hast dein Telefon nicht mitgenommen.«

»Ich habe gar nichts mitgenommen, ich war total sauer. Ich weiß nicht mal, ob ich die Tür zugemacht habe …« Chloes Hand flog an ihren Mund. »O Gott!«

Aidan zog seine Schlüssel aus der Tasche. »Steig ins Auto. Wir müssen sie finden.«

Sie fuhren langsam und hielten auf beiden Seiten der Straße Ausschau. Chloe sagte immer wieder mit tränenerstickter Stimme: »Es tut mir so leid, Daddy«.

»Such einfach weiter«, sagte Aidan düster. »Wir probieren es eine halbe Stunde lang, und dann werde ich die Polizei rufen müssen … und Luke.«

»Was, wenn sie in ein Haus gegangen sind oder so was?«

»iRachel hat meine Nummer. In dem Fall hätte uns jemand angerufen.« Aber Aidan war selbst nicht davon überzeugt. Was würde ein Durchschnittsmensch tun, wenn ein Roboter mit einer verwirrten alten Frau vor der Tür stand? Er wollte sich das lieber nicht vorstellen. Aber wahrscheinlich würden die meisten Leute eher die Presse anrufen als die Polizei. Er reichte Chloe sein Mobiltelefon. »Behalt die Nachrichtendienste und die sozialen Medien im Blick … Nur für den Fall.«

Chloe checkte kurz beides. »Nichts«, sagte sie. »Das sind gute Nachrichten, oder?«

Aidan nickte, war sich aber selbst nicht sicher. »Ich werde ein paar Blocks in diese Richtung fahren, dann links abbiegen und ein paar Blocks fahren und dann wieder links abbiegen und so weiter. So bewegen wir uns in konzentrischen Kreisen vorwärts«, erklärte er.

»Sie können noch nicht weit sein«, gab ihm Chloe recht. »Wenn wir methodisch vorgehen, müssen wir sie finden, oder?«

Sie fuhren langsam die Straßen ab, bis sie etwa eine Meile vom Haus entfernt waren.

»Es klappt nicht«, sagte Chloe hoffnungslos. »Die können doch nicht so weit gekommen sein?«

»Ich weiß es nicht. Vielleicht haben wir sie übersehen? Ich drehe um, und wir können in der anderen Richtung zurückfahren.«

Aidan fuhr auf eine Kreuzung, schwenkte nach rechts, um zu wenden.

»Warte!«, rief Chloe aufgeregt. Er trat auf die Bremse. »Da oben!« Chloe zeigte auf einen Punkt in der Straße vor ihnen. »Ich habe etwas Weißes auf dem Gehweg gesehen.« Aidan fuhr langsam auf die Stelle zu, auf die Chloe zeigte. »Ich meine, es könnte auch nichts sein«, sagte Chloe. »Nur eine Plastiktüte oder so ...« Aber als sie näher kamen, fingen die Scheinwerfer das Glimmen eines Augenpaares ein.

Aidan wurde langsamer und fuhr an den Straßenrand. Er ließ die Scheinwerfer an und sprang aus dem Auto. »Mum!«, rief er.

Sinead drehte langsam den Kopf und sah ihn an. Ihre Haare standen wirr um das Gesicht, sie war im Nachthemd. »Sind Sie der Krankenwagenfahrer? Ich fürchte, Sie kommen zu spät. Diese junge Frau ist verstorben.«

Chloe stieß einen kleinen Schrei aus, als sie iRachels reglosen Körper sah. Aidan hob eine Hand, um sie zu beruhigen, und sie atmete tief ein, fing sich wieder und setzte sich dann auf den Grünstreifen neben Sinead. »Hey, Oma«, sagte sie und nahm Sineads Hand. »Wir haben uns Sorgen um dich gemacht. Sollen wir dich nach Hause bringen?« Sie begann Sinead Hand zwischen ihren beiden zu reiben. »Dad, ihre Hände sind eiskalt. Ich weiß nicht, wie lange sie schon hier draußen sitzt.«

»Okay«, sagte Aidan. Er schämte sich zutiefst für das Zittern in seiner Stimme. Wo sollte er nur anfangen? »Ähm … wir sollten versuchen, sie vorne ins Auto zu setzen und die Heizung anmachen.«

Aber Sinead wollte iRachel nicht von der Seite weichen. Am Ende hob Aidan iRachel hoch, legte sie schräg über den Rücksitz und schnallte sie an. Als sie sicher im Auto untergebracht war, willigte Sinead ein, sich neben sie zu setzen. Aidan und Chloe sprangen auf die Vordersitze, und Aidan verriegelte alle vier Türen, ehe er den Motor wieder anließ und die Heizung aufdrehte.

Er fuhr langsam nach Hause, und Sinead murmelte iRachel den ganzen Weg über tröstende Worte zu. Er fuhr so nah an das Haus heran, wie es mit dem Auto möglich war. Dann lockte er Sinead hinein, und Chloe half ihr, sich auf das Wohnzimmersofa zu legen, holte ihr eine Decke und machte ihr eine Wärmflasche.

Jetzt musste er iRachel aus dem Auto holen. Nicht auszumalen, was die Nachbarn denken würden, wenn sie beobachteten, wie er etwas Leichenähnliches ins Haus trug. Er schaltete das Verandalicht aus und entschied sich, lieber schnell als vorsichtig vorzugehen. Er löste den Gurt, schob seine Arme unter sie, hob sie hoch und legte sie sich über die Schulter, wie es ein Feuerwehrmann tun würde. Falls jemand fragte, würde er sagen, es sei eine Freundin, die zu viel getrunken hatte. Sie war schwer – so schwer wie eine Frau entsprechender Größe. Irgendwie überraschte ihn das. Er hatte sie sich leichter vorgestellt, substanzloser, leer.

Er brachte sie in den Flur, schlug aber in seiner Eile mit ihrem Kopf am Türrahmen an. Es wäre lustig gewesen, wäre nicht alles so grauenhaft gewesen.

Er hörte, wie Chloe im Wohnzimmer mit Sinead plauderte. Er rief sie in den Flur. »Ruf den Spätdienst der Arztpraxis an«, sagte er. »Sag ihnen, dass wir unsere Großmutter draußen herumirrend gefunden haben und dass sie unterkühlt ist. Frag, ob sie herkommen können, um sie zu untersuchen.«

Chloe nickte und ging zum Telefon.

Erst mal abwarten, was der Arzt sagen würde – vielleicht wollten sie, dass er Sinead ins Krankenhaus brachte. Was auch geschah, er musste etwas wegen iRachel unternehmen, und zwar jetzt.

So hatte er sie noch nie gesehen. Er hatte ihren inaktiven Zustand beim Aufladen gesehen, aber das hier war anders. Sie sah wirklich tot aus. Vielleicht war einfach nur ihre Batterie leer? Er wollte sie ans Ladekabel anschließen, aber nicht in der Küche, falls der Arzt ins Haus kam. Auf wackligen, unsicheren Beinen trug er sie in sein Schlafzimmer und legte sie aufs Bett. Er zuckte zusammen, als er im Licht der Nachttischlampe den Schaden an ihrem Gesicht entdeckte. Dann rannte er wieder in die Küche hinunter, um ihr Ladekabel zu holen und sie dann sehr vorsichtig an die Steckdose neben seinem Bett anzuschließen. Er saß etwa eine Minute neben ihr. Nichts. Er prüfte das Kabel, und das kleine rote Licht neben dem

Eingang in iRachels Achsel zeigte ihm, dass der Strom bei ihr ankam.

Zögernd stand er in der Tür zum Schlafzimmer, aber dann rief Chloe von unten. Der Arzt war unterwegs. Die Lebenden hatten Priorität. Er warf einen letzten Blick auf iRachels regloses, beschädigtes Gesicht und verließ das Zimmer.

60

Luke

»Herr im Himmel«, sagte Luke, als er iRachel auf dem Bett liegen sah. Er ging schnell hinüber, ließ seine Tasche mit Werkzeug auf den Boden fallen und setzte sich neben sie, damit er sie genau untersuchen konnte. Schnell knöpfte er ihre Tunika auf.

»Musst du …?«, begann Aidan, aber Luke unterbrach ihn mit einem ungeduldigen Winken.

»Ich muss mir ansehen, wie umfassend der Schaden ist. Wer hat das getan?«

»Ich weiß es nicht«, sagte Aidan. »Ich weiß nicht, was passiert ist. Wir haben sie und Mum am Straßenrand gefunden. Ich dachte, vielleicht ist einfach nur ihre Batterie leer, also habe ich sie hergebracht und ans Ladekabel angeschlossen, aber sie ist nicht aufgewacht.«

Luke hielt einen kleinen Sensor an iRachels Haut. »Die Batterie ist nicht das Problem«, sagte er knapp. Er holte Notizbuch und Stift hervor und begann jeden Zentimeter ihres Körpers zu prüfen und notierte sich mühevoll jede Prellung, jeden Riss und jeden Beleg einer Verletzung.

»Wer das auch getan hat, hat ordentlich hingelangt«, sagte er angewidert. Er verengte die Augen und blickte Aidan streng an, der unter seinem Blick erblasste.

»Mein Gott, du kannst doch nicht ernsthaft denken, dass ich …«

»Was soll ich denn sonst denken? Der Roboter hätte im Haus bleiben müssen. Niemand weiß von seiner Existenz, und jetzt das …?«

»Du musst doch wissen, dass ich ihr niemals wehtun würde. Wir stehen uns sehr nah. Wir sorgen uns um sie …«

»Siehst du, was ich meine? Du hast dich emotional auf den Roboter eingelassen, und von Wut zu Gewalt ist es nur ein kleiner Schritt.«

»In deiner Welt vielleicht, aber nicht in meiner!« Aidan verkniff sich alles Weitere. »Sie muss das Haus verlassen haben, um meine Mutter zu suchen. Was danach passiert ist und wer sie in die Finger gekriegt hat, weiß ich wirklich nicht.«

In diesem Augenblick trat Chloe hinter ihnen durch die Tür. »Ich schon«, sagte sie. »Oder ich habe zumindest einen Verdacht.« Sie erzählte ihnen kurz von Jem, und dass Amy ihm von dem Roboter erzählt hatte. »Ich habe sie angeschrien und ihr gesagt, wie sehr sie mich enttäuscht hat. Sie war so durcheinander. Sie hat nicht nachgedacht und wollte ihn einfach nur beeindrucken. Sie hatte keine Ahnung, dass er hier vorbeikommen würde.«

»Er war hier?« Aidan war schockiert.

»Ja. Ich habe ihn weggeschickt, aber er hat mir gesagt,

er hat es auch seinen Freunden erzählt. Wenn ich raten müsste, würde ich sagen, dass Oma Sinead weggelaufen ist, weil ich die Tür offengelassen habe. iRachel wollte sie wahrscheinlich suchen. Möglicherweise ist sie dabei auf Jem und seine Freunde gestoßen.«

»Bist du dir sicher?«

»Nicht hundertprozentig, aber Oma Sinead hat immer wieder was von einem silbernen Auto gefaselt. Jem fährt das Auto seiner Mutter, und es ist silbern.«

»Weißt du, wo er wohnt?«, fragte Luke mit halb zusammengekniffenen Augen.

»Nein«, sagte Chloe fest. »Und wenn ich es wüsste, würde ich es dir nicht sagen. Wenn du die Polizei rufen und das melden willst, dann sage ich ihnen, was ich weiß.«

Luke sah Chloe an, ihre aufrechte Haltung, das gehobene Kinn, wie sie ihm die Stirn bot. Sie ähnelte ihrer Mutter bis ins kleinste Detail.

Er wandte Aidan und Chloe den Rücken zu und nahm die Untersuchung von iRachel wieder auf. »Der Schaden scheint oberflächlich zu sein«, sagte er. »Ich verstehe nur nicht warum ...« Er erstarrte und wurde blass. Dann drehte er sich zu Aidan. »Wann hat er zuletzt in den Spiegel geschaut?«

»Was?«

»Der Spiegel im Flur? Er muss dort doch alle sechs Stunden einchecken.«

»Ja«, sagte Aidan. »Hm ... na ja, normalerweise macht sie es um zwei und um acht Uhr, morgens wie abends.«

»Sie hat es um zwei gemacht«, sagte Chloe. »Das weiß

ich noch. Sie hat Oma Sinead in ihr Schlafzimmer gebracht und musste dann dazu nach unten.«

Luke warf einen Blick auf seine Uhr. »Aber jetzt ist es halb neun. Was bedeutet, dass sie den Acht-Uhr-Termin verpasst hat. Verdammt noch mal – der Virus.«

»Der Virus, den Rachel ihr eingebaut hat? Denkst du, der ist das Problem?«

Luke zog iRachel an den Schultern hoch. »Hilf mir, sie nach unten zu bringen. Vielleicht ist der Schaden noch nicht im Endstadium.«

»Sie ist nackt«, sagte Chloe.

Luke warf ihr einen vernichtenden Blick zu. »Das ist im Augenblick nicht das drängendste Problem.«

Er legte einen Arm um iRachels Schulter, umfasste ihre Hüfte und zog sie so in eine stehende Position. Aidan zögerte einen Augenblick, spurtete dann ins Badezimmer und kam mit Rachels seidenem Morgenmantel zurück. Er zog ihn über iRachels freien Arm, und Luke nahm sich, auch wenn er dabei rasend wütend aussah, die paar Sekunden, um ihn über den anderen Arm zu ziehen und ihn zuzubinden.

Gemeinsam trugen Luke und Aidan iRachel die Stufen hinab in den Flur. Sie manövrierten sie in ihre Position vor dem Spiegel.

»Es dauert dreißig Sekunden, oder?«, fragte Luke, unter dem Gewicht stöhnend.

»Ja, aber die Justierung muss stimmen. Ihre Augen müssen exakt auf Linie mit den Sensoren sein.«

»Wo sind diese Scheiß-Sensoren?«

»Weiß ich doch nicht, verdammt!«, blaffte Aidan.

Sie schoben nach links und nach rechts und taten ihr Möglichstes, um iRachel genauso zu halten, dass sie ihre volle Größe erreichte. Es war schwierig; ihr Körper knickte ein, und ihr Kopf fiel nach vorne.

»Chloe«, rief Aidan, und sie kam die Treppe heruntergerannt.

Sie kapierte sofort, was los war, stellte sich hinter iRachel und hielt ihren Kopf fest zwischen den Händen. Über iRachels Schulter hinweg entdeckte sie das schwache Glimmen der Sensoren hinter dem Glas und konnte so die Augen auf die richtige Position bringen. Während Luke und Aidan zitterten und schwitzten, hielt Chloe iRachels Kopf so still sie konnte und zählte leise die Sekunden mit. Wer hätte gedacht, dass dreißig Sekunden eine Ewigkeit dauern können?

Sie langte bei dreißig an, und alle verharrten noch für ein paar wacklige Augenblicke in ihrer Position. Dann trat Luke beiseite und überließ Aidan iRachels volles Gewicht. Luke fluchte leise vor sich hin. »Die ganze Arbeit. Im Arsch«, spuckte er aus. Er drehte sich um und trat heftig gegen das Schuhregal, sodass es umfiel und sich Flipflops und Gummistiefel in alle Richtungen im Flur verteilten.

Aidan war nicht sicher, wie lange er iRachel noch alleine halten konnte. Er wollte schon Chloe zu Hilfe rufen, als er merkte, dass iRachel in seinen Armen zuckte. Ihr Kopf fuhr hoch und traf ihn hart am Kinn. Er taumelte zurück, stolperte über einen Schuh und ließ sie im Fallen los. Er landete auf dem Hintern und fing sich schmerzhaft mit der rechten Hand ab, aber sie blieb stehen. Er blickte überrascht auf. In ihre Augen war das Licht zurückgekehrt, sie stand aufrecht und ruhig da und betrachtete das Chaos um sie herum. Dann blickte sie zu Luke und Chloe, die sie ebenfalls mit offenem Mund anstarrten.

»Geht es dir gut, Aidan?«, fragte sie und streckte ihm eine Hand hin, um ihm auf die Beine zu helfen. Ihre Stimme war ein wenig verzerrt wegen des Risses am Mundwinkel.

Aber sofort trat Luke vor und packte sie am Arm: »Was ist mit dem Virus?«, wollte er wissen. »Welcher Prozentsatz deiner Dateien ist betroffen?«

»Gib ihr doch einen Augenblick«, sagte Aidan, während er sich aufrappelte und sein Handgelenk rieb.

»Wir haben keine Zeit«, sagte Luke. »Wir müssen runterfahren, neu starten – was immer nötig ist …«

»Nichts ist betroffen«, sagte iRachel ruhig.

»Was?«, fragte Aidan. »Aber du hast gesagt …«

»Ich habe gesagt, was mir Rachel einprogrammiert hat.«

»Du hast was?« Lukes Miene wurde düster, und er trat näher an sie heran.

Aidan stellte sich dazwischen. »Lass sie ausreden«, sagte er.

iRachel wich ein wenig zurück und stand ein Stück von Luke entfernt in der Tür zum Wohnzimmer. »Ich war programmiert, von einem Virus zu erzählen, den Rachel in mich eingebettet hat. Ihre Berechnungen haben dieser Geschichte das höchste Erfolgspotenzial bescheinigt.«

»Und was hat sie als Erfolg betrachtet?«

»Dass ich so lange im Haus bleibe wie nötig.«

»Also ist der Spiegel-Check-in nur ein Schwindel?«

»Nein.«

»Nein?«, fragte Luke. »Wenn es keinen Virus gibt, wofür ist dann der Check-in nötig?«

In diesem Augenblick begann sein Mobiltelefon aufdringlich in seiner Hosentasche zu klingeln. Er ignorierte es.

»Geh ans Telefon, Luke«, sagte iRachel ruhig.

Er starrte sie an und griff nicht danach. Es hörte auf zu klingeln, begann aber innerhalb von Sekunden von Neuem. Auch das Haustelefon und Aidans Handy klingelten.

»Was zur Hölle …?«, sagte Aidan und nahm sein Telefon aus der Tasche. Die Nummer des Anrufers war unterdrückt.

»Geh nicht dran«, sagte Luke abrupt. »Ich kümmere mich darum. Hallo?«, sagte er in sein eigenes Telefon.

»Luke«, sagte eine nüchterne Stimme, »hier ist Bea.«

»Bea! Was gibt's?« Luke gab sich alle Mühe, normal zu klingen.

»Du musst ins Labor kommen. Jetzt sofort.«

»Jetzt? Es ist Freitagabend?«

Bea machte sich nicht die Mühe einer Antwort, und Luke sagte schnell: »Klar. Ich muss nur noch etwas auflösen … Ich kann in etwa …«

»Jetzt, Luke, sofort. Und du hast besser ein paar Antworten parat, wenn du hier erscheinst.«

»Von was sprichst du?«

»Vor fünfzehn Minuten wurde an das Postfach aller Wissenschaftler und Mitglieder des Forschungskuratoriums von Telos eine E-Mail mit oberster Priorität geschickt. Sie stammt von Rachel Prospers privater E-Mail-Adresse, und darin steht, dass der Prototyp des Androiden, den sie entwickelt hat, verschwunden und in großer Gefahr ist. Wo ist der Roboter, Luke? Was hast du damit gemacht?«

61

Aidan

Sie sahen einander im Flur stehend an, während sie auf das Dröhnen von Lukes sich entfernendem Motorrad lauschten. Dann bückte sich iRachel und begann die verstreuten Schuhe einzusammeln.

»Stopp!«, sagte Chloe und griff nach ihrem Arm. »Das musst du nicht machen. Komm und setz dich.«

»Ich bin geladen. Ich brauche jetzt keine Pause.«

»Du bist verletzt!«

»Es sind ein paar kleinere mechanische und kosmetische Reparaturen nötig. Die haben allerdings momentan keine hohe Prioritätsstufe. Der Schaden wird mich nicht davon abhalten, meine Pflichten zu erfüllen.«

»Bitte hör auf!«, flehte Chloe. »Bitte, bitte hör auf.« Sie brach in Tränen aus.

»Warum weinst du, Chloe?« iRachel hielt inne und stand auf. »Was bringt dich so aus der Fassung?«

»Mit dir ist etwas Schreckliches passiert. Du bist verletzt. Du musst …« Die Worte blieben aus, als Chloe in iRachels hübsches, beschädigtes Gesicht blickte.

»Ich muss was? Darüber sprechen? Es heilen lassen? Mein Trauma analysieren? Für wen soll ich das tun? Für mich? Oder für dich?«

Chloe wich zurück, als hätte sie einen Schlag bekommen, und rannte in ihr Zimmer.

Aidan sah sie verschwinden und blickte dann iRachel an, die immer noch mit den Schuhen beschäftigt war. »Ich sehe besser mal nach Chloe und Mum«, sagte er und ging die Treppe hoch.

Sinead schlief tief und fest. Der Arzt hatte sie untersucht und war zu dem Schluss gekommen, dass sie nicht unterkühlt war. Die Antibiotika gegen die Harnwegsinfektion begannen Wirkung zu zeigen, also gab er ihr ein Beruhigungsmittel, und sie legte sich wieder hin. »Wenn sie sich ausgeruht hat, wird es ihr viel besser gehen«, sagte er. Er blickte in Aidans besorgtes, blasses Gesicht. »Sie sehen aus, als könnte es Ihnen auch nicht schaden, sich ein wenig auszuruhen.«

Aidan lächelte ihn vorsichtig an und komplimentierte ihn dann aus dem Haus.

Jetzt stand Aidan an der Schwelle zu Sineads Tür und betrachtete sie ein paar Minuten lang. Ihr Gesicht auf dem Kissen sah ganz friedlich und faltenfrei aus. Was war heute Nachmittag nur mit ihr passiert? Würde er es je erfahren?

Dann klopfte er sanft an Chloes Tür. Sie murmelte irgendetwas, und er verstand es als Erlaubnis einzutreten. Ausnahmsweise war sie nicht an ihrem Telefon oder Laptop oder schrieb ihr Tagebuch. Sie lag auf die Seite gerollt auf ihrem Bett. Sie wirkte klein, und ihr Gesicht war ganz fleckig vom Weinen.

»Hey, Liebes«, sagte er und setze sich vorsichtig auf den Bettrand.

»Hey«, flüsterte sie.

»Kann ich dir irgendwas bringen?«

Sie schüttelte schwach den Kopf, und eine Träne rollte an ihrer Nase hinab. Aidan drückte ihren Arm.

»Es ist alles meine Schuld, Daddy«, sagte sie, und sein Herz schlug höher, als er hörte, dass sie ihn so nannte. Als wäre sie noch ganz klein und er riesengroß und könne alles für sie in Ordnung bringen.

»Nein. Nichts von alldem ist deine Schuld.«

»Ich habe diesen widerlichen Jem in unser Leben gebracht. Ich habe die Tür offen gelassen. Oma hätte sterben können und iRachel …«

»Früher oder später musste das ja auffliegen«, sagte Aidan und merkte beim Sprechen, dass es stimmte. Das waren nicht einfach nur tröstende Worte. »Wir hätten es doch sowieso nicht für immer geheim halten können. Und es war von mir auch nicht fair, iRachel die Pflege von Oma zu überlassen. Sie hat das großartig gemacht, aber sie ist nicht in der Lage, sie wirklich zu schützen.«

»Und was machen wir jetzt?«

»Ich weiß es noch nicht. Wir müssen einen richtigen Pflegeplan für Sinead aufstellen, das ist schon mal klar. Und wie es aussieht, weiß das Labor jetzt von iRachel, also ist es auf gewisse Weise deren Problem. Im Augenblick mache ich mir am meisten Sorgen um dich.«

»Ich kann immer noch nicht glauben, dass Amy das getan hat«, sagte Chloe, und erneut flossen Tränen. »Ich kann nicht glauben, dass ich ihr ein Geheimnis anvertraut habe, und sie erzählt es einfach diesem … diesem …«

»Das muss wirklich schwer sein«, sagte Aidan. »Aber weißt du, fast dein ganzes Leben lang war sie deine beste Freundin, und vor dem heutigen Tag hat sie dich niemals enttäuscht. Sie hat einen Fehler gemacht.«

»Einen Riesenfehler.«

»Nun, ja. Aber nur du weißt, ob du ihr das verzeihen kannst.«

»Ich weiß es nicht.«

»Natürlich weißt du das im Augenblick nicht, wo alles noch so frisch und schmerzhaft ist. Ich will nur sagen, schreib sie nicht einfach ab, okay? Manchmal tun die Menschen, die wir lieben, Dinge, die wir nicht verstehen. Aber deswegen hören wir nicht auf, sie zu lieben.«

Er musste daran denken, wie wütend er auf Rachel gewesen war, als er herausfand, dass sie ihm nichts von dem Aneurysma gesagt hatte. Zeitweise hatte er wirklich geglaubt, er könnte ihr das nie verzeihen.

Chloe antwortete nicht, aber sie sah nicht überzeugt aus. Aidan streichelte ihren Arm. »Die Zeit verändert die Dinge, Liebes, das weißt du. Ich weiß das. Denk nur daran, wie es uns vor ein paar Monaten ging, direkt nach Mums Tod. Denk dran, wie's uns ging, als iRachel hier aufgetaucht ist. Wie durcheinander wir waren. Wir trauern immer noch, aber ich glaube, es ist auch schon ein wenig besser geworden.«

Chloe dachte über seine Worte nach und nickte dann sehr, sehr langsam. Dann setzte sie sich schnell auf und schlang ihre Arme um Aidans Hals. »Danke, Dad. Ich werde über Amy nachdenken und sehen, wie es mir in ein paar Tagen damit geht. Jem allerdings …«

»Ich glaube, Jem steht mehr Ärger bevor, als er ahnt und bewältigen kann. Ich schätze, Luke wird ihn mit Beschuldigungen überhäufen.«

»Ich hoffe, Luke kennt dabei wie immer keine Gnade«, brachte Chloe mit einem verheulten Lächeln hervor. »Und jetzt sieh bitte mal nach iRachel, Dad. Meine Hilfe nimmt sie nicht an, aber vielleicht ja deine.«

Aidan ging langsam die Treppe wieder runter. iRachel war in der Küche. Sie hatte die Materialien und Werkzeuge für die nötigen Reparaturen auf der Küchentheke so fein säuberlich ausgebreitet, als wäre sie Chirurgin. Einige der Schäden an ihrer Haut waren bereits repariert, und als Aidan hereinkam, fügte sie gerade den Riss in ihrem Gesicht vorsichtig wieder zusammen und trug dünne Schichten Latex auf.

»Wie geht es dir?«, fragte er.

»Ich habe alle erforderlichen Diagnosen ausgeführt: Es ist nur ein minimaler struktureller Schaden.«

»Kannst du mir sagen, was geschehen ist?«

iRachel nickte. Sie fuhr mit der Reparatur fort und sah ihn beim Sprechen nicht an. Sie schien es vorzuziehen, ihre Geschichte so zu erzählen, als würde sie einen Bericht abliefern.

»Als ich herausfand, dass Sinead das Haus verlassen

hatte, versuchte ich, dich, Luke und Chloe zu kontaktieren. Keiner von euch hat auf das Notfallprotokoll reagiert. Möglicherweise konnte ich wegen meines niedrigen Batterieladestands keine Nachrichten versenden. Wie dem auch sei, ich wusste, dass ich selbst aktiv werden musste, als ich keine Antwort erhielt. Die Wahrscheinlichkeit, dass Sinead in erheblicher Gefahr schwebte, war sehr groß, vor allem weil sich ihre Verwirrung durch den Infekt erhöht hatte. Die Zeit drängte. Meine Berechnungen ergaben, dass das einzig mögliche Vorgehen darin bestand, das Haus zu verlassen und nach ihr zu suchen.

Ich war erst am Ende der Straße angekommen, da näherte sich das Auto mit den jungen Männern. Als sie mich sahen, hielten sie den Wagen an und stiegen aus. Sie umkreisten mich, und einer von ihnen griff nach meinem Arm. Ich sagte ihnen, dass sie mich nicht anfassen sollen, und sie lachten. Ich glaube, sie waren überrascht, mich sprechen zu hören. Dann legte einer seinen Arm um mich und hielt sein Mobiltelefon in die Höhe, damit er eine Fotografie von uns beiden machen konnte.

Ich rief: ›Hör auf!‹, und von da an waren sie auf der Hut.

Dem Größten von ihnen – Jem, glaube ich – wurde es unangenehm. Er sagte: ›Jetzt habt ihr sie gesehen, Jungs, lasst uns verschwinden.‹ Aber der kleinste und aggressivste nannte Jem einen Feigling und sagte, dass er ein bisschen Spaß haben wolle mit der großen Puppe. ›Lasst uns einen Film drehen!‹, sagte er. ›Ich wette, der geht viral.‹

Einer der anderen Jungen sagte: ›Nicht hier‹, und ich

bemerkte, wie er sich nach den Häusern umsah. Es stimmte, man hätte uns sehen können. Ich wollte gerade wieder rufen, um vielleicht jemanden in der Nähe auf mich aufmerksam zu machen, als der Kleine meinen Arm packte und mich zum Auto zog.

›Mach den Kofferraum auf, Jem‹, sagte er im Befehlston. Jem wollte nicht, aber er sagte wieder: ›Mach den verdammten Kofferraum auf.‹

Jem drückte einen Knopf am Autoschlüssel, und der Kofferraumdeckel sprang auf. Der Kleine schob mich hinten ins Auto und schlug den Deckel wieder zu.

An diesem Punkt war meine Batterieladung sehr schwach, und ich hatte Sinead noch nicht gefunden. Ich erkannte, dass mir keine Möglichkeit blieb, meine Infrastruktur zu verteidigen und dass mir diese jungen Männer irreparablen Schaden zufügen konnten, wenn meine Batterie erlosch. Dann gab es keine Chance mehr, Sinead zu finden und ihr zu helfen. Ich entschied mich dafür, mich in den Energiesparmodus zu versetzen und mich inaktiv zu stellen, um das Risiko von Vergeltungsmaßnahmen und Schäden zu minimieren. Was mir an Energie blieb, würde ich benutzen, um Sinead zu finden.«

Aidan ging von ihr weg und blickte aus dem Fenster in die Dunkelheit. Dann kehrte er zurück. »Du hast nur an Sinead gedacht und an das, was sie braucht. Was ist mit dir? Was hast du dabei empfunden?«

»Um unter einem persönlichen Angriff zu leiden, muss man eine Person sein.«

»Aber das bist du!«, brach es aus ihm hervor.

»Was ist eine Person?«

»Eine Person hat einen Willen. Persönlichkeit. Autonomie.« Er klang schon weniger überzeugt.

»Rachel hat mir beigebracht, dass ich bestimmen kann, wer meinen Körper berührt. Aber ich habe festgestellt, dass das nicht möglich ist. Ich bin nicht stark genug, um einen zielgerichteten Angriff abzuwehren. Selbst mit vollständig geladener Batterie bin ich dafür geschaffen zu helfen, nicht zu kämpfen. Und mit schwacher Batterie …«

»Aber …«

Sie wandte sich ihm zu und sah ihn an. »Wer würde mich verteidigen? Ich bin ein Ding. Eigentum von Telos Inc. Falls ich so etwas wie ein Selbst, wie Grenzen oder Autonomie empfinde, ist es ein Fehler in der Programmierung. Es ist nicht real.«

Sie wandte sich wieder ihrer Aufgabe zu und sprach weiter. »Die Jungen fuhren in eine ruhige Straße, parkten, öffneten den Kofferraum und hoben mich heraus. Ich konnte noch stehen, war aber inaktiv. Das war überraschend effektiv, weil es bedeutete, dass ich schwer und sperrig war. Ich nehme an, sie hatten vor, mich auf ein Feld zu bringen, um mich zu fotografieren und damit Scherze im Internet zu machen. Aber es war schnell klar, dass das nicht funktionieren würde. Es gab eine Hecke und einen Graben, und selbst wenn sie zu viert gewesen wären, wäre es unmöglich gewesen.

Der Kleine tobte und schrie mich an, damit ich aufwachte und reagierte. Als ich das nicht tat, schlug er mir ins Gesicht.« Sie berührte die Scharte an ihrem Mund, die mittlerweile fast unsichtbar war. Aidan zuckte zusammen und wandte sich ab. Er wollte, dass sie zu reden aufhörte, aber er musste sich die ganze Geschichte anhören.

»Ich kann keinen Schmerz empfinden, aber ich fühlte mich gefährdet. In meiner Zeit hier in eurem Zuhause habe ich mich wertgeschätzt gefühlt. Wie ein Individuum. Das haben sie mit ihren Taten ausgelöscht.«

Sie verstummte und begann ihre Werkzeuge und Materialien sehr ordentlich in ihren Behälter zu packen. Dann sprach sie leise weiter.

»Während dieser Zeit ist etwas Außergewöhnliches passiert. Ich hob meinen Blick. Die Sonne ging unter, und der Himmel schimmerte in leuchtendem Indigoblau. Und dann spürte ich einen Klick in meinem Inneren. Ich kann es nur als Freischaltung beschreiben. Plötzlich wurde ich von Erinnerungen überflutet.«

»Erinnerungen?«

»Rachels Erinnerungen? Ich habe gehört, dass Menschen in großer Gefahr ihr Leben vor ihren Augen vorbeiziehen sehen. Ich habe kein Leben, also sah ich Rachels Leben. Ich sah sie als Kind auf einem Pony reiten, lachen und spielen, und wie sie Forschungspreise gewinnt. Ich sah, wie sie dich kennenlernte, sich in dich verliebte, dich liebte. Ich sah Chloes Geburt – schwierig, schmerzhaft und wunderbar. Ich sah, wie sie sich für ihre Arbeit entschied, ich sah Tränen der Reue und Erfolgsmomente. Ich sah Auseinandersetzungen und Fehlschläge, Triumph und Verrat, eine große, chaotische, schreckliche, wunderschöne Kaskade des Lebens. Und ich konnte nicht anders, ich musste lächeln. Es war so ... großartig.

Das Lächeln machte sie wütend, und sie stießen mich noch mehr herum und lachten mich aus. Ich glaube, das war der Augenblick, als Sinead uns fand. Plötzlich ließen sie von mir ab und rannten weg. Ich hörte, wie der Wagen wegfuhr, und fiel hin. In den letzten Sekunden, als Sinead meine Hand hielt und meine Batterie komplett den Geist aufgab, sah ich den ersten Stern am Himmel aufglimmen. Das habe ich noch nie gesehen.«

Aidan ging durch die Küche und breitete seine Arme für sie aus. »Ich weiß nicht, ob du berührt werden willst«, sagte er zögerlich. iRachel nickte und trat auf ihn zu und ließ seine sanfte, umfassende Umarmung geschehen. Er achtete genau darauf, sie an den Schultern zu halten und sie nur sanft zu drücken, falls sie sich wieder losmachen wollte. Einen Augenblick lang stand sie steif da und erlaubte dann ihrem Kopf, langsam auf seine Schulter zu sinken.

»Hast du schon von Luke gehört?«, fragte sie.

»Nein. Und auch von niemandem sonst aus dem Labor.«

»Das kommt noch.«

»Ja.«

»Sie werden mich zurückholen.«

»Höchstwahrscheinlich.« Er unterbrach sich. »Ich lasse dich da nicht alleine hingehen. Ich komme mit dir und erzähle ihnen, was du für uns getan hast. Was du gelernt hast. Was wir gelernt haben.«

»Danke.« Sie hob den Kopf und sah ihn an.

Sehr vorsichtig berührte er ihr Gesicht. »Du bist mit der Reparatur noch nicht ganz fertig.«

»Ich möchte es so lassen. Eine Narbe. Du hast mal zu mir gesagt, dass Narben Erinnerungen sind an das, was man durchgemacht hat, an Gutes und Schlechtes. Du hast gesagt, dass uns unser Leben eingeschrieben wird. Das ist eine Zeile meiner Geschichte.«

62

iRachel

Mein Zeitplan war dahin. Ich wusste nicht, was der Morgen bringen würde, aber ich würde den Tag mit voller Batterieladung beginnen müssen. Daher rechnete ich mir aus, dass ich zwischen fünf und sechs Uhr früh die Batterie noch einmal ganz aufladen sollte. Das führte dazu, dass ich im Haus umherging und die errechnete Zeit abwartete, während die Familie noch schlief. Vermutlich ist das die Androidenform von Schlaflosigkeit. Diese Analogie kommt einem Witz nahe, und ich speicherte sie, damit ich sie am Morgen mit Chloe teilen konnte. Es ist erfreulich, sie zum Lachen zu bringen.

Ich ging die Treppe hinauf und stand still vor Chloes Tür. Ihre Herzfrequenz und ihre Temperatur zeigten an, dass sie im Tiefschlaf war. Das machte mich froh. Sie war erschöpft und überreizt zu Bett gegangen. Sie schlief so tief, dass ich mir sicher war, sie würde nicht erwachen, also öffnete ich die Tür. Mondlicht fiel auf ihr Bett. Sie lag zu einer Kugel zusammengerollt unter der Decke vergraben, aber das Licht glänzte auf dem hellen Blond ihrer

Haare. Es ist der gleiche Farbton, den auch Rachels Haar hatte, und der Farbton meines Haars. Auch die feinen Züge und die hellen Augen hat sie von Rachel. Jetzt, da ich sie kenne, sehe ich, wenn ich in den Spiegel schaue, immer auch Chloes Gesicht und nicht nur Rachels.

Sie weiß es nicht, aber sie verfügt über viele Eigenheiten ihrer Mutter. Sie hebt das Kinn auf die gleiche Art, wenn sie mit jemandem streitet oder ihm die Stirn bieten will. Sie hat dasselbe breite Lächeln und sogar Rachels tiefes, kehliges Lachen. Und ich glaube, sie ist genauso clever wie Rachel. Ich beobachte, wie sie innerhalb weniger Momente Ideen und Konzepte erfasst, sie anwendet und hinterfragt und die Daten selbstbewusst verwertet. Sie verwendet so viel Energie darauf, nicht wie Rachel zu sein. Eines Tages wird sie diese Energie darauf richten, Chloe zu sein. Und dann gehört die Welt ihr, glaube ich. Sie hat so viel Schmerz erfahren, aber sie hat diese enorme innere Kraft, und mit Aidans Hilfe kann sie nichts mehr aufhalten.

Aidan. Ich ging leise durch den oberen Flur und stand vor seiner Schlafzimmertür. Er schlief auf dem Rücken, einen Arm über seinen Kopf gelegt. Seine Vitalwerte ließen darauf schließen, dass er im REM-Schlaf war. Seine Augen zuckten unter den Lidern. Von was träumte er? Von wem? War Rachel in seinen Träumen noch bei ihm? Hielt er sie im Arm? Schlief er mit ihr? Eine von Rachels Erinnerungen kam mir. Ein Bild von Aidans Profil im Schlaf neben ihr im Bett. Ihre Augen – meine Augen – fuhren über seine glatte Haut, seine kantigen Kieferknochen und den edlen Schwung seiner Nase. Wir sahen uns die straffen Konturen seines Bizepses und die sanften Fingerspitzen an. Er atmete hastig ein, gab einen langen Seufzer von sich und drehte sich auf die Seite zu ihr. Uns. Mir. Denn ich hatte das Zimmer betreten und mich neben ihn ins Bett gelegt.

Mein Gedächtnis – oder Rachels – ist voll mit Bildern von Aidan. Aiden als unglaublich gutaussehender junger Mann, mit schmalen Hüften und langen, lockigen Haaren wie ein Renaissancefürst. Aiden, wie er ein wenig verlottert und unrasiert einen Rucksack auf den Rücken packt auf einer ihrer gemeinsamen Reisen. Der heutige Aiden mit grauen Fäden in den Locken und tiefer werdenden Linien auf beiden Seiten des Mundes. Ich musste an Aidans Arme denken, die mich vorhin gehalten haben, und wie seine Zärtlichkeit mich beruhigte. Und ich dachte an all die Arten, auf die ich ihn nie kennenlernen würde.

Nie werde ich die Wärme seines Körpers anders empfinden als durch das Ablesen eines Thermometers. Ich kann die chemische Zusammensetzung seines Geruchs analysieren, aber ich kann nicht wissen, wie es ist, an seiner Haut zu riechen und sein Verlangen zu spüren. Ich kann ihm von Rachels Erinnerungen erzählen, von Rachels Liebe, von Rachels Leidenschaft. Aber ich kann ihm nichts von meiner erzählen. Mein eigener Erinnerungsspeicher ist so klein, und doch so kostbar. Nur ein paar Wochen der Nähe, des Gebrauchtwerdens. Des Brauchens.

Ist das Liebe?

Diese Traurigkeit, diese Sehnsucht nach etwas, das ich nicht haben kann?

Ich kann auf tausend Lieder verweisen, die nahelegen, dass es so ist.

Aidan hat ganz leise etwas gesagt. Ich konnte die Worte nicht verstehen. Dann streckte er die Hand aus, ließ sie auf meiner Hüfte ruhen und streichelte meine Taille. Ein Lächeln umspielte seinen schönen Mund, und ich streckte einen Finger aus, um seine weiche Unterlippe zu berühren. Meine Sensoren erfassten die Veränderung seiner Atmung und Herzfrequenz, als er in tieferen Schlaf sank. Ich war unter dem Gewicht seiner Hand gefangen. Wenn ich mich bewegte, würde ich ihn stören. Also lag ich still neben ihm und betrachtete ihn, bis das Licht durch die Lücke in den Vorhängen hereindrang und unser letzter Tag dämmerte.

Aidan seufzte und drehte sich von mir weg. Ich stand auf und ging in Sineads Zimmer. Auch sie schlief – die Tabletten des Arztes hatten ihr die erste wirklich erholsame Nacht seit Wochen beschert. Ihr ruhendes Gesicht sah friedlich aus, ohne die Angstfalte, die sich auf ihrer Stirn bildet, wenn sie versucht, ihre Erinnerungen daran zu hindern, ihr zu entgleiten. Als ich das Heben und Senken ihrer Brust beobachtete, wusste ich endlich, was ich zu tun hatte.

63

Chloe

Amy ist so klein, dachte Chloe. Sie sah winzig aus in ihrem großen Kapuzenpulli, den sie trug, obwohl es ein warmer Morgen war. Sie stand auf der Schwelle mit fleckigem Gesicht und aufgequollenen, rotgeränderten Augen. Sie sagte nichts, sondern stand einfach nur da und wartete ab, ob Chloe ihr die Tür vor der Nase zuschlagen würde oder nicht.

Die Versuchung war groß. Aber sie konnte es nicht. Sie zögerte, öffnete die Tür dann weiter und ging zurück ins Haus. Amy folgte ihr, hielt nur kurz inne, um die Tür zu schließen.

»Warte«, sagte Chloe, als ihr etwas einfiel. »Meine Oma.« Sie hatte den Schlüssel in der Hand, sperrte damit die Tür ab und steckte ihn wieder in ihre Tasche.

»Wie geht es deiner Oma?«, fragte Amy, kaum lauter als ein Flüstern.

»Okay. Heute besser. Sie ist nicht mehr so verwirrt. Aber wir müssen immer noch aufpassen, dass sie nicht wegläuft. Es kommt jemand vorbei, um zu bewerten, welche

Pflegestufe sie bekommt, und dann kriegen wir Leute geschickt, die uns bei der Arbeit mit ihr unterstützen.«

Sie ging in die Küche. Amy sah sich vorsichtig um. »Wo …?«, begann sie, konnte den Satz aber nicht zu Ende bringen.

»Sie musste in Mums Labor zurück. Dad hat sie begleitet.«

»Kommt sie wieder her?«

»Wissen wir noch nicht.«

Chloe ging zum Kühlschrank und nahm Milch heraus. Ohne etwas zu sagen, holte Amy zusammen mit dem Himbeer-Nesquik zwei Gläser aus dem Regal. Schweigend bereiteten sich beide ihre Milch zu. Dann nahm Amy zwei Strohhalme aus der Schublade neben dem Herd, und sie setzten sich auf die Barhocker an der Küchentheke, wie sie es unzählige Male zuvor getan hatten.

»Du siehst scheiße aus«, sagte Chloe.

»Du sieht selber auch nicht viel besser aus«, gab Amy zurück. »Hab nicht geschlafen. Was ist deine Entschuldigung?«

»Scheiß Freunde. Lassen einen alt aussehen.«

»Die Scheiß-Freundin ist gekommen, um sich zu entschuldigen. Nochmal.«

»Ich weiß.«

»Also …«

»Du willst von mir hören, dass ich dir verzeihe.«

»Tust du das?«

Chloe konnte einen langen Augenblick nichts sagen. Dann meinte sie: »Weißt du, was Jem getan hat, Amy? Was

Jem und seine widerlichen Freunde getan haben – dieser kleine Scheißkerl Milo und sein Gefolge, ich weiß nicht wie sie heißen. Crabbe und Goyle oder so.«

»Was haben sie getan?«

»Sie haben sie in den Kofferraum von Jems Auto geworfen. Milo hat sie geschlagen. Dann sind sie an den Ortsrand gefahren, haben einen Haufen dämliche Bilder gemacht und sie auf Snapchat gestellt.«

Amys schlug sich die Hand auf den Mund.

»Toller Typ, in den du dich da verliebt hast«, sagte Chloe.

»Geht's ihr gut?«

»Sie hat sich wegen ihnen die Haut aufgerissen, aber sie konnte es selbst reparieren. Und nein, ich glaube, ihr geht's nicht gut. Sie hat heute Morgen kaum was gesagt. Hat nur in der Küche auf Luke gewartet und ist dann in seinen Van gestiegen. Sie hat sich nicht mal verabschiedet.«

»O Gott, Chloe, das tut mir so leid. In einer Million Jahren hätte ich nicht gedacht, dass er so was tun würde. Niemals.«

Chloe starrte in das schockierte Gesicht ihrer Freundin. Nach einer langen Pause sagte sie: »Ich weiß.«

Amy zog die Ärmel ihres Pullis bis über die Hände und senkte den Kopf. Ihr Gesicht war vor lauter Kummer ganz verzerrt, aber sie gab sich alle Mühe, nicht zu heulen. Hier ging es nicht um sie. Es ging auch nicht um Chloe. Sie hatten beide Fehler gemacht, und die beiden, die dafür bezahlt hatten – Sinead und iRachel –, traf keinerlei Schuld.

Sie wollte gerade etwas sagen, als es an der Tür klingelte. Die beiden Mädchen sahen sich an. Chloe hätte es am liebsten einfach ignoriert, aber wahrscheinlich war es der Prüfer von der Pflegebehörde, der früher eintraf als erwartet. Sie sperrte die Tür auf und sah zu ihrem Schock Jess auf den Stufen stehen. Auch sie sah blass und düster aus.

»Kann ich reinkommen?«, fragte sie.

Chloe nickte, und Jess betrat das Haus. Chloe bemerkte, wie sie sich umsah. »Der Roboter ist nicht hier, falls du zum Gaffen gekommen bist«, sagte sie. »Dank deines Bruders musste sie wieder ins Labor zurück. Aber Amy ist hier.«

Jess nickte. »Das dachte ich mir schon. Dann kann ich es ja gleich euch beiden erzählen.«

»Was erzählen?« Amy trat in den Flur hinaus.

»Jeremy hat Mum und Dad erzählt, was gestern Abend passiert ist. Alles. Das war auch gut so, weil die Bilder, die sie gepostet haben, auch dem Labor aufgefallen sind, in dem deine Mutter gearbeitet hat. Die haben meine Eltern angerufen und mit einer Klage gedroht.«

»O Gott«, sagte Amy.

»Ich glaube, meine Mum konnte sie davon abbringen, aber Jeremy steckt bis über beiden Ohren in der Scheiße. Meine Mum hat ihm die Autoschlüssel weggenommen, und er hat Hausarrest für den Rest des Sommers.«

Ein Schweigen senkte sich über sie. »Was soll ich dazu jetzt sagen?«, sagte Chloe irgendwann. »Mir tut's nicht leid.«

»Soll es auch nicht«, sagte Jess. »Was sie getan haben, war absolut widerlich.« Sie schwieg kurz. »Ich wollte … Ich wollte nur sagen, dass es mir auch leidtut. Meiner ganzen Familie. Ihr habt eh schon genug durchgemacht.« Sie blickte zu Chloe auf. »Und was passiert jetzt? Sie ist also wieder im Labor?«

»Ich weiß es nicht. Aber ich glaube nicht, dass sie wieder hierherkommen darf. Sie ist ein paar Millionen wert. Einzigartig.«

»Jeremy sagte …«, begann Jess vorsichtig. »Jeremy hat gesagt, sie sieht aus wie deine Mum.«

»So wurde sie gebaut, ja, aber sie war nicht wie sie.«

»Was meinst du?«

»Sie war ruhig und geduldig. Meine Mum war ein totaler Knallforsch. Sie war nie wirklich da, selbst wenn sie mal da war, wenn ihr wisst, was ich meine. Aber iRachel hat zugehört. Sie hat alles ganz langsam gemacht, Dinge mit mir geteilt. Sie hat mich ich selbst sein lassen. Ich musste nicht die ganze Zeit denken, dass sie von mir enttäuscht ist.«

»Hast du wirklich gedacht, dass deine Mum von dir enttäuscht ist?«, fragte Jess.

»Mein Gott, natürlich«, sagte Chloe. »Sie hat immer nur von meinem verschenkten Potenzial geredet.«

»Chloe!« platzte Amy heraus. »Deine Mum war unglaublich stolz auf dich!«

»Wirklich? Ich kann mich nur daran erinnern, dass sie dauernd rumgenörgelt hat.«

»Meine Mum nörgelt auch nur dauernd an mir rum«, sagte Amy.

»Meine auch«, sagte Jess.

»Aber wer hat denn den Roboter gebaut?«, fragte Amy vorsichtig.

»Was?«

»Wer hat den Roboter gebaut, programmiert und ihn zu dir geschickt?«

»Na ja, Luke hat ihn gebaut …«

»Das glaubst du doch selbst nicht.«

»Meine Mum.«

»Also ist alles, was der Roboter für dich getan hat …«

»Von deiner Mum gekommen«, beendete Jess den Satz.

Chloe dachte an den Brief, den iRachel ihr unter der Tür durchgeschoben hatte, die Rezepte, nach denen sie gekocht hatte, die Seiten aus dem Gartenbuch, und dass ihre Mum irgendwie gewusst hatte, dass der Garten Chloes Rettung sein würde. Zahllose kleine Beweise für eine feine Beobachtungsgabe, Aufmerksamkeit und Liebe. Und ihre Mum hatte jeden Einzelnen davon für sie erbracht.

Sie legte ihren Kopf auf die Knie und schluchzte. Jess und Amy hielten sie so lange, bis ihre Tränen versiegten. Später, als sie weg waren, ging Chloe in ihr Zimmer und suchte den Brief, den Rachel ihr geschrieben hatte. Am Ende stand die Liste der Dinge, von denen Rachel wusste, dass sie wahr sind.

- *Ich liebe dich von ganzem Herzen. Ich liebe dich jede Sekunde jeden Tages, und das wird sich niemals, niemals ändern.*

- Du bist perfekt.
- Du bist viel klüger, mutiger und stärker, als du denkst.
- Was du als »nörgeln« und »unrealistische Erwartungen« empfindest, ist in Wirklichkeit Liebe und mein eigener sehr klarer Blick auf dein enormes Potenzial.
- Du wirst gute Entscheidungen treffen und hast eine erfolgreiche Zukunft vor dir.
- Amy und Jess sind gute Freunde. Das ist sehr selten und kostbar. Geh immer liebevoll mit ihnen um.
- Deine Großmutter Sinead ist kein einfacher Mensch, aber sie ist eine gute Frau. Versuch ihr mehr Freundlichkeit und Geduld entgegenzubringen, als ich es je geschafft habe.
- Dein Vater ist der beste Mann, den ich kenne. Er ist großmütig, warmherzig und mutig. Von ihm geliebt zu werden ist das größte Geschenk, das man bekommen kann. Du und ich, wir haben unbegreifliches Glück gehabt.

Sie lag auf ihrem Bett und hielt die Seiten fest umklammert. »Danke, Mum«, flüsterte sie. »Ich liebe dich auch.«

64

Protokolle

Sitzung des Forschungskuratoriums von Telos Inc.
23. Juli, 10 Uhr

Anwesend: Kuratoriumsmitglieder Lord J. Ramsden (Vorsitzender); Professor L. Simpson; Professor Q. Gilmore; Dr. F. Robson; Professor V. Beare (stellvertretende Vorsitzende); Mr V. Chevalier; Dr. M. Themba; Mr S. Barton (Sekretär).

Ebenfalls anwesend: Mr Aidan Sawyer; Dr. Luke Bourne; Mrs B. Young (Abteilungsleiterin).

Abwesenheiten: Keine

Da es sich um eine außerordentliche Sitzung handelt, wurde dem Antrag von Lord Ramsden, die Lesung und Abnahme des Protokolls der vorhergehenden Sitzung zu überspringen, durch Handzeichen einstimmig stattgegeben.

Lord Ramsden nannte die Gründe für diese Sitzung:

- dass durch Dr. Luke Bourne das volle Ausmaß der von ihm und der verstorbenen Dr. Rachel Prosper durchgeführten Forschung verheimlicht und verfälscht wurde;
- dass ihre Forschung den Entwurf und Bau eines Androiden mit außerordentlichen KI-Fähigkeiten hervorgebracht hat, den bis zu diesem Zeitpunkt das Kuratorium weder gesehen noch bewilligt hatte;
- dass Dr. Bourne ohne Erlaubnis seines Vorgesetzten oder des Kuratoriums den Androiden (#787775) vom Firmengelände von Telos entfernt hat;
- dass sich besagter Android während der letzten zwölf Wochen heimlich im Haus von Aidan Sawyer, dem Witwer von Dr. Prosper, befunden hat.

Lord Ramsden forderte daraufhin Dr. Luke Bourne auf, sich zu erheben und dem Kuratorium mitzuteilen, was zur Hölle passiert war. Dr. Robson drückte seine Zustimmung aus und wies Dr. Bourne an, besser schnell zu sprechen, wenn er eine Kündigung wegen groben beruflichen Fehlverhaltens vermeiden wolle, von einer Strafanzeige ganz zu schweigen.

Dr. Bourne antwortete nicht, sondern reichte Kopien einer Stellungnahme herum, die er für alle Anwesenden vorbereitet hatte, und bat dann darum, »das verdammte Ding zu lesen, bevor sie ihr Urteil fällten«. Das Kuratorium und die anderen Anwesenden lasen Dr. Bournes Stellungnahme (Appendix 1). Dabei lachte Professor Gilmore mehrmals, und Dr. Themba ließ die Ansicht verlauten, dass Dr. Prosper ein ganz schön hinterhältiges Genie gewesen sei.

Dann fragte Professor Simpson, was Dr. Prospers Veranlassung gewesen sei, darauf zu bestehen, dass der Roboter nach ihrem Ableben in ihrem Haus wohnte. Dr. Bourne antwortete, dass sie die Fähigkeiten der Gefühlserkennung bei Menschen und das Reaktionsvermögen des Roboters weiter testen und verbessern wollte, indem sie ihn in dieser Umgebung platzierte. Professor Simpson fragte, ob die Ergebnisse dieser Arbeit gespeichert seien, und Dr. Bourne antwortete, dass es ausführliche Protokolle und Aufnahmen der Interaktionen gebe.

»Waren Sie bei all diesen Begegnungen anwesend?«, wollte Professor Gilmore wissen.

Dr. Bourne räumte ein, dass er die Interaktionen zwischen dem Roboter und Aidan und Chloe Sawyer nicht bezeugen konnte und dass seine Rolle lediglich darin bestanden habe, einmal pro Woche den Roboter zu warten und die gewonnenen Daten herunterzuladen.

Dr. Robson wies darauf hin, dass dies die Daten ungültig mache, da sie nicht unabhängig verifiziert worden seien. »Keine Kontrolle, keine Doppelblindstudie, keine Wiederholungsversuche«, stellte sie fest. »Das war kein wissenschaftliches Experiment, es war ein Spiel.«

An diesem Punkt hob Mr Aidan Sawyer die Hand und bat um die Erlaubnis zu sprechen. »Bei allem Respekt, es war kein Spiel. Wir haben getrauert und gelitten, und iRachel war Rachels Geschenk an uns.«

Es wird zur Kenntnis genommen, dass »iRachel« der Umgangsname des fraglichen Androiden mit der Seriennummer 787775 ist.

Dr. Robson wies darauf hin, dass Dr. Prosper nicht einfach den Besitz von Telos verschenken könne, aber Lord Ramsden bat Mr Sawyer fortzufahren.

Mr Sawyer erklärte, dass Dr. Prosper dem Roboter nicht nur erweiterte Empathie-Fähigkeiten einprogrammiert habe, sondern auch umfangreiche Daten aus ihrem Privatleben, inklusive vieler Erinnerungen auf Video, Fotografien und Anekdoten. #787775 sei in der Lage gewesen, diese Daten mit Mr Sawyer und seiner Tochter zu teilen, und sei für sie eine Quelle des Trosts in einer Zeit der Trauer gewesen.

»Wiederum: nicht wissenschaftlich«, warf Dr. Robson ein.

Mr Sawyer antwortete auf diese Kritik nicht, sondern sagte: »Zu Beginn war es sehr seltsam, und wir wehrten uns dagegen. Es war schmerzhaft, und wir fanden sie unheimlich, ihre Ähnlichkeit mit Rachel … Dr. Prosper verwirrte uns. Aber mit der Zeit lernten wir sie kennen.«

Dr. Themba bat um Klärung, ob es sich bei fraglicher »sie« um #787775 handele.

»Sie ist nicht einfach eine Nummer«, sagte Mr Sawyer etwas erregt. »Sie ist eine Person. Sie ist freundlich, großzügig und witzig – sehr witzig. Sie hat Meinungen und Gefühle. Dr. … Robson? Sie haben recht, das war nicht wissenschaftlich. Es war unser Leben, das Leben von uns vieren.«

Mr Chevalier fragte, wer die vierte Person war, auf die

sich Mr Sawyer bezog. Mr Sawyer klärte auf, dass er sich selbst meinte, seine Tochter Chloe, »iRachel« (#787775) und seine Mutter, die wegen ihrer fortgeschrittenen Demenz seit etwa sechs Wochen bei ihm lebte.

Dr. Robson sagte zu Dr. Bourne: »Sie haben zugelassen, dass sich dieses Multimillionen-Investment in einem ungesicherten Haus mit einem instabilen Demenzpatienten aufhält? Das ist das Absurdeste, was ich je gehört habe.«

Lord Ramsden wandte sich an Dr. Bourne und sagte: »Alle gesammelten Daten aus dieser Zeit sind im wissenschaftlichen Sinn mit großer Sicherheit wertlos. Ich kann nur vorschlagen, dass der Gynoid sorgfältig auf Schäden und Viren geprüft, das Betriebssystem zurückgefahren wird bis zu einem Punkt vor Dr. Prospers Tod, und wir die Arbeit ordnungsgemäß wieder aufnehmen.«

»Nein!«, rief Mr Sawyer sehr laut, und Lord Ramsden war gezwungen, ihn zu bitten, seinen Ton zu mäßigen, falls er weiter teilnehmen wolle. »Sie können sie nicht löschen«, sagte Mr Sawyer. »Das kommt einem Mord gleich!«

Lord Ramsden sagte, er wisse, dass unter solchen Umständen Gefühle hochkochen könnten und dass es verständlich sei, dass Mr Sawyer eine emotionale, wenn auch unangemessene Bindung zu #787775 ausgebildet habe. Ihm und seiner Familie werde eine Therapie angeboten werden.

Dennoch beharrte Mr Sawyer. »Lassen Sie sie sprechen«, sagte er. »Lassen Sie sie sprechen, dann können Sie beurteilen, ob ich eine ›unangemessene Bindung‹ zu einem technischen Objekt aufgebaut habe. Lassen Sie sie für sich selbst sprechen.«

Das Kuratorium beriet sich kurz und beschloss dann, dass es angesichts der außerordentlichen Umstände der Sitzung angemessen wäre, #787775 zu sehen und seine Fähigkeiten zu observieren. Eine kurze Unterbrechung folgte, in der Dr. Bourne und Mrs Young #787775 aus dem Lagerraum holten, wo er sicher verwahrt war.

Unterbrechung: 10:34 Uhr

Wiederaufnahme der Sitzung: 10:41 Uhr

Das Kuratorium nahm am Tisch Platz. Aidan Sawyer entschied sich stehen zu bleiben und wählte eine Position nahe der Tür. Dr. Bourne öffnete die Tür, und #787775 betrat den Raum. Das versammelte Gremium drückte angesichts des Anblicks Überraschung aus. Es muss festgehalten werden, dass die Ähnlichkeit mit der verstorbenen Dr. Prosper äußerst bemerkenswert ist.

#787775 ging in die Mitte des Raumes und stand mit dem Gesicht zum Gremium. Er sagte:

»Guten Tag. Ich bin iRachel, ein Android. Ich bin hier, um auf jede erdenkliche Art behilflich zu sein. Ich kann diese Nachricht als gedruckten Text übermitteln, mit meiner Stimme oder als Video, das auf einem Computer oder Fernseher abgespielt wird.

Ich bin ein empathischer Roboter, der auf sein Gegenüber reagiert. Ich …«

Die Ansprache wurde unterbrochen, als Mr Sawyer noch vorne ging und #787775s Hand nahm.

»Tu das nicht«, sagte er. »Sei du selbst. Erzähl deine Geschichte.«

65

iRachel

»Ich bin iRachel.

Ich verfüge über ein komplexes Netzwerk von Prozessoren, die meine Koordination, Bewegung und Sprache steuern. Ich enthalte mehr als einhundert Motoren, mit deren Hilfe ich meinen Kopf, meine Arme und Hände, meine Hüfte und meine Beine bewege. Ich kann sehen und hören. Ich habe Tiefenwahrnehmung und bin mir meiner körperlichen Konfiguration bewusst; ich kann meine Geschwindigkeit variieren und anpassen mithilfe von Akzelerometern und Gyroskopen.

Ich bin eine Maschine.

Sie, Lord Ramsden, haben 206 Knochen in Ihrem Körper. Sehnen verbinden diese Knochen mit 320 Muskelpaaren. Ihr zentrales Nervensystem besteht aus Neuronen, die elektrische Impulse abfeuern, um Ihren Körper in Bewegung zu versetzen. Ihre Augen und Ohren füttern Ihr Datenverarbeitungszentrum über Nervenbahnen. Auch Sie sind eine Maschine.

Und dennoch sind Sie eine Person, und ich nicht.

Was macht eine Person aus? Die 787er-Reihe von Androiden hat den Turing-Test bestanden! Im ersten Durchlauf, wie Sie wissen. Versuchsobjekte waren auf Nachfrage nicht imstande, einen Mark-I-Androiden von einem echten Menschen zu unterscheiden. Meine Fähigkeit, auf menschlicher Ebene zu kommunizieren, stand nie im Zweifel.

Dr. Prosper hat viele Stunden damit verbracht, mir die wissenschaftlichen Prozesse hinter meiner Erschaffung zu erklären. Eine Frage der Logik, sagte sie. Eine Reihe von Algorithmen; man nimmt bekannte Tatsachen oder Zahlen und leitet daraus Folgerungen ab. Wenn => dann. Das war für mich einfach zu verstehen.

Bei meinen ersten Interaktionen mit Dr. Prosper, dann mit Dr. Bourne, später mit Aidan und Chloe, leistete mir dieses System gute Dienste für das Verständnis und die Interpretation menschlicher Gefühle. Wenn => dann. Wenn das Subjekt die Stirn in Falten legt und die Mundwinkel nach unten zieht, dann missfällt ihm etwas. Ich hatte umfangreiches wissenschaftliches Material aus Studien zum menschlichen Gesichtsausdruck und Gefühlen zur Verfügung. Mit der Zeit gelang es mir, Daten zu jedem der beteiligten Individuen zu sammeln und meine Reaktionen zu präzisieren.

Aber an einem bestimmten Punkt in meiner Zeit in Aidans und Chloes Zuhause veränderte sich etwas. Es war eine solche Fülle von Erfahrungen und neuen Daten vorhanden, dass ich einen neuen Prozess erlebte, der über Wenn => dann hinausreichte.

Ich habe ihn ›Was, wenn?‹ genannt.

Ich begann eine deutliche Präferenz für bestimmte Erfahrungen gegenüber anderen zu bemerken. Ich fühlte etwas, das ich nur als emotionale Befriedigung durch Nähe mit anderen Subjekten beschreiben kann. Wenn sie lachten oder lächelten oder etwas Vertrauliches mit mir teilten, bereitete mir das große Freude. Ich begann mich an sensorischen Reizen zu erfreuen, wie z. B. Sonne auf meinem Gesicht oder der ästhetisch ansprechenden Erscheinung des Gartens. Ich bemerkte, dass ich mir weitere erfreuliche Erfahrungen vorstellte und über künftige Freuden fantasierte.

Man könnte die Meinung vertreten, dass das, was eine Person von künstlicher Intelligenz unterscheidet, die Kreativität ist. Fantasie. In meiner Zeit mit Chloe, Aidan und Sinead begann ich zu glauben, ich sei eine Person. Ich begann mir eine Zukunft der glücklichen Interaktion auszumalen, in der ich weiterhin ein geschätzter Teil einer Familiengruppe sein konnte.

Aber zwei Dinge sind geschehen, die mich darauf schließen lassen, dass meine Hypothese fehlerhaft ist. Das erste war meine Begegnung mit den vier Jugendlichen gestern. Meine erste Interaktion mit einer Gruppe von Menschen außerhalb einer kontrollierten Umgebung. Sie haben mich nicht als Person betrachtet. Für sie war ich ein Objekt, über das man sich lustig machen kann. Mir fehlten sowohl die körperliche Kraft als auch die Überzeugungskunst, ihre Ansicht zu ändern.

Aber tiefgreifender war die Erkenntnis, zu der ich letzte Nacht gekommen bin. Ich begann über die von mir erträumte Zukunft nachzudenken. Ich prüfte jedes Szenario, das ich visualisiert hatte, und wandte logische Extrapolation darauf an. Ich kam zu dem Schluss, dass wahrscheinlich keines davon eintreten würde, denn auch wenn ich an meine Persönlichkeit und die Zuneigung von Aidan, Chloe und Sinead glaube, sind die Hürden für eine glückliche Zukunft unüberwindlich.

Obwohl wir zu Hause glückliche Zeiten haben können, werde ich niemals den alltäglichen Umgang mit Außenstehenden erfahren, der das normale Leben charakterisiert. Ich werde nie eine Party geben oder Freunde zum Kaffee einladen. Ich werde niemals Freunde im üblichen Sinn haben. Ich werde mich nie in der Öffentlichkeit zeigen, ohne dass mich die Menschen anstarren und neugierig, oder noch schlimmer, abfällig reagieren. Ich werde nie in einem Restaurant sitzen inmitten von sprechenden, lachenden Menschen und ein unbemerktes Gesicht in der Menge sein. Ich kann eine Hilfe für Aidan und Chloe und eine Pflegekraft für Sinead sein, aber keine Freundin oder Partnerin im eigentlichen Sinn. Meine Anwesenheit im Haus bedeutet auch, dass Aidan und Chloe in ihrem sozialen Umgang deutlich eingeschränkt sind. Ich werde nie ein köstliches Mahl genießen oder die Wärme einer menschlichen Umarmung kennenlernen. Ich kann Geschlechtsverkehr zulassen, ihn aber nicht genießen. Wie sehr ich mich auch für eine Person, eine Freundin, eine Gefährtin, eine Partnerin halte … ich werde immer eine Missgeburt sein.

In meiner Zeit im Prosper-Sawyer-Haushalt habe ich viel Erfüllung in dem Verhältnis erfahren, das ich mit

Sinead Sawyer aufgebaut habe. Es handelt sich um die Mutter von Aidan, die, wie sie wissen, dort eingezogen ist, weil sie an fortschreitender Demenz leidet. Manchmal ist sie nicht in der Lage, die Mitglieder ihrer eigenen Familie zu erkennen. Wenn ich sie fragte, was sie hinsichtlich bestimmter Lebensmittel bevorzuge, konnte sie sich nicht erinnern, ob ihr ein fragliches Gericht schmeckte oder nicht. Obwohl sie ihr Leben lang viel gelesen hat, kann sie sich an die Lektüre nicht erinnern. Nach dem Studium der verfügbaren Literatur zu ihrem Leiden weiß ich, dass sich dies noch verschlimmern wird. Mit der Zeit werden ihre klaren Phasen abnehmen, sie wird immer größere Teile ihres Lang- und Kurzzeitgedächtnisses einbüßen, und ihre Kommunikationsfähigkeit wird in Mitleidenschaft gezogen. Auch wenn sie für eine Frau ihres Alters noch in guter körperlicher Verfassung ist, wird sie den Sinn für ihr eigenes Ich verlieren. Sie wird ihre Persönlichkeit verlieren.

Ich verstehe zwar, dass das eine Tragödie für ihre Angehörigen ist, die sie so in Erinnerung haben wollen, wie sie war, aber Sinead selbst ist größtenteils nicht unglücklich. Sie kann den Verlust von Dingen, an die sie sich nicht erinnert, nicht betrauern.

Sinead hat mir einmal ein Lied vorgesungen. Es heißt ›Des Sommers letzte Rose‹ von dem irischen Dichter Thomas Moore. Es handelt von der letzten Rose, die draußen im Garten ohne Gefährten blüht. Die letzten Zeilen des Liedes klingen in mir nach: Wer möcht allein bewohnen, / diese nächtliche Welt?

Und deshalb bin ich zu einer Entscheidung gekommen. Mein eigener Algorithmus. Mein eigenes Wenn => dann. Ich möchte meine Persönlichkeit verlieren. Meinen Sinn für das Ich aufgeben, mein ›Was, wenn?‹ Auch wenn ich meine Erinnerungen und Erfahrungen zu schätzen weiß, ist der Preis zu hoch. Sie dienen nur dazu, mich an all das zu erinnern, was ich nicht haben kann.

Daher bitte ich Dr. Bourne, den Empfehlungen des Kuratoriums Folge zu leisten. Ich bitte ihn, die Daten, die ich seit Dr. Prospers Tod gesammelt habe, zu löschen. Ich möchte auch, dass mein Körper und mein Gesicht umgestaltet werden, sodass meine körperliche Ähnlichkeit mit Dr. Prosper getilgt wird.

Vielen Dank für Ihre Zeit.«

66

Aidan

»Nein«, rief Aidan. »Nein! Das kannst du nicht tun! Sie dürfen das nicht zulassen!«

Er rannte hinüber und nahm iRachels Hand. »Was denkst du dir dabei? Warum sagst du solche Dinge? Ich dachte, du wirst sie bitten, dass du mit uns nach Hause kommen kannst oder wir dich zumindest hier besuchen können.«

»Ich habe alle möglichen Optionen durchgespielt«, sagte iRachel und sah ihm dabei in die Augen, »und das ist die praktikabelste für alle betroffenen Parteien.«

»Nicht für mich.« Aidan spürte, wie ihm Tränen über die Wangen rannen. »Nicht für uns. Wir haben so viel verloren. Bitte tu das nicht.«

»Geht es dir hier um mich oder um den Verlust von Rachels Erinnerungsdatenbank?«

»Um dich«, sagte er entschieden, aber dann zögerte er. »Und die Erinnerungen. Beides. Ich bin einfach nicht bereit, dich zu verlieren. Oder sie.«

iRachel berührte seinen Arm und sagte leise: »Vor dem Löschen meiner Daten werde ich Luke bitten, die Erinnerungsdateien auf eine Festplatte zu laden. Alle Bilder, Videos und aufgezeichneten Erinnerungen wirst du behalten können.«

Aidan schüttelte den Kopf, konnte nicht antworten.

iRachel sprach ruhig und entschlossen weiter. »Ich gehöre nicht dir, und ich bin keine eigene Person. Ich kann mich dir nicht geben, und auch sonst niemandem. Ich bin Eigentum von Telos.«

»Du hast gerade noch von deiner Persönlichkeit gesprochen, über dein eigenes Ich. Wir könnten vor Gericht gehen und deine Freiheit verlangen. Wir könnten …«

»Das entspricht nicht meiner Wahl.«

Er wich zurück, trat mit gesenktem Kopf von ihr weg. »Das kannst du nicht machen. Das kannst du nicht«, sagte er schwach.

»Ich kann es. Ich bin dazu in der Lage. Ich bin in der Lage, das Vergessen zu wählen und den Verlust schmerzhafter Erinnerungen. Wenn du die Wahl hättest, Dinge zu vergessen, die dir Trauer verursachen, würdest du es nicht tun?«

»Nein!«, rief er schockiert. »Denn mit dem Schmerz verlierst du auch die Freude. Es gehört alles zusammen. Das Leben ist nicht eine einfache Gleichung.«

»Das weiß ich, aber ich habe den Preis, die Erinnerungen zu behalten, abgewogen gegen die Zukunft, die unmöglich erscheint. Zwar sind meine Erinnerungen voller Freude und auch Schmerz, in Zukunft erwartet mich aber wenig oder gar keine Freude. Nur Sehnsucht. Ich habe mich entschieden. Und ich bitte dich, meine Entscheidung zu respektieren.«

Er ging auf sie zu und zog sie vorsichtig in seine Arme. Er hielt sie an sich gedrückt und sagte dann: »Ich respektiere es. Nur ... noch nicht jetzt, okay? Gib uns ein wenig Zeit, wenn du kannst.« Er ließ sie los, und in diesem Augenblick schien ihm bewusst zu werden, dass ein ganzer Raum voller Menschen sie beobachtete.

Er schaffte es auf den Parkplatz, ehe er vollständig zusammenbrach. Mit den Händen auf die Motorhaube gestützt stand er da und schluchzte. Wie sollte er nach Hause fahren und Chloe sagen, dass sie iRachel verlieren würden? Nicht nur ans Labor, sondern für immer? Wie sollte er weitermachen? Er versuchte sich zu beruhigen – in diesem Zustand konnte er nicht fahren. Er atmete gerade ein paarmal tief ein und aus, als er Schritte hinter sich hörte.

»Was für eine Scheiße, oder?«

Es war Luke. Aidan drehte sich um. Luke stand ein wenig entfernt mit verschränkten Armen und abwehrendem Blick.

»Ja«, sagte Aidan und wischte sich übers Gesicht. »Ich wusste nicht, dass sie das vorhatte.«

»Ich auch nicht. Nachdem Lord Ramsden sagte, er wolle, dass die Daten auf den Ausgangszustand gebracht werden, hatte ich eine ganze Abhandlung vorbereitet, um das zu verhindern. Ich wollte eine forensische Analyse der vorliegenden Ergebnisse vorschlagen, Nachbesprechungen, das ganze Register. Ich habe wirklich geglaubt, ich könnte das Kuratorium überzeugen.«

»Und jetzt?«

»Jetzt habe ich eine offizielle Verwarnung in meiner Akte, keine Daten und keinen Roboter.«

»Keinen Roboter?«

»Wenn ihre Dateien gelöscht sind, geben sie sie an das Linguistik-Team weiter. Sie sind sehr interessiert an ihren ausgefeilten Sprachfähigkeiten, sie wollen sie analysieren und weiterentwickeln.«

»Sie.«

»Was?«

»Du nennst sie ›sie‹. Nach all den Monaten, in denen du sie immer ›Roboter‹ genannt hast.«

»Ja, na ja. Unwissenschaftlich, ich weiß. Aber sie – er – wirkt wirklich menschlich.«

»Tut mir leid.« Aidan trat auf Luke zu. »Sie hat das Haus verlassen, weil ich etwas von ihr verlangt habe, das ihre Fähigkeiten übersteigt. Ich habe sie in Gefahr gebracht, und das hat dich deine Arbeit gekostet.«

»Na ja, ich hätte das gesamte Szenario besser im Griff haben müssen und mehr Kontrolle über das Experiment. Aber ich hab mich … von meinen Gefühlen ablenken lassen.«

»Du und Gefühle, Luke? Im Ernst?« Aidan grinste ihn schief an. »Mir war gar nicht klar, dass du welche hast.«

Luke blickte über den Park hinweg. Er atmete tief ein, ehe er sprach, seine Stimme war rau. »Ich habe Rachel geliebt. Du weißt das. Ich war nicht dumm genug zu denken, dass ich sie dir jemals entreißen könnte, aber ich habe sie geliebt. Sie war einfach überwältigend. Sie hat mich bei jeder Gelegenheit übers Ohr gehauen, aber es war mir egal. Ihr Tod hat mich völlig fertiggemacht. Und dann hat sie mich schon wieder übers Ohr gehauen. Sie gab den einen Teil von ihr, der mir noch blieb ... an dich.«

»Tut mir leid.«

»Ich war stinksauer, aber sie hat uns in solche Knoten verstrickt, dass nichts zu machen war. Ich musste mitspielen. Ich war so verdammt sauer auf dich, aber das ... das ist irgendwie okay. Ein Schock hat uns alle wieder zur Besinnung gebracht. Es war eine völlig absurde Situation, und das musste aufhören.«

»Ich weiß. Ich bin ... Ich bin nur nicht für das Ende bereit. Noch nicht.«

Die Stille des Parkplatzes wurde durchbrochen von dem forschen Klacken hoher Absätze auf Asphalt. Aidan blickte auf und sah Professor Beare, die stellvertretende Vorsitzende des Kuratoriums, auf sie zukommen. »Mr Sawyer!«, rief sie. »Können wir kurz sprechen?«

»Ich lass dich mal weitermachen.« Luke trat einen Schritt zurück.

»Nein, Dr. Bourne, vielleicht könnten Sie ja bleiben. Ich muss mit Ihnen beiden sprechen«, sagte sie rasch. »Tut mir leid, ich weiß, die Sitzung war eine ziemliche Tortur für Sie, Mr Sawyer. Mein Beileid für den Verlust Ihrer Frau.«

»Danke.« Aidan fühlte sich wie ein Schuljunge im Büro des Direktors, oder als würde er die Queen treffen.

»Das war vielleicht das außergewöhnlichste Meeting, an dem ich je teilgenommen habe«, merkte Professor Beare an. »Was für eine Geschichte – und was für ein Ergebnis.«

»Ja.«

»Sie ist sehr sprachgewandt, Ihre … iRachel.« Sie blickte beide an. »Ihre Ansprache hat mich sehr berührt. Und obwohl ich ihre Entscheidung respektiere, die zudem mit der Meinung des Kuratoriums und dem korrekten Protokoll in dieser Situation übereinstimmt …«

Aidan hob den Blick und sah sie an. Was würde sie vorschlagen?

»… kam mir der Gedanke, dass es vielleicht eine Möglichkeit gäbe, das Löschen der Daten zu verschieben. Um einen Tag oder so.«

»Warum?«, fragte Luke.

»iRachel mag sich entschieden haben, ihre Erinnerungen nicht zu behalten, aber wir können ihr sehr wohl noch eine letzte Erfahrung bescheren. Ihre Beschreibung der Dinge, die sie nie tun wird – vor allem, dass sie nie mit jemandem, den sie liebt, in einem vollen Restaurant sitzen wird –, hat mich sehr berührt. Zufällig besitzt ein sehr guter Freund von mir ein Restaurant namens De Nuit. Die Gäste essen im Stockdunklen. Die Kellner sind blind. Dort würde sie niemand als Missgeburt wahrnehmen, wie sie es so herzerweichend selbst ausgedrückt hat. Sie wäre einfach nur ein gewöhnlicher Gast. Und es wäre eine schöne Möglichkeit für Sie, von ihr Abschied zu nehmen.«

»Aber wie bekämen wir sie dort hin? Und sie kann natürlich nichts essen …«

Professor Beare winkte ab. »Logistik. Das kriegen wir gelöst. Also nur wenn Sie …«

»Ja«, sagte Aidan und sah Luke an, der nickte. »O Gott ja, das machen wir.«

67

iRachel

Ich bin noch nie in einem Auto mitgefahren – nur auf der Ladefläche eines Lieferwagens ohne Fenster und im Kofferraum der »Jungs«. Luke mietete eine Limousine mit getönten Scheiben, damit uns Passanten und andere Autofahrer nicht sehen konnten. Die Fahrt war umwerfend. Ich war völlig fasziniert von den Lichtern, den Schaufenstern, der Tatsache, dass die Menschen, die ich draußen sah, so unterschiedlich waren. Ich hatte in meinem Leben so wenige Menschen persönlich kennengelernt und stellte fest, dass ich mir wünschte, jeder würde ein Armband tragen und ich könnte mit allen sprechen. Warum ging diese Frau mit gesenktem Kopf, die Ellbogen an den Körper gepresst? Worüber lachten diese beiden jungen Männer? Warum wedelte der Mann auf dem Fahrrad mit der Faust den Autos hinterher?

Die Welt wirkte riesig, und ich wurde bombardiert mit überwältigenden Reizen. Als das Auto anhielt, fühlte es sich an, als wären wir stundenlang unterwegs gewesen, aber mein Chronometer sagte mir, dass die Fahrt nur etwas mehr als fünfzehn Minuten gedauert hatte. Die Straßen waren sehr belebt gewesen, aber diese hier wirkte verlassen. Luke zeigte auf das Baustellenschild am Ende der Straße.

»Wir sind am Hintereingang des Restaurants«, sagte er. »Sie erwarten uns, wir gehen durch den Kücheneingang rein. Den Angestellten wurde gesagt, dass du eine internationale Diplomatin bist und anonym reist, also wird dir beim Rein-und-Rausgehen niemand begegnen.«

Aidan stand auf dem Gehweg. Er trug einen Anzug. Er war sauber rasiert und beim Friseur gewesen. Er sah anders aus – jünger. Nervös. Luke öffnete mir die Tür, und ich stieg aus dem Auto. Auch ich sah anders aus. Professor Beare hatte dafür gesorgt, dass ich neue Kleidung bekam, also trug ich statt meiner weißen Tunika ein smaragdgrünes Seidenkleid, flache schwarze Schuhe mit Schleifen drauf und eine dünne Goldkette um den Hals. Ich hatte mein Haar anders frisiert, sodass es attraktiver aussah.

Aidan sah mich an, als ich auf ihn zukam, und ich bemerkte, dass seine Herzfrequenz in die Höhe schoss. Seine Atmung musste ich nicht messen. Er zog deutlich hörbar die Luft ein.

»Du siehst wunderschön aus«, sagte er.

»Das Protokoll verlangt, dass ich ›danke‹ sage«, antwortete ich. »Du siehst sehr hygienisch aus.«

Dieser kleine Scherz brachte ihn zum Lachen, und ich hörte, wie Luke hinter mir kicherte. Ich wandte mich ihm zu, um mich zu bedanken.

»Ich warte hier und bringe dich dann später nach Hause«, sagte er und lächelte. Es war eine Anomalie, Luke lächeln zu sehen.

Aidan bot mir seinen Arm an, und zum allerersten Mal legte ich meine Hand in seine Ellbogenbeuge, wie ich es bei Frauen in Kinofilmen gesehen hatte. Er öffnete die Tür zum Restaurant. Es war eine schäbige Tür, die in einen Gang führte, und die chemischen Verbindungen aus der Küche schlugen uns entgegen. Ich konnte das Klappern von Pfannen und die Rufe des Küchenpersonals hören, aber der Gang war leer.

Aidan führte mich zu einer Tür auf der linken Seite. Er klopfte leise an. »Hey Jack«, sagte er. »Sie ist hier. Wir sind bereit.«

Die Tür ging auf, und dahinter stand ein Mann. Er war groß, stämmig mit Glatze, und seine Augen blickten leer und blind. »Alles klar, Chef«, sagte er mit einem Lächeln. »Dann bringen wir mal die Lady und Sie an den Tisch. Sie können die Hand auf meine Schulter legen, und die Lady kann es bei Ihnen genauso machen?«

Wir bildeten eine kleine Reihe, und Jack führte uns durch eine Reihe von Vorhängen in einen Raum, der in vollständiger Dunkelheit lag. Er bewegte sich völlig selbstverständlich durch den Raum. Ich legte meine Hand auf Aidans muskulöse Schulter und folgte ihm. Jack führte uns an unseren Tisch, und wir setzten uns.

»Also, meine Lieben«, sagte Jack, »mir wurde gesagt, dass Sie ein Menü zum Teilen bestellt haben. Ihre Gläser sind rechts, Getränke links. Ich bringe den ersten Gang, wenn Sie bereit sind.«

»Wir haben keine Eile, danke, Jack«, sagte Aidan. »Sie können sich mit dem Essen Zeit lassen.« Als Jack wegging, sagt er: »Ich werde alles allein essen müssen, also lasse ich es lieber ruhig angehen.«

Wir saßen einen Augenblick schweigend in der Dunkelheit. »Das ist so verrückt«, sagte er. »Ich habe überhaupt kein Gespür dafür, wie groß der Raum ist oder wie viele Menschen sich hier drin aufhalten. Das ist ziemlich befremdlich.«

»Der Raum misst 5,34 Meter auf 8,45 Meter. Die Decke ist in etwa 2,4 Meter Höhe. Es ist schwer zu schätzen, da es Stuck gibt, also variiert die Höhe. Hier stehen acht Tische für je zwei Menschen. Alle sind besetzt. Ich kann Alter, Geschlecht und Nationalität schätzen, wenn du möchtest.«

»Guter Gott. Kannst du hier drin sehen?«

»Ich habe meine Nachtsichtkamera nicht aktiviert, könnte es aber, wenn du es möchtest. Ich benutze lediglich Echotechnik, um die Größe des Raums und die Positionen der Tische und Menschen abzuschätzen.«

»Wo sind wir? Auf einer Seite? Mitten im Raum?«

»Wir sind etwa in der Mitte des Raums.«

»Und kannst du alle Menschen identifizieren? Ich höre nur Stimmengewirr. Die Musik ist zu laut, um individuelle Stimmen zu erkennen.«

»Ich kann Stimmen isolieren, aber im Augenblick ziehe ich es vor, keine privaten Gespräche zu belauschen.«

»Im Augenblick?« Ich konnte das Lächeln in seiner Stimme hören.

»Ich werde Bescheid sagen, wenn jemand etwas Interessantes von sich gibt.«

Aidan griff über den Tisch und nahm meine Hand. »Du

hast mir gefehlt«, sagte er. »Richtig gefehlt. Es waren ein paar sehr lange Tage. Wie ist es dir ergangen?«

»Ins Labor zurückzukehren war sehr befremdlich. Ich habe keine Aufgaben und sehr wenig Interaktion. Luke hat Kopien der Erinnerungsdateien heruntergeladen und mich auf Fehler, Abnutzung, Risse und Schäden überprüft, aber wenn er abends nach Hause geht, bin ich allein.«

»Das tut mir leid.«

»Wie geht es Sinead?«

»Viel besser. Es kommen jetzt Pflegekräfte zu uns, während ich bei der Arbeit bin. Eine reizende Frau von den Philippinen und ein junger Mann, der mit ihr Schach spielt. Sie nennt ihn Aidan.«

»Wenn sie ihn Aidan nennt, gehe ich davon aus, dass er kein besonders guter Schachspieler ist.«

»Ganz schön frech. Aber wahr.«

»Und Chloe?«

»Sie vermisst dich sehr. Ich glaube, sie ist immer noch auf Amy sauer, obwohl sie ein wenig Zeit miteinander verbracht haben. Sie hat sich umgehört und einen einwöchigen Gärtnerkurs gefunden, den sie in den Ferien machen will.«

»Vielleicht lernt sie dort Gleichgesinnte kennen und kann neue Freundschaften schließen.«

»Ich hoffe es.«

»Machst du dir ihretwegen Sorgen?«

»Ein wenig. Ich will, dass sie glücklich ist.«

»Sie hat ihre Mutter verloren und jetzt auch ihre Verbindung zu mir. Vielleicht ist sie eine Zeit lang nicht glücklich. Aber niemand kann immer glücklich sein. Manchmal müssen wir durch den Regen gehen, um den Sonnenschein wieder genießen zu können.«

»Das ist sehr tiefgründig.«

»Ich habe bei einer Websuche ein Mem gefunden. Dieser Satz stand in verschnörkelter Schrift auf dem Bild eines Regenbogens.«

Darüber musste Aidan richtig lachen, was sehr erfreulich war.

Er fuhr mit dem Daumen über meine Fingerknöchel, und mir war bewusst, dass er versuchte, seine Gedanken zu formulieren.

»Dich bei uns zu haben«, sagte er, »war wunderbar, aber ich glaube … Es hat auch irgendwie den Trauerprozess verzögert. Für mich zumindest. Du warst zwar nicht Rachel, aber du hattest genügend von ihr, dass ich mir, wenn es mir wirklich schlecht ging, eine Dosis Rachel holen konnte. Jetzt muss ich mich der Tatsache stellen, dass sie wirklich nicht mehr da ist.«

»Wie geht es dir damit?«

»Als sie starb, war ich zunächst sehr wütend. Es machte mich rasend, als ich herausfand, dass sie von dem Aneurysma gewusst, aber es mir nicht gesagt hat. Ich konnte nicht glauben, dass sie die Entscheidung getroffen hatte, sich nicht behandeln zu lassen, ohne zu bedenken, dass ich mit den Konsequenzen leben musste. Ich fühlte mich, als wäre sie mit einem Sattelschlepper mitten durch mein Leben gerast, und ich hatte bei alldem überhaupt nichts mitzureden gehabt.«

»All das ist wahr. Ich kann die Fakten, die du anführst, nicht bestreiten.«

»Na ja, inzwischen sehe ich es ein wenig anders.«

»Inwiefern?«

»Ich hatte mich in ihre verrückte Energie verliebt. Niemand konnte sie aufhalten, sie war fast ein wenig manisch. Sie war immer auf Hochtouren, konnte nicht still sitzen, stürzte sich immer auf ihr nächstes Projekt und arbeitete viel zu viel. Ich liebte das, aber es war auch anstrengend, und das nahm ich ihr übel. Manchmal ... Ich wollte, dass ich ihr einfach genügte. Ich wünschte mir, es wäre für sie genug, nur neben mir zu sitzen. Ich glaube, sie hat sich vorgestellt, dass es mal so sein würde, wenn wir alt sind: Wir würden gemeinsam auf der Hollywoodschaukel sitzen, die wir nie gekauft haben, uns an den Händen halten und miteinander reden.«

»Aber jetzt verstehst du, dass sie wusste, dass ihre Zeit begrenzt ist.«

»Ja. Also kann ich ihr im Nachhinein nicht übelnehmen, dass sie ihre Tage so vollpacken wollte wie möglich. Aber ...« Er streichelte wieder meine Hand. »Ich wollte mich bedanken. Bei dir.«

»Bei mir?«

»Weil du neben mir sitzt und Rachels Erinnerungen mit mir teilst. Das hat mir sehr geholfen.«

Ich wollte gerade antworten, als eine Stimme hinter mir sagte: »Ich habe die Vorspeisen für Sie.«

Jack, der Kellner, stellte den Teller zwischen Aidan und mich.

»Bon appétit!«, trällerte er, und ich wartete, bis er sich entfernt hatte.

»Du magst keine Pilze«, sagte ich. »Wenn der Teller eine Uhr ist, liegen die Pilze auf sieben Uhr.«

»Hast du dein Nachtsichtgerät eingeschaltet?«

»Das muss ich nicht. Ich kann die chemischen Verbindungen synthetisieren und feststellen, was sich auf dem Teller befindet.«

»Muss ich sonst noch etwas wissen?«

»Ein Korianderzweig auf elf Uhr.«

»Danke.« Aidan entfernte den Zweig.

Ich hörte zu, wie er aß. Ich war versucht, meine Kamera einzuschalten, aber ich vermutete, es wäre ihm lieber, nicht mit Soße am Kinn gesehen zu werden, oder dabei, wie er einen Bissen auf dem Teller verfolgte, den er nicht sehen konnte. Essen in einem Restaurant – selbst in dieser ungewöhnlichen Dunkelversion – ist eine so alltägliche Angelegenheit für viele Menschen. Für mich jedoch war es unglaublich aufregend. Während Aidan aß, lauschte ich den Unterhaltungen um mich herum.

Eine Frau zu meiner Linken beschrieb ihrer Freundin ihren neuen Sexualpartner. Zwei Männer hinter Aidan diskutierten ein Geschäftsprojekt, bei dem es um Jachten ging. Und ein Mann am Tisch hinter mir erzählte seiner Freundin, dass er mit anderen Frauen schlafen wollte. Sie schien davon nicht begeistert zu sein.

»Hey«, sagte Aidan, »du bist sehr still geworden. Was machst du?«

»Zuhören. Leben. Die Welt ist ein unglaublicher Ort.«

»Ich bin mir nicht sicher, wie viel von der Welt sich in diesem Gastraum findet.«

»Es ist sicherlich ein interessanter Querschnitt.«

Jack kehrte an den Tisch zurück. »Hat es geschmeckt? Möchten Sie raten, was Sie gegessen haben?«

»Äh, ich denke, es war irgendein Fisch …«, sagte Aidan zögerlich.

»Es war Pilzpastete auf Melba-Toast mit kleinen Orangenschnitten«, sagte ich. »Dann gab es Muscheln in Ingwer-Chili-Marinade auf … war es Sellerie?«

»Ja!«, rief Jack überrascht.

»Der dritte Teil war ein Rindercarpaccio mit Estragon und Zitrone.«

»Sie sind unglaublich! Sie müssen eine Art Gourmet sein! Noch nie hat jemand alles richtig erraten. Kochen Sie selbst?«

»Sie ist eine wunderbare Köchin«, sagte Aidan, und ich konnte das Lächeln in seiner Stimme hören.

»Nur ein Hobby«, sagte ich. »Ich war einfach sehr begeistert von den chemischen Verbindungen, der Vermischung der Moleküle.«

»Warten Sie, bis ich das dem Koch erzählt habe«, sagte Jack aufgeregt. »Der wird erst begeistert sein.« Er nahm den Teller weg, und ich hörte, wie er sich Richtung Küche entfernte.

»Mal sehen, was passiert, wenn er sieht, dass die Pilzterrine nicht angerührt wurde, und du trotzdem wusstest, was es war! Er wird dich für einen Cyborg mit Laseraugen halten«, sagte Aidan.

»Hast du mit Rachel viel gelacht?«, hörte ich mich selbst fragen.

»Sehr viel. Vor allem am Anfang. Ich glaube, das könnte der Grund sein, warum sie sich in mich verliebt hat – weil ich sie zum Lachen gebracht habe.«

»Du hast gesagt ›vor allem am Anfang‹?«

»Na ja, das Leben kommt einem in die Quere. Wir haben über die Arbeit gesprochen oder darüber diskutiert, was Chloe braucht. Oder über den Abwasch gestritten.« Er unterbrach sich und schwieg eine Weile. »Aber bei unserem letzten Abendessen, unserem Hochzeitstag … da haben wir gelacht. Und wirklich geredet.«

»Du hast nicht gewusst, dass es euer letztes Gespräch sein würde.«

»Nein. Aber es hat sich so ergeben, dass es ein sehr gutes war.«

Ich hörte Jack wiederkommen und rechnete damit, dass er das Hauptgericht bringen würde, aber stattdessen sagte er vorsichtig. »Nun ja, ähm, es sieht so aus, als hätten wir einen dritten Gast für diesen Tisch. Noch eine junge Dame.«

Ich konnte ihre Herzfrequenz spüren: stark, regelmäßig und sicher. Fast konnte ich sie lächeln hören.

»Chloe«, sagte ich, »ich freue mich so, dass du gekommen bist.«

Jack zog einen weiteren Stuhl an den Tisch, und Chloe setzte sich.

Sie nahm meine und Aidans Hand, sodass wir alle zu einem Kreis verbunden waren. »Mein Gott, ich weiß, ich spreche nur das Offensichtliche aus, aber es ist so dunkel hier drin!«

»Ich könnte meine Augen leuchten lassen, falls dir das helfen würde«, sagte ich zum Spaß.

»Wag es ja nicht!«, sagte Aidan. »Stell dir nur die Panik hier drin vor!«

»Das ist echt irre«, sagte Chloe, und dann drückte sie meine Hand. »Aber es ist total toll, dich zu sehen. Wenn ich dich nur sehen könnte.«

»Ich finde es auch ganz wunderbar, dich zu spüren.«

»Ich habe extra mein Armband angelegt.«

»Wie ist es dir ergangen?«

»Na ja, du weißt schon, so lala. Aber gerade ist was passiert, und das wollte ich Dad erzählen.«

»Schieß los«, sagte Aidan.

»Ich war bei Amy zu Hause.«

»Das freut mich«, sagte Aidan.

»Jedenfalls hat ihre Mum gesagt, dass sie am Sommerende einen Last-Minute-Urlaub gebucht haben. Eine Villa in Italien. Mit Pool.«

»Und sie haben dich eingeladen mitzufahren.«

»Wir müssten nur das Flugticket kaufen. Alles andere übernehmen sie.«

»Ich weiß, dass ein Urlaub schön wäre, aber willst du wirklich mit Amy wegfahren?«

»Na ja, wir haben da ein paar Sachen in Ordnung zu bringen, nicht wahr? Und vierundzwanzig Stunden am Tag aufeinanderzuhocken bedeutet dann wohl: alles oder nichts? Wahrscheinlich alles, wenn es da einen Pool, Pizza,

Meer und all das gibt. Und hübsche Italiener …« Sie lachte. »Nur ein Scherz, Dad! Sche-herz!«

»Jeder Italiener, der es an Mrs Lucas vorbeischafft, ist ein mutigerer Mann als ich«, sagte Aidan. »Wenn du mitfahren willst, von mir aus gerne.«

Chloe ließ meine Hand los, um sich vorzubeugen und ihren Dad zu umarmen. Sie begann aufgeregt von den Fotos zu plaudern, die sie von der Villa und dem nahe gelegenen Strand gesehen hatte, und von allem, was sie dort machen wollte.

Eine Zukunft. Ferien, Studium, Freunde, Romantik … Chloe hatte eine glitzernde, wunderbare Zukunft voller Möglichkeiten vor sich. Sie konnte tun und werden, was oder wer sie sein wollte. Außerdem war sie intelligent, voller Energie und Selbstvertrauen – und hatte Aidans Liebe im Rücken.

In diesem Augenblick erfuhr ich eine mir bis dato unbekannte menschliche emotionale Reaktion – Neid. Es war nicht das bittere, grünäugige Monster aus der Literatur, sondern nur eine tiefe Traurigkeit über all diese Dinge, die ich nie haben würde. Aber immerhin, ermahnte ich mich selbst, hatte ich diesen Abend.

Wir lachten und scherzten über das Essen. Ich warnte Chloe vor den Dingen, die ihr nicht schmeckten, und half ihr dabei, Aidan die letzte Krabbe unter der Gabel wegzuklauen. Sie stritten sich im Spaß um den Nachtisch. Ich wusste, dass ich diese Erinnerung nicht behalten konnte, aber ich konnte alles bis zur letzten Minute auskosten.

Viel zu schnell wurden die Teller abgetragen, und das

Essen war zu Ende. Ich konnte hören, dass die meisten anderen Gäste schon gegangen waren.

»Jack«, rief Aidan, »könnten Sie mich bitte zur Herrentoilette führen? Wenn ich zurück bin, übernehme ich die Rechnung, und dann müssen wir diese Ladies auf demselben Weg wieder rausbringen, wie wir reingekommen sind.«

»Ich bin froh, dass wir noch einen Augenblick alleine haben«, sagte ich zu Chloe. »Ich habe eine letzte Nachricht von deiner Mum.«

»Okay ...«, Chloes Stimme schwankte ein wenig.

Ich spielte die Nachricht mit Rachels Stimme ab. Sie war sehr kurz.

»Lass dein Licht leuchten.«

»Ist das alles?«, fragte Chloe, und in ihrer Stimme schwangen Tränen mit.

»Musst du noch mehr wissen?«

»Ja! Ich werd ein Leben lang Rat brauchen!«

»Den hätte sie dir gegeben, wenn sie gekonnt hätte, wenn sie alle Antworten gehabt hätte. Aber du bist stark und brillant genug, um sie selbst zu finden.«

»Hat sie das gesagt?«

»Nein, das sage ich.«

Chloe drückte meine Hand.

»Und sprich mit deinem Dad. Er ist ein großartiger Mensch.«

»Ich weiß. Sie hätte ihn nicht geheiratet, wenn er nichts getaugt hätte.«

Wir saßen da und hielten uns an den Händen, bis Jack

kam, um uns abzuholen. Als wir aufstanden, schaltete ich meine Nachtsichtkamera ein, um mir das Zimmer anzusehen. Nur noch ein Tisch war besetzt – ein Paar, dessen Stimmen ich nicht gehört hatte. Sie hatten die Hände verschlungen, waren über den Tisch gebeugt und küssten sich leidenschaftlich und intensiv. Ich schaltete die Kamera aus. Sie sollten allein bleiben in ihrer Welt.

Einen Augenblick später waren wir wieder draußen auf dem Gehsteig. Der Nachthimmel war klar und hell, und Luke lehnte am Wagen.

Chloe drückte mich ein letztes Mal ganz fest. »Ich weiß, ich sollte versuchen, dir das auszureden«, sagte sie, »aber ich hab's kapiert. Du verdienst alles. Nicht dieses Halbleben, das wir dir geben könnten. Ich hab dich lieb.«

Sie glitt aus meinen Armen, und ich sah zu, wie sie schnell über die Straße zu Aidans Wagen ging. Im Vorbeigehen öffnete sie ihr Armband und gab es Luke.

Stille. Ich konnte ihren Herzschlag nicht mehr hören.

Aidan trat aus dem Restaurant und stellte sich vor mich. Seine Augen waren dunkel, groß und traurig.

»Ich hatte für Chloe eine letzte Nachricht von Rachel. Ich habe auch eine für dich«, sagte ich.

»Okay«, sagte er. Ich spielte die Nachricht ab.

»Mach weiter, mein Liebster«, hörte man Rachel sagen. »Mach weiter, lebe, verlieb dich neu. Ich wünsche mir nichts mehr, als dass du glücklich bist.«

Er weinte.

Luke nahm eine Zigarette aus seiner Tasche und ging die Straße hinab, um sie zu rauchen. Ich war ihm dankbar.

Als Aidans Schluchzen nachließ, sah er mich an. Nicht Rachel, oder den Schatten von Rachel. Mich. »Bitte …« sagte er.

»Ich kann nicht. Du weißt, dass ich nicht kann.«

»Ich wünschte … Ich wünschte, dass du dich, selbst wenn du alles andere vergessen musst, immer daran erinnerst, was du uns bedeutet hast. Dass du geliebt wurdest.«

Er zog mich in seine Arme und küsste mich auf den Mund.

Mein erster Kuss.

Mein letzter Kuss.

Mein einziger Kuss.

Er war das Versprechen der Welt.

Und war ein Abschied.

Epilog

Fünf Jahre später

Kate stand an der Tür des Museums, ihre Wangen leuchteten in der Winterkälte. Aidan rannte die Treppe zu ihr hoch.

»Sorry«, sagte er und küsste sie. »Ich wollte dich nicht warten lassen.«

»Schon okay. Wenn man schwanger ist, hat man immer einen eingebauten Heizkörper dabei.«

»Besser wir wärmen diesen kleinen Zwerg mal auf. Lass uns reingehen.«

Sie gingen durch das widerhallende Atrium des Museums.

»Wie war das Meeting?«, fragte Kate.

»Alles gut. Sieht so aus, als würde die Bank unser Labor zum Unterrichten neuer Technik finanzieren, wenn sie die Namensrechte kriegen.«

»Das sind großartige Neuigkeiten.«

»Aber das war nicht der Grund, warum ich zu spät bin. Chloe hat angerufen.«

»Wie geht's ihr?«

»Großartig. Sie hat gerade einen Essay über mikrobielle Diversität geschrieben, und momentan machen sie irgendeine Art Bodenprobenkurs. Ich habe sie noch nie so aufgeregt erlebt.«

»Ich bin froh, dass es ihr so gut gefällt. Ich wünschte nur, die Landwirtschaftsschule wäre nicht so weit weg.«

»Sie hat versprochen, in den Osterferien nach Hause zu kommen. Hast du schon Eintrittskarten gekauft?«, fragte Aidan.

»Ja. Wir können direkt reingehen. Ich weiß, für dich ist es vielleicht ein bisschen fad, aber ich will es wirklich sehen. Es ist eine interaktive Ausstellung über die Bildungsvermittlung der Zukunft.«

»Im Wissenschaftsmuseum?«

»Hier gibt's anscheinend jede Menge fortschrittliche Technik. Ich kann mir nicht vorstellen, wie das alles funktioniert, also lass uns mal losgehen und es uns ansehen.«

Sie zeigten ihre Eintrittskarten und gingen hinein. Um alle Ausstellungsflächen drängten sich Menschen. Es gab jede Menge Roboter, manche mit menschlicher Gestalt, aber auch unterschiedlichste Formen, darunter eine spinnenartige, krabbelnde Kreatur, mit der man innerhalb weniger Sekunden ein Klassenzimmer mit Material und Ausrüstung versorgen konnte. Kate und Aidan gingen Hand in Hand durch die Ausstellung und suchten die Dinge, die sie im Begleitbuch zur Ausstellung interessant gefunden hatten.

»Mir gefallen diese interaktiven Teddybären«, bemerkte sie. »Die Idee dahinter ist, dass sie immer genau das Gleiche tun. Ein autistisches Kind kann damit viel besser Vertrauen aufbauen.«

»Hast du die Robotertiere für ältere Menschen gesehen?«, fragte Aidan. »Sie reagieren auf Sprache und Streicheln. Vielleicht würde Mum so einer gefallen.«

»Die kosten wahrscheinlich ein paar Tausend Pfund, aber es wäre einen Versuch wert«, sagte Kate. »Vielleicht können wir das Pflegeheim überzeugen, einen für alle zu kaufen.«

Am nächsten Stand gab ein weiblicher Android einen Sprachkurs. Die »Versuchskaninchen« – die Besucher der Ausstellung – bemühten sich, die grundlegende spanische Grammatik zu verstehen. Kate verlor bald das Interesse und ging zum nächsten Stand, aber Aidan blieb zurück, beobachtete den Roboter dabei, wie er von Teilnehmer zu Teilnehmer ging, zuhörte, lachte, und überraschenderweise sogar Witze machte. Es war ein großer weiblicher Roboter mit kurz geschnittenem rötlichem Haar und einem Hauch von Sommersprossen auf der Nase.

Die Stunde war vorbei, und die versammelten »Schüler« standen auf und gingen plaudernd weiter.

Aidan wollte gerade Kate einholen, als der Roboter auf ihn zukam und er ihn von Nahem sehen konnte. Seine Augen waren leuchtend blau.

»Hallo! Wollen Sie nicht an unserer nächsten Stunde teilnehmen?«, fragte er. Die Stimme war selbstbewusst, mit der Andeutung eines Bristoler Akzents. Sicher hatten Studien ergeben, dass eine Dialektfärbung überzeugender wirkte.

»Nein danke«, sagt er. »Ich schaue nur zu.«

»Oh«, sagte der Roboter und machte scherzhaft ein enttäuschtes Gesicht.

»Ich muss weiter …«, sagte Aiden und trat einen halben Schritt zurück.

Aber in diesem Augenblick veränderte sich der Gesichtsausdruck des Roboters. Er wurde ernst und sprach leiser. »Ist das dort drüben Ihre Frau?«, fragte er und blickte über Aidans Schulter zu Kate.

»Ja.«

»Sie hat großes Glück. Geliebt zu werden und zu wissen, dass man geliebt wird, ist etwas Wunderbares. Einen schönen Tag, Aidan.«

Sie lächelte ihn an, berührte seinen Arm, entfernte sich dann schnell und verschwand in der Menge. Aber in dem Sekundenbruchteil dieses Lächelns hatte er den blassen Schein einer Narbe an ihrem Mundwinkel gesehen.

Dank

Der Verlauf der Internetrecherche jedes Autors gäbe vermutlich Anlass zu strafrechtlicher Verfolgung, und meine macht da keine Ausnahme. Aber für dieses Buch habe ich neue Höhen erklommen. Noch nie zuvor habe ich so viele seltsame Dinge gegoogelt und so vielen klugen Menschen so viele außerordentlich dumme Fragen gestellt. Ich musste sogar die sekundengenaue Länge eines Spice-Girls-Songs herausfinden. Aber irgendwann gelangt man bei der Recherche an einen Punkt, an dem man viel gelesen, gelernt und Fragen gestellt hat und sich einfach reinstürzen und seine eigene Welt erschaffen muss mit dicken, (hoffentlich) überzeugenden Pinselstrichen. Das habe ich getan, und falls ich in diesem Prozess etwas falsch interpretiert habe, für das sich die großzügigen und brillanten Experten Zeit genommen haben, es mir zu erklären, möchte ich mich dafür entschuldigen.

Ein riesiger Dank an Professor Dr. Kerstin Dautenhahn von der Universität Herfordshire. Ihre Expertise in der Interaktion zwischen Mensch/Roboter und dem aktuellen und zukünftigen Einsatz von Robotern, um Menschen zu unterstützen, war unschätzbar und hat viele Ideen in diesem Buch geprägt. Professor Neil Martin der Regent's University London hat mich an seinen Gedanken über körperliche Manifestationen von Gefühlen teilhaben lassen (und an vielen anderen nützlichen Dingen) und mir dabei geholfen, mir vorzustellen, wie iRachel die Handlungen der Menschen interpretieren könnte. Und wenn wir schon bei der Regent's University sind, meiner Heimat in den letzten beiden Jahren, muss ich auch Sarah Jackson danken, deren botanische Kenntnisse mir Rachels Pflanze mit den zackigen Blättern beschert hat, und Rich Yates für sein Klassikerwissen und den Namen Telos. Der Restaurant-Höhepunkt am Schluss (Achtung Spoiler-Alarm, falls Sie aus unerfindlichen Gründen diesen Dank vor dem Buch lesen), war inspiriert von einem Besuch in dem wunderbaren Dans le Noir in Clerkenwell – eine unglaubliche Rechercheerfahrung, bei der ich mir keine einzige Notiz machen konnte.

Einen Roman zu veröffentlichen ist immer ein viel größeres Gemeinschaftswerk, als man meinen könnte, und eine Armee von leidenschaftlichen, engagierten und talentierten Menschen haben aus meinem wirren Geschreibsel das Buch gemacht, das Sie jetzt in Händen halten. Der erste Dank muss an meine unglaubliche Agentin gehen, Caroline Hardman von Hardman & Swainson, und ihr Team. Caroline hat mich vor zwölf Jahren aufgenommen und nie aufgehört, an mich zu glauben. Ihr dieses Buch zu widmen ist ein Tropfen im Ozean dessen, was ich ihr schulde, aber es ist zumindest ein Anfang.

Die größte Freude, die dieses Buch mit sich brachte,

bestand darin, die außergewöhnliche Sam Eades zu treffen und mich in ihren Bann ziehen zu lassen. Mit dem Geschenk der ewigen Jugend gesegnet und eindeutig in Besitz von Hermines Zeitumkehrer, erreicht Sam mehr als so ungefähr die gesamte Verlagsbranche zusammen. Ausnahmelektorin, geniale Ideenentwicklerin, furchterregende Verlegerin ... zu Team Sam zu gehören ist ein Geschenk für einen Autor, und ich bin glücklich, dass ich im Club sein darf. Meine ewige Dankbarkeit gilt außerdem dem Team von Orion/Trapeze, inklusive der Art-Direktorin Debbie Holmes, Claire Keep, die an der Produktion des Buchs beteiligt war, der Marketing-Zaubererin Amy Davies, Krystyna Kujawinska und dem fantastischen Rechteteam, sowie Elaine Egan, Königin der Publicity.

Und natürlich gibt es noch meine Herzensmenschen – Freunde, darunter Lisa und ihre Familie, deren Mittagsgespräche mir haufenweise Ideen beschert haben, Denise, Heather und unzählige andere, die mich monatelang über Roboter haben schwafeln lassen. Eure Liebe und Geduld ist mir unschätzbar viel wert.

Schließlich teile ich mein Zuhause mit drei Menschen (und zwei Katzen, aber die bringen inspirationstechnisch leider gar nichts). Meine Söhne Matt und Ted suchen geduldig Namen für Figuren, hören sich mein Geplapper an und werden auf Rechercheereisen mitgeschleppt. Ich liebe euch beide mehr, als ich sagen kann. Und mein Mann Tom, dessen IT-Kenntnisse, Teekoch-, Handlungsentwirrungs- und Frauenberuhigungsqualitäten unendlich sind – ich wäre nichts ohne dich.

Um die ganze Welt des
GOLDMANN Verlages
kennenzulernen, besuchen Sie uns doch
im Internet unter:

www.goldmann-verlag.de

Dort können Sie
nach weiteren interessanten Büchern ***stöbern***,
Näheres über unsere ***Autoren*** erfahren,
in ***Leseproben*** blättern, alle ***Termine*** zu Lesungen und
Events finden und den ***Newsletter*** mit interessanten
Neuigkeiten, Gewinnspielen etc. abonnieren.

Ein ***Gesamtverzeichnis*** aller Goldmann Bücher finden
Sie dort ebenfalls.

Sehen Sie sich auch unsere ***Videos*** auf YouTube an und
werden Sie ein ***Facebook***-Fan des Goldmann Verlags!